Stefanie D. Murphy

ROCKIN' MIDNIGHT

-Feel The Heat-

~Roman~

Rockin' Midnight - Feel The Heat -
ISBN-13: 978-1508842668
ISBN-10: 1508842663

stefaniedmurphy@online.de
Facebook: https://www.facebook.com/stefaniedmurphybooks
Hauptstr. 154, 66589 Merchweiler

2. Auflage 2017

Cover: Bocheez www.bocheez.com
Fotos: Shutterstock

Herstellung und Druck:
On-Demand Publishing LLC
100 Enterprise Way
Suite A200
Scotts Valley, CA 95066
www.createspace.com

For Jimmy!

Never forgotten, foREVer acclaimed!

A7X

Inhaltsverzeichnis

„Music was my first love“

John Miles

Prolog

Max

Die Monitore um mich herum piepten, und ich spürte die warme Hand meiner Mutter an meiner Schulter. Schläuche, Kabel und alle möglichen Dinge hingen um das Bett herum, auf das ich mit großen Augen hinabsah. Das kleine Wesen, das in dem Bett lag, war das Zauberhafteste, was ich je in meinem Leben gesehen hatte. Ich war mir sicher, dass es das Schönste auf der ganzen Welt war. Und jetzt lag es hier, weiß, dünn, mit geschlossenen Augen und schlief.

Mit Angst blickte ich zu ihr hin. Mom und Dad hatten mir erzählt, wie krank Kimberly war, und dass sie heute Nacht noch zu einem Engel werden würde. Ich sollte sie noch einmal besuchen, sagten sie, mich von ihr verabschieden, aber mit meinen sechs Jahren konnte ich nicht verstehen, was meine Eltern von mir wollten. Warum sollte ich Lebewohl sagen? Ich wollte nicht, dass sie geht. Schließlich war sie das, was ich am meisten liebte.

Ich liebte sie mehr als jeden anderen Menschen, den ich kannte. Sogar mehr als Mom und Dad.

Sie war so hübsch und so friedlich lag sie da. Meine bezaubernde kleine Schwester. Als ich sie als Baby zum ersten Mal sah, da wusste ich, ich würde sie mein Leben lang beschützen. Und jetzt? Jetzt lag sie in diesem Bett, krank, ihr kleiner Körper gezeichnet. Nur noch die Maschinen hielten sie am Leben.

»Mom? Können wir Kimberly jetzt mit nach Hause nehmen?«, fragte ich traurig und Mom schüttelte den Kopf.

»Nein, Max. Darum sind wir hier. Kimberly wird heute Nacht zu den Engeln gehen und nicht mehr mit uns heimkommen, verstehst du das?«

Ich hörte ihre Worte aber ich konnte sie nicht verstehen. Warum sollte Kimberly das tun? Wollte sie lieber bei den Engeln sein, als bei mir? Das konnte ich nicht glauben. Ich war ihr großer Bruder. Ihr Beschützer. Sie war doch erst vier Jahre alt, wie sollte sie denn allein bei den Engeln zurechtkommen? Meine kleinen Fäuste ballten sich.

»Sie muss nach Hause kommen, Mom. Dad, bitte, sag es ihr!« Aber Dad blickte mich nur stumm an.

Ein Mann mit einem weißen Kittel betrat das Zimmer und nickte meinen Eltern zu.

»Können wir?«, fragte er mit gedämpfter Stimme und wieder nickten meine Eltern stumm. Der Mann machte sich an den Apparaten zu schaffen und ich blickte verzweifelt von einem zum anderen.

»Sagst du ihr noch Lebewohl, Max?«, fragte Mom und ich wurde wütend.

»Nein, das werde ich nicht!«, schrie ich. »Ich werde sie mit nach Hause nehmen. Sie wird kein Engel!« Ich riss mich von Mom los und rannte auf die andere Seite zu dem Mann im Kittel. »Lassen sie meine Schwester in Ruhe«, schrie ich ihn verzweifelt an, und begann ihn mit meinen kleinen Händen zu traktieren.

»Mein Gott«, hörte ich meine Mutter schluchzen. »Daniel, bring ihn nach draußen, bitte. Ich ertrage es sonst nicht!«

Mein Vater kam zu mir und hob mich in seine Arme. Ich wehrte mich mit allem, was ich hatte, aber er war so viel stärker als ich. Ich blickte zu dem Bett und ich hörte, wie das Piepen des Monitors zu einem einzigen, langen Ton verschmolz.

»Nein!«, schrie ich immerzu. »Nicht! Tun Sie meiner Schwester nicht weh! Sie braucht mich doch, ich muss sie beschützen.« Aber mein Vater war unerbittlich. Das Letzte, was ich sah, war, wie ihr kleiner Körper in sich zusammenfiel. Das Gesicht von ihr würde ich in meinem ganzen Leben nicht mehr vergessen können. Dann schloss sich die Tür und ich stand mit meinem Dad auf dem Flur. Verzweiflung kroch mir durch alle Poren, Angst, Wut, und Trauer! Diese unendliche Trauer! Sie hatten mir das wertvollste, liebenswerteste und allerschönste Wesen genommen, das jemals existiert hatte, und in diesem Moment starb ein Teil von mir. Nie wieder würde ich so lieben können, nie wieder würde ich mein Herz so bedingungslos an jemanden verschenken, nie wieder würde ich jemanden so nahe an mich heranlassen, dass er mir diesen Schmerz auferlegen könnte ... Ich schrie panisch ...

Und dann wachte ich auf! Schweiß stand auf meiner Stirn und mein Herz raste. Ich sah auf den Wecker – Mein Gott, schon beinahe zwölf Uhr mittags.

Ich versuchte, mich an letzte Nacht zu erinnern. Wir spielten unser letztes Konzert, danach feierten wir tierisch, und ich fühlte den pelzigen Geschmack in meinem Mund. Ich stank nach Whiskey, Zigaretten und billigem Parfum. Himmel, wen hatte ich wohl wieder abgeschleppt letzte Nacht?

Die bruchstückhaften Bilder einer schwarzhaarigen Frau im knappen Ledermini schwebten vor meinem inneren Auge vorbei. Mit Panik blickte ich neben mich ins Bett, aber es war leer. Ich atmete durch. Dem Himmel sei Dank!

Mein Traum fing mich wieder ein. Kimberlys süßes Gesicht und ihr Lächeln, das von einem anderen Stern war, hielten mich wieder gefangen.

»Nie wieder lieben, Max«, sagte ich zu mir selbst. »Nie wieder.« Man musste es sich nur oft genug sagen, dann funktionierte es auch. Und es funktionierte gut. Mein Herz würde verschlossen bleiben. Jemand, der meinen Schmerz nicht kannte, die Albträume nicht kannte, die mich fast jede Nacht quälten, würde es eh nicht verstehen können. Nur einmal seit dieser schrecklichen Winternacht war es mir gelungen, mein Herz ein Stück weit zu öffnen, aber das war lange her und ich war noch ein dummer, naiver Junge an der Highschool. Doch in dem Moment, als mein Herz anfing, wieder diesen Schmerz zu fühlen, war es vorbei, und ich schmiss den Schlüssel zu ihm für immer weg.

Es ging mir gut. Mein Leben war okay, so wie es war. Ich hatte die Band, meine Jungs, unsere Plattenfirma, die jede Menge Zeit in Anspruch nahm und genug Papier, um alle meine Gedanken aufzuschreiben und sie zu Geld zu machen. Frauen waren nicht länger ein Problem in meinem Leben. Ich benutzte sie und sie mich. Aber sie konnten mir nicht weh tun.

Und das war alles, was zählte.

Keine Schmerzen, keine Dramen. Alles war gut! Liebe war eine Illusion, Liebe tötete einen. Und ich wollte nicht sterben, ich wollte leben und es genießen. Und das tat ich auch – mit allem, was dazu gehörte.

Ich duschte, und zwei Stunden später stand ich mit der versammelten Mannschaft von Cursed Tears, so hieß unsere Band, am Flughafen und wartete auf unseren Privatjet. Ja, das Leben im Erfolg konnte sehr angenehm sein. Die Tour, die wir hinter uns hatten, war lang und anstrengend. Derek und Mitch waren schon voller Vorfreude auf ihre Familien, und ich gönnte es ihnen. Tommy und ich hingegen, wir hatten anderes im Sinn. Tommy war unser Bassist und mein bester Freund. Selten gab es etwas, das wir nicht gemeinsam machten und so war es auch diesmal. Wir trugen einen ganz ähnlichen Schmerz mit uns herum, und der Pakt, den wir uns als Teenager einst schworen, würde uns vor weiteren Schmerzen beschützen.

»Nimm was du kriegen kannst, aber behalte es nicht lange genug, dass es dir ans Herz wachsen kann!«

Nach diesem Motto lebten wir nun schon ein paar Jahre und wir waren glücklich damit. Und genau so würde es bleiben, für immer ...

»Love is a battlefield«

Pat Benatar

1. Kapitel Max

«Hey, na wenn das mal nicht Max *Ich knall alles was nicht bei drei auf den Bäumen ist* Hayes ist!«, tönte mir die Stimme meines Cousins Brady entgegen und schon von Weitem konnte ich sein unverschämtes Grinsen sehen. Ich schlug die Tür meines Camaros zu und ließ meine Taschen auf den Boden fallen.

»Hey, Brady! Schön, dich zu sehen! Ist lange her!«

Brady kam auf mich zu und umarmte mich herzlich, und obwohl ich ihn ewig nicht mehr gesehen hatte, fühlte ich mich gleich zu Hause.

»Man, ich freue mich echt, dich zu sehen«, lachte er und ich konnte es seinen strahlenden Augen ansehen, dass er es wirklich ehrlich meinte.

»Hey, Tommy«, hob er seine Hand zum Gruß, als er sah, wie mein Bandkollege das Auto verließ.

Tommy grüßte zurück und packte seine Sachen aus dem Wagen, bevor er die Tür zuknallte.

»Tommy, das ist mein Cousin Brady. Du kannst aber auch Frettchen zu ihm sagen«, stellte ich ihm meinen Cousin vor, der seinerseits Tommy natürlich kannte.

Tommy, in seiner gewohnt stillen Art, hob lediglich eine Hand zum Gruß und stellte sich neben mich.

»Frettchen?« Tommys Stirn legte sich in Falten.

»Ach, hör nicht auf Max, der ist nur neidisch!«

Tommy sah mich fragend an und ich schüttelte still den Kopf. Ich würde es ihm später erklären.

Tommy und Brady reichten einander die Hände.

»So, das ist also dein Reich«, bemerkte ich und blickte bewundernd auf das Blockhaus, das sich riesig vor mir auftürmte. Ich sah den Stolz in Bradys Blick. Er hatte vor zwei Jahren unglaubliches Glück gehabt und einen ziemlich großen Betrag in der Lotterie gewonnen. Das Haus schien eine seiner Errungenschaften zu sein, und jetzt war ich froh, dass er sein Geld dafür verwendet hatte.

Tommy, ich und die beiden anderen unserer Band hatten gerade eine Mammuttour hinter uns und alles, was nun anstehen sollte, war Abstand gewinnen. Und wo konnte man das wohl besser, als irgendwo in der Einsamkeit?

Derek und Mitch waren nach Hause geflogen zu ihren Familien, etwas, das ich nicht hatte und Tommy auch nicht. Wir waren auf der Suche nach etwas Ablenkung und Spaß, als ich Bradys Einladung bekam.

Da man nach so einer anstrengenden Tour gerne mal in ein tiefes Loch fiel, war Tommy dankbar, als ich ihn bat mit mir zu kommen; und ich war dankbar, dass er mich begleitete. Und nun standen wir hier: Irgendwo im Nirgendwo, umgeben von Bäumen und noch mehr Bäumen.

Brady hatte nicht zu viel versprochen. Das Haus war wunderschön und lag zudem an einem großen See, und wie mir auffiel, war es das einzige Objekt in der Nähe. Ja, hier würde ich mich wohlfühlen. Brady griff sich meine Taschen.

»Na kommt schon! Das Haus ist toll!«, schwärmte er und lief voran.

Tommy und ich folgen ihm und checkten die Umgebung ab. Es war wirklich still hier und langsam beruhigte ich mich. Ich hatte meine Security nach Hause geschickt, auch wenn sie sich mit Händen und Füßen dagegen gewehrt hatte. Aber Brady hatte mir Ruhe versprochen und wie es aussah, sollten wir die auch kriegen.

Das Haus war unglaublich. Nachdem wir über die Terrasse hineingelangt waren, befanden wir uns in einem überdimensionalen Wohnraum, der von einem offenen Kamin geschmückt wurde, wie ich noch keinen gesehen hatte. Mehrere Sofas standen davor und am liebsten hätte ich mich gleich darauf niedergelassen. Ich stellte fest, ich war müde – sehr müde!

»Ihr habt jeder eine Master-Suite«, ließ Brady nebenbei fallen. »Eine in jedem Flügel des Hauses.« Er grinste und sah mich an. »Falls ihr beide 'ne heiße Chica mitbringt, ihr wisst schon ... Dann seid ihr ungestört.«

Ich musste lachen.

»Wir sind hier mitten im Nirgendwo, Brady. Wo sollen wir die denn herbekommen?«

Brady schmunzelte. »Denkt ihr, ich wäre wirklich so bescheuert, mir ein Haus zu kaufen, wo ich nicht an Pussies ran komme?« Sein Blick schien zu sagen *Du müsstest mich doch besser kennen* und ich grinste.

Tommy und ich blickten ihn fragend an und eigentlich sollte das alles überhaupt kein Thema sein, aber letztendlich sind wir nun mal, was wir sind, und Kostverächter waren wir beide noch nie.

»Etwa zwei Meilen weiter südlich gibt es eine Kneipe. Sie liegt mitten im Wald und so einsam, dass sich kein Sheriff hin verirrt, es sei denn, man ruft ihn«, erklärte uns Brady. »An jedem Freitag und Samstag kommen die heißesten Schnecken vom College dorthin, um abzufeiern. Glaubt mir, ein Wochenende reicht nicht aus, um alle, die willig sind, flachzulegen.«

»Collegegirls?« Ich schüttelte den Kopf.

»Klar! Immer auf der Suche nach einer Herausforderung!« Brady zwinkerte mir zu und ich musste lachen.

»Lass mal stecken, Alter!«

»Wieso? Wenn sie über achtzehn sind ...«

Oh ja, Brady war in seinem Element. Ich konnte mir lebhaft vorstellen, was hier an so manchem Wochenende abging.

»Gibt es hier auch Frauen?«, grinste ich ihn an.

»Was ist an Collegemädels verkehrt?«

Brady konnte meine Frage wohl wirklich nicht verstehen.

»Vergiss es!«, raunte ich ihm zu. »Wie heißt die Kneipe? Können wir da problemlos hin?«

»Klar. Ich hab schon mit deren Gorillas geredet, sie werden auf euch aufpassen, solltet ihr sie beehren. Die Kneipe heißt *Early Birds,* aber nicht, weil man so früh dort antanzt, sondern weil man sie so spät morgens verlässt.«

Brady war total aufgekratzt und sprang aufgeregt hin und her. So langsam stresste mich das, aber ich wollte nicht undankbar sein.

»Okay Brady, heute ist Freitag. Wie wäre es, wenn du uns heute Abend hier abholst und dort hinbringst? Mal sehen, ob du halten kannst, was du versprochen hast!«

Brady strahlte über sein ganzes Gesicht und auch Tommys Miene hellte sich auf. So still Tommy auch war – er hatte die meisten *Abschüsse* im Team, was Frauen anging. Einen größeren Gefallen konnte man ihm nicht tun.

»Klar, Max. Ich hol euch um zehn Uhr ab. Vorher geht dort eh nix.« Brady räusperte sich verlegen. »Ich denke, ihr wollt nun ein wenig allein sein. Du hast meine Nummer, falls etwas ist. Der Kühlschrank ist voll und falls ihr noch was brauchen solltet, sagt Bescheid. Ansonsten sehe ich euch dann heute Abend! Ist echt schön, dass du hier bist, Cousin!«

Ich klopfte ihm auf die Schultern.

»Danke, Brady«, sagte ich zu ihm und ich meinte es aus tiefstem Herzen. In meiner Welt echte Freunde zu finden war schon schwer genug, und Brady war, neben meinen Eltern, einer der letzten Verwandten, die ich noch hatte. Dass er sich in meiner Gegenwart normal benehmen konnte, tat gut, und ich war froh, dass er dies alles für uns arrangiert hatte.

»Keine Ursache«, lächelte Brady. »Oh, bevor ich es vergesse, hier ...« Er warf Tommy und mir jeweils ein kleines Päckchen zu. »Dann bis heute Abend!«

Brady lachte und verschwand durch die Tür. Kurz danach hörten wir, wie sein Pickup davonraste. Ich riss das Papier um das Päckchen auf und lachte laut. Brady hatte uns Kondome geschenkt und zwar nicht wenige.

»Für ein Wochenende wird's hoffentlich reichen«, raunte Tommy. Er machte so ein ernstes Gesicht dabei, dass ich einen Lachanfall bekam.

»Du bist ein Schwein, weißt du das?«

»Was denn?« Tommy lächelte und die kleinen Grübchen auf seinen Wangen traten hervor, dieselben, mit denen er jede Frau ins Bett bekam, wenn er nur wollte. Ich schüttelte belustigt den Kopf.

»Willst du mir etwa erzählen, Bad Boy bleibt dieses Mal in deiner Hose?«, zog Tommy mich auf und zeigte mit dem Finger auf meinen Schritt.

»Keine Ahnung«, schmunzelte ich. »Du weißt doch, der hat seinen eigenen Kopf.«

Ich griff nach meinem Gepäck.

»Ich werd mal auspacken. Bin in zehn Minuten wieder da. Kannst schon mal Bier holen.«

Tommy nickte und schulterte ebenfalls seine Tasche.

»Dann bis gleich«, sagte er und so machten wir uns beide auf in unsere Zimmer.

Als ich kurz darauf wieder runterkam, saß Tommy mit zwei Flaschen Bier auf der Terrasse und blickte über den See.

»Alles klar?«, fragte ich und mein Freund bejahte die Frage.

»Ist echt schön hier«, antwortete er. »Und die Suiten sind das reinste Fickparadies! Hast du in deiner auch so einen riesigen Whirlpool?«

»Ja, hab ich«, seufzte ich. Ich musste Tommy Recht geben – alles in den Zimmern zielte eindeutig auf eins ab: Frauen flachlegen. Brady schien sein Hobby perfektioniert zu haben. Die runden Betten, der Whirlpool, überall Plüsch und jede Menge Kissen und Spiegel ...

»Sieht so aus, als wäre mein Cousin eine richtige kleine Schlampe«, lachte ich.

»Scheint in der Familie zu liegen.«Tommy grinste und prostete mir zu.

»Tommy?«

»Ja, Max?«

»Danke, dass du mitgekommen bist. Ohne dich wäre es nicht dasselbe.«

»Schon gut, Max. Ich habe zu danken. Ich war, ehrlich gesagt, total ausgepowert nach der Tournee. Ich bin froh, hier mal richtig ausspannen zu können. Meine Familie hätte ich jetzt nicht ertragen und wieder irgendwo in einem Hotel Urlaub zu machen, darauf hatte ich auch keinen Bock. Alleine zu Hause in L.A. zu sitzen? Nein, danke, das auch nicht. Ich freue mich echt total, hier zu sein.«

Er boxte mich auf den Arm und nahm einen tiefen Schluck aus seiner Flasche. Ich war wirklich froh, ihn bei mir zu haben. Die ganze Band war zwar eine Einheit, aber mit Tommy war es nochmal etwas anderes. Er war mein bester Freund. Ich vertraute ihm bedingungslos.

»Schon mal drüber nachgedacht, 'ne eigene Familie zu gründen?«, wollte ich von ihm wissen und erschrak über mich selbst. Alleine, daran zu denken ...

Tommy sah mich entgeistert an. »Bist du verrückt? Ich mag mein Leben genauso, wie es ist! Außerdem, finde mal die Frau, die unser Leben mitmacht.«

»Bei Derek und Mitch funktioniert es doch auch.«

»Ja, aber wie lange noch? Nee, lass mal, den Stress tu ich mir nicht an. Du wirst doch nicht etwa sentimental werden, oder?«

»Bestimmt nicht«, lachte ich. »Liegt wohl an dieser romantischen Umgebung. Keine Ahnung. War nur so ein Gedanke. Schon vergessen!«

Das war eiskalt gelogen und ich wusste genau, dass Tommy das auch wusste.

Ich liebte mein Leben, keine Frage. Aber trotz all der schönen Dinge, die der Erfolg mit sich brachte, konnte es manchmal ganz schön einsam sein. Da halfen auch die ganzen Bandschlampen nichts, die sich uns, zu allem bereit, an den Hals warfen. Die meisten, nein, eigentlich alle, sollten nicht mal bis zum Frühstück bleiben. Ihre entsetzten Gesichter, wenn wir sie aus der Hotelsuite warfen, waren immer wieder ein Lacher.

Was dachten sie sich eigentlich dabei? Sie wollten einen Fick und den haben sie auch gekriegt. Keiner hatte ihnen etwas von Heirat vorgegaukelt. Sie wollten den Rockstar vögeln, nicht mich. Mehr als den Rockstar haben sie nicht bekommen. Und mehr würden sie auch nie bekommen. Wie konnten sie ernsthaft glauben, dass ich jemals mit einer eine Beziehung eingehen könnte, die für jeden die Beine breit macht, nur, um sich in seinem Licht sonnen zu können? Niemals! Nein, für Liebe war da kein Platz.

»Kannst du dein Herz jetzt mal beiseite legen und überlässt endlich deinem Schwanz wieder das Denken?« Tommys Stimme riss mich aus meiner Grübelei.

»Du bist ein verdammter Wichser!«, lachte ich.

»Ja, ich weiß«, grinste er. »Komm schon, Max. Heute Abend suchen wir uns ein paar heiße Collegehasen und zeigen ihnen, was Bad Boy und Big Tommy so drauf haben!« Er griff sich in den Schritt und packte fest zu.

»Du bist so eine Schlampe, Tommy, weißt du das?«

»Ja, aber eine verdammt gute!«

Da war es wieder, dieses Millionen Dollar Fick-Mich Gesicht! Ich schüttelte lächelnd den Kopf. Tommy schaffte es immer wieder, dass ich mich gut fühlte.

»Collegehasen? Ist das wirklich dein Ernst? Ich hab keinen Bock auf Blümchensex.«

Tommy dachte kurz über etwas nach, was ich an seiner gekräuselten Nase erkannte.

»Nun, du musst das so sehen: die mangelnde Erfahrung, die sie mitbringen, lassen dich wie einen Sexgott erscheinen und das alles, ohne dich besonders anzustrengen. Ein bisschen fingern hier, ein wenig lecken da ...«

»Tommy! Kannst du das jetzt mal lassen?«

Tommy grinste bis über beide Ohren. Ich schnappte mir unsere leeren Bierflaschen, um neue zu holen.

»Schlampe!«, zischte ich ihm beim Umdrehen zu.

»Weichei!«, rief er mir hinterher.

Ja, er würde zweifellos etwas aufreißen heute Nacht. Das war so sicher, wie das Amen in der Kirche.

Ein paar Bier und eine Dusche später saßen wir wartend auf der Terrasse vor dem Haus, als wir die Lichter von Bradys Pickup die Zufahrt heraufkommen sahen.

»Fertig?«, rief er uns zu und wir kletterten in seinen Wagen.

»Hey, Brady«, grüßte Tommy höflich.

»Bereit für einen heißen Ritt im Early Birds?«, grinste mein Cousin und Tommy lächelte zurück.

Die beiden verstanden sich, das war offensichtlich.

»Halt die Backen und fahr los«, grummelte ich ihm zu und Brady gab Gas. Schon nach kurzer Zeit erreichten wir die Kneipe. Das Areal war riesig. Niemals hätte ich vermutet, mitten in der Wildnis so etwas zu finden.

»Mein Gott!«, raunte ich, als ich die unzähligen Fahrzeuge sah, die schon abgestellt waren.

Ein mulmiges Gefühl machte sich in mir breit, denn mich ohne meine Sicherheitsleute in so eine Menge an Menschen zu begeben, war eindeutig ein Risiko. Brady bemerkte wohl meine Bedenken.

»Keine Sorge, Max, alles ist gut! Euch passiert nichts, dafür habe ich gesorgt.«

»Hmh!«

Brady parkte den Wagen und wir traten zum Eingang. Eine große Schlange Menschen stand davor und der bullige Typ am Einlass beäugte jeden einzelnen Gast, bevor er ihn durchwinkte.

Als er Brady erkannte, machte er die Absperrung dicht und ging kurz in den Laden. Als er wieder herauskam, hatte er einen weiteren Typen im Schlepptau, der seiner Körpergröße in nichts nachstand. Er kam auf uns zu und reichte Brady die Hand.

»Na, alles klar bei euch?«, wollte er wissen und Brady nickte. Danach begrüßte er auch mich und Tommy.

»Ist mir eine Ehre, Jungs!«, brummte er, als er uns die Hände schüttelte. »Kommt, es ist alles vorbereitet. Haltet euch dicht hinter mir, es ist schon ziemlich voll da drin.«

Wir passierten die wartende Schlange, die uns verwundert musterte und folgten Jacob, so hieß unser Aufpasser, nach drinnen. Sofort schlug uns eine Mischung aus Hitze, Zigarettenqualm und Biergeruch entgegen. Das Antiraunchergesetz war scheinbar nicht bis hierher vorgedrungen. Es war schwül, die Bässe der Boxen wummerten, dass es einem durch und durch ging, und es lag irgendetwas in der Luft. Sex! Das war es! Alles hier drin roch danach.

»Wow!«, flüsterte ich bewundernd, als ich mich umsah. Die Kneipe war riesig.

Jacob führte uns an der ewig langen Theke vorbei, durch die Reihen der Tische hindurch und brachte uns zu einer dunklen Nische. Sie bot etwas Schutz vor allzu neugierigen Blicken, ohne jedoch die Sicht auf alles zu versperren. Direkt vor uns lag die große Tanzfläche, die schon jetzt gut gefüllt war.

Der DJ heizte die Stimmung auf und die Gäste nahmen es dankbar an.

In der linken Ecke spielten einige Männer Billard und wie Brady erzählte, musste es auch noch ein Hinterzimmer geben, wo gepokert wurde. Die Theke war vollbesetzt und die Shots flogen nur so über den Tresen. Tommy grinste wie ein Kind unterm Weihnachtsbaum.

Jacob winkte zwei Männer herbei.

»Jungs, das sind Marty und Shane. Sie behalten euch heute Abend im Auge. Macht euch also keine Sorgen. Und das hier ...«, Jacob griff nach einer Kellnerin, die gerade vorbeihuschen wollte, »das hier ist Suzi. Sie wird heute Abend nur für euch da sein. Was immer ihr wollt – sie wird es euch beschaffen!«

Er sah Suzi an, die ein wenig verständnislos dreinblickte, doch dann schien sie zu realisieren, wer da in der Nische saß. Ihre Augen wurden groß.

»S-Selbstverständlich«, stotterte sie und lächelte verlegen. Wir bestellten erst einmal Bier und Suzi hastete los.

Ich sah nach rechts und erkannte, dass es dort eine kleine Bühne gab. Brady erklärte uns, dass hier öfter Live Musik gespielt wurde, von Bands aus der Umgebung. Doch heute Abend war wohl kein Auftritt geplant. Ich blickte noch einmal in die Runde und stellte fest, dass sich niemand besonders für uns interessierte, und das war auch gut so.

Ich fing langsam an, mich zu entspannen und die aufgeladene Atmosphäre zu genießen. Marty und Shane halfen mir ebenfalls dabei. Es tat gut zu wissen, dass sie für alle Fälle bereit standen. Erst viel später erfuhr ich, dass Brady ihnen ihren Monatslohn verdoppelt hatte, damit sie sich ganz auf uns konzentrierten. Cleverer kleiner Bastard! Tommy hatte mittlerweile bei Suzi eine Flasche Jacky und drei Gläser bestellt, die er schon übermäßig gefüllt hatte.

»Auf Bad Boy, Big Tommy und ...?«, erhob er sein Glas und blickte fragend zu Brady.

»Frettchen«, ergänzte ich und Brady lachte, als er kapierte, worauf Tommy anspielte.

»… und Frettchen!«, fuhr er fort. »Lasst die Spiele beginnen.« Tommy leerte sein Glas in einem Zug und zwinkerte Brady zu. »Ich glaube, das ist der Beginn einer wunderbaren Freundschaft!«

Die zwei waren wirklich seelenverwandt und selten habe ich Tommy so entspannt gesehen. Er vertraute Brady, genau so, wie er mir vertraute.

Tommy hatte seine ersten Opfer ausgespäht. An einem Stehtisch ganz in der Nähe hatten sich drei blutjunge Girls niedergelassen.

»Jungs, ich werd mal prüfen, ob eine der Ladies Lust zu tanzen hat«, zwitscherte er.

»Lass dir den Ausweis zeigen, Tommy«, neckte ich ihn, aber Brady versicherte mir, dass niemand unter achtzehn hier rein kam. Sein Wort in Gottes Ohr.

Es dauerte nicht lange und Tommy wackelte auf der Tanzfläche herum. Eins musste man ihm lassen – er konnte wirklich tanzen. Die drei Mädels hatten auch wohl alle Lust dazu und scharwänzelten um ihn herum. Tommy lauerte in ihrer Mitte wie die Spinne im Netz. Er hatte seine Opfer längst eingefangen, sie wussten es nur noch nicht.

Ich unterhielt mich unterdessen mit Brady, zumindest so weit es die Lautstärke der Musik zuließ. Ich erzählte ihm von der Tournee und er mir von seinem neuen Leben als reicher Playboy.

Eigentlich war es erstaunlich, dass er so auf dem Teppich geblieben ist. Klar, er hatte sich zwei Häuser gekauft, ein Auto und hatte seinen Job geschmissen. Aber ansonsten hatte sich nichts verändert. Keine Rolex zierte seinen Arm, kein Ferrari stand in seiner Garage ... er genoss lediglich seine Freiheit, jetzt tun und lassen zu können, was er wollte. Ich stellte fest, er war ein guter Kerl geblieben.

»Ich muss mal aufs Klo«, schrie ich ihm über den Tisch hinweg zu.

»Die Treppe runter«, schrie er zurück und zeigte mir die Richtung. Ich spurtete los und merkte, dass sich Marty gleich an meine Fersen heftete. Gut so!

Ich lief die Treppe hinab und sah Shane vor der Toilettentür stehen, der den Kopf schüttelte, als er mich sah.

»Was ist los?«, fragte ich, doch ich brauchte seine Antwort nicht abzuwarten, denn im gleichen Moment ging die Tür auf und Tommy kam raus, die kleine Blondine im Schlepptau. Ihr Makeup war verschmiert und ihre Haare gerade mal so verschwitzt und zerzaust, dass es noch eben sexy wirkte. Tommy grinste mich an, als er an mir vorbei ging.

»Schlampe!«, zischte ich ihm nach und lachte in mich hinein. Er würde sich nie ändern. Warum sollte er auch? Ich verrichtete, was nötig war und Marty begleitete mich wieder zu unserem Platz. Tommy saß auch wieder da und hatte eine kleine Rothaarige auf dem Schoß.

Ich sah mich um und suchte Blondie. Sie stand weinend bei ihrer Freundin, die tröstend ihre Arme um sie gelegt hatte. *Willkommen in der Schlampenwelt*, dachte ich nur und grinste.

Brady musste auch aufs Klo und verschwand erst einmal. Ich sah hinüber zu Tommy, der seine Zunge tief in die Rothaarige steckte und mit seiner Hand unter ihren Rock glitt. Tommy kannte kein Schamgefühl. Es war ihm scheißegal, dass ich direkt vor ihm saß und alles sehen konnte. Ich war kein Kind von Traurigkeit, aber an ihn reichte ich nicht heran. Er kannte keine Tabus.

Die Kleine stöhnte an seinem Mund und ich konnte mir vorstellen, wo Tommy gerade seine Finger hatte. Ich spürte, wie mein Schwanz in meiner Hose langsam hart wurde und kam mir vor wie ein dreckiger kleiner Voyeur. Ich brauchte einen Fick.

Dringend!

Brady kam zurück und ich ließ ihn durch auf seinen Platz. Gegenüber erhob sich die Rothaarige und Tommy flüsterte ihr etwas ins Ohr. Dann verschwand sie.

»Sag mir nicht, dass du gleich schon wieder die Klos blockieren wirst, Tommy!«, schrie ich hinüber und Tommy grinste mich nur an.

»Keine Sorge. Mein Bedarf für die nächste Stunde ist gedeckt«, antwortete er und das Gesicht, das er dabei machte, war an Arroganz nicht mehr zu überbieten. »Erst muss ich mal sehen, was sie hier noch zu bieten haben. Die Kleine eben war gut.«

Brady lachte laut. Tommy war ganz nach seinem Geschmack und ein Ausdruck von Bewunderung für ihn lag auf seinem Gesicht.

»Hey! Na das ist jetzt wirklich mal interessant!«, grinste Tommy und sein Blick ging hinüber zur Tanzfläche. Brady bemerkte es.

»Vergiss es, Tommy! Die Frau ist härter als jeder Schwanz. Die wirst du nicht knacken!«

Ich sah hinüber, was die beiden notgeilen Affen so abcheckten und mir blieb fast das Herz stehen. Das konnte unmöglich wahr sein!

Vor meinen Augen räkelte sich ein kleiner, knackiger Arsch in einer viel zu engen Jeans, die viel zu tief auf den Hüften ihrer Trägerin saß und Dinge versprach, die ich mir gar nicht ausdenken wollte. Ich kannte diesen Arsch. Ich würde ihn unter tausenden wiedererkennen.

»Cat«, flüsterte ich vor mich hin und wurde rot wie ein Teenager, dem man zum ersten Mal in die Hose griff.

Tommy und Brady blickten mich fragend an.

»Du kennst die Kleine?«, wollte Tommy wissen und ich nickte wie betäubt. »Und woher?«, bohrte Tommy nach, der sich über mein Gesicht lustig zu machen schien.

Mein Mund war staubtrocken und ich musste zuerst etwas trinken. Ich kippte das Glas Jacky auf einen Rutsch. Verdammt! Mit allem konnte ich rechnen, aber damit mit Sicherheit nicht! Cat Willoughby, live und in Farbe, direkt vor meinen Augen!

»Erde an Max! Bitte melden!«

Tommys Worte drangen in meinen Kopf und ich schaute ihn an.

»Das ist Cat! Was macht sie hier?«

Tommys Stirn legte sich in Falten. »Cat?«, fragte er. »Die Cat? Carolina Cat?«

Ich nickte stumm und konnte meinen Blick nicht von ihr abwenden. Brady blickte fragend von mir zu Tommy und wieder zurück.

»Cat Willoughby!«, lächelte Tommy.

»Ja, ich weiß wer sie ist«, antwortete Brady. »Und weiter?«

»Max' einzige Frau, die er je geliebt hatte«, erklärte ihm Tommy theatralisch und ich hätte ihm in diesem Moment am liebsten den Hals umgedreht.

»Das ist 'ne Ewigkeit her, Tommy. Das war in einem anderen Leben, das weißt du.«

»Max hatte sie immer nur aus der Ferne angehimmelt«, machte sich Tommy über mich lustig und ich beschloss, nie wieder mit ihm über Gefühle zu reden. Er machte mich wütend, und Tommy wusste es, darum legte er es darauf an, mich zu reizen.

»Sie ist vor ein paar Jahren hierher gezogen, Max«, klärte mich Brady auf. »Der halbe Ort hat versucht, sie aufzureißen, aber sie lässt niemanden an sich heran! Sie lebt alleine, drüben auf der anderen Seite des Sees.«

Alleine? Gut!

Mir ging es schlagartig besser und ich wusste nicht einmal wieso. Es war 'ne gefühlte Ewigkeit her, da wir zusammen zur Schule gegangen sind. Sie war eine Klasse unter mir und jeder wollte sie haben, einschließlich mir. Aber es ist nie etwas daraus geworden. Vierzehn Jahre war das schon her, doch ein Blick auf sie genügte, und ich fühlte genau das Gleiche wie damals, als ich ein verliebter Teenager war.

Ich schüttelte mich. Ich musste zu mir kommen. Das alles war nicht echt. Unerfüllte Sehnsucht, pah. Ja, ich war in sie verliebt, aber das war lange her und der Schock, sie wiederzusehen, hatte mich einfach nur an längst vergangene Gefühle denken lassen. Sie waren nicht wirklich da. Oder? Nein! Doch! Scheiße. Ich war total verunsichert.

Ich zog mich weiter in die dunkle Nische zurück. Ich wollte nicht, dass sie mich sah. Mein rechtes Bein wippte nervös auf und ab und ich kaute auf meinen Fingernägeln herum. Ich kämpfte mit mir. Was sollte es schon schaden, einfach rüber zu gehen und sie anzusprechen? Ist doch nichts dabei? Aber was, wenn sie mich nicht erkennt? Könnte ich das ertragen? Und wenn doch, was sollte ich dann tun?

In meinem Kopf wirbelte alles durcheinander. Ich blickte hilfesuchend zu Tommy. Er hätte damit kein Problem, so viel war sicher. Manchmal wünschte ich mir, ich hätte seine Lässigkeit.

Cat! Mein Gott!

Ich sah, wie sie die Hüften zur Musik bewegte und ertappte mich dabei, wie ich mir vorstellte, dass sie das auf meinem Schoß machen würde.

Oh, verdammt, Bad Boy! Komm wieder runter!

Ich musste an etwas anderes denken, aber was? Filme halfen mir in solchen Situationen immer ganz gut. Ich rief mir sämtliche Brutaloszenen ins Gedächtnis, an die ich mich erinnern konnte. Bad Boy beruhigte sich wieder und ich trank mein Bier aus. Tommy rief Suzi herbei und bestellte noch eine Runde. Ich sah, wie er ihr einen kleinen Zettel zusteckte und sie nahm ihn nickend an sich. Argwöhnisch beobachtete ich ihn aber er grinste nur.

»Was ist?«, fragte ich zickig.

»Nichts, gar nichts«, lachte er und schüttelte den Kopf.

Suzi kam zurück und ich lutschte am Flaschenhals des Bieres herum, das sie mitgebracht hatte.

Tommy schüttelte sich vor Lachen.

»Du benimmst dich wie ein totaler Idiot, weißt du das? Auch wenn es nur 'ne Bierflasche ist, ich weiß genau, was du gerade in Wirklichkeit abschleckst!« Er rutschte auf der Bank zu mir heran und nahm mich in den Arm. »Alles okay mit dir, Champ?«, fragte er ernst, denn das war die andere Seite von Tommy. Die, die immer für mich da war, wenn ich jemanden brauchte. Er hatte wohl gemerkt, dass er zu weit gegangen war und das war seine Art, sich zu entschuldigen.

»Klar, geht schon. Scheiß auf sie. Lass uns Spaß haben!«

Tommy grinste mich an. »Sicher?«

Ich blickte noch einmal zur Tanzfläche und betrachtete mir Cat und den Spargeltarzan, mit dem sie tanzte.

»Ganz sicher!«

Mit einem Rutsch trank ich mein Bier aus und wollte gerade aufstehen, weil ich auch tanzen wollte, als die Musik aussetzte und eine üble Rückkopplung durch die Boxen jagte, die das Publikum aufschreien ließ. Kurz darauf erkannte ich den Grund dafür. Der DJ hatte sein Mikro aufgedreht.

Seine Stimme war so tief wie der Bass, den er durch die Boxen drückte und ich bekam 'ne Gänsehaut, als er ins Mikro hauchte.

»Willkommen in meiner bescheidenen Hütte, Ladies and Gentlemen«, raunte er und hunderte Augenpaare ruhten auf seinen Lippen.

Er war eindeutig der Star hier, und ich wusste genau, wie er sich gerade fühlen musste. Ein Lächeln huschte über mein Gesicht, und ich hörte ihm weiter zu.

»Euer Lieblings DJ umarmt euch heute Abend wieder musikalisch und ich kann euch versprechen, es wird heiß! Verdammt heiß!«

Das Publikum jubelte und pfiff. Er sah in die Runde und fuhr fort.

»Männer, haltet eure Mädels fest. Alles, was nach diesem Song noch frei herumläuft, gehört mir heute Nacht, nur, damit es später keine Missverständnisse gibt!«

Er lächelte breit und die Frauen kreischten, während die Männer buhten. Er hatte sie im Griff - alle!

»Warum lange mit dem Vorspiel aufhalten?«, fragte er und lachte schelmisch. »Normal mache ich das ja nicht, aber es ist ein Musikwunsch an mich herangetragen worden von jemand ganz Besonderem für jemand ganz Besonderen. Und weil ich so ein gutes Herz habe ...« Er machte eine bedeutungsschwangere Pause und alle seufzten *Ooooh*. »Weil ich so ein gutes Herz habe, mache ich heute Abend ein einziges Mal eine Ausnahme. Dieser Song ist für dich, Cat. Du wirst schon wissen, wer gemeint ist. Ladies, willkommen in Paradise City!«

Mit einem Schlag drehte er die Musik bis zum Anschlag auf und die ersten Töne von Guns N' Roses' Superhit dröhnten an meine Ohren. Ich sah entsetzt zu Tommy und setzte mich wieder.

»Du verdammtes Arschloch!«, kreischte ich ihm entgegen aber Tommy lachte nur. Jetzt wusste ich auch, was auf dem Zettel stand, den er Suzi gegeben hatte. Es war der Song, zu dem ich auf der Abschlussparty mit Cat getanzt hatte. Danach hatte ich sie nur noch einmal wiedergesehen, bevor es mich in die Welt verschlagen hatte. Tommy wusste davon.

Ich sah zur Tanzfläche.

Die Stimmung schien überzukochen. Ich sah Collegehasen, die sich an ihren männlichen Kommilitonen rieben und Männer, die kaum noch ihre Hände bei sich halten konnten. Und ich sah Cat. Sie stand am Rand und blickte verwirrt durch die Gegend, als ob sie etwas suchen würde.

Oh Gott, sie erinnerte sich! Sie wusste, wer gemeint war. Und dann trafen sich unsere Blicke. Zum ersten Mal seit mehr als vierzehn Jahren. Es lief mir eiskalt den Rücken hinunter.

Cat riss ihre großen braunen Rehaugen noch mehr auf, als sie zu realisieren schien, wer da in der Ecke saß, und mit einem Schlag machte sich ein Lächeln über ihrem Gesicht breit, das mir das Herz in die Hose rutschen ließ. Ich glaubte, noch nie etwas Schöneres gesehen zu haben.

Tommy trat mir unter dem Tisch gegen das Bein und riss mich aus meiner Starre. Ich stand auf und Cat kam auf mich zu. Sie sah verboten gut aus. Ihr langes, brünettes Haar fiel über ihre schmalen Schultern und ergoss sich wie fließender Honig über ihre festen Brüste, die sich deutlich unter ihrem engen, gelben Top abzeichneten. In meiner Hose wurde es merklich enger und ich versuchte, mich zu konzentrieren. Sie war noch genau so schön, wie einst in der Schule. Eigentlich noch schöner. Aus dem Mädchen von einst war eine umwerfende Frau geworden. Eine rattenscharfe Frau. Sie war fast bei mir und breitete ihre Arme aus.

»Max? Max Hayes? Verdammt nochmal!«

Sie schlang ihre Arme um mich, und ich drückte sie, so fest ich nur konnte. Wow, tat das gut!

»Max, wie kommst du in dieses Rattennest?«, fragte sie lächelnd.

»Frag nicht«, lachte ich und ich freute mich, dass sie in mir immer noch ihren Schulfreund zu sehen schien und nicht den weltbekannten Rockstar.

»Darf ich dich zu 'nem Drink einladen?«, fragte ich und sie nickte lächelnd.

»Gerne!«

Ich winkte Suzi herbei. »Was willst du?«

»Tequila, mit zwei Scheiben Zitrone, bitte!«

Ich hob die Augenbrauen an. »Tequila? Sicher?«

Cat nickte erneut und ich bestellte ihr den harten Stoff.

»Erzähl, was verschlägt dich hierher? Ich dachte immer, dich zieht es in die große Stadt.«

Mir war, als würde sich ihr Blick für einen Moment verdunkeln.

»Tja, es kommt wohl immer anders, als man es sich wünscht, nicht wahr?«, lächelte sie mich an.

Okay, sie wollte nicht darüber reden. Also ließ ich es.

»Und du? Du hast es geschafft, nicht wahr? Die ganze Welt liegt dir zu Füßen.« Ihre großen Augen musterten mich aufmerksam und ich wiegelte ab.

»Alles halb so wild.«

Plötzlich blaffte uns Tommy über den Tisch hinweg an. »Hey! Willst du uns nicht mal vorstellen?«

Ich hatte mich so in Cats Augen vertieft, dass ich meine Freunde komplett vergessen hatte.

»Entschuldigung!«, blaffte ich zurück. »Cat, das ist mein Cousin Brady ...«

Er reichte ihr die Hand und sie lächelte.

»Ich glaube, wir kennen uns bereits«, rief sie ihm zu und Brady nickte.

»Und das ist mein Bandkollege und bester Freund ...«

Sie reichte auch ihm die Hand. »Tommy Jackson, richtig?«, säuselte sie ganz selbstverständlich und zum ersten Mal geschah etwas, das ich noch nie erlebt hatte. Tommy wurde rot im Gesicht. Ich konnte mir ein Grinsen nicht verkneifen und Tommy strafte mich dafür mit einem Blick, der nichts Gutes verheißen sollte.

»Seid ihr länger hier am Ort?«, wollte Cat wissen.

»Die nächsten sechs Wochen. Urlaub!«

»Na, dann werden wir uns wohl noch öfter sehen. Vielleicht können wir uns mal irgendwo treffen, wo es ruhiger ist, damit wir über alte Zeiten reden können. Hier drin ist das so gut wie unmöglich!«

Sie wollte mich abwimmeln! Da war ich mir sicher. Das alles hier war nur Höflichkeitsgeplänkel. Sobald wir das *Early Birds* verließen, würde sie keinen Gedanken mehr an mich verschwenden. Meine eigenen Gedanken verdüsterten sich und ich spürte, wie eine gewisse Wut in mir aufkochte. Oder war es Angst?

»Will jemand von euch tanzen? Dafür bin ich eigentlich hergekommen!«, platzte sie auf einmal heraus.

»Ich tanze gerne mit dir«, kam mir Tommy zuvor.

Jedem anderen hätte ich in diesem Moment die Fresse poliert, aber nicht Tommy. Zähneknirschend akzeptierte ich es und Tommys Augen blitzten mich an, als er Cats Hand ergriff und sie auf die Tanzfläche zerrte. Ausgerechnet in dem Moment legte der DJ *Grounds for Divorce* von Elbow auf.

»Fuck. No!«, zischte ich. Der sexieste Song, zu dem man tanzen konnte und Cat stand da drüben mit Mister Sex-on-Legs Tommy Fucking Jackson! Meine Hände ballten sich zu Fäusten und das Adrenalin schoss mir nur so durch den Körper.

»Komm runter, Max!«, schrie mich Brady von der Seite an. »Tommy reizt dich nur, er würde nie etwas tun, was dir in die Quere kommen würde.«

Ich blickte ihn böse an. »Woher willst du das wissen?«, schrie ich zurück.

»Weil er verdammt noch mal dein bester Freund ist. Würdest du ihm so etwas antun?«

Nein, würde ich nicht. Ich beruhigte mich, aber ich ließ sie nicht aus den Augen.

Der Song dröhnte über die Tanzfläche und Tommy hatte seine Hände fest um ihre Taille geschlossen, während Cat ihre Arme um seinen Hals gelegt hatte. Sie bewegten sich perfekt und ihre Hüften waren fest aufeinander gepresst. Tommy lächelte sie an und Cat lächelte zurück. Verdammt, er baggerte sie an. Ich konnte mich fast nicht mehr auf meinem Sitz halten.

Die harten Gitarrenriffs dröhnten durch meinen Kopf und mit Entsetzen sah ich, wie Cat ihren Oberkörper nach hinten fallen ließ. Tommys Hände wanderten zu ihrem Hosenbund und blieben auf ihrem Arsch liegen. Die beiden strahlten nur eine Sache aus: Dreckigen, schmutzigen Sex! Ich war kurz davor, zu kotzen.

Ihre Haare berührten fast den Boden und ich sah, wie Tommy schwer atmete und eine Schweißperle über seine Schläfen rann.

»Mistkerl!«, zischte ich.

Er zog sie wieder zu sich heran und drückte keuchend seine Stirn gegen ihre, als sie ein Bein um seine Hüften schlang. Tommy hielt es fest.

Er griff mit seiner anderen Hand in ihren Nacken und riss ihren Kopf an ihren langen Haaren nach hinten. Seine Lippen berührten ihren Hals. Dann ließ er seine Hüften kreisen und ich wusste genau, was er da machte. Tommy fickte sie! Er fickte sie durch die Art, wie er mit ihr tanzte.

»Das reicht jetzt!«, fluchte ich und war bereit, mich hier und jetzt mit ihm zu prügeln. Wutentbrannt sprang ich auf, aber Brady zog mich wieder mit einem Ruck nach unten.

»Bleib sitzen, Idiot.«

Ich funkelte ihn an. »Du kannst gerne als nächster eine Abreibung kriegen, und jetzt lass mich!«

»Verdammt, Max. Sie ist eine erwachsene Frau und Single. Du hast kein Recht, Tommy zu verprügeln.«

Ich atmete schwer und ich wusste, dass er recht hatte.

»Außerdem tanzen sie nur, Arschloch!«

»Sag noch einmal Arschloch zu mir, und du kannst dir ein neues Gebiss kaufen, klar so weit?«

Ich merkte nicht einmal, was Brady da abzog. Er lenkte meine ganze Wut auf sich, und als ich es realisierte, war der Song zu Ende und Cat und Tommy saßen wieder am Tisch.

Tommy grinste mich an und zwinkerte mir zu. Brady hatte recht, er wollte mich reizen, das konnte ich seinem überheblichen Gesichtsausdruck ansehen. Und genau das war ihm auch gelungen. Ich ärgerte mich über mich selbst und sah dankbar zu Brady, der mir zunickte.

»Keine Ursache!«, lächelte er mich an.

»Hab ich was verpasst?«, fragte Tommy und ich war mir sicher, dass er genau wusste, wie sehr er mich auf die Palme gebracht hatte.

»Ich muss pissen!«, grummelte ich und verschwand zur Toilette.

Tommy schloss sich an, Cat und Brady blieben alleine zurück.

»Hat es Spaß gemacht?«, zischte ich zu ihm hinüber und Tommy lachte.

»Ist da etwa jemand eifersüchtig?«

»Nein, Tommy, das nicht. Aber ich weiß, was du auf der Tanzfläche gemacht hast!«

»Ach komm schon! War doch nur ein Tanz!«

»Es war mehr als das, und du weißt es.«

Ich ging zum Waschbecken, um mir die Hände zu waschen. Tommy stand kurz darauf neben mir.

»Jetzt weißt du es wenigstens«, sagte er.

»Ich weiß was?«

»Dass sie dir immer noch etwas bedeutet.«

»Tut sie nicht! Ich will nur nicht, dass du dich bei alten Freunden von mir so aufführst!«

Wem log ich eigentlich was vor?

»Kein Interesse mehr? Gut zu wissen. Dann wirst du ja nichts dagegen haben, wenn ich es versuche. Die Frau ist nämlich so was von heiß!«

Er ließ mich einfach stehen und ging wieder nach oben. Ich war so ein Idiot! Jetzt hatte ich ihm auch noch eine Steilvorlage gegeben. Als ich an den Tisch zurückkam, stand eine ganze Runde Tequila vor uns. Cat hatte sie bestellt.

»Wie trinkt man das Teufelszeug noch mal?«, fragte Tommy und Cat rutschte an seine Seite.

Diese verlogene kleine Ratte. Er wusste genau, wie man Tequila trinkt.

»Hier, nimm die Zitrone und streich dir etwas davon auf deinen Handrücken.« Cat gab Anweisungen und Tommy folgte ihnen. »Dann etwas Salz drauf.« Sie reichte ihm ein Glas und nahm sich selbst auch eins.

»Und was jetzt?« Tommy spielte den Unwissenden.

»Salz ablecken, Tequila trinken und in die Zitrone beißen!«

Tommy tat es ihr gleich, doch statt in die Zitrone zu beißen wartete er, bis sie mit ihrer fertig war.

»Ich hab meine Zitrone noch nicht«, flüsterte er ihr zu und näherte sich ihren Lippen.

Sie wehrte sich nicht und Tommy brauchte nicht lange, bis er seine Zunge in ihrem Hals hatte.

Ich spürte, wie Wut in mir hochkochte. Brady rutschte ganz nahe an mich heran.

»Schlag ihn mit seinen eigenen Waffen, Max!«, flüsterte er mir ins Ohr.

»Was meinst du?«

»Herrgott, Max, du benimmst dich wie ein Klosterschüler, merkst du das nicht? Wie viele Tussies hast du in deinem Leben schon flachgelegt? Kannst du sie überhaupt noch zählen? Du bist der Frontman, Max. Sie alle wollen dich, das weißt du. Und hier benimmst du dich wie ein Mönch. Die Frau will Spaß haben, siehst du das nicht? Und jetzt lass dir Eier wachsen und tu was dagegen!«

Er neigte den Kopf in Tommys Richtung, der immer noch damit beschäftigt war, Cats Mandeln zu kitzeln.

»Er fordert dich heraus, sonst nichts. Und jetzt zeig ihm, wer der wahre Ladykiller ist!« Brady klopfte mir auf die Schulter.

Also schön, gehen wir es an ... Ich stand auf und stellte mich neben sie.

»Cat?« Sie blickte mich an und ich nahm ihre Hand. »Lass uns tanzen!«

Bitte, bleib jetzt nicht sitzen und sag nein, dachte ich nur und sah ihr tief in die Augen.

Sie stand auf! Was für ein Glück. Tommy schüttelte hinter ihrem Rücken den Kopf und grinste.

»Bestell uns noch 'ne Runde!«, rief Cat ihm noch zu und ich zog sie mit mir.

Es lief Gary Moores *Friday on my mind*, nicht gerade der beste Song zum Tanzen, aber es war mir egal, Hauptsache weg von Tommy. Doch kaum hatten wir die Tanzfläche betreten, brach der Song abrupt ab und DJ Bass-Stimme meldete sich wieder.

»Sorry, Leute, aber das ist definitiv der Moment, an dem es Zeit wird, Gary ziehen zu lassen und Chris willkommen zu heißen. Das hier ist für dich, Max!« Er sah mir direkt in die Augen und die weinende Gitarre aus Chris Isaaks *Wicked Game* heulte ihr Klagelied.

Tommy! Dieser verfickte Arsch. Ich sah zum Tisch rüber und Tommy und Brady grinsten mich an. Die Schweine hatten das wohl alles genau so geplant! Ich fragte mich nur wie und wann? Ich hielt ihnen die Mittelfinger beider Hände entgegen und sie krümmten sich vor Lachen. Das würde ich ihnen heimzahlen, darauf konnten sie Gift nehmen, aber zuerst hatte ich mich um eine Lady zu kümmern.

Cat schmiegte sich ganz fest an mich und legte ihren Kopf an meine Brust an. Sie roch so unglaublich gut. Ihr Haar duftete nach Pfirsich und ich atmete tief ein. Meine Hände lagen auf ihrem Rücken und ich konnte nicht anders, als ihr zart über die nackte Haut zu streicheln, die ihr rückenfreies Top preisgab.

Cat stöhnte leise auf und drehte sich um. Sie presste sich mit ihrem Rücken fest an mich und legte ihren Kopf mit geschlossenen Augen in den Nacken, sodass er meine Schultern berührte.

Meine Hand ruhte auf ihrem flachen Bauch und meine Augen hatten freie Sicht auf ihre unglaublichen Titten. Mein Schwanz wurde hart wie Stahl, und ich war sicher, dass sie es spüren konnte, so, wie sie ihren Hintern an mich drückte. Sie glitt an mir hinab und bewegte lasziv ihre Hüften. Auf dem Weg zurück nach oben streichelten ihre Hände an meinen Beinen entlang und ich glaubte, explodieren zu müssen. Cat! Das war – heiß, heißer, ich komme! Oh man. Ich drehte sie wieder um, damit ich ihr ins Gesicht sehen konnte.

Mein Hände wanderten zu ihrer Taille und ich hob sie hoch. Sie schlang ihre Beine um mich, und ich vergrub mein Gesicht an ihrem Hals. Ihre Haut duftete nach Parfüm und Lotion, und ich konnte dem Drang nicht widerstehen, mit meiner Zunge an ihrem Hals entlang zu streichen.

Ihre Wange drückte sich an meine und ich hörte ihr leises Keuchen an meinem Ohr. Meine Lippen wanderten von ihrem Hals über ihr Gesicht und bevor sie die ihren erreichen sollten, stoppte ich kurz ab und blickte ihr tief in die Augen. Ich wollte ihre Erlaubnis, bevor ich sie küsste.

Cat atmete schwer und ihr Blick wanderte zu meinen Lippen. Sie kam mir immer näher und ihre Augen forderten, was ich mir erhoffte.

Ich stöhnte, als meine Zunge die ihre traf. Wir küssten uns, bis der Song vorbei war – heiß, intensiv. Dann löste sie sich von mir und sah mich traurig an.

»Ich sollte gehen«, murmelte sie mit zittriger Stimme.

Ich war geschockt. »Hab ich was falsch gemacht, Cat?«, fragte ich panisch.

»Nein, hast du nicht. Ich muss jetzt gehen!«

Sie drehte sich um und rannte davon. Da stand ich nun, mit einem Mordsständer in der Hose, alleine auf der Tanzfläche, und wusste nicht, was da gerade passiert war. Ich spürte, wie mir jemand den Arm um die Schultern legte. Es war Tommy.

»Tut mir leid, Champ. Das lief anders, als ich es erwartet hatte. Was ist passiert?«

»Ich habe absolut keine Ahnung!«, antwortete ich und blickte immer noch fassungslos zur Ausgangstür.

»Na komm!« Tommy brachte mich zurück an den Tisch und goss mir wieder einen Whiskey ein.

Brady blickte unter sich, als wollte er sagen: *Ich hab es euch gesagt!*

Ich kippte den Whiskey runter, und er brannte sich durch meine raue Kehle. Tommy schenkte mir umgehend nach.

»Weiber!«, fluchte er.

Wir beschlossen, die Sache zu vergessen und ließen uns übel volllaufen. Der Schmerz ließ langsam nach.

»Willst du tanzen?«, hörte ich plötzlich eine Stimme neben mir und ich drehte den Kopf. Eine langbeinige Blondine in Fick-Mich Stilettos stand neben mir und drückte mir fast ihre prallen, falschen Titten ins Gesicht.

»Klar, warum nicht!«, lallte ich beinahe schon und ließ mich von ihr mitschleppen.

Auch Tommy und Brady schienen zwei willige Opfer gefunden zu haben. Es dauerte nicht lange und wir saßen zu sechst in Martys Stretch Limousine, die der Club extra als Fahrservice für besondere Gäste bereit gestellt hatte. Marty ließ es sich nicht nehmen, uns persönlich nach Hause zu fahren. Wir kamen am Haus an und ich ließ alle aussteigen. Dann drückte ich Marty für dreihundert Dollar Scheinchen in die Hand.

»Wäre schön, wenn du die Ladies später nach Hause fahren könntest!«, lächelte ich ihn an.

»Euer Wunsch ist mir Befehl!«, lachte er und steckte das Geld ein, bevor er zum Telefon griff, um seinen Leuten Bescheid zu sagen. »Viel Spaß«, rief er mir noch hinterher.

Ich taumelte aus dem Wagen und die Blondine kicherte mir entgegen. Ich kannte nicht einmal ihren Namen, aber es war mir egal. Dann hakte ich mich bei ihr unter und wir verschwanden in meinem Zimmer. Der Alkohol setzte mir mehr zu, als ich gedacht hätte. Blondie zog mich zu sich aufs Bett und ich hatte Bedenken, dass Bad Boy wegen dem Alk Probleme bekommen würde. Meine Sorgen waren unbegründet und ich lächelte. Ich strich mit meinen Fingern an den Innenseiten von Blondies Schenkeln entlang. Ich tastete mich höher, gelangte unter ihren viel zu kurzen Mini und erreichte ihren Slip. Mit meinem Daumen schob ich ihn zur Seite und oh man! Da freute sich wirklich jemand auf mich. Sie war so nass, dass ich mich nicht mehr besonders anstrengen musste. Mein Finger glitt in sie hinein und Blondie stöhnte auf. Ihre Hand griff mir zwischen die Beine und fing an, mein bestes Stück zu massieren.

»Gib ihn mir«, hauchte sie mir zu und ich grinste.

»Nichts lieber als das!«

Ich riss ihr den Slip herunter und streifte meine Jeans und die Boxershorts ab. Sie öffnete ihre Bluse und ich musste in dem Moment an Cats perfekte Titten denken … Hoppla? Bad Boy fing an nachzulassen, und ich versuchte, den Gedanken an Cat schnell wieder zu verdrängen. *Komm jetzt nicht auf die Idee, ein Gewissen zu entwickeln* forderte ich meinen Schwanz auf und es funktionierte halbwegs.

Ich beschloss, Blondie umzudrehen. Ich kniete mich hin und zog sie zu mir heran. Mit meinen Zähnen riss ich das Kondompäckchen auf, das ich mir vorher zurechtgelegt hatte und streifte mir den Gummi über. Einen Moment später war ich in ihr drin. Wieder dachte ich an Cat und diesmal kam zu dem Schmerz, bei dem Gedanken an sie, auch noch Wut dazu. Hart stieß ich in Blondie hinein. Ja, so war es gut. Ehrlicher Sex – billig, unverbindlich, konsequenzlos ...

Verdammt, wieso fühlte er sich dann plötzlich so falsch an?

Ich versuchte, an Blondies nasse Muschi zu denken. Es half, und ich beschloss mich zu beeilen, bevor noch irgendetwas Peinliches passieren sollte. Ich hielt mich nicht mehr zurück und ließ alles kommen. Es war kurz aber heftig und erschöpft ließ ich mich neben Blondie fallen. Ich schloss für einen Moment die Augen. Alles drehte sich. Ich fühlte, wie die Kleine meine Brust streichelte und ich sah sie an.

»Du solltest jetzt gehen!«, sagte ich zu ihr, und sie schien es zunächst für einen Scherz zu halten, was ihr dümmliches Gekicher zum Ausdruck brachte.

Ich sprang aus dem Bett auf. »Ich meine es ernst. Pack deine Sachen. Marty wird dich nach Hause fahren!«

Ich sah ihr entsetztes Gesicht und schüttelte den Kopf. Immer dasselbe! Ich ließ sie einfach stehen und ging ins Bad. Kurze Zeit später vermischte sich ein Schluchzen mit dem Klacken von Stilettos. Ich wartete kurz – Rums! Da war er. Der Knall, den die Tür machte, als sie sie voller Wut hinter sich zuschlug. Ich atmete auf.

Erst mal duschen. Ich fühlte mich widerlich. Der Gestank von Rauch und Schnaps hüllte mich ein, und ich stellte mich lange unter das heiße Wasser, um ihn von mir abzuspülen.

Das Wasser rann über meinen Rücken und ich drückte meine Stirn gegen die Wand. Cat, verdammt! Ich wurde die Gedanken an sie nicht los. Was war da nur passiert? Sicher, sie ließ es zu, dass Tommy ihr die Zunge in den Hals steckte. Sie hatte etwas Spaß gesucht, daran war nichts Verkehrtes. Aber als wir miteinander tanzten – das war etwas anderes. Ich konnte es an ihren Augen sehen. Das war nicht bloß Spaß suchen.

Es war sinnlich! Es war zum Teufel nochmal so sinnlich, dass ich die Bilder und Gefühle nicht mehr aus meinem Kopf kriegen konnte. Verdammt nochmal, ich habe sie sogar um Erlaubnis gebeten, sie küssen zu dürfen, obwohl ich mir doch sonst nehme, was ich will.

Ich fühlte mich wie ein Vollidiot. Sie hatte mit mir gespielt, lächerlich gut gespielt, und ich hatte verloren. Ich drehte das Wasser ab und stieg aus der Dusche. Noch schnell die Zähne putzen und dann ab ins Bett.

Schlafen. Vergessen. Ein neuer Tag.

Genau so wird es laufen.

2. Kapitel

Das Geräusch von klapperndem Geschirr riss mich aus dem Schlaf. Ich sah mich um und versuchte mich zu orientieren, denn im ersten Moment wusste ich nicht wo ich war. Dann kam die Erinnerung zurück.

Shit!

Mein Kopf dröhnte und mein Kater war von einem anderen Stern. Erstmal eine Schmerztablette einwerfen! Ich kramte in meinen Sachen, drückte eine kleine Pille aus ihrer Verpackung und ging ins Bad. Wasser ins Glas, Tablette in den Mund, runterspülen. Gleich würde es mir besser gehen – hoffentlich. Der pelzige Geschmack auf meiner Zunge war widerlich. Zähne putzen – sofort. Ich betrachtete mich im Spiegel. Mein Gott, sah ich scheiße aus. Ich überlegte, wieder ins Bett zu gehen.

Jetzt reiß dich mal zusammen, sagte ich zu mir selbst. Ich hielt meinen Kopf unter das eiskalte Wasser und nach und nach kamen die Lebensgeister zurück.

Besser! Eindeutig besser! Nur in meinen Boxershorts verließ ich mein Zimmer. Ich kam nach unten und sah Brady, der am Herd stand und, so wie es roch, Rührei mit Speck zubereitete. Ich liebte Rührei mit Speck, aber an diesem Morgen bereitete mir der Geruch Übelkeit. Mein Magen war eindeutig übersäuert von dem ganzen

Whiskey und Tequila von letzter Nacht. Ich wusste, ich würde nichts essen können.

»Hey, Brady, alles fit?«, rief ich zu ihm hinüber.

Er drehte sich zu mir um und grinste. »Bei mir schon, und bei dir?« Brady hatte wohl Spaß letzte Nacht. Ich gönnte es ihm.

»Na, ihr Wichser?« Tommy kam ebenfalls in die Küche. Seine Haare standen in alle Richtungen und noch nie hatte er weniger sexy ausgesehen, als in diesem Moment. Ich grinste, denn ich wusste, ihm ging es nicht einen Deut besser als mir.

»Man, was für eine Nacht!«, stöhnte er und kratzte sich an den Eiern, bevor er die Kühlschranktür aufriss, sich eine Flasche Orangensaft griff und sie an seinem Mund ansetzte. Er leerte sie fast in einem Zug.

»Schon mal was von Gläsern gehört?«, grummelte ich und Tommy zeigte mir den Mittelfinger. Er stellte die Flasche zurück und kam zu mir, um mich in den Schwitzkasten zu nehmen.

»Na? Geht's wieder?«, wollte er wissen.

»Man, Tommy, lass mich los, wenn du nicht willst, dass ich dir auf die Füße kotze.«

Brady kicherte am Herd.

»Sind die Ladies gut nach Hause gekommen?«, erkundigte ich mich.

»Gut gekommen? Ja«, lachte Tommy. »Gut nach Hause? Keine Ahnung!«

Ich schüttelte den Kopf, aber ich musste auch lachen.

»Marty hat sie entsorgt«, meldete sich Brady zu Wort.

»Gut!« Ich kratzte mich am Kopf und setzte mich an den Küchentisch.

»Was habt ihr vor, heute?«, wollte Brady wissen.

Ich überlegte und mir fiel nichts Besonderes ein. »Keine Ahnung«, antwortete ich, »ich hab nichts geplant, du Tommy?«

Tommy schüttelte den Kopf. »Nein, nichts. Ich glaube, ich will mich einfach nur faul in die Sonne legen und pennen.«

»Hört sich gut an!«, flüsterte ich zu mir selbst.

Brady packte uns von dem Rührei auf die Teller und ich verzog die Mundwinkel.

»Sei mir nicht böse, aber ich kann jetzt nichts essen.«

Brady grinste. »Liebeskummer?«

Ich blickte ihn böse an. »Hör auf, mich daran zu erinnern!«

»Schon gut! Komm wieder runter!«

Tommy schnappte sich meinen Teller. »Dann bleibt eben mehr für mich!« Er ließ sich scheinbar durch nichts den Appetit verderben.

Ich stand wieder auf und lief auf die Terrasse. Es war fast Mittag und die Sonne brannte. Seufzend ließ ich mich in dem Schaukelstuhl nieder und blickte über den See. Irgendwo auf der anderen Seite wohnte Cat. Ich fragte mich, was sie jetzt wohl gerade machte. Ich schloss meine Augen. Der Pfirsichduft ihres Haares drang wieder in meine Nase.

Der Geschmack ihrer Haut lag auf meiner Zunge und verdammt – sie schmeckte so gut! Mein Herz schlug schneller und ich dachte an den Kuss, diesen langen, sinnlichen, heißen Kuss ...

»Entweder besorgst du dir 'nen Waffenschein oder du tust etwas dagegen!« Tommys Stimme riss mich aus meinem Tagtraum. Er zeigte auf die deutliche Wölbung in meinen Shorts und grinste.

»Arschloch!«, schnaufte ich.

»Ja, ich liebe dich auch!«

Ich stürmte zurück ins Haus. Ich musste diesen Druck loswerden. Ich ließ den Whirlpool mit dampfendem, heißem Wasser volllaufen. Nachdem ich meine Shorts ausgezogen hatte, stieg ich in die Wanne und stellte die Düsen an. Das Wasser fing an zu blubbern und ich spürte die massierende Wirkung an meinem Rücken. Leise stöhnte ich auf. Das tat gut! Mehr als gut!

Selbstquälerisch rief ich mir den gestrigen Abend wieder vor Augen. Wie sie vor mir stand, den Rücken und Hintern an mich gedrückt. In meinen Gedanken war ich alleine mit ihr dort. Wir bewegten uns im Takt der Musik und meine Hände fanden den Weg unter ihr Shirt. Ich fühlte, wie ihre Brustspitzen unter meinen Berührungen hart wurden. Ich küsste ihren Hals und meine Hand wanderte in ihre Hose. Ich wollte sie spüren, alles an ihr … ich … Shit! Ich stöhnte, als mich ein gewaltiger Orgasmus durchschüttelte. Zu schnell! Viel zu schnell!

Mist!

Es ging mir besser – fürs Erste. Ich wusste, da musste noch einiges mehr passieren, bevor ich diese innere Erregung loswerden konnte. Was hatte sie nur mit mir angestellt?

Ich stieg aus dem Whirlpool und trocknete mich ab. Danach zog ich mich an und ich fühlte mich so langsam wieder als Mensch. Ich schnappte mir eine CD und legte sie in den Player ein. Dann drehte ich voll auf.

Kings of Leon's *Sex On Fire* dröhnte durch meine Suite und ich tanzte wie ein Irrer dazu, während ich lautstark mitsang. Ich konnte einfach nicht anders. Gleich danach folgte *Carry On* von FUN. und ich hüpfte wie ein völlig Durchgeknallter auf meinem Bett herum.

»If you're lost and alone or you're sinking like a stone – Carry on! May your past be the sound of your feet upon the ground – Carry on!«, sang ich laut mit.

Ich fühlte mich besser. Musik war noch immer mein Ventil dazu, mich besser zu fühlen. Meine Stimmung zog deutlich an. Alles war gut! Nichts war passiert! Ja, der Abend lief komisch, aber sie hatte mich geküsst! Aus welchen Gründen auch immer sie davonlief, ich würde es herausfinden. Sie hatte mich so was von am Haken – verdammt!

Ich grinste und konnte nicht mehr damit aufhören. Ich riss die Tür auf und stürmte nach unten – singend – tanzend – total bekloppt! Brady und Tommy sahen mich fragend an und ich stürmte auf Tommy los und gab ihm einen dicken Kuss direkt auf seine Lippen.

»Wuääääh!«, jammerte er. »Was war das denn? Drehst du jetzt vollkommen durch?«

»*Carry On!*«, schrie ich durch das ganze Haus, tanzte durch die Wohnzimmertür hinaus und durch die Küchentür wieder herein.

»Ich brauch Papier und einen Schreiber, jetzt!« Mir gingen tausend Ideen durch den Kopf, die ich umsetzen musste.

Brady warf mir beides auf den Küchentisch und ich fing an zu texten.

»Was machst du?«, wollte er wissen.

»Neue Songs! Ich muss die Wörter zu Papier bringen, bevor sie sich still und heimlich wieder verpissen.«

Texten fiel mir noch nie schwer. War die Idee erst da, konnte ich sie auch umgehend zu Papier bringen und im Moment gingen mir einige Ideen durch den Kopf.

Tommy und Mitch waren die Musiker, sie fanden die Noten dazu, viel schneller als ich. Aber das hatte Zeit.

Jetzt war schreiben angesagt. Ich setzte mich hin und fing einfach an. Die Worte flossen nur so aus dem Stift.

Tommy und Brady hatten beschlossen, sich ein wenig Spaß auf der Kartbahn im Nachbarort zu gönnen und ließen mich allein. Als sie nach drei Stunden wieder zurückkamen, hatte ich nicht weniger als vier neue Texte zusammen und gab sie Tommy.

Er nahm sich ein Bier aus dem Kühlschrank und verschwand mit den Blättern nach draußen. Ungeduldig ließ ich ihm Zeit, bis ich es nicht mehr aushielt und ihm folgte.

»Und? Was denkst du?«, fragte ich ihn aufgeregt.

Tommy hob die Hand, als wollte er mich bitten, zu warten. Er war an den letzten Zeilen angekommen. Schließlich ließ er die Blätter in seinen Schoß fallen und blickte mich an. »Shit!«, zischte er.

Ich zuckte mit den Schultern. »Shit? Ist das gut oder schlecht?«

Tommy sprang auf und drückte mir die Blätter in die Hand. »Das ist verfickt nochmal das Beste, was du bisher geschrieben hast, Max! Ich glaub's ja nicht!«

Ich strahlte wie ein Atomkraftwerk nach einem Super Gau. »Ehrlich?«

»Jaa, verdammt noch mal!« Tommy umarmte mich fest. »Du solltest wohl öfter mal Liebeskummer haben, mein Freund«, lächelte er mich an. »Ich werd den Jungs Bescheid sagen. Das müssen wir umsetzen!« Er griff nach seinem Handy, doch ich hielt ihn zurück.

»Nein, Tommy, lass ihnen den Urlaub. Das kann warten.«

»Wenn du meinst!«

Ich dachte nochmal über meine Worte nach und nickte. »Doch, sie sollen sich erholen. Ich hab noch mehr

Ideen. Wenn die auf Papier sind treffen wir uns, vorher nicht!«

»Okay, ganz wie du willst. Was dagegen, wenn ich mir schon mal ein paar Gedanken mache?«

»Natürlich nicht.« Ich war wie aufgezogen. »Wir sollten feiern!«, schrie ich plötzlich und erschrak über mich selbst.

Tommy lachte laut. »Na endlich! Das ist mein Max. Ich dachte schon, ich müsste den ganzen Urlaub hier sitzen und dir beim Trübsalblasen zusehen.«

»Na los, zieht euch an, das Early Birds wartet!«

Es war zwar erst acht Uhr, aber ich wollte nicht mehr warten. Nach dem wir uns aufgedonnert hatten, ließ Brady ein Taxi kommen. Sein Pickup hatte eine Delle von letzter Nacht in der Tür, und er wollte ihn dieses Mal nicht mitnehmen. Wir quetschten uns zu dritt auf den Rücksitz. Tommy saß in der Mitte.

»Oh man, Tommy, du stinkst wie ein ganzer Puff zur Happy Hour! Mehr Parfum ging wohl nicht mehr«, beschwerte sich Brady und Tommy grinste.

Brady hatte recht. Tommys Parfum war wirklich aufdringlich und ich war froh, als wir endlich beim Club ankamen, um aussteigen zu können.

»Luft!«, schrie Brady und atmete tief ein.

»Den Gestank wird der Arme niemals mehr aus dem Taxi kriegen«, maulte ich.

»Ihr verhaltet euch wie Weicheier«, motzte Tommy.

Wir gingen hinein und sofort waren wieder Shane und Marty an unserer Seite.

»Hey, Jungs«, rief ich ihnen freudig zu.

Sie reichten uns die Hand und brachten uns an unseren Tisch von gestern, der aber wohl schon besetzt war.

»Verzieht euch!«, brummte Shane und die halben Hemden, die sich dort niedergelassen hatten, machten respektvoll Platz.

»Shane, das wäre nicht nötig gewesen. Wir hätten uns auch woanders hinsetzen können«, flüsterte ich ihm zu.

Shane schüttelte den Kopf. »Anweisung von ganz oben, Sir. Solange ihr hier seid, ist das euer Tisch.«

»Na schön ...«

Wir setzten uns und bestellten Champagner zur Feier des Tages. Nachdem wir angestoßen hatten, wandte ich mich Brady zu.

»Du, was sollte das eben? Was hast du mit denen bloß ausgemacht? Anweisung von ganz oben?«

Brady zuckte mit den Schultern. Er schien wirklich nicht zu wissen, was da los war.

»Keine Ahnung, ehrlich nicht. Ich habe nur dafür gesorgt, dass wir hier ungehindert Zutritt bekommen und dass sie ein wenig auf euch aufpassen, mehr nicht.«

Ich glaubte ihm, aber seltsam war das schon. Schließlich hatte keiner von uns so etwas verlangt.

»Wer ist eigentlich *ganz oben*, kennst du den Inhaber des Clubs?«, hakte ich noch nach, aber Brady verneinte.

»Nein, niemand weiß das. Irgendeine Firma steckt dahinter. Aber wer da Chef ist ...«

»Noch jemand Champagner?«, unterbrach uns Tommy.

»Nein, lass mal stecken. Ich hasse dieses Zeug.« Er war wirklich nicht nach meinem Geschmack und ich wusste nicht, wieso wir ihn überhaupt bestellt hatten. Ich rief Grace an den Tisch, Suzi hatte heute frei. »Bring uns doch bitte eine Flasche Scotch und drei Gläser.« Sie nickte und verschwand.

»Scotch? Heute sind wir aber besonders edel drauf, was?«, neckte Tommy mich.

»Ich hab nicht vor, mich schon wieder zu besaufen«, antwortete ich. »Genießen ist heute angesagt. Ich hab aber nichts dagegen, wenn ihr euch wieder mit Jacky zuknallen wollt.«

Der Laden füllte sich langsam. Innerhalb von Minuten wurde es brechend voll. Es war sogar noch mehr los, als am Abend davor. Gegen halb zehn nahm DJ Sexy Stimme wieder seinen Platz ein und legte los. Ab zehn passte niemand mehr rein. Jacob machte am Eingang dicht. Nur wenn einer rausgehen würde, käme der Nächste rein, aber die Chancen dafür standen mehr als schlecht.

Ich ließ es langsam angehen, was die Trinkerei betraf. Brady und Tommy tranken zwar mehr, aber auch sie bremsten sich. Ich kramte in meinen Taschen und zog mir 'ne Zigarette raus.

»Du rauchst?«, fragte Brady überrascht.

»Quartalsmäßig«, grinste ich. Das war nicht gelogen. Ab und an gönnte ich mir einen Glimmstengel, aber komischerweise war es nicht so, dass ich es wirklich gebraucht hätte. Aber heute war mir mal wieder danach.

Der Abend verlief ganz entspannt. Wir tranken gemütlich unseren Scotch, quatschten viel und beobachteten die Menge. Es ging schon auf Mitternacht zu und ich wurde nervöser. Sie war nicht hier. Cat war nicht aufgetaucht. Wegen ihr war ich hier und ich hatte so sehr gehofft, sie zu sehen. Stumm versank mein Blick in meinem Glas, bevor ich es leerte. Tommy schenkte nach.

Plötzlich ertönte ein Höllenlärm durch den Laden. Es waren Sirenen, und an der Decke drehten sich rote und blaue Lichter. Ich zuckte zusammen, denn ich war total erschrocken und Brady konnte sich fast nicht mehr einkriegen vor Lachen.

»Was ist denn jetzt los?«, schrie ich ihm zu, und ich musste mich sehr anstrengen, den Lärm zu übertönen.

»Genieß einfach die Show!«, schrie er zurück.

»Ladies and Gentlemen«, stöhnte der DJ ins Mikro. »Willkommen zu einem weiteren heißen Samstag im Early Birds. Ich weiß, was ihr denkt. Ihr denkt, das ist ein gefährlicher Dschungel, in dem ihr hier gelandet seid und wisst ihr was? Ihr habt absolut recht!« Das Publikum jubelte und er redete weiter. »Es ist wild, es ist heiß, und wenn ich mir die Mädels hier so anschaue ... verdammt feucht!«

Die Männer grölten und ich schmunzelte. Er war gut. Er war wirklich gut. Ich sah im Augenwinkel, dass sich Shane und Marty näher zu unserem Tisch zogen. Shane gab Handzeichen in eine Richtung, ich konnte aber nichts erkennen. Ich blickte wieder zum DJ.

»Nun, Ladies and Gentlemen, jeder Dschungel hat seine Hölle. Ladies, haltet eure Kerle gut fest, und Gentleman, bitte … die Hände aus den Hosentaschen. Macht Platz für die Early Birds Hellcats!!«

Die Sirene dröhnte wieder los und plötzlich tauchten aus allen Ecken des Ladens Girls auf, die in heiße, enge Samtkostüme gequetscht waren. Sie verteilten sich im ganzen Laden und dann wusste ich auf einmal, wieso manche Tische so groß waren und warum eine silberne Stange in ihrer Mitte steckte. Die Mädels kletterten hinauf und auch auf unseren Tisch kletterte eine schwarzhaarige, rassige Schönheit mit kirschroten Lippen, die alles versprachen. Kaum war jede an ihrem Platz, verstummten die Sirenen und Alannah Myles' *Black Velvet* dröhnte aus den Boxen. Der Pole Dance, den die Mädels daraufhin veranstalteten, war mehr als sexy. Man, die hatten es wirklich drauf.

Hinter mir schepperte etwas und ich sah, dass einer von Jacobs Gorillas einen jungen Mann vom Tisch zog. Er hatte sich wohl etwas zu viel versprochen. Jetzt war Feierabend für ihn und ich grinste. Das war es also, was Shane eben gemacht hatte. Er hatte seine Kollegen strategisch gut verteilt. Die Mädels an den Stangen waren so heiß, dass nicht jeder damit umgehen konnte, und Jacobs Männer sorgten dafür, dass ihnen keiner zu nahe trat.

Ich beobachtete wieder unsere Schönheit, die gerade kopfüber an der Stange turnte. Tommy leckte sich mit der Zunge über seine Lippen und war wie gebannt. Ja, das war ganz nach seinem Geschmack und ich wusste genau, dass es eine Tortur für ihn war, denn er musste seine Hände bei sich lassen. Er leerte sein Glas ohne den Blick von ihr zu wenden. Sie schien zu spüren, wie sehr Tommy auf sie ansprang und sie spielte mit ihm. Jede Bewegung, jeder Blick zielte nur auf ihn ab. Sie würde ihn in den Wahnsinn treiben! Ich konnte mir ein Lachen nicht verkneifen.

Auch Brady hatte es bemerkt und boxte mir lachend auf den Arm. Die Stimmung im Laden knisterte. So etwas konnte auch schnell kippen, aber Jacobs Männer hatten alles im Griff. Im Gegensatz zu Tommy, den es fast nicht mehr auf seinem Platz hielt. Zum Glück war das Lied aus.

»Applaus für unsere Höllenkätzchen!«, rief der DJ und die Menge grölte. »Na los, schön zurück ins Körbchen!«

Die Mädels stiegen von den Tischen und sofort war ihr Begleitschutz neben ihnen, um sie durch die tobende Menge zu führen.

Unsere Schönheit drehte sich noch einmal um, steckte sich ihren Zeigefinger in den Mund, leckte ihn lasziv ab und drückte ihn auf Tommys Lippen. Sie zwinkerte ihm zu und dann verschwand auch sie. Tommy war völlig fertig. Brady und ich grinsten ihn an und nur langsam checkte er, dass wir das taten.

»Was?«, brüllte er uns schweratmend entgegen.

»Na? Sauerei in der Hose?«, grinste ich.

Brady prustete bei meinen Worten los und schüttelte sich vor Lachen.

»Sehr witzig!«, maulte Tommy und kippte noch einen Scotch.

Ich blickte wieder im Laden umher. Kein Zeichen von Cat. Ich war enttäuscht. So sehr hatte ich gehofft, sie heute Abend zu sehen.

»Jungs?« Brady und Tommy sahen mich fragend an. »Ich werd nach Hause fahren, ich bin todmüde. Ihr bleibt sicher noch länger, oder?«

»Wenn du gehst, gehe ich auch«, antwortete Tommy.

»Hör auf, so loyal zu sein und amüsiere dich. Brady ist doch bei dir, oder?«

Brady nickte. »Was immer ihr wollt.«

»Siehst du? Ich haue mich eh gleich ins Bett. Also bleib ruhig noch.«

»Sicher?«

»Na klar.«

Marty war so nett und fuhr mich wieder heim. Als ich aus dem Wagen stieg, war es fast ein Uhr und ein kühler Wind streifte mein Gesicht. Ich ging über die Terrasse ums Haus herum und setzte mich wieder in den Schaukelstuhl. Ich wollte noch gar nicht zu Bett gehen, aber ich ertrug heute Abend einfach den lauten Club nicht. Hier war es still. Hier hörte ich meine Gedanken. Ich dachte an Cat und den gestrigen Abend. Ich wusste, ich musste die Sache endlich realistisch betrachten. Ich war betrunken, sie auch. Ich wollte Spaß, sie auch. Wir haben uns geküsst und einander ordentlich angeheizt – na und? Ein nettes Spielchen.

Ja, das war es. Nicht mehr und nicht weniger. Ich hatte mir in die ganze Sache wohl viel zu viel hineininterpretiert. Wir waren keine Teenager mehr. Sie war meine erste große Liebe, meine einzige Liebe, aber das war in einem anderen Leben. Sie hat es damals nicht gewusst, sie weiß es heute nicht. Alles ist gut. In ein paar Wochen bin ich hier weg und vermutlich werde ich sie nie mehr wiedersehen. Es war ja eh alles nur ein verdammter Zufall. Ein Zufall, der sich mir ins Herz gebrannt hat. Himmel, es tat so weh! Ich wollte sie wieder in meinen Armen halten. Ich wollte sie spüren.

Meine Augen brannten von dem vielen Rauch im Early Birds und ich rieb dran. Mein Blick schweifte wieder über den See. Was sie jetzt wohl gerade macht? Ob sie an mich denkt? Wahrscheinlich hatte sie mich schon wieder vergessen ...

»Max?«

Mir blieb fast das Herz stehen. Ich sprang auf und suchte die Dunkelheit ab. Halluzinierte ich? Ich hatte die Stimme doch gehört?

»Ich bin hier, Max.«

»Cat?« Tatsächlich, da stand sie auf der untersten Treppenstufe. »Cat! Was machst du hier?«, fragte ich überrascht und mein Herz rutschte mir beinahe in die Hose.

»Ich hab gesehen, dass Marty dich nach Hause gebracht hatte. Ich war spazieren, und du bist alleine hier. Ich dachte, es wäre eine gute Gelegenheit, um zu reden.«

Ich atmete schwer. Sie hier so vor mir zu sehen, so nah und doch so unerreichbar ...

»Soll ich wieder gehen? I-Ich wollte dich nicht stören. Entschuldige!«

»Nein!«, schrie ich panisch. »Bleib!« Ich kramte den Schlüssel aus der Hose. »Willst du was trinken?«

»Gerne.«

»Ein Bier, vielleicht?«

»Ja, das passt.«

Himmel, ich kam mir wirklich vor wie ein Siebtklässler. Schnell sperrte ich die Tür auf und machte zuerst mal Licht. Ich nahm zwei Bier aus dem Kühlschrank, schnappte mir ein paar Kerzen und begab mich zurück zur Terrasse. Ich war so nervös, dass sich mir die Nackenhaare stellten, und ich konnte mir nicht erklären, warum.

»Hier!« Ich reichte ihr das Bier und zündete die Kerzen an. Dann löschte ich drinnen wieder das Licht und setzte mich zu ihr. »Cheers«, sagte ich und prostete ihr zu.

Sie sah wunderschön aus im warmen Licht der Flammen, und ich konnte meinen Blick nicht von ihrem Gesicht lassen.

»Wieso läufst du nachts alleine hier durch den Wald? Hast du keine Angst?«, fragte ich besorgt.

Sie schüttelte den Kopf. »Nein, hab ich nicht. Ich mag die Dunkelheit, sie schützt mich.« Sie lächelte mich an und mein Herz machte einen Satz.

»Wovor denn?«, lächelte ich zurück.

»Vor meinen Dämonen ...« Sie lachte und ich war mir nicht sicher, ob sie das ernst gemeint hatte oder ob es nur ein dummer Spruch war.

Ich wollte sie einerseits nicht verschrecken, aber andererseits brannte mir die Frage nach gestern auf den Lippen. »Über was wolltest du reden? Über gestern Abend?«

Sie nickte stumm und schlug die Augenlider nieder.

»Mach dir mal keinen Kopf deswegen. Wir hatten Spaß, hatten alle zu viel getrunken ...« Ich machte eine wegwerfende Geste mit der Hand. »Alles halb so schlimm. Du musst dich deswegen nicht schlecht fühlen.«

Sie sah mich mit großen traurigen Augen an. »Ist das so?«

»Ja«, nickte ich und spielte den Teilnahmslosen.

»D-Dann ist es ja gut. Danke, für das Bier. Gute Nacht!« Sie sprang auf und rannte in die Dunkelheit, wo ich sie nach wenigen Metern nicht mehr sehen konnte.

»Cat?«, schrie ich ihr hinterher. »Cat, wo zur Hölle willst du denn hin? Ich kann dich doch nach Hause bringen?!«

Keine Antwort. Sie war fort. Schon wieder.

Was zum Henker war das denn? Wieso rannte sie ständig weg von mir? Jetzt war ich komplett verwirrt. Hatte ich etwas Falsches gesagt? Ich ging im Geiste wieder meine Worte durch, aber ich konnte nichts finden, das sie hätte verärgern können. In meinem Schädel drehte sich alles. Ich spürte, wie meine Wut wieder die Oberhand gewann.

In dem Moment bogen Scheinwerfer um die Ecke. Kurz darauf hörte ich Türen knallen und das hohe, schrille Gekichere von mindestens zwei Frauen. Tommy und Brady waren nach Hause gekommen. Scheiße, das konnte ich jetzt nicht gebrauchen.

Sie mussten das Kerzenlicht gesehen haben und kamen auf die Terrasse. Ja, ich hatte recht. Sie hatten zwei aufgedonnerte Tussies im Schlepptau. Bitte nicht heute Abend!

»Hey, Max! Du bist ja noch auf!«, schrie mir Tommy entgegen und mein Gesicht verdunkelte sich. »Max? Alles in Ordnung?«

Ich schmiss meine Bierflasche gegen den nächsten Baum und antwortete nicht. Ich zitterte und merkte, wie meine Wut immer mehr außer Kontrolle geriet.

»Max?« Tommy blieb stehen und sah mich lange an.

Mein Körper bebte und meine Hände wurden zu Fäusten.

»Okay, Ladies, das war's, ab nach Hause, der Abend ist vorbei!« Tommy schob sie von der Terrasse.

»Aber Tommy ...«, kieksten sie, und ich verzog meinen Mund.

Man, wie mir diese quietschenden Stimmen auf den Zeiger gingen.

»Los, oder muss ich noch deutlicher werden!« Tommy wurde resolut und die beiden Frauen setzten sich fluchend wieder in die Limo.

»Bring sie nach Hause, Marty, danke!«, hörte ich Brady noch sagen. Dann schlugen die Türen zu und die Limo verließ den Hof.

Tommy und Brady kamen zurück. Ich hatte mich hingesetzt und vergrub mein Gesicht in meinen Händen.

Tommy setzte sich daneben und legte einen Arm um meine Schultern.

»Was ist passiert, Max?«, fragte er ernst und ich erzählte ihm die ganze Geschichte. Er hörte zu, ohne Fragen zu stellen.

»Tut mir leid, Tommy. Ich habe euch bestimmt den ganzen Abend versaut.«

»Bist du bescheuert? Was für ein Freund wäre ich wohl, wenn ich ein paar Tussies den Vorzug vor dir geben würde? Mach dir darüber mal keinen Kopf. Von denen steht jeden Tag 'ne neue auf.«

Ich lächelte ihn dankbar an. Brady kam auch herüber und klopfte mir aufmunternd auf die Schultern, bevor er in die Küche lief und uns allen noch etwas zu trinken holte. Da saßen wir nun, zu dritt, und tranken schweigend unser Bier. Ich wusste mir keinen Rat mehr. Wenn ich nur wüsste, was ich falsch gemacht hatte!

»Dich hat es ganz schön erwischt, oder?«, raunte mir Tommy zu und ich nickte. Ich wollte es ja selbst nicht glauben, aber es war so.

»Darf ich dir etwas sagen, ohne dass du gleich ausrasten wirst?«, fragte mich Brady plötzlich und ich sah ihn verwundert an. War ich so drauf? Hatte er Angst?

»Natürlich, Brady. Keine Sorge, ich hab mich im Griff!«

Hoffte ich jedenfalls!

Brady holte tief Luft und ich fragte mich, was nun Tiefsinniges von meinem Luftikus von Cousin folgen sollte.

»Was ist, wenn sie sich mehr erhofft hatte? Wenn sie mehr in diesem Tanz gesehen hatte, als nur Spaß? Dass sie gespürt hatte, dass da mehr ist und deswegen aus dem Club gerannt ist. Möglicherweise hatte sie Angst vor diesen Gefühlen. Vielleicht wollte sie deshalb mit dir darüber reden. Und als du alles als Spaß abgetan hast, ist sie geflüchtet. Vielleicht schämt sie sich jetzt.« Brady blickte verlegen unter sich.

Ich ließ seine Worte lange auf mich wirken. Konnte es wirklich so sein?

»Wenn das stimmen sollte, ist es das Intelligenteste, was du je von dir gegeben hast«, lächelte ich und war beeindruckt von seinem Einfühlungsvermögen. In mir keimte Hoffnung auf. Bradys Worte machten wirklich Sinn. Oder vielleicht wollte ich auch nur, dass sie Sinn ergaben. Ich wusste es nicht. Ich wusste überhaupt nichts mehr.

»Erzähl mir von ihr, Brady. Alles, was dir zu ihr einfällt. Ich muss einfach wissen, was mit ihr los ist. Es muss doch einen Grund dafür geben, dass sie ständig davonläuft.«

Brady überlegte kurz und nuckelte an seiner Bierflasche. »Nun, was soll ich sagen. Sie kam vor ein paar Jahren hierher. Ihr Haus liegt da drüben, direkt gegenüber von hier. Sie lebt allein. Alle Avancen, die man ihr macht, schmettert sie ab. Bei uns heißt sie schon die Ice-Lady, weil sie jeden, der sich ihr zu nähern versucht, eiskalt abblitzen lässt. Noch nie habe ich sie mit jemandem zusammen gesehen.«

Das hörte sich gut an in meinen Ohren. Weiter! »Was weißt du noch?«

Brady überlegte, was er mir noch sagen könnte und atmete tief ein. »Sie fährt 'nen siebenundsechziger Mustang. Und sie hat 'ne Indian in der Garage, an der sie rumschraubt. Sie steht in keinem Telefonbuch und ich kenne niemanden am Ort, der näher in Kontakt mit ihr stehen würde. Sie ist ein einziges Geheimnis.« Brady lächelte. »Mehr kann ich dir auch nicht sagen.«

»Wo arbeitet sie?«

»Ich wüsste nicht, dass sie arbeitet. Nicht hier am Ort.«

Ich ließ seine Worte auf mich wirken.

»Max?«

»Ja, Brady?«

»Sie kam hierher, um mit dir zu reden. Das ist tausendmal mehr als das, was sie jemals für jemanden getan hatte, seit sie hier ist. Sie scheint dir zu vertrauen.«

Meine Augen fingen an zu leuchten. »Meinst du?«

Brady nickte.

»Oh Scheiße, und ich hab sie behandelt, als wäre sie nur ein Spaßobjekt für mich gewesen. Kein Wunder, dass sie weglief.« Ich hasste mich gerade selbst, mich und meine Dummheit. Es hatte noch nicht mal begonnen und schon hatte ich es versaut. Ich musste herausfinden, was hinter all dem steckte. So wollte ich es nicht enden lassen. Ich wollte kämpfen. Ich wollte kämpfen, weil ich fühlte, dass sie es wert war.

Tommy war in die Küche gegangen und kam mit einer Flasche Brugal zurück.

»Rum?«, lachte ich laut.

»Wenn nichts mehr hilft, der lässt dich schweben!«, lachte er und goss uns allen ein. Ich nahm einen Schluck und ja! Tommy hatte recht.

Das braune Gold lief durch meine Kehle und verbreitete ein warmes Gefühl in meinem Magen.

»Du bist ein liebeskranker Idiot, weißt du das?«, zog mich mein Freund auf.

»Ja, ich weiß.«

Eine Flasche später fielen wir alle ziemlich betrunken ins Bett. Wenigstens waren meine Gedanken betäubt. Aber ich wusste, am Morgen würden sie wiederkommen. Leider!

3. Kapitel

Ein neuer Morgen, ein neuer Kater. Ich musste diese Sauferei in den Griff kriegen! Ich fühlte mich kaputt und leer und der Alkohol machte es auch nicht besser. Vor drei Tagen war ich noch gut drauf, freute mich auf meinen Urlaub. Und jetzt? Jetzt war alles anders. Mein Leben war komplett auf den Kopf gestellt. Ich konnte nur noch an eins denken: Cat!

Ich duschte und holte mir einen Kaffee aus der Küche. Tommy und Brady schliefen noch. Zurück in meinem Zimmer, schnappte ich mir mein Handy. Ich rief Hank an, meinen Bodyguard. Es läutete ein paar Mal und dann hatte ich ihn an der Strippe.

»Max! Wie geht's dir da unten in der Wildnis?«, lachte er.

»Gut, Hank.« Ich kratzte mich am Kopf und dachte noch einmal darüber nach, ob es richtig war, was ich zu tun gedachte.

»Hank, hör zu. Hast du immer noch Kontakte zum Secret Service?«

Hank war im Präsidentenschutz, bevor er zu mir kam und ich hoffte, dass er immer noch eine Leitung dorthin hatte.

»Kommt darauf an. Warum fragst du?«

»Ich müsste jemanden überprüfen lassen.«

»Hmh, ja, könnte machbar sein. Was willst du denn wissen?«

Ich gab ihm alles, was ich über Cat wusste. Das schlechte Gewissen deswegen nagte an mir, aber ich konnte nicht anders. Ich wollte alles über sie wissen, denn bei unserer nächsten Begegnung wollte ich keinen Fehler mehr machen.

»Ich wär dir echt dankbar. Wenn du etwas herausgefunden hast, nimm den Firmenjet und komm hier runter. Ich werde Andrew Bescheid sagen deswegen.«

Andrew war mein persönlicher Assistent, der sich um das Label und alles andere kümmerte, während ich weg war.

»Alles klar, Boss. Ich versuche mein Bestes!«

Ich legte auf und wählte Andrews Nummer. Ich gab ihm Anweisungen und er versprach mir, sich um alles zu kümmern. Gut, das war erledigt. Was jetzt?

Ich konnte nicht wirklich viel machen. Ich hatte überlegt, zu ihr zu fahren, aber ich hatte Angst, sie noch mehr zu verscheuchen. Nein, ich würde nichts tun, bis ich mehr wüsste.

Die nächsten Tage gammelte ich mehr in Bradys Haus herum, als gut für mich war. Ich hatte keine Lust zu irgendetwas. Brady und Tommy waren meistens alleine unterwegs. Wenigstens Tommy amüsierte sich und ich gönnte es ihm. Dann war die erste Woche vorbei und es war wieder Freitag.

Tommy ließ sich nicht erweichen. Er wollte ausgehen und zwar mit mir. »Ich werde dich heute Abend nicht hierlassen, hast du verstanden?«

»Ach Tommy, ich ...«

»Keine Widerrede. Du kommst mit. Vom hier rumhängen und grübeln wird es auch nicht besser.«

Ich wusste, Widerstand war zwecklos. »Na schön, du hast gewonnen«, grummelte ich und Tommy lächelte.

»Na also!«

Um zehn Uhr saßen wir wieder an unserem Tisch im Early Birds. Ich bestellte eine Cola und Tommy sah mich belustigt an.

»Was denn? Muss mich ja nicht immer besaufen.« Ich starrte stumm auf die Tanzfläche, wo Tommy und Brady inzwischen wieder mit ein paar Mädels abzappelten. Gedankenverloren nippte ich an meiner Cola, als Tommy zurück an den Tisch kam.

»Augen auf zwölf Uhr, Max«, raunte er mir zu.

Ich blickte in die Richtung und da war sie. Cat! Oh man, sie sah verboten gut aus!

Sie trug ein schwarzes Nichts von einem Minikleid. Das Rückenteil war praktisch nicht vorhanden und ließ blicken bis hinunter zu ihrem Po. Die Haare hatte sie alle an einer Seite festgesteckt und sie fielen lockig über ihre Schulter. Silberne Stilettos rundeten alles ab und ließen ihre Beine unendlich erscheinen. Mir stockte der Atem. Sie unterhielt sich angeregt mit Jacob. Ich wunderte mich. Was sollten die beiden wohl zu bereden haben? Egal.

Mein Herz schlug mir bis zum Hals. Oh Gott, sie sieht her! Unsere Blicke trafen sich für einen winzigen Moment und noch ehe ich reagieren konnte, drehte sie sich wieder von mir weg.

Scheiße, sie war immer noch sauer auf mich. Ob sie herkommen würde? Ich hoffte es so sehr …

Nein, würde sie nicht!

Ein Mann kam zu ihr, dem Typ und der Fönfrisur nach zu urteilen ein Investmentbanker oder mit Sicherheit etwas in der Art. Sie gab ihm einen Kuss auf die

Wange und er legte ihr seine Hand auf ihren Rücken. Fuck! Dort sollte meine Hand jetzt liegen. Ich spürte, wie die Wut wieder in mir hochkochte.

»Ganz ruhig, Max«, versuchte Tommy mich zu bremsen und setzte sich vor mich, damit ich nicht aufstehen konnte.

Cat und Fönfrisur gingen zur Tanzfläche. Der Typ war so steif wie ein Eiszapfen und ich musste grinsen. Wenn er sich im Bett auch so bewegte, hatte Cat verdammt schlechte Karten.

Im Bett? Ich wollte gar nicht daran denken. Ich versuchte die Bilder zu verdrängen, die sich vor meinem geistigen Auge auftaten.

Er streichelte an ihren Armen herum. Cat kicherte. Seine Hand wanderte nach unten und berührte die Außenseite ihres Schenkels. Ich war auf Hundertachtzig! Langsam strich er an ihrer Seite entlang, höher, zu hoch! Der Saum ihres Kleides rutschte noch ein Stückchen weiter nach oben. Bastard!

Cat sah für einen Moment zu unserem Tisch. Suchte sie mich? Nein, wohl eher nicht. Sie schlang ihre Arme um den Hals des Typen und er fing an, sie zu küssen.

»Ich bring ihn um«, zischte ich.

»Vergiss es, Max. Das ist die Sache nicht wert. Komm runter und beruhige dich. Das ist alleine ihre Entscheidung, und du weißt das. Du kannst es eh nicht erzwingen, also lass es!«

Zum Glück war Tommy da. Ich wüsste nicht, was passiert wäre, wäre er es nicht gewesen. Brady hatte die Situation auch realisiert und setzte sich an meine andere Seite. Sie keilten mich ein, und das war auch gut so.

Tommy gab mir 'ne Backpfeife. »Komm zu dir, Junge!«

Ich blickte ihn wütend an, doch ich wusste, er meinte es nur gut. »Na schön. Hab's kapiert!«, grummelte ich und rief nach unserer Kellnerin.

Ich bestellte eine Flasche Jacky. Alle meine guten Vorsätze waren dahin. Ich goss mir einen nach dem anderen hinter die Binde. Es wurde später und später und auf einmal realisierte ich, wie sich Cat und ihr neuer Freund auf den Weg machten. Ich sprang auf.

»Wo willst du denn hin?«, fragte Tommy resigniert.

»Lass mich raus, Tommy. Ich meine es ernst!« Ich blitzte ihn mit meinen Augen an und Tommy wusste, dass er mich nicht würde aufhalten können.

»Na gut. Deine Verantwortung!« Er stand auf und ließ mich vorbei. Ich rief Marty zu mir und steckte im einen Hunderter zu.

»Bring mich dorthin, wo sie hingehen!«, raunte ich ihm zu und zeigte auf Cat.

Marty lächelte und nickte. »Alles klar, Boss!«

Wir folgten Cat unauffällig nach draußen. Ich konnte sehen, wie sie in den BMW von Fönfrisur einstieg und das Auto kurz danach den Parkplatz verließ. Marty folgte ihnen in gebührendem Abstand.

Es dauerte nicht lange und ich wusste, wo sie hinfuhren. Er brachte Cat nach Hause. Marty machte die Scheinwerfer aus und hielt in einiger Entfernung an. Ich stieg aus, und schlich mich zu ihrem Haus. Der Typ brachte Cat zur Tür und ich sah, dass sie sich zu ihm umdrehte.

»Danke, dass du mich nach Hause gebracht hast, Kyle.« Sie lächelte und Kyle blickte sie verwirrt an.

»Was soll das heißen?«, fragte er überrascht und Cat zuckte mit den Schultern.

»Was meinst du?«

»Komm schon, Baby, du willst doch nicht etwa sagen, dass das alles war?«

Cats Lippen wurden zu einem schmalen Strich. »Doch, Kyle, genau das wollte ich.«

Ich grinste in mich hinein.

»Baby!« Kyle fing an, an ihr herumzufummeln, und versuchte, sie zu küssen.

»Lass das, Kyle!«, wehrte sich Cat, aber er wurde immer zudringlicher.

»Glaubst du, du könntest mich so abservieren?«, schrie er sie plötzlich an und drückte sie gegen die Tür.

Cat stand die pure Angst im Gesicht. Er legte eine Hand auf ihre Brüste und hielt ihre Arme mit seiner anderen fest. Das reichte!

Ich stürmte aus meiner Deckung, griff ihn am Kragen und zog ihn von ihr weg. Er war viel zu überrascht, um zu reagieren und ich verpasste ihm zwei Faustschläge mitten in seine verdammte Yuppiefresse.

Kyle ging zu Boden und ich setzte nach. Ich sprang auf ihn drauf und hörte nicht auf, auf ihn einzuschlagen. Cat schrie, doch ich war in einen Rausch geraten, aus dem ich alleine nicht mehr rauskam. Plötzlich riss mich jemand von dem Dreckskerl runter. Es war Marty.

»Lass gut sein, Boss. Er hat genug!«

Ich zitterte am ganzen Körper und die Knöchel meiner Hand waren aufgerissen und bluteten. Kyle lag blutüberströmt am Boden.

Ich atmete schwer und drehte mich zu Cat um, die zitternd vor ihrer Haustür auf dem Boden saß. Ich ließ mich neben sie fallen und nahm sie in den Arm.

»Alles okay?«, flüsterte ich ihr zu und streichelte ihr über ihr Haar. Sie nickte und ich zog sie ganz fest zu mir heran. Ich keuchte, als sie weinend ihren Kopf an meine Schulter legte. »Ganz ruhig, Cat, ich bin da. Er kann dir nichts mehr tun.«

Marty kam zu uns. »Keine Sorge, Boss. Der wird euch nicht mehr behelligen. Willst du Anzeige erstatten, Cat?«

Cat schüttelte den Kopf. »Wird er 'ne Anzeige machen wegen Max?«

Marty lachte. »Er wird sich hüten.«

Wir hörten den Motor des BMW aufheulen und Kyle machte sich vom Acker.

»Mein Gott, Cat, wenn ich nicht dagewesen wäre ...« Ich durfte gar nicht daran denken.

Sie schluchzte, aber sie beruhigte sich allmählich.

»Willst du mit zu mir kommen? Du solltest jetzt nicht alleine bleiben«, schlug ich ihr vor.

»Wohin? Ins Schlampenparadies? Nein, danke!«

Autsch! Das hatte gesessen. Mach jetzt keinen Fehler, Hayes! »Ich kann auch hier bleiben, wenn dir das lieber ist.«

Sie sah mich mit ihren großen Rehaugen an und ich schmolz dahin.

»Würdest du das tun?«

»Aber sicher!«

»Danke, Max. Ja, das wäre echt lieb von dir.«

»Marty, danke noch mal, aber wir kommen jetzt klar. Bring die Jungs heute Nacht gut nach Hause und sag ihnen Bescheid, wo ich bin. Und sie sollen ja keine Dummheiten machen.«

»Mach ich, Boss. Gute Nacht.«

»Gute Nacht!«

»Nacht, Cat.«

»Gute Nacht, Marty. Danke!«

»Keine Ursache.« Marty verschwand in der Dunkelheit.

»Na komm.«

Ich zog Cat hoch und sie öffnete zitternd die Tür. Ihre Wohnung war so was von cool. Bilder von alten Motorrädern und Musclecars schmückten die Wände, in einer Ecke stand ein alter Flipper. Der Wohnzimmertisch war ein Motorblock mit einer Glasscheibe drauf. Eine kleine Bar mit zwei Hockern davor zierte eine Ecke und eine riesige Couchlandschaft schmiegte sich um den offenen Kamin. Ein überdimensionaler Fernseher hing an der Wand und war umgeben von Wimpeln diverser Footballmannschaften. Unten drunter stand 'ne Playstation. Das war ein Männerparadies, aber keine Wohnung für eine junge Frau! Was stimmte hier bloß nicht?

Cat zog die Schuhe aus und schmiss sie in eine Ecke. »Lass mal sehen«, sagte sie und griff sich meine Hand.

»Schon gut, halb so wild.«

Sie rannte aus dem Zimmer und kam mit Desinfektionsspray, Salbe und einem Verband zurück. »Komm her, lass mich dir helfen.«

Ich wollte aufschreien, als sie mir das Spray auf die Wunde sprühte, aber ich biss die Zähne zusammen. Dann packte sie dick die Salbe drauf und wickelte mir den Verband um.

»Danke«, hauchte ich und sah ihr tief in die Augen. Meine Stimme wollte schon wieder versagen.

»Willst du was trinken?«

»Gerne. Ein Wasser wäre nicht schlecht.«

Sie hob eine Augenbraue an, als hätte sie damit nicht gerechnet. Sie verließ wieder das Zimmer und kam mit zwei Gläsern und einer Flasche Wasser zurück.

»Komm, setzen wir uns.«

Wir gingen zur Couch und ließen uns nieder. Ich nahm mir von dem Wasser, denn mein Mund war staubtrocken. Ein peinliches Schweigen folgte und schließlich war sie es, die den Anfang machte.

»Was hast du da draußen gemacht, Max?«, wollte sie wissen, und ich wurde rot.

Was sollte ich darauf bloß antworten? »Ganz ehrlich?«

Sie lächelte. »Ich bitte darum.«

»Ich hab dem Typ nicht getraut. Ich hab schon zu viele von der Sorte kennengelernt.« Ich schluckte meine Lüge hinunter. »Und ich hatte recht!«

»Ja, das hattest du wohl«, seufzte sie und löste die Haarklammern aus ihrer Frisur. Wild legten sich die Strähnen über ihr Gesicht und sie sah so hinreißend verletzlich aus in diesem Moment. Sanft strich ich ihr die Haare hinter ihr Ohr.

»Du musst vorsichtiger sein, Kleines!«

Sie nickte stumm. »Dann hattest du mich also die ganze Zeit im Auge? Im Club, meine ich.«

»Sieh dich an, wer hätte das nicht getan?«, flirtete ich mit ihr und erschrak, denn irgendwie war das in diesem Moment unpassend.

Denk nach, bevor du redest, Max! Sie schlug die Augenlider nieder und errötete leicht. Himmel, sie war so zauberhaft.

»Eine Frage, Cat, kann ich hier duschen? Ich stinke übel nach Kneipe und das will ich dir wirklich nicht die ganze Nacht zumuten.«

Cat lächelte. »Klar, komm mit. Ich werde auch schnell drunter hüpfen.«

Ich musste ein komisches Gesicht gemacht haben und sie lachte.

»Keine Sorge, ich in meiner Dusche, du im Gästebad.«

»O-Okay«, stotterte ich.

Sie zeigte mir alles und drückte mir ein paar Handtücher, Duschgel und Zahnpasta in die Hand.

»Na los, Cowboy, spülen wir uns den Schmutz einer ganzen Nacht fort«, flüsterte sie. »Bis gleich.«

»Bis gleich, Cat!«

So gut es mit einer Hand ging, duschte ich. Das Wasser rauschte über meinen Rücken und ich konnte nicht aufhören zu grinsen. Ich war hier – bei ihr. Was hätte noch schöner sein können?

Ich musste vorsichtig sein, es langsam angehen. Ich wollte nichts tun, was sie wieder verschrecken könnte, sondern wollte einfach nur für sie da sein nach diesem furchtbaren Erlebnis. Ich trocknete mich ab und zog die Shorts an, die Cat mir gegeben hatte. Männershorts, woher auch immer. Nun ja. Ein wenig groß, aber es ging schon. Ich putzte mir die Zähne und ging wieder zurück ins Wohnzimmer. Cat war noch nicht da, aber es sollte nicht mehr lange dauern.

Sie kam zurück und hatte nichts an als ein langes Pyjama Oberteil aus Seide. Ihre gebräunten Beine streckten sich lang darunter hervor. Ihre Haare waren nass und ihre Haut war leicht gerötet. Sie duftete nach Lotion und dem Himmel auf Erden und ich musste mich beherrschen, nicht hart zu werden.Verdammt, Cat, das kannst du nicht mit mir machen.

»Geht die Hose?«, fragte sie schmunzelnd.

»Na klar, für heute Nacht ist sie okay.«

»Dann komm, ich zeige dir dein Zimmer.« Sie führte mich in das Gästezimmer und ich bedankte mich bei ihr. »Ich habe zu danken, Max.«

Ich legte eine Hand auf ihre Wange. »Falls irgendwas ist, heute Nacht, ich bin hier, okay?«

Sie lächelte mich an. »Ja, ich weiß. Aber es wird schon gehen. Trotzdem, ich bin froh zu wissen, dass ich nicht alleine bin nach diesem ...«

»Gute Nacht, Cat.«

»Gute Nacht, Max.«

Ich schloss die Tür und schmiss mich auf mein Bett.

Scheiße, Cat!

Hier lag ich nun – alleine. Und die Frau meines Lebens war keine zehn Meter von mir entfernt und doch so unerreichbar. Dass wir nicht über unseren Tanz geredet hatten, war nach der Aktion mit Kyle klar. Aber hey, ich war doch nicht blind! Irgendetwas war doch da zwischen uns. Was blockierte sie nur so?

Ich dachte zurück an die Schulzeit. Daran, wie ich sie immer beim Sport bewunderte. Wie ich versuchte, jedes Projekt mit ihr gemeinsam anzugehen. Und daran, wie ich ihr Gedichte schrieb und sie ihr heimlich in ihren Schulspind steckte. Sie war auch damals schon so verdammt ernst und unnahbar. Vielleicht war es gerade das, was mich so an ihr reizte.

Reizte? Meine Fresse, Max. Du wirst dir jetzt keinen in ihrem Bett runter holen, ist das klar? Ich versuchte, die Gedanken an ihren perfekten Körper zu verdrängen und dachte daran, wie ich Kyle niederschlug. Immer und immer wieder. Es half.

Irgendwann übermannte mich die Müdigkeit und ich schlief ein. Es muss wohl schon früher Morgen gewesen sein, als mich eine zarte Stimme weckte und schlaftrunken blickte ich um mich.

»Max?«

Ich schaute nach rechts und da saß sie, Cat! Ihre Silhouette zeichnete sich gegen das Mondlicht ab, das fahl durch mein Fenster fiel.

»Cat? Was ist los?«

»Ich kann nicht schlafen. Ich bekomme die Bilder nicht aus meinem Kopf und … ich habe Angst!«

Ich setzte mich auf. »Ach Süße, hab keine Angst, komm her, ich bin ja da.« Ich rückte ein Stück zur Seite und hob die Bettdecke hoch. »Na komm schon, ich beiße nicht!«

Zaghaft krabbelte sie neben mich. Ich legte den Arm um sie und sie schmiegte sich ganz dicht an mich. Ich roch den Duft ihrer noch feuchten Haare. Er machte mich fast wahnsinnig. Ich streichelte über ihre Schultern und spürte ihren Körper an meiner nackten Brust. Das war Folter im allerschlimmsten Sinne.

»Wo warst du nur so lange, Max?«, flüsterte sie schläfrig und ich konnte keine Antwort geben. Ich hielt sie einfach nur im Arm. Kurz darauf hörte ich an ihrer Atmung, dass sie eingeschlafen war. Ich weigerte mich, wieder einzuschlafen, denn ich hatte Angst, wenn ich es täte, würde es den Zauber brechen. Also hielt ich sie weiterhin fest und beobachtete sie nur. Doch irgendwann verlor auch ich den Kampf und schlief ein. Als ich wieder wach wurde, lag sie immer noch in meinem Arm. Das Gefühl war einfach unbeschreiblich. Noch nie bin ich mit einer Frau an meiner Seite wachgeworden.

Es war schon hell draußen, aber Cat schlief noch. Ich sah zu ihr hinab und erschrak. Ihr Oberteil war leicht verrutscht und gab einen winzigen Blick auf ihre wohlgeformten Brüste frei. Bad Boy reagierte sofort. Nein, nein, nein, nicht jetzt! Ich versuchte, mich aus ihrer Umarmung zu lösen. Ein leises Stöhnen drang aus ihrem

Mund, als ich sie aufs Kissen fallen ließ. Ich schlug die Decke zurück, damit ich aufstehen konnte.

Mein Blick fiel auf ihre angewinkelten Beine und ein Stück ihres weißen Slips blitzte unter dem Pyjama hervor. In dem Moment wäre mir fast einer abgegangen.

Reiß dich zusammen, Hayes! Ich schimpfte mit mir selbst. Wie alt war ich nochmal? Zweiunddreißig? Himmel!

Ich schlich ins Bad, bis ich mich abgeregt hatte. Danach beschloss ich, für uns beide Frühstück zu machen. Cat stand plötzlich in der Tür. Sie sah am frühen Morgen ungeschminkt besser aus, als die meisten Frauen geschminkt am Abend.

»Was riecht denn hier so gut?«, fragte sie verschlafen und wackelte zu mir an den Herd.

»Ich hoffe, du magst Rührei mit Speck?«, fragte ich verunsichert und lächelte sie an.

»Sicher. Solange du es für mich machst.« Sie küsste meinen Rücken und ich bekam überall Gänsehaut. »Ich geh mal Zähneputzen!«, murmelte sie süß und verschwand im Bad, während ich ihr mit schmachtenden Augen hinterher sah. Kurz darauf saßen wir zusammen am Tisch.

»Geht es dir wieder gut?«, fragte ich sie und sie nickte.

»Ja, ich glaube schon. Ich wollte nur nicht allein sein letzte Nacht. Danke, dass du für mich da warst.«

»Jederzeit.«

»Wie sieht dein Tag heute aus? Wirst du mit den Jungs abhängen?«

Ich lächelte sie an.

»Kommt ganz darauf an ...«

»So, worauf denn?«

»Auf dich!« Ich spürte sofort, wie sie wieder auf Abstand ging. Mist! Das war zu früh, Max.

»Ich … ich kann heute nicht, Max. Ich hab viel zu tun.«

Ich bis die Zähne zusammen. »Gut, kein Problem. Ein andermal vielleicht?« Ich tat belanglos, und das kostete mich ungeheure Kraft.

»Sicher.«

»Sag Bescheid, und ich bin da. Gib mir dein Handy!« Sie reichte es mir und ich speicherte meine Nummer bei ihr ab. »Die haben nicht viele«, grinste ich sie an und sie musste lachen. »Ruf mich an. Na los!« Sie tat es.

»So, und jetzt habe ich deine auch. Dürfte also nicht schwierig werden, einen gemeinsamen freien Tag zu finden. Meine Nummer hast du ja jetzt.« Wir frühstückten zu Ende und Cat wurde immer nachdenklicher. »Ich sollte mich dann wohl besser auf den Heimweg machen.«

Sie nickte nur stumm und ich zog mich an und packte meine Sachen. In der Auffahrt hupte Brady, den ich angerufen hatte, damit er mich abholt.

»Also dann!«

Cat begleitete mich zur Tür.

»Ruf mich an, wenn du etwas unternehmen möchtest, okay?«

Verdammte Scheiße, ich wollte nicht gehen, aber was blieb mir schon anderes übrig? Sie zu bedrängen würde auch nichts bringen, also hieß es Zähne zusammenbeißen und gehen.

»Ja, mach ich. Und Max? Danke nochmal.«

»Keine Ursache.«

Ich drehte mich um und lief, ohne nochmal zu ihr hinzusehen, zum Auto. Man, das tat so weh. Ich wollte mir das Herz herausreißen, um diesen Schmerz nicht mehr spüren zu müssen. Gedankenverloren stieg ich ein und Brady sparte sich zum Glück jeden Kommentar.

»Fahr!«, sagte ich nur und mein Cousin gab Gas.

Wir schwiegen, bis wir zu Hause ankamen. In der Küche kam mir Tommy entgegengestürzt.

»Max! Alles in Ordnung? Was war denn da los letzte Nacht? Marty hat mir erzählt, du hättest jemandem 'ne ziemliche Abreibung verpasst. Den Rest solltest du uns erzählen.« Sein Blick fiel auf meine bandagierte Hand. »Oh, Scheiße! Hast du ihm die Zähne ausgeschlagen?«

„Sieht so aus!"

Brady brachte mir ein Bier. »Ich weiß, es ist erst früher Mittag, aber das trinkst du jetzt und erzählst uns alles, verstanden?«

»Ich erzähle euch gerne alles, aber das Bier trinke ich jetzt bestimmt nicht! Hast du mal auf die Uhr geschaut? Die Sonne ist gerade mal aufgegangen.«

Brady stellte es trotzdem auf den Tisch. Ich erzählte ihnen alles von Saubermann Kyle und Tommy schüttelte den Kopf.

»Was für ein Wichser! Hoffentlich hast du ihm ordentlich eine mitgegeben. Ich hasse solche Typen.«

»Darauf kannst du Gift nehmen. Und nicht nur das – wenn Marty nicht gewesen wäre, ich glaube ich hätte ihn totgeschlagen.«

Ich dachte an die unbändige Wut, die mich in einen Rausch getrieben hatte, und meine Hände fingen wieder an zu zittern. Ich griff doch nach dem Bier ... Scheiße!

»Und dann?«

»Ich konnte sie unmöglich alleine lassen, darum bin ich dort geblieben. Sie wollte nicht mit herkommen. Sie denkt, hier ist das Schlampenparadies.«

Brady kicherte und ich sah ihn böse an.

»Hat sie etwa nicht recht? Ich kann diese Weiber ehrlich gesagt nicht mehr sehen.«

»Nun werd mal nicht ungerecht, Max. Du warst bis vor einer Woche auch kein Kostverächter. Nur, weil du dich verliebt hast, muss das nicht heißen, dass wir im Zölibat leben müssen«, verteidigte Tommy meinen Cousin.

»Ja, du hast ja Recht. Entschuldige, Brady.«

»Schon gut. Ich weiß, dass du mit den Nerven unten bist. Was kann ich tun, um dir zu helfen?«

Das war das Netteste, was er je zu mir gesagt hatte. »Ich weiß es nicht, Brady. Ich bin einfach nur total durcheinander. Ich werde nicht schlau aus ihr.« Ich blickte hilflos zu Tommy und Brady merkte es.

»Ich muss noch was erledigen«, sagte er. »Ich schau heute Abend nochmal vorbei, okay?« Ich nickte und Brady machte sich davon.

»Der Junge hat Stil«, murmelte Tommy. »Er hat gemerkt, dass du mit mir allein sein willst, stimmt's?«

Ich nickte. »Er ist in Ordnung. Aber du bist mein bester Freund. Niemand kennt mich besser als du. Dir kann ich Dinge anvertrauen, die er niemals verstehen würde.«

»Ja, ich weiß, was du meinst. Na los, raus mit der Sprache, was war los?«

Und dann erzählte ich Tommy alles. Wie sie gezittert hatte, wie ich ausgerastet war, wie sie nach dem Duschen vor mir stand und wie sie in meinen Armen gelegen hatte. Es schmerzte so sehr.

Aber ich ließ meine Wut durchbrechen. Wut war etwas Gutes. Wut war besser als Schmerz. Wut lähmte einen nicht. Ich würde den Schmerz nicht gewinnen lassen. Tommy hörte sich geduldig alles an. Alleine sein Zuhören bewirkte, dass es mir besser ging.

»Und was jetzt? Wie seid ihr verblieben?«

»Ich weiß es nicht, Tommy. Alles völlig unverbindlich. Sie hat meine Nummer, aber ich glaube nicht, dass sie anrufen wird. Irgendetwas belastet sie, das kann ich spüren. Etwas, das sie mir nicht sagen kann oder will. Wieso auch? Ich sehe sie ja erst seit einer Woche wieder.«

Ich hörte ein Auto vorfahren. Kam Brady etwa schon zurück? Ich sah, wie Tommy ein Grinsen über sein Gesicht huschte.

»Was ist?«, fragte ich. »Kriegst du Besuch?«

»Wir, Max! Wir kriegen Besuch!«

Wir sprangen auf und rannten zur Tür.

»Mein Gott, ich glaube es ja nicht!« Mein Lachen war so breit, wie es nur ging. »Mitch! Derek! Was macht ihr denn hier?«

Ich konnte es nicht glauben, aber die Jungs von der Band standen leibhaftig vor mir. Meine Familie war da!

»Verdammt, wieso wusste ich nichts davon?« Ich sah zu Tommy.

»Wenn ich dir was gesagt hätte, wäre es ja keine Überraschung mehr gewesen.«

Er hatte sie still und heimlich angerufen und gefragt, ob sie herkommen würden, weil es mir so schlecht ging. Sie hatten keine Minute gezögert.

»Hey, Arschloch!«, begrüßte mich Mitch in seiner gewohnt charmanten Art und umarmte mich. Derek war gleich dahinter.

»Na du Sackratte? Hast du ohne mich dicke Eier gekriegt?« Auch Derek umarmte mich.

»Wieso seid ihr hier? Eure Frauen werden mich dafür hassen, dass ihr aus dem Urlaub geflüchtet seid«, lachte ich, und ich sah, dass sich Dereks Gesicht verdunkelte. Das konnte nur eins bedeuten.

»Christie?«

Derek schüttelte den Kopf.

»Verdammt! Komm her!« Ich nahm ihn fest in den Arm.

»Schon gut, Max. Es hatte sich schon länger abgezeichnet. Wir sind erwachsen und können damit umgehen.«

Ich klopfte ihm auf die Schultern. »Du weißt, wenn du irgendwas brauchst ...«

»Klar, Kumpel. Lass uns nicht mehr drüber reden.«

Thema vergessen. Er würde es mich wissen lassen, wenn er mich brauchte.

»Was ist mit dir Mitch? War Theresa nicht stinksauer?«

Mitch lächelte. »Ich hab sie schon vor zwei Wochen mit ihrer Freundin nach Hawaii geschickt – Wellness Hotel.«

»Cleveres Kerlchen«, lachte ich. »Na kommt rein, wir helfen euch mit dem Gepäck. Macht es euch etwas aus, ein Zimmer zu teilen oder soll ich meinen Cousin ausquartieren?«

Mitch und Derek sahen sich an. »Ein Zimmer wie früher im Studentenheim? Heiße Sache!«, lachte Mitch. »Klar teile ich ein Zimmer mit meinem Kumpel.«

»Wenn du mir nachts mit deinem Schwanz zu nahe kommst, kastriere ich dich!«, drohte ihm Derek mit todernstem Gesicht.

»Oh Liebling, du machst mich so heiß ...«, säuselte Mitch und streichelte Derek über den Hintern.

»Hau ab, du Perversling!«, lachte Derek und boxte ihn auf den Arm.

»Ihr seid total irre, wisst ihr das? Und jetzt kommt endlich rein!« Ich zeigte ihnen besagtes Zimmer, das groß genug für die beiden war. Ein paar Minuten später standen sie in bunten Bermudashorts in der Küche.

»Was ist? Tommy sagte, hier gäbe es Wasser!«

Ich zeigte durchs Fenster. »Reicht das für euch?«

»Ach du Scheiße!« Sie bemerkten erst jetzt den riesigen See. »Na los, wer zuerst im Wasser ist, Weichei!«

Derek stürmte voran und Mitch rannte hinterher. Johlend liefen sie über den Bootssteg und waren mit einem Satz im Wasser.

»Die haben sie doch nicht mehr alle, oder?«

Tommy hielt sich die Hand vor Augen und schüttelte den Kopf. »Ich hol mal Handtücher«, seufzte er.

»Wir werden mehr Bier brauchen«, sprach ich mit mir selbst und lachte. Meine Jungs. Sie hatten ja keine Ahnung, wie sehr ich mich freute, dass sie alle da waren.

Am Nachmittag saßen wir alle auf der Terrasse und tranken gemütlich zusammen ein Bier. Ich zeigte ihnen meine Texte und alle waren begeistert. Mitch hätte am liebsten gleich losgelegt, aber es war der erste Tag, an dem wir wieder zusammen waren, darum bremste ich ihn aus. Gegen fünf hörte ich Bradys Pickup die Straße herauf kommen. Er hielt an, stieg aus und ging zur Ladefläche, um zwei Kisten Bier herunterzuheben.

»Hey, ihr faulen Säcke. Kommt her und helft mir mal!«, schrie er herüber. Wir alle spurteten los und er war mehr als überrascht, die Band vereint zu sehen.

»Was zum ...?« Er hatte nicht lange Zeit zum Nachdenken.

»Bier! Der Junge ist mein Held!«, quiekte Mitch.

Derek drückte ihm, ohne zu fragen, einen fetten Kuss auf die Wange. Ich lachte laut. Ja, so waren sie. Brady musste damit klar kommen, ob er wollte oder nicht. Und er kam damit klar.

»Wow, wenn ich vor drei Wochen jemandem erzählt hätte, dass Cursed Tears in meinem Haus wüten würde, er hätte mich einweisen lassen!«

»Schlimm?«, fragte ich und er starrte mich an, als hätte ich sie nicht mehr alle.

»Schlimm? Blödsinn. Wie cool ist das denn?« Er lachte über sein ganzes Gesicht und packte das Bier in den Kühlschrank.

Shit! Der Junge hatte echt was gut bei mir. Ich würde mich in Zukunft öfter bei ihm melden als bisher, das versprach ich mir selbst hoch und heilig.

Ein weiteres Auto fuhr vor.

»Noch mehr Besuch?« Langsam wurde es eng.

Ich ging nach draußen und traute meinen Augen nicht. »Andrew! Hank! Meine Güte, wie viele kommen denn da noch?«

Mein Assistent und mein Sicherheitschef kamen an, ebenso wie unser halbes Sicherheitsteam. Insgesamt standen da jetzt acht Mann im Hof. Wo sollten wir die denn noch unterkriegen?

»Andrew, Hank, was ist hier los?«, sprintete ich ihnen entgegen und drückte jeden einzelnen von ihnen. Andrews Gesicht wies hektische Züge auf, während Hank eher düster blickte.

»Wir dachten, das wäre nötig, Max«, nuschelte Andrew nervös und blickte ständig die Straße hinunter.

»Ah, da kommen sie ja.«

Ich sah die Straße hinab und zwei riesige Wohnmobile bahnten sich ihren Weg. Andrew wies sie so ein, wie sie seiner Meinung nach optimal standen.

»Was geht denn hier ab?«, wollte ich nun endlich wissen. Die Jungs waren auch dazu gekommen und blickten erstaunt auf das Tohowabohu, das im Hof stattfand.

»Andrew!« Ich wurde resolut.

»Ääh, ja«, wandte sich mein PA endlich an mich. »Das sind die Unterkünfte für deine Sicherheitsleute. Hank sagte, das wäre nötig, da eine Art … sagen wir es mal so ... Notfall eingetreten wäre.«

»Ein Notfall? Hank?«

Hank zog mich zur Seite. »Nimm es für den Moment einfach so hin, ich erkläre es dir später.« Er neigte den Kopf zu den Jungs und ich verstand. Irgendetwas stimmte nicht, aber sie sollten es nicht mitkriegen.

»Okay!«

Ich begrüßte alle per Handschlag und entschuldigte mich bei ihnen für die Unannehmlichkeiten, aber irgendwie hatte die Umgebung hier auf alle einen überaus positiven Einfluss. Jeder schien über die Maßen fröhlich zu sein und so langsam bekam das Ganze hier einen Touch von Ferienlager. Ich musste schmunzeln. Sonst stiegen wir nur in Fünf-Sterne-Hotels ab. Und jetzt? Wohnmobile, geteilte Zimmer ... Na das konnte ja noch was werden. Ich fühlte mich wie fünfzehn.

Und auf der anderen Seite des Sees warteten die Mädels …

Ich hätte gelacht, wenn genau *das* nicht so verdammt traurig gewesen wäre. Langsam fand sich alles an seinem Platz ein und Andrew beruhigte sich wieder.

»So, das war's fürs Erste. Ich mach mich dann wieder vom Acker. Ich wohne im Sheraton, in der Stadt.« Er stieg ins Auto und weg war er. So war Andrew – nicht mehr sagen, als nötig.

Ich setzte mich auf die Treppe und schlug die Hände über dem Kopf zusammen. So war das alles nicht geplant. Ich musste mit Hank reden, sofort.

»Hank? Können wir reden?«

»Später, Boss. Ich muss mich zuerst noch um etwas kümmern. Wenn das erledigt ist, gerne. Ich will keine voreiligen Schlüsse ziehen und dich unnötig beunruhigen. Mach dich nicht verrückt. Das ist nur eine Vorsichtsmaßnahme, die mir meine Nackenhaare befohlen haben. Ich könnte mich durchaus irren, also genieße die Zeit mit den Jungs. Ich brauche noch ein, zwei Tage, dann sehen wir weiter. Und Max, es gibt zur Zeit für euch nicht den geringsten Grund zur Sorge, hast du das verstanden? Das alles hier hat nichts mit euch zu tun.«

Hank sprach in Rätseln und ich musste es so hinnehmen, doch wohl war mir nicht bei der Sache.

»Hey Leute, es ist Samstag«, rief ich in die Menge. »Wer hat Lust zu feiern?«

Ein Gegröle und Gepfeife schlug mir entgegen und ich grinste breit. Ja, genau das brauchte ich heute. Ich musste meine schweren Gedanken endlich ablegen. Auch wenn ich immer noch sehnsüchtig auf Cats Anruf wartete, tief in mir drin wusste ich, sie würde sich nicht melden. Ich brauchte Ablenkung.

Ich buchte einen Limousinenservice, der uns alle am späten Abend ins Early Birds verfrachtete. Ich hatte mit Jacob geredet, und er hatte uns den kompletten hinteren Bereich des Clubs reserviert. Eigentlich mochte ich dieses elitäre Gehabe von wegen VIP Lounge nicht, aber wir waren doch viele und die Band war komplett, also war es auch eine Sicherheitsfrage. Das war einer der Nachteile, die man hatte, wenn man sich als Berühmtheit in die Öffentlichkeit begab. Es durfte sich auch mittlerweile herumgesprochen haben, dass wir hier waren, also alles nach dem Motto 'Sicher ist Sicher'.

Da ich vorher angerufen hatte, war alles ausgezeichnet organisiert. Zwei Kellnerinnen waren nur für uns zuständig und bei Gott - sie hatten alle Hände voll zu tun.

Wir verteilten uns auf die vier Tische. Fünftausend Dollar hatte mich der Spaß gekostet, aber das war es mir wert. Ich hatte meine Jungs wieder.

Suzi kellnerte heute und mittlerweile war sie viel lockerer, als noch vor einer Woche, als sie eher steif und respektvoll hantierte.

Die Jungs waren gut drauf – alle! Allen voran Tommy und Brady. Sie machten sich einen Spaß daraus, Mädels über unsere Security in den VIP Bereich zu lotsen. Ich wusste genau, es würde übel enden, aber hey, sollten sie sich doch amüsieren.

Mit jedem Bier wurde ich lockerer. Ich tanzte mit einer hübschen Rothaarigen. Sie war nett, ganz und gar nicht aufdringlich und sie hatte jede Menge Humor. Sie tat mir gut und ich lud sie an meinen Tisch ein.

»Jungs, darf ich euch Tess vorstellen?«, lächelte ich und Tommy musterte mich mit einem Augenzwinkern.

»Hey, Tess«, grüßten alle und rückten etwas zusammen.

»Was willst du trinken, Tess? Champagner, einen Cocktail ...?«, fragte ich.

»Ein Bier wäre cool!«, lächelte sie und ich hob verwundert eine Augenbraue an.

»Bier? Ganz einfach Bier?«

»Ja, bitte«, bestätigte sie und lächelte hinreißend.

Das war definitiv mal etwas anderes. Normalerweise wollten die Ladies immer etwas Exklusives, aber Bier? Ich lächelte zurück und tat ihr den Gefallen.

»Na«, fragte Tommy, »Bist du alleine hier? Oder müssen wir Angst haben, dass dein Freund uns stresst?« Er grinste und hoffte, sie in Verlegenheit bringen zu können.

»Ich hab keinen Freund«, antwortete sie gelassen.

»Keinen Freund? Wie ist das möglich? Du siehst hinreißend sexy aus!« Tommy verschenkte sein schönstes Lächeln.

Verdammt, Tommy! Wenn er nur einmal aufhören würde, meine Begleitungen abzuchecken und anzubaggern. Er nervte mich!

»Eben drum!«, antworte sie. »Ich hab noch keinen gefunden, der mir das Wasser reichen könnte.« Sie nahm einen Schluck aus ihrer Flasche und sah ihm fest in die Augen. Das konnte jetzt interessant werden und ich war gespannt, wie Tommy reagieren würde. Sie hatte ihn eindeutig herausgefordert und ich amüsierte mich köstlich darüber. Auch Derek, Mitch und Brady bemerkten die Spannung, die sich da gerade aufbaute, und Mitch trat mir unterm Tisch ans Bein.

Tommy war für einen Moment sprachlos, was bei ihm selten vorkam. Dann legte er wieder los.

»Was ist mit Sex?«, wurde er direkt und seine Grübchen blitzten.

Ich wartete gespannt auf ihre Antwort.

»Nein danke, jetzt nicht, später vielleicht.«

Mitch prustete los und spuckte sein halbes Bier auf Brady.

Tommy rutschte unruhig hin und her. Er war es nicht gewohnt, solche Antworten zu bekommen. Ich lehnte mich zurück und genoss die Show.

»So hab ich das nicht gemeint, Süße«, grummelte er.

»Oh, dann meintest du bestimmt, ob ich versorgt bin? Nun, ich nehme mir was ich brauche, wenn ich es brauche, dafür muss ich keinen Freund haben. Ansonsten bin ich alt genug zu wissen, wie ich zu einem Orgasmus komme, ich habe jede Menge Erfahrung mit mir selbst!«

Boom! Headshot!

Tommy schnappte nach Luft und Tess grinste ihn an. Wir bekamen alle einen Lachanfall. Tommy hatte seinen Meister gefunden, er wusste es nur noch nicht.

»Da werden viele Jungs aber ganz traurig sein«, legte er nach.

»Bestimmt!«, seufzte sie. »Und viele Girls auch!«

Ich hielt mir den Bauch vor Lachen und Tommy war leicht angesäuert.

»Ich geh mal für kleine Mädchen, haltet mir den Platz warm, Jungs!« Tess verabschiedete sich.

»Sieht aus, als würdest du dir die Zähne an ihr ausbeißen, Tommy«, reizte ihn Derek.

Tommy war nervös und trommelte mit den Fingern auf der Tischplatte herum.

»Gib mir deine Erlaubnis, Max!«, schrie er plötzlich zu mir rüber.

»Wozu?«

»Du hast sie an den Tisch gebracht, aber ich will sie mit nach Hause nehmen. Sie macht mich heiß. Solltest du aber irgendwas mit ihr ... - Nein! Gib mir die Erlaubnis!« Er bettelte geradezu und ich grinste in mich hinein.

»Ich weiß nicht, Tommy. Sie ist wirklich heiß.« Ich ließ ihn zappeln.

»Max, bitte! Du willst sie doch gar nicht!«

So hatte ich Tommy noch nie erlebt. Ein paar Sekunden ließ ich ihn noch im Dunkeln.

»Okay, du hast sie! Ich hatte keine weiteren Absichten! Ich finde sie einfach nur nett. Aber pass auf, sie ist dir weit voraus.«

Tommy sprang auf und rannte Richtung Toiletten.

»Oh nein, nicht das schon wieder!«, grummelte ich.

»Keine Angst, ich glaube nicht, dass sie ihn ran lässt!«, lachte Mitch.

»Peter, geh ihm nach und pass auf, dass er keine Dummheiten macht«, rief ich einem unserer Bodyguards zu und der lief los. »Dann warten wir mal ab.« Es sollte eine ganze Zeit lang dauern.

»Sieht fast so aus, als hätte er sie doch noch klar gemacht«, lachte Brady. »Wo bleibt er denn?«

Er hatte es kaum ausgesprochen, als Tommy zurückkam. Er wirkte auf eine lustige Art verstört.

»Hey, Tommy, was war los? Glück gehabt?«, fragte ich.

»Ich will nicht darüber reden!«, brummte er und kippte seinen Whiskey.

»Nein, nein, mein Freund! So nicht! Meine Erlaubnis, meine Regeln! Also, ich höre?«

Tommy wand sich wie ein Aal. Er funkelte mich böse an und ich lachte. Irgendetwas war passiert, was ihm gewaltig gegen den Strich ging. Die Jungs zogen ihn auf und hörten nicht auf zu sticheln.

»Sagst du es uns oder sollen wir sie fragen?« Mitch stand auf und deutete an, dass er zu ihr gehen würde, um sie zu fragen, und Tommy war in Zugzwang.

»Na, schön! Sie hat mich abserviert. Eiskalt! Ich war mir sicher, dass sie wollte, dass ich ihr nachlief. Und das tat sie auch. Sie hatte auf mich gewartet und mich dermaßen heiß angelächelt. Sie war so ... aaargh!«

»Und dann?«

»Wir haben die Toiletten abgesperrt. Man, ich sage es euch, die Kleine kann küssen. Sie hat mich total heiß gemacht. Dann setzte sie sich auf den Waschtisch, wir fummelten und ich zog ihr das Höschen aus.«

»Jetzt wird es interessant«, flachste Brady.

»Dann drückte sie meinen Kopf zwischen ihre Beine. Ich hab sie, nun ja, ihr wisst schon, bis sie, na ihr wisst schon ...«

Was war bloß mit Tommy los? Er hatte doch sonst keine Probleme damit, das Kind beim Namen zu nennen.

»Weiter?«

»Dann hat sie ihr Höschen wieder angezogen und sie sagte zu mir 'Siehst du, ich habe dir gesagt, dass ich weiß, wie ich zu meinem Orgasmus komme'. Danach ließ sie mich stehen und verschwand. Sie hat mich voll benutzt!«

Einen kurzen Moment war es ganz still am Tisch. Doch dann gab es kein Halten mehr. Ich glaubte, dass ich noch nie so sehr gelacht hatte in meinem Leben.

»Ein weiblicher Tommy! Ich kann nicht mehr!«, prustete Derek und rutschte fast unter den Tisch.

»Haha, sehr witzig!«, murrte Tommy vor sich hin.

»Jetzt hast du auch mal erlebt, wie das ist. Such dir 'ne andere, um dich abzureagieren.«

»Ich will keine andere, ich will sie!«

Tommy war echt angepisst. Das war nicht der Tommy, den ich kannte. Sein Gesicht war rot wie eine Tomate und er klopfte nervös mit den Fingern auf den Tisch.

»Jungs, hört auf zu lachen«, rief ich in die Runde und setzte mich neben Tommy. Ich rempelte ihn mit der Schulter an. »Geht's dir gut?«, flüsterte ich ihm zu.

»Keine Ahnung. Ich bin verwirrt.«

»Inwiefern?«

»Ich weiß nicht, ich bin wütend auf sie. Aber ich will sie wiedersehen. Ich würde sie gerne erwürgen für das eben, aber ich, oh man, ich gäbe alles dafür, um nochmal in ihr Höschen zu kommen, verstehst du?«

Ich ließ ihn reden und hörte zu.

»Ich will sie, Max! Sie verursacht in mir ... Herzrasen!« Er sah mich lange an und ich verstand.

»Das nennt man sich verliebt haben, Tommy!«, lächelte ich.

»Was? Nie im Leben, nein!«, versuchte er abzuschmettern.

»Doch, das hast du. Kein Zweifel. Finde dich damit ab!« Ich konnte nicht anders, als ihn aufzuziehen.

»So schnell geht das nicht!«

»Wie du meinst.«

Wir ließen das Thema fürs Erste. Der Abend wurde immer lustiger und wir feierten und tanzten was das Zeug hielt. Nur Tommy wirkte still und nachdenklich. Er tat mir richtig leid mit seinem Herzschmerz. Aber da musste er jetzt wohl durch.

»Ich glaube, ich will gehen«, schmollte er plötzlich.

»Mensch, Tommy, lass dich nicht so hängen«, versuchte Mitch, ihn aufzubauen.

»Ich hab genug, ich hau ab«, schnaufte er zornig.

»Ich wär mir da nicht so sicher, Tommy«, lächelte ich.

»Wieso? Willst du mich zwingen, zu bleiben?«

»Ich nicht, aber jemand anderer vielleicht. Dreh dich mal um.«

Tess kam auf uns zu und ich nickte der Security zu, sie durchzulassen. Ihre Augen leuchteten und sie sah wirklich heiß aus, und zu wissen, was sie mit Tommy veranstaltet hatte, ging auch an mir nicht spurlos vorüber. Tommy war sofort wieder hellwach.

Sie stellte sich direkt neben ihn und grinste ihn frech an. »Ich habe entschieden, du bist einen zweiten Blick wert. Und jetzt zeig mir, wie du tanzt! Ich will sehen, wie gut du bei Trockenübungen bist«, forderte sie ihn auf und Tommy grinste wie ein Honigkuchenpferd. Das ließ er sich nicht zweimal sagen.

»Ich dachte, du wolltest gehen?«, ärgerte ich ihn.

»Halt die Klappe, Max!«

Er schnappte sich Tess und ich muss schon sagen, ich hatte noch nie etwas heißeres auf der Tanzfläche gesehen, als die beiden. Kid Rock's *American Badass* heizte die Stimmung noch zusätzlich an, und was ich dort sah war getanzter Sex pur.

Der Laden rockte exzessiv. Selten hatte ich so etwas erlebt, eigentlich noch nie. Die harte Rockmusik passte zur sexuell aufgeladenen Atmosphäre, die an allen Ecken und Enden herrschte und selbst Mitch und Derek ließen sich davon anstecken. Der Alkohol floss in Strömen und schon lange waren wir alle nicht mehr so gut drauf, wie in dieser Nacht. Wir würden Brady auf ewig etwas schulden!

Ich schaute auf mein Handy. Keine Nachricht von Cat.

»Dann eben nicht!«, murmelte ich mir in den Bart. Es fühlte sich an wie ein Tritt in die Eier. Ich war sauer. Ich wollte sie, aber sie mich scheinbar nicht.

Gut, damit musste ich leben, auch wenn es schwer fiel. Aber auch ich hatte nur ein Leben. Und dieser Abend – das war Leben pur und ich wollte ihn genießen!

Mitch hatte eine Flasche Jägermeister geordert und die Shots machten die Runde. Ich wusste, ich würde mich wegballern, aber das war mir in dem Moment egal. Ich war schon zugedröhnt, und ich dachte ich halluziniere, als mein PA Andrew plötzlich vor mir stand.

»Andrew, was machst du hier?«

Er lotste mich zur Seite. »Hier, sieh dir an, was morgen früh in allen Zeitungen stehen wird.« Er drückte mir eine Pressemeldung in die Hand.

»Oh Scheiße!«

»Das kannst du laut sagen. Willst du es ihm sagen?«

Ich sah auf die Schlagzeile und dann zu Mitch. »Ich weiß nicht, was meinst du?«

»Ich denke, es ist besser, wenn er es von dir hört.« Andrew klopfte mir auf die Schulter und verschwand wieder. Da stand ich nun und starrte auf die Worte.

'Mitch Walker, Gitarrist bei Cursed Tears, und seine Frau getrennt? Theresa amüsiert sich auf Hawaii mit unbekanntem Schönling' – und daneben ein Bild, das keine Fragen offen ließ. Verdammt!

Aber Andrew hatte recht, Mitch war mein Freund. Er sollte es von mir hören.

»Mitch?«

»Hey, Max, alles fit im Schritt?«

»Mitch, ich muss mit dir reden.«

»Was ist los? Ist was passiert?«

Man, das tat jetzt echt weh.

»Hier", reichte ich ihm die Meldung. „Und Mitch – ich bin für dich da, okay?«

Er sah mich mit unverständigen Augen an und nahm das Schriftstück. Die Farbe in seinem Gesicht änderte sich in Weiß und danach in tiefes Rot. Er knüllte das Papier zusammen und trat mit dem Fuß gegen die Bank. Er zitterte am ganzen Körper und ich zog ihn zu mir. Ein leises Schluchzen erklang an meiner Schulter und ich drückte ihn noch fester an mich.

»Wir kriegen das hin, Mitch. Ich, die Jungs, wir alle sind für dich da. Wir schaffen das gemeinsam, hörst du?«, flüsterte ich in sein Ohr. Er tat mir so leid und ich wusste nicht, wie ich ihm helfen konnte. Seine Ehe so beendet zu sehen, das musste ihn innerlich zerreißen.

»Danke, Max, danke, dass du es mir gesagt hast.«

»Keine Ursache und es tut mir wirklich leid.«

»Scheiß drauf. Dann war sie es nicht wert.«

Passenderweise lief nun auch noch *Nightmare* von Avenged Sevenfold, was die Lage nicht besser machte.

»Mitch?«

»Ja, Max?«

»Nichts kommt zwischen uns und die Band, richtig?«

Mitch zögerte kurz und lächelte. »Richtig, Max. Und jetzt komm, lass mal sehen, was ich in den letzten drei Jahren verpasst habe.«

Wir grinsten uns gegenseitig an. »Genau. Drauf geschissen! Lass uns feiern!«

Und wie wir feierten! Da waren wir wieder. Nur die vier Jungs. So, wie es immer war. Alleine und ungebunden. Scheiß auf die Liebe!

Mustang Sally dröhnte durch den Saal und Tess saß auf Tommys Schoß und verpasste ihm den Ritt seines Lebens, auch wenn er nur angedeutet war. Selbst als die Jungs Beifall spendeten, ließ sie sich nicht davon abbringen. Die beiden kannten wirklich kein Schamgefühl. Mitch kam mit einer heißen Blondine von der Tanzfläche zurück und Derek wollte schon etwas sagen, aber ich schnitt ihm das Wort ab.

»Was ist denn, Max? Was wird Theresa sagen?«, fragte er besorgt.

»Das wird sie nicht mehr interessieren, Derek. Er ist jetzt in der gleichen Lage wie du.«

»Was?«

»Die Presse wird es morgen veröffentlichen. Lass ihm seinen Spaß.«

»Oh Scheiße, echt jetzt?«

Ich nickte und Derek zischte pfeifend durch seine Zähne. »Das tut mir echt leid für ihn.«

Ich klopfte ihm auf die Schulter und blickte in den Laden. Hier schien nie einer nach Hause zu gehen, denn es war noch genauso voll, wie es schon den ganzen Abend war.

»Komm, lassen wir die Sau raus!«

Derek lachte mich an. Er hatte auch dieses Millionen Dollar Lächeln, genau wie Tommy, und manchmal war ich deswegen ein bisschen neidisch auf die zwei.

»Lachst du eine für mich an?«, grinste ich und Dereks Schmunzeln wurde breiter.

»Soll ich?«

»Es dürfen auch zwei sein«, frotzelte ich und Derek boxte mir auf den Arm.

»Mal sehen, was sich machen lässt.«

Es ließ sich einiges machen! Als wir gegen halb sechs morgens nach Hause fuhren, war keiner von uns allein. Im Gegenteil.

Tommy und Tess waren so heiß aufeinander, dass sie es nur noch bis ins Wohnzimmer geschafft hatten. Ihr Stöhnen drang bis zu mir ins Schlafzimmer durch, was nicht nur mich total anheizte, sondern auch die beiden Ladies, die bei mir waren.

Während eine mich auszog, zog die andere einen Strip vor mir ab, der sich gewaschen hatte. Ihre rechte Seite war vom Arm bis runter zu den Füßen tätowiert, und das machte mich tierisch scharf.

Ich stöhnte. Die Brünette kümmerte sich gerade ausgiebig um Bad Boy. Ihre Lippen umschlossen ihn fest und ich spürte die feuchte Wärme ihres Mundes. Ich schloss meine Augen und genoss es, wie sie an mir saugte und leckte. Amber, die Tätowierte, kniete sich neben mich. Sie beugte sich zu mir hinab und ihre langen schwarzen Haare kitzelten mein Gesicht, und ihre Titten streiften meine Brust, während ich sie küsste. Ich drängte mich mit einer Hand zwischen ihre Beine. Amber stöhnte laut, als ich mit meinem Finger in ihre feuchte Muschi eindrang. Ihr Becken bewegte sich und sie nahm es sich so, wie sie es brauchte.

Sunny, die andere, riss mit ihren Zähnen ein Kondompäckchen auf und streifte mir den Gummi geschickt über, bevor sie sich auf mich setzte und ich ihre Enge spüren konnte.

Amber war mittlerweile dazu übergegangen, Sunny zu küssen und ihre Brüste zu massieren. Ich hatte sie schon mit meinen Fingern gespürt und jetzt wollte ich sie ganz. Ich konnte es kaum noch erwarten, da kam Sunny mit einem spitzen Schrei und stieg von meinem Schwanz. Ich nahm ein frisches Kondom und widmete mich Amber, die mir fordernd ihren Hintern entgegenstreckte. Tief drang ich von hinten in sie ein, während mir Sunny ihre Titten an den Rücken drückte.

Ich zog Amber ganz auf meinen Schoß und umschloss ihre Brüste, bevor ich um sie herum griff, um sie zusätzlich mit meiner Hand zu verwöhnen. Man, die zwei waren so was von heiß.

Ich spürte, wie Ambers Saft an mir herunter lief und konnte mich nicht mehr zurückhalten. Ich drückte sie wieder ein Stück von mir weg und stieß ein paarmal fest in sie hinein. Sie drückte den Rücken durch und kam zuckend und stöhnend.

Das war mein Zeichen. Wild und fest fickte ich sie, bis ich in ihr explodierte und kraftlos neben sie ins Bett fiel.

Die zwei hatten mich fertig gemacht. So richtig fertig! Und der Alkohol tat sein Übriges. Darum passierte mir etwas, was mir noch nie passiert war: Ich schlief ein! Erst gegen Mittag wurde ich von einem Klopfen geweckt.

»Max, steh auf, du hast Besuch!«, hörte ich Tommy durch die Tür kreischen.

Scheiße! In meinem Kopf drehte sich alles und entsetzt blickte ich rechts und links neben mich ins Bett, wo sich die zwei Schönheiten immer noch nackt räkelten.

So ein Mist! Ich hatte einen Filmriss und wusste nicht mehr so recht, was da alles abgegangen war. Ich musste mir die Erinnerung erst wieder ins Gedächtnis rufen.

Ich sprang auf und musste als erstes pinkeln. Gar nicht so einfach mit einer Morgenlatte, so groß wie der Mount Everest. Ich schmiss mir 'ne Jogginghose über und weckte die Mädels.

»Aufstehen, Mädels. Zeit, nach Hause zu fahren!«

Ich stellte sicher, dass sie sich auch wirklich anzogen und ging aus meinem Zimmer nach unten.

Fuck! Mir wurde schlecht. Mir wurde so schlecht, dass ich beinahe gekotzt hätte.

»Cat! W-Was machst du denn hier so früh?« Ich konnte es nicht glauben. Da stand sie, mitten in unserem Wohnzimmer. Sie sah so wunderschön aus. Sie hatte die Haare zu einem Pferdeschwanz gebunden und steckte in einem blumigen Sommerkleid, das sich eng an sie anschmiegte und mehr Preis gab, als es verbarg.

»Es ist fast ein Uhr mittags, Max«, lachte sie und ich schmolz dahin.

»Wieso bist du hier?«

»Du wolltest doch etwas mit mir unternehmen, wenn ich Zeit habe, und ich habe Zeit, es ist Sonntag.« Sie musterte mich eindringlich und das schlechte Gewissen sprang mir förmlich aus dem Gesicht. »Komme ich ungelegen? Tut mir leid, ich hätte wohl besser vorher angerufen.«

»Nein! Es ist nur, ich ...«

In dem Moment hörte ich das Quietschen meiner Zimmertür und ich kniff die Augen zusammen. Ich wusste genau, was jetzt passieren würde. So eine verdammte Scheiße! Amber und Sunny kamen die Treppe herunter und kicherten. Cats verwunderter Blick nach oben brach mir beinahe das Herz.

»Tschau, Süßer, bis nächstes Mal«, raunte Sunny und küsste mich auf die Wange, während Amber mir übers Kinn streichelte und mich direkt auf den Mund küsste. Sie warfen Cat noch einen zickigen Blick zu und dann verschwanden sie.

»Cat, ich ...«

»Schon gut, Max. Nichts, was dir peinlich sein müsste. Du bist schließlich erwachsen, nicht wahr?« Ihr Blick sagte alles und ich hatte mich noch nie so sehr selbst gehasst, wie in diesem Moment. Ich hätte mich ohrfeigen können.

»Cat, wir können doch trotzdem ...« Ich Idiot dachte wirklich, ich könnte die Situation noch herumreißen.

»Glaubst du ernsthaft, ich gehe mit jemandem aus, der noch nach seinen Schlampen von letzter Nacht stinkt? Danke, Max, aber das muss ich nicht haben. Tut mir leid, dass ich hergekommen bin.« Sie drehte sich um und verschwand. Sie zeigte keine Wut, sondern einfach nur bittere Enttäuschung.

»Klasse Timing, Max«, warf mir Tommy zu, der am Tisch saß und alles mitbekommen hatte.

Ich funkelte ihn böse an. »Könntest du wenigstens einmal deine Fresse halten?«

Ich war so wütend. Wütend auf mich selbst und meine Unfähigkeit, mich selbst im Griff zu haben. Und auf meine Dummheit, dass ich die zwei habe hier schlafen lassen. Ich drehte mich um und rannte in mein Zimmer, um meinen Kopf über die Kloschüssel zu halten. Ich kotzte, was das Zeug hielt. Ich glaube, mir war noch nie so schlecht, wie in diesem Moment.

Ich hasste mich. Ich hasste mich selbst zutiefst. Meine Gedanken rotierten und ich konnte nicht aufhören, zu kotzen. Irgendwann war alles raus und ich lehnte mit meinem Rücken an der Kloschüssel.

Konnte man etwas noch gründlicher versauen? Was hatte ich mir nur gedacht? Sie würde anrufen, nachdem ich fünf Minuten weg war? Wie blöd konnte man sein, so etwas anzunehmen? Wieso nur konnte ich ihr die Zeit nicht geben? Ich hätte warten müssen, verdammt! Jetzt brauchte ich nicht mehr zu warten, dessen war ich mir sicher. Der Karren steckte tief im Dreck, so tief, dass ich ihn nie wieder würde herausziehen können.

Ich wischte mir die Tränen weg, die über meine Wangen liefen. Ich war ein Arschloch. Ein gottverdammtes, schwanzgesteuertes Arschloch! Nie war es mir so bewusst, wie in diesem Moment. Ich spülte und putzte mir die Zähne, bevor ich unter die Dusche ging. Lange ließ ich mir das Wasser über die Haut rinnen. Ich fühlte mich dreckig. So dreckig, dass ich dachte, der Schmutz würde nie wieder von mir abfallen.

Ich grübelte. Ich wusste, warum sie nicht gleich anrief. Sie wollte sich nicht einreihen in die Schlange von Frauen, die keine Minute gezögert hätten, wenn sie diese Gelegenheit bekämen. Sie rannte mir nicht hinterher, dafür war sie viel zu stolz und sie hatte es auch nicht nötig. Ich hätte es wissen müssen. Warum nur habe ich angenommen, sie wäre wie die anderen? Das war sie nicht – niemals!

Und jetzt? Ich wusste genau, ich hatte sie zutiefst verletzt. Aber vor allem wusste ich nicht, was ich jetzt machen sollte. Ich zog meine Jogginghose wieder an und legte mich aufs Bett, als es klopfte.

»Tommy, wenn du das bist, verschwinde oder ich prügele deinen Arsch bis nach Hong Kong!«

»Ich bin's, Mitch!«

Ich schloss meine Augen. »Komm rein, Mitch!«

»Alles klar, Champ? Ich habe von deiner peinlichen Begegnung gehört.«

Tommy! Er konnte mal wieder die Klappe nicht halten.

Mitch las meine Gedanken. »Du kannst ihm keinen Vorwurf machen, Max. Er macht sich genauso Sorgen um dich, wie du dir um uns. Eine Einheit, oder nicht?«

Ich rieb meine Schläfen. Mein Kopf dröhnte und meine Gedanken blieben nicht an einem Ort.

»Ja, du hast ja recht. Aber der Arsch hätte mich vorwarnen können.«

»Nun bleib mal fair. Er konnte nicht wissen, dass sie immer noch hier sind. Das war das erste Mal, dass du sie bei dir hast schlafen lassen.«

»Ja, ich weiß!« Meine eigene Dummheit, nicht Tommys.

»Was ist das mit dir und Cat? Wieso weiß ich nichts von ihr?«

Ich wusste, Mitch meinte es gut, aber ich wollte jetzt nicht reden. Ich wollte einfach nur alleine sein.

»Hey, sag es mir, Champ!«

Mitch nahm mich in den Arm und da konnte ich nicht mehr. Ich heulte wie ein Schulmädchen, das sich die Knie aufgeschlagen hatte. Es war aus Wut, aber vor allem aus Scham und aus Verzweiflung. Ich fühlte mich auf einen Schlag so leer, dass ich dachte, ich könnte es nicht aushalten. Plötzlich hasste ich mein Leben und wünschte, ich wäre wieder ein Teenager. Es dauerte eine Weile, bis ich mich beruhigen konnte.

»Verdammt Mitch, du hast doch selbst genug Sorgen im Moment.«

»Mach dir um mich mal keine Gedanken.«

Ich sah ihn an und erkannte, dass auch er wässrige Augen hatte.

»Komm her, Kumpel.« Ich drückte ihn fest an mich. »Danke, dass du für mich da warst!«

»Jederzeit.«

Er gab mir einen leichten Kinnhaken und ließ mich alleine. Ich zog die Betten ab. In den Laken konnte ich kein zweites Mal liegen. Ich riss alle Fenster auf, und hoffte, so den Gestank von letzter Nacht loszuwerden. Aber wie das so ist mit schlechten Gerüchen, hängen sie einem noch in der Nase, wenn sie sich schon längst verzogen haben.

Als ich damit fertig war, ging ich nach unten zu den anderen. Sie hingen alle ziemlich in den Seilen und die Stimmung war mehr als gedämpft. Auf dem Weg zum Kühlschrank streichelte ich Tommy kurz über den Kopf und er lächelte. Alles vergeben und vergessen. So war das mit Tommy und mir.

»Wo ist Tess?«, fragte ich und holte mir eine Cola.

»Nach Hause. Sie bleibt nie über Nacht.«

»Aha.« Ich musterte ihn. »Wirst du sie wiedersehen?«

»Sie will anrufen.«

Autsch!

»Du weißt, das wird sie nicht, oder?«

Tommys Lippen formten einen dünnen Strich und er nickte. »Ja, ich weiß.«

Ich setzte mich zu ihm an den Tisch und auch Mitch und Derek kamen dazu. Eine Zeit lang schwiegen wir, dann war es Mitch, der die Stille durchbrach.

»Was für ein Haufen von Verlierern«, seufzte er.

Wir schwiegen erneut und jeder hatte in diesem Moment mit seinen ganz eigenen Problemen zu kämpfen. Ich vermisste Cat, Tommy vermisste Tess. Und Derek und Mitch hatten ihre bevorstehenden Scheidungen im Hinterkopf. Wir hatten versagt und das auf ganzer Linie!

»Hmh«, brummte Derek plötzlich, »aber Verlierer, die letzte Nacht einen Mordsspaß hatten, oder sehe ich das etwa falsch?« Wir sahen ihn und sein ernstes Gesicht, das er dabei machte.

Dann hörte ich ein leises Kichern neben mir. Es war Tommy. Er steigerte sich und sein Lachen wurde lauter. Irgendwann schüttelte es ihn regelrecht und ich konnte nicht anders, als mitzulachen. Schließlich saßen wir zu viert am Tisch und lachten und lachten. Wir konnten gar nicht mehr aufhören und mir liefen Tränen über die Wangen, während Tommy sich seinen Bauch hielt.

Endlich beruhigten wir uns und ich sah einen nach dem anderen an. »Einer für alle?«

»Und alle für einen!«, schallte es mir aus vereinten Mündern entgegen. Nichts würde uns unterkriegen! Gar nichts! Und schon gar nicht heute!

»Wo ist eigentlich Brady?«, fragte ich in die Runde. Ich hatte ihn noch nicht gesehen und ich überlegte, ober er immer noch pennen würde.

»Der ist weg einkaufen. Keine Ahnung, was er wieder vor hat«, antwortete Derek und ich beschloss, mich diesbezüglich überraschen zu lassen.

Kurz danach kam Brady zurück und hatte die Hände voll mit Einkaufstüten.

»Hey, ihr Arschlöcher, ich hoffe, ihr habt euch letzte Nacht nicht den Appetit weggesoffen«, grinste er und kippte die Tüten vor uns auf dem Tisch aus. Es kamen Spareribs zum Vorschein, Steaks, Burgerpatties, jede Menge Gemüse und Salat ...

»Was hast du vor? Willst du uns mästen?«, lachte Mitch und begutachtete die neu erworbenen Schätze.

»Ich dachte, wir sollten mal ein anständiges Stück Fleisch auf den Grill werfen, anstatt eins zu ficken!«

»Mein Gott, Brady, kannst du dich auch mal angemessen ausdrücken?«, fluchte ich.

»Was ist denn mit dir los?«, schüttelte er den Kopf und räumte alles in den Kühlschrank.

Von jetzt auf gleich wollte ich nicht mehr, dass jemand so redete. Es fühlte sich einfach falsch an.

Als der Abend näher rückte und die Sonne am untergehen war, zündeten wir ein Grillfeuer an. Brady hatte sich wirklich Mühe gegeben und uns ein herrliches

BBQ gezaubert. Wir ließen leise Musik im Hintergrund laufen und die ganze Stimmung war gedämpft, aber dennoch einigermaßen positiv.

Es war ein schönes Gefühl, hier mit meinen Freunden zusammenzusitzen und die Schönheit des Abends zu genießen. Als es später und damit auch kühler wurde, schnappte ich mir eine Decke und legte mich auf eine der Liegen am Ufer des Sees. Ich blickte hinüber und ein schwaches Licht drang an meine Augen. Das war Cat. Sie war zu Hause.

Ich zündete mir eine Zigarette an und sog den Rauch tief in meine Lungen. Lange dachte ich über meine Situation nach. Sollte ich die ganze Sache wirklich einfach nur abhaken?

Ich brauchte nicht lange, um eine Entscheidung zu treffen: Niemals! Ich würde sie für mich gewinnen. Es würde dauern und es würde mich viel Kraft kosten, aber hey, es war Cat! Und sie würde es wert sein!

»I want you to want me«

Cheap Trick

4. Kapitel

Am frühen Montagmorgen machte ich mich mit Brady zu einem Blumengeschäft auf. Ich richtete es mit dem Besitzer so ein, dass er Cat täglich drei riesige Sträuße zukommen lassen sollte. Jedem sollte eine Karte beiliegen. Auf einer stand 'Bitte', auf der zweiten 'verzeih' und auf der dritten 'mir'.

Wenn sie nur einen winzigen Teil Romantik in sich hatte, würde sie darauf reagieren. Sie musste es einfach!

Nachdem ich das erledigt hatte, fühlte ich mich deutlich besser. Danach fuhr ich zu einem Schmuckladen. Ich kaufte eine wunderschöne Kette mit einem Anhänger, der sich öffnen ließ. Ich packte ein Bild von mir auf die eine Seite und auf die andere Seite packte ich ein zusammengefaltetes Stück Papier, auf das ich Folgendes drauf schrieb: Ich bin ein kranker Idiot! Bitte heile mich!

Ich ließ es einpacken und ebenfalls zustellen. Jetzt hieß es erst mal warten.

Die nächsten Tage gingen einfach so ins Land und ich erhielt keine Reaktion von Cat.

Ich ließ meine Trauer darüber zu Papier und arbeitete mit den Jungs an den neuen Songs. Wir kamen echt gut voran und Tommy war ganz euphorisch. Es war schon wieder Donnerstag, als Hank mich aufsuchte.

»Kann ich mit dir reden, Boss?«

»Klar, wo?«

»Komm mit in den Trailer.« Er schickte die Bodyguards nach draußen und wir setzten uns.

»Sag schon, was ist los? Hast du etwas über Cat erfahren?« Ich konnte meine Neugier kaum noch in Zaum halten.

»Das kannst du laut sagen, Max!« Hank machte ein Gesicht, das mir ganz und gar nicht gefiel.

»Erzähl, was ist mit ihr?«

Hank atmete tief ein. »Ich musste einiges aufbringen, um das rauszukriegen, und ich schulde einigen Leuten jetzt mehr als nur einen Gefallen.«

Er sagte es so, dass ich erstens Angst bekam und zweitens fühlte ich, dass er sich wohl meiner ungeteilten Aufmerksamkeit sicher sein wollte.

»O-Okay? Leg los!«

»Sie hat eine Akte beim FBI. Aber sie war unter Verschluss, wegen Jugendschutz, wenn du verstehst.«

»Ehrlich gesagt, nein, aber weiter!«

»Okay, ich muss etwas weiter ausholen. Ihr Vater soll gestorben sein, als sie fast zwölf war. Ihre Mutter hatte kurz danach wieder geheiratet.«

»Ja, ich erinnere mich.« Ich dachte an die Zeit zurück und erinnerte mich daran, wie traurig Cat ausgesehen hatte.

»Ihr Stiefvater war ein versoffenes, brutales Schwein, wenn ich das so richtig lese. Ihre Mutter war deswegen wohl tablettensüchtig geworden und so gut wie nie für Cat da. Eines Tages kam Cat von der Schule nach Hause und ihr Stiefvater war wieder besoffen und stritt sich mit Cats Mutter. Er muss sie übel verprügelt haben und Cat hat alles mitgekriegt.«

Ich wurde blass. Jetzt konnte ich mir auch vorstellen, warum sie so verschlossen war in all der Zeit. Hank fuhr fort.

»Jedenfalls, nun, wie soll ich es sagen ... Cat schnappte sich ein Küchenmesser und rammte es ihm in den Rücken.«

»Mein Gott!« Mir wurde ganz schlecht.

»Das Messer verletzte ihn nur an der Schulter und er drohte damit, Cat und ihre Mutter umzubringen, laut der Aussage von Cat.«

»Aber das muss doch polizeilich aufgenommen worden sein. Warum hat das Jugendamt sich nicht eingeschaltet?«

»Wenn das mal so einfach gewesen wäre, Max. Cats Aussage stand gegen die ihres Stiefvaters.«

»Und?«

»Und gegen die ihrer Mutter.«

»Was?« Ich konnte nicht glauben, was ich da hörte.

»Ja, Max, ihre eigene Mutter hat gegen sie ausgesagt. Sie haben behauptet, Cat wäre immer eifersüchtig gewesen und hätte ihn von Anfang an abgelehnt. Und die Messerattacke wäre nur ein weiterer Ausraster von ihr gewesen, um sie voneinander zu trennen.«

Ich konnte nicht mehr sitzen bleiben. »Wie kann ich so etwas meinem Kind antun?« Ich spürte, wie eine unbändige Wut in mir hochkam.

»Sie wurde zu zwei Jahren Jugendhaft verurteilt.«

»Oh mein Gott!« Mir wurde ganz flau im Magen und ich spürte, wie mein Blutdruck anstieg. Wie alt mag sie da gewesen sein? Achtzehn? Neunzehn? Es muss ja nach Abschluss der Schule passiert sein.

»Nach fünfzehn Monaten wurde sie entlassen. Da war sie gerade einundzwanzig geworden.«

»Und dann?«

»Ihr Vater, ihr richtiger Vater Dean, hatte ein Treuhandkonto für sie eingerichtet, das mit diesem Geburtstag fällig wurde. Außerdem hatte er ihr ein Haus vererbt. Du hast es ja schon gesehen.«

Jetzt war mir einiges klar. Es war das Haus von Dean, Cats Vater. Cat hatte scheinbar alles so belassen, wie es war. So wahrte sie die Erinnerungen an ihren Vater. Darum die ganzen Männerspielsachen.

»Er hatte ihr jede Menge Geld hinterlassen und, du wirst es nicht glauben, wenn ich dir das jetzt sage.«

Ich sah Hank tief in die Augen. Was konnte da jetzt noch kommen?

»Das Early Birds gehört ihr auch!«

Ich schluckte. Jetzt wurde mir einiges bewusst. Wie war das? Anweisung von ganz oben? Die Gespräche, die sie mit Jacob führte. Mein Gott, sie muss alles mitgekriegt haben, was wir dort so getrieben hatten. Mir wurde schon wieder schlecht.

»War das alles? Bist du deswegen mit den Jungs hierher gekommen? Hattest du Angst, ihr Stiefvater würde hier auftauchen?«

Hank schüttelte den Kopf. »Nein, deswegen nicht!«

Ich spürte, wie er mit sich kämpfte. Da war eindeutig mehr, was er mir noch zu sagen hatte, aber es fiel ihm schwer.

»Hör zu, ich werde dir jetzt etwas sagen, aber du darfst mit niemandem darüber reden, versprichst du mir das?«

»Natürlich«, nickte ich und das mulmige Gefühl in meinem Bauch wurde immer stärker.

»Okay, wie sag ich es dir am besten?« Hank war nervös. Und Hank war nicht leicht zu verunsichern. Das, was ihm auf den Lippen brannte, schien wirklich ernst zu sein.

»Cats Vater, ihr richtiger Vater ...«

»Ja?«

»Dean, er ist nicht tot!«

Ich schloss die Augen und dachte über das eben gehörte nach.

»Wie bitte?«

»Er steckt in einem Zeugenschutzprogramm des FBI. Darum war es auch so schwer, an diese ganzen Informationen heran zu kommen.«

Ich fing an zu zittern. Wie konnte das möglich sein? »Wieso? Warum Zeugenschutz? War er kriminell?«

»Mit Sicherheit. Alles hatte mit Glücksspiel zu tun, Drogen, Geldwäsche. Er kam ins Schutzprogramm, als er gegen das Georgia Kartell ausgesagt hatte.«

»Russenmafia?«

»Genau. Die Bosse bekamen fünfzehn bis zwanzig Jahre Haft. Dean kam davon, musste aber sein Leben komplett aufgeben, so wie er es kannte. Auch als Schutz für Cat.«

»Und warum bist du nervös geworden und hast unsere halbe Security hergeschleppt?«, wollte ich wissen.

»Max, denk nach! Sie haben zwanzig Jahre bekommen! Und nun überlege mal, wie lange das jetzt her ist.«

Ich rechnete nach. »Oh mein Gott! Sie sind draußen, richtig?«

»Noch nicht alle. Aber bald. Ich habe nachforschen lassen. Ein großer Teil von ihnen ist hier. Sie sammeln sich und warten.«

»Auf was?«

»Darauf, dass ihr Boss rauskommt. Ich bin mir sicher, sie werden versuchen, Cat als Druckmittel zu benutzen, um an Dean heranzukommen.«

Ich glaubte, es würde mir die Beine weghauen. »Das kann ich nicht zulassen, Hank. Was kann ich tun?«

»Ihr solltet hier abhauen. Schnell! Schick die Jungs nach Hause. Mit ihnen werden sie kein Problem haben. Und Brady fährt am besten auch mit. Und wenn du noch irgendetwas für Cat empfindest, dann bringst du sie von hier fort, so weit weg aus Florida wie nur möglich!«

Ich ließ den Kopf auf die Tischplatte sinken. »Wie soll ich das anstellen? Sie will mich ja nicht mal sehen! Wie soll ich ihr das mit ihrem Vater erklären? Sie wird vor Schock tot umfallen!« Ich war fix und fertig.

»Das brauchst du ihr ja nicht zu sagen, Max. Aber bring sie hier weg. Die Zeit läuft!«

Ich nickte und die Gedanken fuhren Karussell. Ich wollte ihr helfen, nein, ich musste ihr helfen! Ich rief Andrew an. Er würde dafür sorgen, dass die Jungs gut nach Hause kämen. Brady würde ich in meinem Haus in L.A. einquartieren. Aber Cat, das machte mir echt Sorgen. Ich musste zu ihr, sofort! Ich übertrug Hank die Aufgabe, den Jungs alles zu erzählen.

»Lass dich von Brady nicht abwimmeln, Hank. Er kann stur sein. Lass den Jet nicht starten, bis er drin sitzt. Zur Not schlag ihn k.o., hast du verstanden?«

Hank nickte. »Wird schon klar gehen, Boss. Was hast du vor?«

»Ich werde mit Cat reden. Bring die Jungs nach Hause und komm dann wieder her. Ich werde versuchen, sie in mein Haus nach Montana zu bekommen. Niemand weiß, dass ich dort eins besitze. Selbst, wenn sie

sie mit mir in Verbindung bringen würden, dort finden sie uns nicht.«

»Gute Idee, Boss.«

Ich klopfte ihm auf die Schultern. »Danke Hank, ich schulde dir was!«

»Keine Ursache, Boss!«

Ich ließ ihn allein und stürmte mit meinem Camaro davon. Mein Kopf glühte und ich betete, dass Cat mich anhören würde. Hank würde alles richten, zusammen mit Andrew, das wusste ich. Aber das hier, das würde ein harter Brocken werden.

Ich raste und bremste erst, als ich Cats Haus erreichte. Mit Schwung stieg ich aus dem Auto und rannte die Treppe zu ihrem Haus hoch. Bevor ich klopfte, atmete ich dreimal tief durch. Sie war zu Hause, ihr Mustang stand in der Einfahrt. Bitte mach auf, Cat!

Ich hörte Schritte und die Tür öffnete sich. Das Lächeln in ihrem Gesicht erstarrte in dem Moment, als sie erkannte, wer da vor ihr stand.

»Was willst du hier, Max?«

»Ich muss mit dir reden, Cat. Es ist wichtig.«

»Was sollten wir zu bereden haben?«

Ich blickte ihr tief in die Augen.

»Cat, bitte, hör mir zu. Vergiss bitte nur für fünf Minuten, dass ich das größte Arschloch bin, das je auf der Welt gelebt hat. Ich muss dir wirklich etwas Wichtiges sagen. Es geht um so viel und ich habe Angst, ich … bitte Cat, lass mich nicht betteln!« In meinem Gesicht muss ehrliche Panik gestanden haben und Cat schien es zu erkennen.

»Max, du bist ja vollkommen aufgelöst!«

»Kann ich reinkommen, Cat? Bitte, nur fünf Minuten!«

Sie zögerte und schnaufte dann kurz. »Na schön, komm rein. Fünf Minuten.«

Sie öffnete die Tür ein Stück weiter und ich stürmte an ihr vorbei. Mein Gott! Die ganze Wohnung war voll mit den Blumen, die ich ihr habe schicken lassen. Sie hatte jeden einzelnen Strauß aufgehoben! Ich lächelte, denn das erschien mir als gutes Zeichen.

»Was wolltest du mir sagen, Max?«, riss sie mich wieder zurück in die Realität.

»Cat, was ich dir jetzt sagen muss, ist nicht leicht für mich. Ich habe ...«

Wie sollte ich ihr das bloß beibringen, ohne sie total zu schockieren.

»Was weißt du von deinem Vater? Deinem richtigen Vater?«, fragte ich und sie sah mich überrascht an.

»Er ist tot!«, antwortete sie knapp.

Verdammt. Das würde schwerer werden, als ich dachte. »Nein, ich meine, weißt du davon, dass er in gewisse Dinge verstrickt war?«

Ihr fragendes Gesicht gab mir die Antwort – Nein!

»Dinge, Max?«

»Hör zu. Bitte raste jetzt nicht aus, wenn ich dir das sage, okay?« Ihre großen Augen blickten mich an und sie nickte. Ich überlegte, wie ich es am einfachsten sagen konnte, ohne sie allzu sehr zu schockieren. »Okay. Also, dein Vater, Dean, war in irgendeine Sache verstrickt, die mit der Russenmafia zu tun hatte. Er brachte einige von ihnen für lange Jahre ins Gefängnis. Fast zwanzig, um genau zu sein.«

»Und?«

»Die sind jetzt um. Sie sind frei. Und sie sind hier, Cat. In Florida. Das FBI hat die Befürchtung, dass sie dich suchen werden.«

»Was? Warum? Was habe ich damit zu tun?«

Ich konnte den Unglauben in ihren Augen sehen. »Das FBI denkt, sie werden versuchen -«, ich konnte ihr das mit ihrem Vater nicht sagen, noch nicht, »- sie werden versuchen, sich an Deans Tochter zu rächen, Cat!«

»Was?« Ich spürte, dass ich ihr Angst machte.

»Cat, wir müssen hier weg, sofort, hörst du?«

Sie drehte sich von mir weg und ging hinters Haus auf den Balkon. Langsam folgte ich ihr. Sie lehnte sich an das Geländer und blickte über den See. Ich konnte nicht anders. Ich ging zu ihr und legte meinen Arm um ihre Schultern.

»Cat?«

Sie neigte den Kopf und überlegte angestrengt. »Woher weißt du das alles, Max?«, raunte sie mir fragend zu, und ihr Blick zeugte von Misstrauen und Angst.

»Ich habe einen Freund, eigentlich ist er mein Security Chef. Er hat das alles herausgefunden.«

Ihre Augenbrauen zogen sich zusammen und ihre Stirn legte sich in Falten. »Warum sollte er sich mit mir befassen?«, fragte sie und sah mir direkt in die Augen.

Ich konnte ihr die Antwort nicht geben. Dann erkannte sie es.

»Du hast mich überprüfen lassen?«, zischte sie leise und ich spürte, wie sie kurz davor war, zu explodieren. »Du hast mich abgecheckt? Du verfickter, verdammter Scheißkerl!«

Wusch! Da hatte ich sie. Meine Ohrfeige. Der Abdruck ihrer Hand glühte auf meiner Wange und sie lief weinend zurück ins Haus.

»Cat, bitte, Cat!!« Ich rannte ihr hinterher.

»Verschwinde aus meinem Haus, sofort!« Sie schmiss sich auf die Couch und weinte hemmungslos.

Sie tat mir so leid und es tat mir in der Seele weh, sie so zu sehen, aber es nützte ja nichts. Ich musste sie in Sicherheit bringen. Ich setzte mich zu ihr und streichelte über ihr Haar.

»Cat, es ist nicht so, wie du denkst. Ich weiß, ich habe mich wie der letzte Dreck benommen. Aber ich habe wirklich Angst um dich. Unabhängig davon, was ich für dich empfinde, ich will dich beschützen, verstehst du das nicht?«

Sie setzte sich auf und ihr Weinen war scheinbar wieder in Wut umgeschlagen.

»Was du für mich empfindest? Du hast mich ausspionieren lassen! Hast du wenigstens alles erfahren, was du wolltest?«

Jetzt nicht lügen, sie würde es sofort merken. »Cat, ich hatte mir Sorgen um dich gemacht. Ich wusste, etwas belastet dich, und ich wollte wissen, was.«

»Warum? Warum hättest du das tun sollen?«

»Weil ich dich gern habe, Cat!«

Ich spürte, dass sie diese Aussage verwirrte. Sanft strich ich ihr über die Wange und lächelte sie an.

»Cat, ich weiß, das ist alles nicht leicht zu verstehen. Und ich werde wesentlich mehr Zeit brauchen, um dir alles zu erklären. Fünf Minuten reichen dafür nicht. Aber ich muss dich hier wegbringen. Bitte, glaube mir wenigstens das. Du bist in Gefahr, und ich will nicht, dass dir etwas geschieht.«

Sie sackte in sich zusammen und schluchzte wieder leise vor sich hin und ich musste sie einfach in den Arm nehmen.

»Komm her!« Mit sanfter Gewalt zog ich sie zu mir heran und hielt sie ganz fest. Als sie sich beruhigt hatte, sah sie mich lange an.

»Warum, Max? Warum holt mich meine Vergangenheit immer wieder ein? Wieso muss ich ständig für die Sünden meiner Väter büßen?«

»Ich weiß es nicht, Cat. Aber ich bin hier. Sieh mich an!« Ich sah ihr fest in die Augen. »Ich bin hier, Cat! Ich lass dich das nicht alleine durchstehen, hörst du? Bitte, schenk mir nur ein klein wenig Vertrauen.« Mein Gott, ich war ihr so nahe! Wie gerne hätte ich diese Lippen jetzt geküsst.

»Warum tust du das, Max? Warum kümmerst du dich darum?«

»Wie ich schon sagte, ich hab dich einfach gern.« Sanft streichelte ich ihr über ihren Rücken.

»Was soll ich tun?«, fragte sie plötzlich und mein Herz machte einen Sprung.

»Pack ein paar Sachen zusammen und komm mit mir nach Montana, da wirst du sicher sein, bis alles vorbei ist.«

»Nach Montana?«

»Ich habe da ein Haus. Niemand weiß etwas davon. Dort wird uns niemand finden.«

»Nach Montana? Max, ich lebe in Florida. Ich hab nicht einmal eine dicke Winterjacke!«

Ich musste lachen.

»Ach Cat! Was glaubst du, wie schnell wir die für dich haben.« Ich spürte, wie ein warmes Gefühl der Hoffnung mich durchströmte. Würde sie es wirklich tun? Würde sie mich begleiten?

»Cat?«

»Ja, Max?«

»Mal ganz davon abgesehen, dass ich wirklich ein Idiot war, und ich kann dir nicht sagen, wie sehr ich mich dafür hasse, würdest du mich begleiten? Ich könnte keine Nacht mehr ruhig schlafen, wenn du es nicht tust.«

»Unter einer Bedingung!«

»Und die wäre?«

»Bitte, keine Blumen mehr!«

Ich lächelte so breit, wie es nur möglich war. »Ich verspreche es dir!«

»Na gut, Max. Du scheinst es geschafft zu haben, dass ich mich doch wieder mit dir auseinandersetzen muss, obwohl ich dich nie wiedersehen wollte.«

Interessiert musterte ich sie.

»Du bist ein Arschloch, weißt du das?«

»Nein, sag es mir nochmal!«

»Du. Bist. Ein. Arschloch.«

»Okay, ich hab's verstanden«, lachte ich. »Komm her!« Ich nahm sie in den Arm und drückte sie, so fest ich nur konnte. »Los, geh packen!«

Es dauerte nicht lange und sie stand mit einem Koffer und einer großen Sporttasche vor mir.

»Können wir?«, fragte ich.

»Max?«

»Ja, Cat?«

»Ich werde nicht mit dir schlafen, hörst du?«

Ich grinste. »Was immer Ihr wünscht, Mylady!«

Wir fuhren zu Bradys Haus und sahen, dass die Jungs schon alles gerichtet hatten. Ihr Erstaunen war riesig, als sie Cat bei mir sahen, aber niemand stellte Fragen. Hank hatte sie bestimmt aufgeklärt über das, was nötig war. Da Cat so schnell eingewilligt hatte, konnten wir den Jet gemeinsam nehmen.

Brady war sauer, sein geliebtes Florida verlassen zu müssen, aber nachdem ich ihm gesagt hatte, er könnte ja nun die Westküste abgrasen, was Frauen anging, und

Tommy ihm angeboten hatte, bei ihm statt bei mir alleine zu wohnen, war er Feuer und Flamme. Kurze Zeit später bestiegen wir den Jet.

»Daran könnte ich mich gewöhnen«, lachte Brady und flegelte sich gleich in einen der bequemen Sessel.

Die Jungs saßen zusammen und Cat und ich gemeinsam in meinem Arbeitsraum. Ich war glücklich – so glücklich wie schon lange nicht mehr. Ich hatte noch vier Wochen Urlaub, bevor die nächsten Termine anstanden, und ich würde sie nutzen. Ich würde ihr den Himmel auf Erden bereiten. Doch die Hauptsache war, sie war in Sicherheit.

Der Flug war schnell vorbei und Cat und ich verabschiedeten uns von den Jungs. Eine Limousine wartete bereits und brachte uns zu dem Haus. Cat sah sich bewundernd um und ich konnte nicht umhin, ein wenig Stolz in meinem Gesicht zu zeigen.

»Es ist wunderschön hier, Max«, hauchte sie.

Ich sah, wie sie anfing zu zittern. Aus der Hitze Floridas hierher zu kommen war auch nicht einfach. Hier oben an der kanadischen Grenze und in den hochgelegenen Rocky Mountains war es um einiges kälter. Ich legte meinen Arm um sie.

»Komm, gehen wir rein, bevor noch ein Eiszapfen aus dir wird.« Ich schnappte ihr Gepäck und sie folgte mir hinein. Ich musste mich zunächst einmal selbst orientieren, denn ich war lange nicht mehr hier. Ich blickte mich um und lächelte.

Ich liebe dich, Andrew, dachte ich an meinen Assistenten, der wirklich ganze Arbeit geleistet hatte. Was würde ich nur ohne ihn tun? Das Haus war komplett gereinigt, die Kühlschränke voll, die Betten frisch bezogen und im Kamin, ich wollte es kaum glauben, brannte bereits ein wärmendes Feuer. Auf dem Tisch vor dem großen Panoramafenster lag ein Berg voll Kleidung für Cat.

»Hey, sieh mal, meine kleine Eiskönigin, alles für dich.« Ich strahlte über das ganze Gesicht und Cat konnte ihr bewusst aufgesetztes, böses Gesicht nun auch nicht mehr aufrecht erhalten. Sie schmunzelte.

»Alles für mich?«

»Nun, mir werden die Sachen wohl nicht passen.« Ich spürte, wie sie langsam auftaute. Ein spitzer Schrei kam aus ihrem Mund.

»Das werd ich gleich anprobieren!« Sie schnappte sich alles und sah aus wie ein Paketbote vor Weihnachten. »Wo ist mein Zimmer?«

»Ich schiebe dich hin. Kannst du überhaupt noch etwas sehen?« Langsam führte ich sie zu ihrem Zimmer und sie verlor unterwegs ständig irgendwelche Teile.

»Ich bring sie dir nach, versuch jetzt bloß nicht, dich zu bücken, um sie aufzuheben!«, lachte ich. Schließlich schafften wir es und ich öffnete ihre Zimmertür. »So, dein Reich für die nächsten Wochen.«

Cat ließ alles fallen und stand mit offenem Mund da. »Das ist alles für mich?«

Das Zimmer war eher eine Suite und ziemlich groß. Andrew hatte sie liebevoll hergerichtet. Der Blick aus ihrem Fenster führte direkt über einen See, der unterhalb lag und reichte bis zu den schneebedeckten Bergen.

In jeder Ecke standen Blumen und auf dem Bett lagen noch zwei extra kuschelige Decken, um die ich Andrew gebeten hatte. Cat sah sich fasziniert um.

»Das ist zu viel, Max, das kann ich doch nicht annehmen, ich meine, ein einfaches Zimmer hätte es doch auch getan.« Dann sah sie mich an. »Ist das normalerweise dein Zimmer? Du musst wegen mir nicht darauf verzichten, ich ...«

»Cat! Stopp! Das ist nicht mein Zimmer. Meins liegt auf der anderen Seite!«

»Sicher?«

»Jaa!«

»Okay! Dann sage ich mal danke für alles.«

»Keine Ursache, Cat. Und wenn dir irgendetwas fehlt, lass es mich wissen.«

Sie kräuselte ihre Nase und sah so unglaublich süß dabei aus. »Ja, mir fehlt etwas ...«

»Und was?«

Sie lächelte. »Dass du endlich hier verschwindest, damit ich alles anziehen kann! Raus hier, sofort!« Sie schob mich lachend durch die Tür und schloss sie, als ich draußen war.

Verdammt, wie gerne wäre ich jetzt da drin gewesen, dachte ich noch und sammelte alle Stücke auf, die sie unterwegs verloren hatte. Ich klopfte noch mal bei ihr an. Die Tür öffnete sich nur einen Spalt weit, und ein nackter Arm streckte sich mir entgegen. Ich legte die Stücke in ihre Hand und schüttelte lächelnd den Kopf. Schnell war die Tür wieder zu. Ich ging in die Küche und holte mir ein Glas Wasser. Das würde wohl dauern.

Wie es sich nach einer gefühlten Ewigkeit herausstellte, passte ihr wohl das meiste.

Sie kam zurück und trug eine schwarze Thermohose und einen dicken, flauschigen, weißen Pulli darüber. An den Füßen trug sie nur warme Socken. Sie sah hinreißend aus.

»Und jetzt?«, fragte sie.

»Darf ich dein Zimmer wieder betreten? Dann bring ich erst mal dein Gepäck rein«, lachte ich und sie errötete. Konnte etwas noch zauberhafter sein? Ich schleppte ihre Sachen in ihr Zimmer. Anschließend führte ich sie ins Wohnzimmer und sie suchte sich den Platz direkt vor dem Kamin aus. War ja klar! Ich öffnete eine Flasche Rotwein und schenkte jedem von uns ein Glas ein.

»Auf die schönste Frau, die jemals in diesem Haus zu Gast war«, prostete ich ihr zu und sie lächelte, als sie mit mir anstieß.

»Ich werde nicht mit dir schlafen, Max!«

»Ja, ich weiß«, seufzte ich. *Noch nicht*, fügte ich in Gedanken hinzu und lächelte zurück.

Wir unterhielten uns den ganzen Abend und es war einfach wunderbar. Einfach so dazusitzen und mit ihr über alte Zeiten zu reden, über den Horror, den sie erlebt hatte. Es fühlte sich so gut an. Wir lachten viel, bestellten uns Pizza und ich war so glücklich, wie schon lange nicht mehr.

Gegen Mitternacht wurde sie plötzlich ganz still. Ich dachte, ich hätte etwas Falsches gesagt.

»Cat? Alles in Ordnung?« Sie schien in Gedanken versunken zu sein. »Cat?«

Sie erschrak. »Tut mir leid, Max, ich musste nur gerade an etwas denken.«

»Darf ich fragen, an was?«

»Warst du jemals verliebt? Ich meine, so richtig verliebt?«

»Einmal, ja«, lächelte ich. *Und der Mensch sitzt jetzt vor mir.*

»Glaubst du, dass es möglich ist, sich in jemanden zu verlieben, den man gar nicht kennt?«

Ich war verwirrt und wusste nicht, auf was sie hinaus wollte. »Wie meinst du das?«, fragte ich und schenkte ihr noch Wein nach.

»Ach, war nur so ein Gedanke.«

»Na los, sag schon! Neugierig machen gilt nicht!«

»Du weißt schon, man verliebt sich in jemanden, oder in die Vorstellung von ihm, obwohl man ihn gar nicht kennt, und dann nimmt man ihn als Maßstab für alles, was danach kommt. Man denkt, man würde sich nochmal verlieben, aber man tut es nicht, weil dieses verliebt sein in den anderen immer noch da ist, weil es nie ausgelebt wurde.«

»Du meinst, wenn man für alle anderen verdorben ist?« Ich lachte bei der Vorstellung, denn ich wusste genau, was sie meinte. Schließlich war sie es, die ich so sehr geliebt hatte, dass ich seitdem keine andere mehr lieben konnte.

»Ja, genau! Das ist doch bescheuert, oder?« Sie nippte an ihrem Wein und grübelte.

»Cat, wir sind hier unter uns. Wenn dich etwas bedrückt, dann sag es mir. Also los, raus damit. Warum diese Grübelei? Wer ist der Kerl, von dem du redest?« Eigentlich *wollte* ich gar nicht wissen, wer das war, der Cat für immer für andere und damit letztendlich auch für mich, verdorben hatte. Aber ich *musste* es einfach wissen.

»Ich schäme mich dafür«, lachte sie.

»Ich bin der Letzte, bei dem du dich für etwas schämen müsstest, Süße!«

»Ich weiß gar nicht, warum ich überhaupt mit dir darüber rede, Max. Vermutlich, weil du jemand bist, der mich damals schon kannte.«

»Und?«

»Es gab da einen Jungen ...«

Wir kamen der Sache näher.

»Ich hoffe mal, es war einer, denn genau weiß ich es nicht«, lachte sie. Ihr Blick verklärte sich bei der Erinnerung daran und ich spürte, wie die Eifersucht in mir emporkroch. Wieso konnte nicht ich derjenige sein?

»Wie hieß er?«, fragte ich belanglos.

»Das ist es ja, ich weiß es nicht! Ich machte damals eine schlimme Zeit durch. Eine sehr schlimme Zeit, wie du ja jetzt weißt. Ich weiß, ich war distanziert und abweisend, und Freunde hatte ich eigentlich keine an der Schule, bis auf diesen einen, denke ich.« Sie seufzte, und die Eifersucht in mir wurde stärker. »Er schien der Einzige zu sein, der mich verstand. Der Einzige, der sich nicht davon abschrecken ließ, wie ich mich verhielt. Ich hatte das Gefühl, da war jemand, der mich verstand und mit dem ich meine Sorgen teilen konnte. Er schien in meine Seele zu blicken. Er besänftigte die Dämonen in mir, verstehst du?«, blickte sie mich fragend an, und ich brummte ein *Hmh.* »Er war das einzig Stabile in meiner Welt. Er war jeden Tag für mich da. Er konnte in mein Herz sehen und meine Gedanken lesen.«

»Und wie konnte er das tun, wenn du ihn nicht mal kanntest?«

Sie lächelte mich an und errötete leicht.

»Es hört sich vielleicht kindisch an, aber er schrieb mir jeden Tag. Immer, wenn ich zu meinem Spind kam, lag ein Zettel von ihm darin. Es waren Gedichte, kleine Texte, Gedanken und ab und zu ein selbst gemaltes Bild. Ich freute mich jeden Tag darauf. Er war das einzig Gute in meinem Leben. Und jedes einzelne Stück Papier unterschrieb er mit *Ich denke an dich – Midnight!*

Und jeden Abend um Mitternacht muss ich daran denken und frage mich, ob er es immer noch tut.«

Sie trank wieder von ihrem Wein und ich konnte nicht glauben, was sie mir da gerade erzählt hatte. Ich traute mich nicht mehr, mich zu bewegen. Mein Gott! Mir wurde es heiß und kalt zugleich.

Ich war Midnight, verdammt nochmal!

Scheiße, Scheiße und nochmal Scheiße! Ich war es doch, der ihr diese Dinge geschrieben hatte. Sie – oh man – das hieß, sie hatte sich damals in mich verliebt, genau wie ich mich in sie, und jetzt saßen wir hier und sie wusste es nicht. Und ich konnte es ihr auch nicht sagen. Ich wusste nicht, ob ich lachen oder weinen sollte. Himmel, Cat! Wenn sie geahnt hätte, wie glücklich sie mich gerade gemacht hatte. Ich lachte in mich hinein. Ich musste vorsichtig sein. Ich durfte mich nicht verraten. Aber ich sah die Chance, die sich mir bot. Ich durfte es nur nicht wieder versauen.

»Heißt das etwa, du warst noch nie mit jemandem zusammen?«, fragte ich, und das blöde Grinsen wollte mir nicht mehr aus dem Gesicht weichen.

»Doch, das schon. Aber es hat nie gehalten. Bei jedem Stress, jeder Kleinigkeit, dachte ich immer, wie wohl Midnight jetzt gehandelt hätte. Irgendwie vermisse ich ihn und ich kann ihn bis heute nicht aus dem Kopf kriegen. Verrückt, ich weiß!«

»So verrückt ist das nicht, Cat. Auch ich war erst ein Mal in eine Frau verliebt. Ich kann sie nicht vergessen. Alles, was nach ihr kam war mehr, nun ja, wie soll ich das sagen, ohne dass ich mich wieder wie der letzte Arsch anhöre ...«

Cat lächelte. »Ich weiß, was du sagen willst. Schlampenparadies, nicht wahr?« Sie lugte über den Rand ihres Glases hinaus und beobachtete genau meine Reaktion.

»So kann man es sagen, ja«, raunte ich und meine Stimme brach mir dabei weg. Ich blickte verlegen unter mich. Ich kannte meine Unzulänglichkeiten, aber dass sie sie mir unter die Nase rieb, das tat schon weh, irgendwie. Plötzlich spürte ich eine Hand auf meinem Arm und mir wurde ganz heiß im Bauch.

»Hey, tut mir leid. Das war fies von mir und ich hätte das nicht sagen sollen.« Sie streichelte über meinen Unterarm und der Schauer, den sie dabei in mir auslöste, war unbeschreiblich. Ich schluckte und atmete schwer.

»Nein, du hast ja recht, Cat. So bin ich nun mal. Mein Leben ist Rock 'n Roll. Was soll ich sagen?« Oh man, was Dümmeres war mir wohl nicht eingefallen.

»Macht es dich glücklich?«

Da war schon wieder dieser Blick aus ihren großen Augen. *Nein, es macht mich nicht glücklich. Ich bin glücklich wenn du bei mir bist. Ich bin dann verfickt nochmal glücklich, wenn ich dich jetzt küssen werde ...*

»Ich kann damit leben!« - Feigling!

»Ja, ich weiß was du meinst, Max. Man lebt damit. Tag für Tag. Es geht einem nicht schlecht, aber es geht einem auch nicht wirklich gut.« Cat wirkte plötzlich sehr traurig. Dann kam sie mir plötzlich ganz nahe und ich zitterte.

»Ich werde schlafen gehen, ich bin todmüde. Danke, dass du das alles für mich machst.«

»Ist doch selbstverständlich, Cat.«

»Gute Nacht, Max!«, hauchte sie und ihre Lippen, diese unglaublich weichen Lippen, berührten meine und küssten sie sanft. Ich wollte auf der Stelle sterben. Bildete ich mir das ein, oder ruhten sie länger auf meinem Mund, als es ein Gute Nacht Kuss eigentlich erlaubte? *Hör nicht auf damit, Cat,* flehte ich innerlich, aber dann war es auch schon vorbei.

»Gute Nacht, Cat, träum was Schönes!«

»Du auch!«

Sie leerte ihr Glas und verschwand in ihrem Zimmer, während ich ihr lange hinterherblickte. Ich räumte die Gläser in die Küche, löschte alle Lichter und ging in mein Zimmer. Ich duschte lange, bevor ich zu Bett ging.

Tausend Gedanken strömten durch meinen Kopf und ich lag noch sehr lange wach. Sie liebte mich, ohne es zu wissen. War das zu fassen? Und ich konnte nicht mit ihr drüber reden, was mich fast umbrachte. Ich musste einen Weg finden. Und zu wissen, dass sie ein paar Meter weiter lag, alleine, schon wieder, zehrte an mir. Ich wollte sie küssen, sie spüren, sie riechen und schmecken. Ich wollte wieder das Gefühl haben, wie damals bei unserem Tanz, als ich ihr lange in die Augen blickte, bevor wir uns küssten. Ich wollte sie so sehr! Und am meisten wollte ich sie einfach nur in meinen Armen halten. Ich wusste, die nächsten vier Wochen würden die schönsten, aber gleichzeitig die härtesten werden, die ich je erleben würde. Und ich freute mich darauf.

Am nächsten Morgen war ich zeitig wach. Ohne Kater, welch Wunder! Ich beschloss, uns ein Frühstück zuzubereiten und plünderte, was die Küche hergab. Ich machte frischen Lachs mit Rührei, schnippelte Obst, öffnete eine Grapefruit, ließ den Toaster heißlaufen, kochte Eier ab, presste Orangen aus, brutzelte Bacon ... Als ich fertig war, wäre eine ganze Kompanie satt geworden.

Der Frühstückstisch sah wunderbar aus, und ich hoffte, Cat würde sich darüber freuen. Ich knipste eine kleine Rose von einem der Sträuße und legte sie neben ihren Teller.

Und dann saß ich da und wartete. Und wartete. Mein Gott, so lange konnte sie doch nicht schlafen? Ich wurde langsam unruhig und lief zu ihrem Zimmer. Ich klopfte leise an.

»Cat? Bist du wach?«

Ich hörte ein Seufzen hinter der Tür.

»Ja, komm rein.«

Ich öffnete die Tür und musste laut lachen. Cat lag im Bett, die dicke Daunendecke und die zwei extra Decken über sich liegend, und klapperte mit den Zähnen.

»Sag mir nicht, dir wäre kalt?«

»Kalt? Kalt ist gar kein Ausdruck. Ich bin am erfrieren. Wie kannst du hier noch mit freiem Oberkörper herumlaufen? Bist du wahnsinnig? Oder sind schon alle Gefühle in dir abgestorben?«

Ich schmunzelte. Es war so süß, wie sie da lag und zitterte. »Soll das heißen, du kommst nicht aus dem Bett? Ich habe Frühstück gemacht.«

»Ich stehe hier nicht mehr auf«, murrte sie. »Ich hasse dieses Montana. Was ist das überhaupt für ein Name?«

Ich kicherte. »Bleib liegen, bin gleich wieder da!«

Ich rannte zurück in die Küche und machte ein Tablett fertig, auf das ich von allem etwas drauf packte. Vor allem jede Menge heißen Kaffee. Dann ging ich zu ihr zurück.

»Hier, du Eiskönigin, nicht dass du mir noch verhungerst.« Ich stellte das Tablett neben ihrem Bett ab. »Wenn du dich nicht wenigstens etwas aufsetzt, kann ich dir das Tablett nicht hinstellen«, lachte ich.

»Ich bewege mich hier keinen Millimeter«, prustete sie.

Wir hatten eindeutig ein Problem! »Okay, ich kann dir nur noch anbieten, mich zu dir zu legen, bis dir wieder warm ist. Das, oder frieren und hungern.«

Ich merkte, wie sie überlegte.

»Einverstanden. Wärme mich auf. Aber beeil dich, ich will das bisschen Wärme unter meiner Decke nicht verlieren, indem du trödelst!«

»Alles klar«, lachte ich.

Sie rückte ein Stück zur Bettmitte und ich sprang, so schnell ich konnte, zu ihr unter die Decke. Es herrschten mindestens hundert Grad und ich stöhnte. Doch dann drückte sie mir eine Hand auf den Bauch und ich stieß einen spitzen Schrei aus.

»Aaah, sag mal, bist du tot? Das gibt es ja gar nicht!« Ihre Hand war eiskalt. Wie konnte man nur so empfindlich sein? »Komm her, gib mir deine Hände!«

Sie drehte sich seitlich zu mir, und ich hielt ihre Hände warm, so gut es nur ging. Als sie einigermaßen wieder Leben in sich zeigten, ließ ich sie los.

»Willst du zu mir kommen?«, fragte ich und Cat nickte, so weit ich es erkennen konnte, denn man sah nur noch das Stück ab ihrer Nase aufwärts. Ich hob einen Arm an und sie krabbelte dicht an mich heran. Wow, was für ein Gefühl! Ihr Kopf ruhte auf meiner Brust und mein Arm war um ihre Schultern gelegt. Ihr Zähneklappern wurde langsam weniger. »Wird es besser?«, fragte ich, und wieder nickte sie. Ich wollte ein Stück von ihr wegrücken, um sie anzusehen.

»Nein!«, schrie sie, und krallte sich an mir fest. Sie winkelte ein Bein an und legte es über meine.

Oh oh, Vorsicht, Cat! Das war nahe! Zu nahe! Ich schloss die Augen und versuchte krampfhaft, an etwas Schlimmes zu denken. Kyle musste wieder herhalten.

»Ich will nicht, dass du gehst«, brummte sie.

»Aber ich geh doch gar nicht. Ich bin doch hier!« Ich streichelte über ihren Rücken und mir war, als hätte ich ein leises Stöhnen vernommen.

Kyle!

Verdammt, das musste aufhören. Wusste sie eigentlich, was sie mir da antat? Es war, als hätte man mir die Hände auf den Rücken gebunden und einen Eisbecher vor die Nase gestellt. Ich fühlte nach ihren Händen. Sie waren nicht warm, aber auch nicht mehr eisig.

»Pass auf, was hältst du davon, wenn ich dir jetzt einen heißen Kaffee einschenke, du trinkst ihn, bis dir wärmer ist und isst etwas. In der Zwischenzeit lasse ich dir ein heißes Bad ein, damit wir dich auftauen können. Wäre das was?«

»Den Kaffee nehme ich, das Bad kannst du vergessen. Da hole ich mir ja noch den Tod!«

»Schön, dann Kaffee.«

Ich goss ihr eine Tasse ein und reichte sie ihr. Es war mir ein Rätsel, wie sie es fertig brachte, flach im Bett zu liegen, auf der Seite, die Decke halb über den Kopf gezogen, und trotzdem aus der Tasse zu trinken, ohne etwas zu verschütten. Es sah total albern aus, aber sie hatte sich scheinbar darauf eingeschworen, das Bett nicht mehr zu verlassen. Sie trank die Tasse aus und danach schien es ihr etwas besser zu gehen.

Ich stellte die Tasse weg und legte mich wieder zu ihr. Sofort war sie wieder eng an mich geschmiegt und zu allem Übel streichelte sie mir jetzt auch noch an den Linien meiner Tattoos entlang, die sich über meine Brust zogen. Ich biss die Zähne zusammen. Ich dachte an Kyle, aber es half nichts. Mein Schwanz wurde immer härter.

»Max?«

»Hmh?«

»Darf ich dich was fragen?«

»Klar!«

»An dem Abend, dem ersten Abend meine ich, als wir tanzten ...«

»Ja, Cat?« Okay, das war es mit Bad Boy. Ein Gedanke an den Tanz und er stand aufrecht wie ein Zinnsoldat. Ich betete, sie würde es nicht merken.

»Vergiss es, war nur ein dummer Gedanke.«

Ich lächelte. *Das war gelogen, Cat. Ich fühlte es genau. Irgendetwas hattest auch du in diesem Moment empfunden.* Ich spürte, wie meine Laune immer besser wurde. Sie empfand etwas für mich. Sie wollte es sich nur noch nicht eingestehen. Bremse dich jetzt bloß, Max!

»Okay, komm schon, raus aus dem Bett. Im Wohnzimmer brennt der Kamin, ich werde noch mehr Holz auflegen und dann kannst du dort frühstücken. Und jetzt sei nicht so ein Jammerlappen!«

Ich kniff sie in die Seite und sie quiekte. Dann sprang ich aus dem Bett, griff das Tablett und verließ eiligst ihr Zimmer. Ich legte Holz nach und die Ablenkung beruhigte das Innenleben meiner Hose wieder. Es dauerte noch eine Weile, aber endlich tauchte sie auf.

»Geht's wieder?«

Sie nickte stumm und setzte sich sofort ans Feuer. »Ich weiß, ich weiß, ich bin eine Memme. Aber lebe du mal so lange in tropischen Gefilden und komm dann hierher. Dann reden wir nochmal drüber.« Sie machte sich über das Frühstück her. »Du verwöhnst mich viel zu sehr, Max«, nuschelte sie zwischen einem Stück Toast und einem Schluck Kaffee. »Das ist einfach nur göttlich.«

»Mach ich doch gerne.«

Als sie fertig war, räumten wir alles auf und sie traf die mutige Entscheidung, unter die Dusche zu springen. Als sie zurückkam, war sie komplett angezogen und es schien ihr deutlich besser zu gehen.

»Was machen wir heute?«, fragte sie beiläufig.

»Keine Ahnung, zu was hättest du denn Lust?«

Hilflos zuckte sie mit den Schultern. »Ich weiß nicht, was macht man in Montana denn so den ganzen Tag?«

»Hör zu, das ist mir jetzt etwas peinlich, aber ich weiß es nicht!«, lachte ich. »Ich bin so selten hier oben, und wenn, dann meistens hier im Haus. Schließlich komme ich hierher, weil ich meine Ruhe haben möchte. Aber egal, was dir vorschwebt, ich werde es möglich machen.« Ihre Augen verdrehten sich nach oben, als ob sie angestrengt über etwas nachdenken würde.

»Geh mit mir spazieren, am See entlang!«

»Ist das dein Ernst? Du erfrierst ja schon unter deiner Bettdecke!«

Genau dort wäre ich jetzt gerne wieder mit dir, dachte ich und lächelte bei dem Gedanken daran. Aber ich wusste, das war keine Option. Doch träumen durfte man schließlich. Ich atmete tief ein.

»Gut. Wenn du das willst. Gehen wir spazieren.«

Wir schnappten uns unsere dicken Jacken und rannten hinunter ans Wasser. Es war ein wunderbarer, klarer Tag, auch wenn die Temperaturen schon beinahe gegen Null gingen, und Cats süßes kleines Näschen und ihre Wangen röteten sich. Der Weg entlang des Sees war gut ausgebaut und viele Menschen waren schon unterwegs an diesem späten Morgen.

Wir liefen nebeneinander her und erzählten uns von früher. Ich konnte gar nicht genug Anekdoten hervorkramen, denn ich liebte Cats Lachen, wenn sie sich darüber amüsierte. Ewig hätte ich so weiterlaufen können, nur, um sie reden zu hören, sie lachen zu sehen und ihre Lieblichkeit zu bewundern. Mein Herz wurde mit jeder Minute schwerer, denn je länger ich an ihrer Seite war, um so mehr schlich sie sich hinein. Sie wirkte so anders auf mich. Anders als in der Schule, anders als in Florida. Sie schien so gelöst zu sein. Plötzlich blieb sie stehen und ergriff meine Hand.

»Danke, Max!«

Ich war mehr als überrascht. »Wofür denn?«

»Dafür, dass du wieder in mein Leben getreten bist. Es tut gut, jemanden um sich zu haben, der deine Geschichte kennt. Ich war ziemlich einsam da unten in Florida. Wenn man alles hinter sich lassen muss ...« Ihre Augenlider senkten sich traurig und ich fühlte ihren Schmerz.

»Komm her!« Vorsichtig legte ich meinen Arm um sie. Dann wartete ich kurz ab und ich war dankbar, dass sie es zuließ.

Sie löste sich von mir und ergriff meine Hand. »Erzähl mir von dir. Der Band. Deinem Label.«

»Was willst du denn wissen?«

»Ist es schwer für dich? Ich meine, das Berühmtsein. Dass jetzt alles so anders ist und dass du dein Leben umkrempeln musstest?«

Wieso wollte dies eigentlich noch nie jemand von der Presse wissen, dachte ich und musste lächeln.

»Es gehört dazu, Cat, was soll ich sagen? Natürlich ist es nicht einfach, wenn man nicht mehr hingehen kann, wo man will. Wenn einem ständig Fotografen auflauern und dein Inneres nach außen kehren. Wenn man fast kein Privatleben mehr hat. Aber ich würde keine Minute missen wollen. Ich liebe die Musik. Ich könnte gar nicht ohne sie leben.«

Sie schaukelte unsere Arme vor und zurück. »Ja, das verstehe ich.« Sie wurde nachdenklich. »Ich bin so wahnsinnig stolz auf dich, Max!«, platzte sie plötzlich heraus.

»Was? Wieso?«

»Du bist einfach stur deinen Weg gegangen. Und du hast es geschafft. Du bist deinem Traum gefolgt, hast ihn eingeholt und verwirklicht. Und jetzt lebst du ihn.«

Das hatte sie so schön gesagt und ich schmolz immer mehr dahin.

»Was ist mit dir, Cat? Welchen Traum hattest du?«

»Ich? Oh Gott, Max. Ich hatte viele Träume. Aber ich hatte nicht mal ansatzweise die Chance, auch nur einen zu verwirklichen. Mein ein und alles ist das Early Birds, dort kann ich mich verwirklichen.«

»Wirklich? Inwiefern?«

Ich ließ ihr etwas Zeit, ihre Gedanken zu ordnen und ich ertappte mich dabei, wie ich ihre Hand fester drückte. Sie erwiderte den Druck und mir wurde plötzlich ganz heiß in meiner Jacke.

»Nun ja, mich hat schon immer alles interessiert, was mit Kunst zu tun hatte. Zum Beispiel das Tanzen. Ich liebe es, körperlich auszudrücken, was meine Seele fühlt, verstehst du?«

Oh ja, und wie sie sich ausdrücken konnte, das hatte ich nicht vergessen und würde es auch nie.

»Und dann natürlich die Musik. Sie ist mein Leben. Musik ist vertonte Poesie. Ich bin zwar total unmusikalisch, aber ich fühle es, wenn ein Lied Kraft hat. Der Moment, wenn du ein Lied zum ersten Mal hörst, und sein Text sich in dein Herz und die Melodie sich in deine Seele brennt. Kann es etwas Schöneres auf der Welt geben?«

Himmel, Cat, ich liebe dich! Rede weiter!

»Was ist dein Lieblingslied?«, fragte ich sie.

»Ist das 'ne Fangfrage?«, lachte sie.

»Nein, wieso denn?«, schmunzelte ich. »Muss ja keins von meinen sein.«

»Ich kann dir das so pauschal nicht beantworten, Max. Es kommt immer auf die Stimmungslage an.«

»Was hörst du, wenn du total am Boden bist?«, wollte ich wissen.

»*Under the Bridge,* keine Frage.« Das kam wie aus der Pistole geschossen.

»Und wenn du wütend bist?«

»*Bat Country*, von ...«

»Avenged Sevenfold, ich weiß.«

»Was, wenn du glücklich bist?«

Sie überlegte sehr, sehr lange. »Alles. Wenn ich glücklich bin, kann ich mich mit allem anfreunden. Da gibt es kein bestimmtes Lied. Wird das jetzt ein Frage und Antwort Spiel?«, lachte sie.

»Die Chili Peppers, Avenged Sevenfold, die Musik im Early Birds – kann es sein, dass du auf uns harte Jungs stehst?«, kitzelte ich sie ein wenig und sie lächelte.

»Ja, stimmt schon, irgendwie. Ich finde, diese Musik ist einfach ehrlicher. Sie – du und deine Band – ihr sprecht einfach Klartext. Die Worte erreichen mich. Ich mag diese heile Welt Musik nicht. Sie wirkt so zwanghaft konstruiert und widerspricht jeder Realität. Mein Leben ist nun mal Scheiße, da brauche ich niemanden, der mir etwas vom großen Glück erzählt, damit ich mich noch schlechter fühle.«

Jetzt wirkte sie niedergeschlagen. Scheiße, Max, bau sie wieder auf!

»Okay, ein Spiel!«, lachte ich. »Das ganze nur mit Liedern von Cursed Tears. Nicht überlegen, einfach sagen, was dir spontan einfällt, okay?«

»Max, falls das ein Test werden soll, ob ich deine Musik kenne, dann sage ich dir gleich, ich werde bestehen.«

»Dann musst du ja auch keine Angst haben. Also los. Wenn du traurig bist?«

»*Shame.*«

»Wenn du wütend bist?«

»*Havoc.*«

»Einsam?«

»*Painkiller.*«

»Beim Sex?«

»Max!!« Sie lachte laut und ich stimmte mit ein. Sie war wieder fröhlich, puh!

»Du kennst meine Musik ja wirklich!«, schmunzelte ich und zwinkerte ihr zu.

»Sagte ich doch. Ich habe alle eure Alben.«

Jetzt wurde ich rot.

Ich sah, wie weit wir schon gewandert waren. »Sollen wir uns langsam auf den Rückweg machen, bevor wir hier draußen noch festfrieren?«, fragte ich und Cat nickte zustimmend. „Dann komm, lass uns gehen."

Schweigend machten wir uns auf den Weg nach Hause und genossen den herrlichen Blick auf die wunderbare Landschaft. Im Haus angekommen, machte ich für uns eine heiße Schokolade, denn Cat zitterte schon wieder am ganzen Körper. Das Feuer im Kamin knisterte und ich legte etwas Musik auf. Danach musste ich als erstes aus den dicken Klamotten raus. Ich hasste es dazusitzen, und mich nicht bewegen zu können, also rein in die Jogginghose. Auch Cat hatte es sich bequemer gemacht und gemeinsam lümmelten wir nun auf der Couch herum und hörten der Musik zu.

»Wo auf der Welt hat es dir am besten gefallen, Max?«, wollte sie auf einmal von mir wissen.

»Ich weiß nicht, es gibt viele schöne Orte, aber wenn wir auf Tournee sind bekommen wir davon wenig mit. Alles was wir sehen ist oft nur das Hotel und die Clubs, wo die After Show Partys stattfinden. Zeit für anderes bleibt da meistens nicht. Aber Europa ist schon toll! Wo würdest du mal gerne hin?«

»London!«, kam die Antwort wie aus der Pistole geschossen.

»Echt jetzt? Ich hätte gedacht Paris, oder Venedig?«

Sie lächelte zauberhaft. »Warum? Denkst du, wegen der Romantik?«

»Nun ja ...«

»Ich bin nicht der große Romantiker, Max. Dafür habe ich zu viel erlebt und bin zu viel Realist. Aber London – hey! Geburtsland des Punk, Multi Kulti Stadt, die Mischung aus Geschichte und Moderne, ja ich glaube, das würde mir gefallen. Oder Hamburg, da wollte ich auch schon immer mal hin.«

„Das Tor zur Welt, hmh?"

Sie gefiel mir von Stunde zu Stunde besser. Es war beinahe so, als könnte sie jeden Satz, den ich anfing, beenden ohne nachzudenken. Ich mochte ihre Art, ihre Einstellung zum Leben. Ich mochte, wie sie sich bewegte, wie sie lächelte, ihre Art zu reden. Und ich mochte den Schmerz, den sie so tief in sich trug. Durch ihn war sie die, die sie war, und er brachte sie mir näher, als jede andere Facette ihres Lebens.

Am Abend bestellten wir chinesisches Essen, öffneten eine Flasche Wein und sahen uns im Fernsehen einen Film an. Cat war einfach nicht der Typ, der ständig ausgehen wollte und es gefiel mir, dass wir dadurch viel enger zusammen waren. Ich alleine mit ihr, mehr brauchte ich nicht.

Die nächsten Tage zogen unspektakulär ins Land. Cat rief ab und zu im Early Birds an, um auf dem Laufenden zu bleiben, denn sie machte sich schon ein paar Sorgen. Aber die waren unbegründet. Ihr Team hatte alles im Griff.

Es blieben mir noch ganze zwei Wochen mit ihr, ehe der Alltag mich wieder einholen sollte. Doch dann bekam ich einen Anruf von Tommy. Sie hatten damit begonnen, meine Texte umzusetzen und sie wollten meine Meinung dazu hören. Er bat mich, wenigstens für einen Tag nach L.A. zu kommen und die Entscheidung fiel mir nicht leicht. Doch ich sagte zu, denn ich wusste es war wichtig, und Andrew organisierte alles für den nächsten Tag.

»Kann ich dich wirklich hier allein lassen?«, vergewisserte ich mich bei Cat und sie nickte lächelnd.

»Natürlich, Max, ich bin schon ein großes Mädchen. Es sind doch nur ein paar Stunden.« Sie streichelte über meinen Arm.

Ich küsste sie auf die Wange und sprang ins Taxi, das mich zum Flughafen brachte. Ich vermisste sie jetzt schon und wäre am liebsten gleich wieder umgedreht.

Ein paar Stunden später war ich in L.A. und machte mich gleich auf den Weg ins Studio, wo die Jungs und Brady schon auf mich warteten.

»Hey!«, schrie Tommy erfreut, als ich durch die Tür trat und nahm mich fest in seine Arme.

»Na? Wie geht es dir im Exil?«, lachte er und es tat wirklich gut, seine Stimme zu hören. Ich hatte ihn vermisst, ihn und die anderen auch. Ich begrüßte alle.

»Brady! Was macht die Abschussliste?«, zwinkerte ich meinem Cousin zu und er boxte mich auf den Arm.

„Alles im Griff", lachte er.

Derek und Mitch umarmten mich ebenfalls. Es schien ihnen so weit ganz gut zu gehen, trotz den Dramen mit ihren Frauen, und ich war froh darüber.

»Und was ist mit dir? Wie läuft es zwischen dir und Cat?« Tommy sprach aus, was alle anderen wissen wollten.

»Gut. Wir kommen klar.«

»Wir kommen klar? Was ist das denn für 'ne schwammige Aussage?«

Tommy schüttelte den Kopf, doch ich ging nicht näher darauf ein.

»Dann lasst mal sehen, was ihr so zusammengezaubert habt«, lenkte ich ab und die Jungs sprangen sofort darauf an.

Die Kompositionen waren gut, richtig gut. Nein, sie waren mehr als das, sie waren fantastisch! Ich war so stolz auf sie! Wir spielten einige der Songs ein. Es war das Beste, was wir je produziert hatten und mir war nach feiern.

»Ich lade euch alle ein. Gehen wir was essen und anschließend wird gefeiert. Ich könnte heute die ganze Welt umarmen.« Und das stimmte wirklich.

»Du bleibst über Nacht? Was ist mit Cat?«, fragte Brady.

»Ich hab den Rückflug erst für morgen Mittag gebucht. Ich wusste ja nicht, wie lange das hier dauern würde. Die richtige Arbeit kommt zwar erst, aber ich dachte, wir hätten vielleicht noch mehr ändern müssen. Konnte ja nicht ahnen, dass die Jungs auf Anhieb abliefern. Cat weiß Bescheid.«

»Okay, dann steht unserer Feier ja nichts mehr im Weg, nicht wahr?« Brady lächelte schelmisch.

»Na schön, ich geh nach Hause, dusche erst mal und ziehe mich um. Andrew hat eine Limo gechartert, sie holt euch um sieben Uhr ab.«

»Alles klar, Max, bis dann!«

Ich freute mich auf den Abend mit den Jungs und ich kam nicht umhin zuzugeben, dass mir in den letzten beiden Wochen die Decke doch mehr auf den Kopf gefallen war, als ich zugeben wollte.

Ich schmiss mich in Schale und wartete auf die Limo, die uns ins Restaurant bringen sollte. Das Essen schmeckte vorzüglich und frisch gestärkt betraten wir den Club, auf den wir uns für heute Nacht geeinigt hatten. Wir besetzten die VIP Lounge und bestellten Bier und Whiskey. Es war, als wären wir nie getrennt gewesen und die Stimmung war einfach super.

»Jetzt erzähl schon«, stichelte Tommy, »bist du mittlerweile endlich in ihrem Höschen angekommen?«

»Ich werde dazu nichts sagen, Tommy«, antwortete ich, und er grinste.

»Also lief immer noch nichts, oder?«, ärgerte er mich. »So viel Gentleman bist du nämlich nicht, dass du genießen und schweigen würdest.«

»Lass ihn in Ruhe, Tommy«, schnauzte Mitch ihn an und Tommy verzog die Mundwinkel.

»Sie macht dich zu einem Klosterschüler, Max, merkst du das nicht? Wie lange willst du ihr noch hinterher hecheln? Was nicht ist, ist nicht, finde dich so langsam damit ab! Denk an unser Motto! *Nimm, was du kriegen kannst!*« Tommy sprang auf und setzte sich an die Bar.

»Mach dir nichts draus, Max. Du und eure gemeinsamen Abenteuer, ihr fehlt ihm einfach«, versuchte Mitch mich wieder aufzubauen.

In meinem Inneren begann es zu brodeln. Hatte Tommy recht? Würde sie mir am Ende doch nur wehtun? Und verdammt, auch mir fehlte es, mit Tommy um die Häuser zu ziehen. Aber wollte ich das wirklich? Sollte so der Rest meines Lebens aussehen? Ich kippte einen Whiskey und sah zur Bar hinüber, wo Tommy mit zwei Schönheiten zu Gange war. Genau in dem Moment blickte er mich an. Als er bemerkte, dass ich zu ihm hinübersah, grinste er und schüttelte den Kopf.

Verdammt, Tommy! Er war der Teufel auf zwei Beinen. Und ich konnte ihm nicht widerstehen.

Seit Wochen hatte ich nun schon nichts mehr an mich und meinen Schwanz kommen lassen und ich hatte in diesem Moment Angst, dass das Leben einfach an mir vorüber ging, während ich sinnloserweise auf Cat wartete und vielleicht vergeblich hoffte.

Der nächste Whiskey brannte sich durch meine Kehle und ich konnte meine Augen nicht von Tommy abwenden. Ich sah, wie er mit seiner Hand an den Schenkeln seiner Begleitung entlang strich und ihr den kurzen Rock noch höher schob. Er knetete ihre Pobacken und sie kicherte. Leichte Beute!

Er drehte sich auf seinem Barhocker um, sodass er in meine Richtung saß. Dann zog er die Schwarzhaarige zwischen seine Beine, mit dem Rücken zu ihm, und hielt sie fest. Seine Hand glitt unter ihre Bluse und fing an, ihre Titten zu massieren. Sie stöhnte und lehnte ihren Kopf zurück an seine Schultern, während er mit seiner Zunge an ihrem Hals entlang strich. Seine andere Hand tastete sich von oben in ihren Rock vor.

Ich wollte nicht hinsehen aber ich konnte nicht anders. Ich beobachtete, wie er sie immer heißer machte. Mein Hemdkragen wurde mir zu eng und ich öffnete die oberen Knöpfe. Es war reine Provokation, das wusste ich. Und Tommy wusste, dass ich es wusste.

Meine Atmung ging schneller und Bad Boy suchte nach mehr Platz in meiner Hose. Ich versuchte mich zu wehren, aber es funktionierte nicht. Tommy schob ihr den Rock ganz nach oben und griff in ihren Slip hinein. Ich konnte genau sehen, was er da machte und ich schluckte. Er murmelte seiner anderen Begleitung etwas zu und sie stellte sich ebenfalls lächelnd vor ihn. Sie küsste ihn wild.

Oh man, ich war so heiß und konnte fast nicht mehr an mich halten. Meine Brust hob und senkte sich und die Hitze zwischen meinen Beinen wurde immer stärker. In dem Moment, als ich mir in den Schritt griff, um meinem Schwanz mehr Platz zu verschaffen, sah Tommy mir direkt in die Augen und grinste. Er wusste genau, ich hatte verloren.

»Hey Ladies«, seufzte ich, als ich bei ihnen ankam, denn es hielt mich nichts mehr auf meinem Platz.

Kurz darauf waren wir zu viert in Tommys Wohnung angekommen und landeten gemeinsam in seinem riesigen Bett. Tommy kümmerte sich um die Schwarzhaarige. Er ließ sich von ihr einen blasen und ich sah dabei zu, während ich die Blonde auf meinem Schoß hatte, die wild auf mir ritt. Tommy forderte Manu, so hieß die Schwarzhaarige, auf, sich auf den Rücken zu legen. Er verschwand mit dem Kopf zwischen ihren Beinen und leckte sie. Manu stöhnte und zuckte wild.

Ich sah, wie er ihr den Finger in ihr feuchtes Nass schob und ich musste aufpassen, nicht schon zu kommen. Er quälte sie. Immer, wenn sie kurz davor war, zog er seine Finger heraus und stoppte alles. Sie bäumte sich unter ihm auf und bei Gott, ich wollte sie erlösen.

Ich hob Tricia von meinem Schwanz und legte sie auf ihren Rücken. Tommy sah mich an und verstand sofort. Grinsend machte er mir Platz und kümmerte sich nun um Blondie, während ich mich um Manu kümmerte.

Ich drehte sie mit dem Gesicht nach unten und zog ihre Hüften zu mir heran. Ich führte ihr zwei Finger von mir ein und sie schrie auf. Oh ja, Tommy hatte sie gut vorbereitet. Sie war so nass, dass ich mühelos mit meinem Schwanz in sie eindringen konnte. Nebenan hatte Tommy Tricia ihren ersten heftigen Orgasmus beschert.

»Blas mir einen bis ich komme«, hörte ich ihn sagen und Tricia ließ sich nicht lange bitten.

Tommy drückte sie mit dem Kopf auf sein bestes Stück und ließ sich nach Strich und Faden verwöhnen. Er stöhnte und ich wusste genau, was er gerade fühlte und ich wollte es auch. Hart stieß ich in Manu hinein. Immer und immer wieder.

Neben mir knurrte Tommy. »Ja, genau so, mir kommt es. Ich will, dass du es schluckst!«

Im gleichen Moment bäumte sich sein Körper auf und die Vorstellung, was gerade mit ihm passierte, ließ auch mich abspritzen. Oh mein Gott, ich kam so heftig, wie schon lange nicht mehr.

Noch zwei, drei Mal stieß ich in Manu hinein, bis sich die Spannungen in meinen Lenden komplett lösten. Ich zog meinen Schwanz heraus und Manu fiel erschöpft vor mir aufs Bett.

»Ich bin im Bad«, keuchte ich und verschwand erst mal fürs Erste. Ich brauchte eine Dusche, gleich!

Als ich zurück kam, war Tommy alleine. Er hatte Manu und Tricia bereits abgeschoben.

»Na, Champ?«, grinste er.

»Arschloch!«, zischte ich nur und rubbelte mir mit dem Handtuch die Haare trocken.

»Was denn?«

»Du bist ein verdammter Albtraum, weißt du das?« Ich tat ihm Unrecht. Ich war auf mich selbst sauer, nicht auf ihn.

»Komm schon, Max. Jetzt erzähl mir nicht, es hätte dir nicht gefehlt? Es hat dir genau so viel Spaß gemacht wie mir. Jetzt spiel bloß nicht den Heiligen!« Er stand vom Bett auf und lief an mir vorbei.

»Du könntest dir wenigstens eine Hose anziehen, Arschloch!«, rief ich ihm hinterher.

»Warum? Mache ich dich sonst geil, Wichser?« Er wedelte mit Big Tommy und ich hielt mir die Augen zu.

»Tommy, verdammt! Da wird man ja blind!« Ich konnte nicht anders. Ich musste lachen und Tommy lachte auch.

»Na endlich! Ich hab meinen Freund wieder! Verdammtes Weichei!« Er nahm mich in den Schwitzkasten.

»Hör auf, Tommy, ist ja gut!«

Er ließ mich endlich los und verschwand auch unter der Dusche. Ich begab mich in die Küche, nahm mir ein Bier aus dem Kühlschrank und wartete auf ihn. Endlich kam er zurück und setzte sich zu mir.

»Was grübelst du, Champ?«, fragte er und sah mich fordernd an.

»Ich weiß nicht, Tommy. Das ist alles nicht richtig.«

»Was? Spaß zu haben? Herrgott, Max!«

»Ich gebe ja zu, es hat mir gefehlt, aber etwas anderes, *jemand* anderes, fehlt mir auch, verstehst du das? Und ich bin so hin- und hergerissen ...«

Tommy nickte verständig.

»Ich weiß, Max. Aber du musst dir über eins im Klaren sein: Du bist, was du bist, und du wirst nie etwas anderes sein. Wie lange könntest du den Schein aufrecht erhalten? Zwei Monate? Drei? Ein halbes Jahr? Irgendwann würde es durchbrechen und dann? Max, dann würdest du ihr weh tun und zwar so richtig. Ist es das, was du willst?«

Ich schüttelte den Kopf und schluckte. Nein, natürlich wollte ich das nicht. Ich wollte Cat nicht wehtun, das auf keinen Fall. Tommy hatte recht. Das wurde mir mehr und mehr bewusst. Ich würde die Sache mit ihr gemeinsam durchstehen, bis alles in Florida geklärt war, aber dann würde es Zeit sein, sie zu vergessen. Für immer.

Am nächsten Mittag flog ich zurück nach Montana. Ich fühlte mich flau im Magen. Ein ungutes Gefühl breitete sich in mir aus und nahm mich vom Kopf bis zu den Zehenspitzen gefangen. Endlich kam ich am Haus an und stürmte die Treppen hinauf. Ich öffnete die Tür.

»Hey, Cat, ich bin wieder da!«, rief ich laut durch die Wohnung, aber es kam keine Antwort.

Wo konnte sie nur sein? Sie wusste doch, um wieviel Uhr ich da sein würde. Ich lächelte. Sie lag bestimmt wieder zitternd im Bett. Ich schlich zu ihrer Tür und klopfte.

»Cat? Bist du da drin? Kann ich reinkommen?«

Es kam keine Antwort. Ich klopfte stärker an und ich

sah, wie sich die Tür von mir weg bewegte. Sie war gar nicht zu. Ich öffnete und trat ein. Das Zimmer war leer. Komplett leer! Keine Cat. Keine Kleider von ihr, nichts! Ich riss den Schrank auf. Ihr Koffer und ihre Tasche waren auch verschwunden. Ich blickte auf das Bett und sah etwas dort liegen. Panisch rannte ich hin und dann sah ich es.

Es war die Nachtausgabe eines bekannten Schmierblattes. Ein großes Foto prangte auf der Titelseite, das mich, Tommy und die beiden Schönheiten von letzter Nacht zeigte, wie wir gerade knutschend in die Limousine stiegen. Die Schlagzeile dazu wollte ich gar nicht mehr lesen. Mir wurde ganz schlecht. Panik und Wut breitete sich gleichzeitig in mir aus und ich wollte losschreien. Da sah ich ihn.

Auf ihrem Nachttisch lag ein weißer, zusammengefalteter Zettel. Ich nahm ihn zitternd in die Hand und öffnete ihn. Mit Tränen in den Augen begann ich, ihn zu lesen.

»Hallo Max,

Wie ich sehen konnte, hattest Du jede Menge Spaß letzte Nacht. Es tut mir leid, dass Du meinetwegen solange darauf verzichten musstest. Ich möchte Dir nicht länger im Weg stehen und Dir Unannehmlichkeiten bereiten, deshalb bin ich heute zurückgeflogen. Ich wünsche Dir für die Zukunft alles Gute. Danke für alles, was Du für mich getan hast. Ich werde es Dir nie vergessen,

Cat!«

Ich ließ den Brief sinken und er entglitt aus meiner Hand, um mitten auf dem Foto zu landen. Mein Herz krampfte sich zusammen. *Wirf den Schlüssel weg* sagte ich mir noch, aber es war zu spät. Ich rastete vollkommen aus! Ich schlug und trat gegen alles, was mir in den Weg kam. Ich schmiss die Vasen mit den Blumen um, bis sie zerbrachen. Mein Fuß trat solange gegen die Tür, bis ich sie durchgetreten hatte und sie ganz schief in den Angeln hing.

Dann rannte ich durch den Flur. Dort mussten die Möbel dran glauben. Das Gesicht, das mich aus dem Garderobenspiegel anschaute, *mein* Gesicht, kotzte mich nur noch an und ich schlug solange darauf ein, bis es nicht mehr zu erkennen war und das Glas meine Hand zerschnitt und sie blutig zurückließ. Ich rannte ins Wohnzimmer und schrie ihren Namen, immer wieder. Ich drehte durch und ich wusste es, aber ich wollte es auch nicht anders.

Neben dem Kamin griff ich mir ein Stück Holz und schmiss es mit aller Kraft gegen das Panoramafenster, das klirrend zerbrach. Dann nahm ich einen Schürhaken aus dem Ständer und schlug damit auf alles ein, was mir unter die Augen kam. Die Verwüstung, die ich anrichtete, war episch, und die Wohnung sah aus wie nach einem Vernichtungsfeldzug. Nach Atem ringend blickte ich in das Chaos um mich herum … Und dann zerriss es mich – innerlich! Mit einem Weinkrampf brach ich zusammen und landete auf dem kalten Fließenboden der Küche. Ich weinte und konnte nicht mehr aufhören. Überall hatte ich Schnittwunden und blutete an allen möglichen Stellen. Ich griff nach meinem Handy und drückte eine Nummer.

»Hey, Champ, gut angekommen?«, hörte ich Tommy auf der anderen Seite der Leitung.

»Tommy?«, schluchzte ich leise und gequält und er reagierte sofort.

»Max, was ist los?«

Ich konnte nicht reden und weinte nur.

»Ich bin gleich da!« Tommy hatte aufgelegt.

Einige Stunden später war Tommy bei mir und da er einen eigenen Schlüssel zu dem Haus besaß, kam er ohne zu klingeln rein. Ich saß an der Küchentheke und wimmerte, den Kopf in die Hände gestützt, als er eintrat und sich ungläubig umblickte.

»Mein Gott, Max! Was war denn hier los?« Er kam langsam auf mich zu und ich blickte ihn an.

»Sie ist weg, Tommy. Einfach so. Sie hat nicht einmal gewartet, bis ich zurück war.« Sofort heulte ich wieder, und Tommy nahm mich in den Arm und drückte mich, so fest er nur konnte. An seiner Schulter weinte ich mich aus und es dauerte ewig, bis ich wieder normal atmen konnte. Tommy sagte nichts, er hielt mich einfach nur fest.

»Was ist passiert?«, fragte er, als er spürte, dass ich mich langsam beruhigte.

Ich stand auf, suchte nach dem Brief und der Zeitung und überreichte sie ihm wortlos. Dann hielt ich mir die Flasche Scotch, die ich schon zu drei Vierteln getrunken hatte, an meinen Mund und ließ laufen, während Tommy las. Als er fertig war, schmiss er Brief und Zeitung auf die Theke.

»Scheiß Promijäger!«, fluchte er und kam wieder zu mir, um mich festzuhalten. »Es tut mir so leid, Champ!« Er hielt mich lange im Arm, als es läutete. »Bleib sitzen, ich sehe nach«, sagte Tommy und ging zur Tür. Kurz darauf kam er zurück mit den Jungs und Brady im Schlepptau. »Sieh mal, wer dich trösten kommt«, lächelte Tommy und ich sah gequält auf.

»Nein! Muss das sein?«, fragte ich, denn ich schämte mich wegen meinem Ausraster.

»Hey, wie oft habe ich dir gesagt, kein Counter Strike in der eigenen Wohnung mit echten Knarren!«, zog mich Brady auf und rüttelte mich an den Schultern.

»Hör auf damit, du Freak!«, lachte ich künstlich. Derek und Mitch klopften mir auf den Rücken. »Verdammt, was macht ihr denn alle hier?«, fragte ich und wusste nicht, ob ich mich darüber freuen sollte.

»Wir sind das Aufräumkommando«, lachte Mitch, der sich kopfschüttelnd umsah.

»Meine Herren, Max! Warst du auf Speed oder was?« Derek blickte besorgt umher. »Wir müssen dich hier rausbringen, sonst holst du dir noch den Tod!«, fügte er hinzu mit Blick auf das zerbrochene Fenster.

»Im Ernst, Jungs, was macht ihr hier?«

»Wir haben mitbekommen, dass sich Tommy den Jet geschnappt hatte. Andrew hat uns verraten, wo er hinwollte und wir haben gleich den nächstbesten Flug genommen. Wir wussten, dass hier etwas nicht stimmte.« Derek sah mich besorgt an und Tommy biss sich auf die Lippen.

»Wenn ihr mit einem normalen Flug gekommen seid, wird es nicht lange dauern, bis wir die Paparazzi auf den Fersen haben. Wir müssen hier weg. Schnell!«

»Keine Sorge, Andrew hat schon alles veranlasst. Die Limo wartet unten in der Garage, wir können ihn einladen, ohne dass uns jemand sieht. Und dann weg hier«, drängte Mitch.

»Ich kann doch so das Haus nicht alleine lassen«, klagte ich.

»Keine Angst, ist alles geregelt!«, beruhigte mich Brady. »Na los, geh packen.«

Tommy kniff mich in die Seite und ich stöhnte. Ich sah mich einmal in der Wohnung um und dann jeden einzelnen meiner Freunde an.

»Danke«, seufzte ich. »Ich wüsste nicht, was ich ohne euch machen sollte.« Ich packte alles zusammen und wir schlichen in die Garage zur Limo, die uns zum Flughafen brachte. Als ich die Stufen zu unserem Jet hochstieg, dachte ich wehleidig an die letzten beiden Wochen zurück. Ich würde das hier vermissen, die Ruhe, mit der es jetzt vorbei war, nachdem die Zeitungsgeier mein Versteck herausgefunden hatten, und die Zeit, die ich mit Cat hier verbrachte. Doch jetzt hieß es nach vorne sehen, auch wenn ich noch nicht wusste, wie das gehen sollte – ohne sie.

Als wir in L.A. ankamen, wollte mich Tommy nicht aus den Augen lassen und bestand darauf, mit Brady und ihm in sein Haus zu kommen. Murrend ließ ich mich dazu überreden, aber ehrlich gesagt, viel Widerstand leistete ich nicht. Ich wollte jetzt nicht alleine sein.

In den Tagen darauf versuchte ich ständig, Cat telefonisch zu erreichen, aber sie ging nicht an ihr Telefon.

Die Jungs schleppten mich fast täglich ins Studio und ganz langsam verheilten meine Wunden; allerdings nur die körperlichen. Ich war nicht mehr ich selbst und jeder konnte es sehen. Das einzig Gute an der Sache war, wir rissen einen Song nach dem anderen runter. Ich konnte gar nicht so schnell schreiben, wie mir die Worte durch den Kopf schossen. Dabei geisterte mir ständig die Sorge um Cat durch meine Gedanken. Wenn ihr etwas passiert wäre, hätte ich mir das bis zum Ende aller Tage nicht verzeihen können!

Eines Tages offenbarte mir Brady, dass ihn das Heimweh ergriffen hatte. Es war Wochen her, dass wir in seinem Haus zu Besuch waren und nichts hatte sich seitdem ereignet, was auf eine Gefahr für ihn hätte hinweisen können, und so beschloss er, zurückzufliegen.

Er und Tommy waren so gute Freunde geworden, dass es beim Abschied ein paar Tränen gab. Nie hätte ich gedacht, dass es ihnen so schwer fallen würde.

Wir spielten die Songs ein und machten viel Studioarbeit. Ein kurzes Gastspiel in New York und Washington war geplant, und wir zogen die Auftritte in gewohnter Manier durch. Das Loch, in das ich nach Cats Weggang fiel, wurde jedoch immer tiefer. Ich aß kaum noch etwas und an schlafen war kaum zu denken. Albträume quälten mich. Tommy tat sein Bestes, aber es reichte nicht. Ohne Tabletten kam ich kaum noch aus.

Eines Tages rief mich Brady an und erzählte mir, dass Cat das Haus und das Early Birds verkauft hätte, was mir den Schock meines Lebens versetzte, denn er konnte mir noch nicht mal sagen, wo sie war. Zumindest war sie nicht mehr im Haus ihres Vaters und somit hoffentlich ein Stückchen mehr in Sicherheit. Doch nicht zu wissen, wo sie ist, ließ mir einfach keine Ruhe.

Wieder musste ich Hank um einen Gefallen bitten, ob es mir gefiel, oder nicht. Die Sorgen, die ich mir um Cat machte, nagten an mir und ich wollte wenigstens auf diese Art etwas tun, um ihr im Fall des Falles vielleicht doch helfen zu können.

Das Early Birds verkauft! Ich konnte es einfach nicht glauben. Ich war sicher, sie tat es wegen mir und ich hasste mich dafür. Das Early Birds war ihr Ein und Alles und es war meine Schuld, dass sie es aufgab. Ich wusste es einfach. Ich hatte ihren Traum zerstört. Bin darauf herumgetrampelt wie eine in Panik geratene Bisonherde. Sie hatte schon so viel durchgemacht, und dann musste auch ich mich noch in ihr Leben quetschen. Ich brauchte eine Tablette – oder besser gleich zwei. Gleich würde ich mich besser fühlen. Ich spülte sie mit Whiskey hinunter.

Das Leben spielte sich für mich wie in Trance ab. Für abends hatten mich ein paar alte Bekannte zu sich nach Hause eingeladen. Wir knallten uns mit Alkohol zu und machten ein paar Weiber klar. Ich schmiss mir eine Tablette ein und meine Freunde kriegten es mit.

»Hey, was schluckst du da? Viagra?«, lachten sie.

»Schmerztabletten«, antwortete ich knapp.

»Man, da gibt es aber doch Besseres!«, lachte Nick und breitete auf dem Tisch vor mir eine Line aus. »Hier, geht aufs Haus«, zwinkerte er mir zu.

Ich hatte vorher noch nie Drogen genommen, von dem einen Joint als Teenager mal abgesehen. Kokain? Ich sah im Augenwinkel, wie Tommy den Kopf schüttelte. *Warum eigentlich nicht?*, dachte ich. Andere nahmen es doch auch. Ich sniffte die Line tief ein und glaubte, mir würde der Kopf wegfliegen. Ich schrie. Sofort war Nick bei mir.

»Mund auf!« Er rieb mir etwas davon unter die Lippen auf das Zahnfleisch und der Schmerz ließ langsam nach. »Man, hättest mir ruhig sagen können, dass du noch Jungfrau bist!«, zischte er mich an.

Mir wurde plötzlich schlecht und ich rannte aufs Klo, um zu kotzen. Als ich zurück kam, lachte Nick.

»Geht allen so beim ersten Mal. Komm her, der zweite Versuch wird besser.«

»Wo ist Tommy?«, fragte ich.

»Hat sich abgeseilt. Keine Ahnung.«

Ich setzte mich und vertraute Nick. Erneut legte er mir auf und er hatte recht – dieses Mal lief es viel besser. Ich fühlte mich euphorisch. Mein Herz schlug schneller und die Müdigkeit war wie verflogen. Verdammt, ich fühlte mich seit Wochen zum ersten Mal wieder wie ein Mensch. Nach etwa einer Stunde spürte ich, wie die Wirkung nachließ. Ich schmiss Nick ein paar Scheine hin.

»Hier, du brauchst mir nicht alles zu schenken. Lass mal noch was rüberwachsen.«

Wir feierten die ganze Nacht hindurch. Der Alkohol floss in Strömen, die Frauen waren willig und alles andere war mir egal. Gegen vier Uhr morgens tauchten Tommy und die Jungs plötzlich auf.

»Hey, na ihr Spaßbremsen?«, rief ich ihnen zu, aber ihnen war wohl nicht zum Lachen.

»Du solltest jetzt mit nach Hause kommen, Max!«, sagte Tommy und ich lachte laut auf.

»Bist du verrückt? Jetzt? Ich amüsiere mich aber gerade. Ich will noch nicht.«

Mitch trat an mich heran. »Tommy hat recht, Max, du solltest wirklich lieber mitkommen. Was machst du denn nur?«

Ich spürte, wie meine innere Wut wieder nach außen drängte. »Ach, fick dich, Mitch! Was geht es dich an, was ich mache und was nicht?« Ich drehte mich von ihm weg und wollte gehen, als Tommy mich am Arm riss. Ich war kurz davor, auszurasten. »Lass mich los, du Arschloch, hörst du?«, funkelte ich ihn wutentbrannt an.

»Danke, Max«, lächelte er mir resigniert ins Gesicht, und seine Augen wurden zu kleinen Schlitzen. »Danke, dass du dabei bist, alles kaputt zu machen.«

»Na und? Wen interessiert es schon? *Nimm was du kriegen kannst*, nicht wahr? War das nicht immer deine

Rede? Ich hab bloß auf dich gehört, hab den *Schlüssel* weggeworfen. Du wolltest es doch so, oder etwa nicht? Also verschwinde, such dir 'nen billigen Fick und lass mich mit den großen Jungs spielen.«

Ich grinste ihn nur an und wollte wieder zu Nick, doch als ich mich umdrehte, spürte ich einen dumpfen Schlag und dann gingen die Lichter aus. Es war Dereks Art mir zu sagen, es reicht für heute. Er hatte mich einfach k.o. geschlagen. Mitch fing mich auf und sie schleiften mich zu dritt aus dem Haus in die Limo.

»Los, nichts wie weg hier«, raunte Tommy und die Limo brauste los, während ich weggetreten war. Es sollte noch eine ganze Weile dauern, bis ich wieder zu mir kommen würde.

5. Kapitel Tommy

»Was machen wir jetzt mit ihm«, fragte mich Mitch und ich wusste mir im ersten Moment keinen Rat.

Max war mein bester Freund. Ich hatte lange genug dabei zugesehen, wie er dabei war, sich selbst und uns gleich mit, zu zerstören. Es reichte. Er hatte mir an diesem Abend wehgetan, verdammt weh!

Ich nahm mein Telefon und rief Andrew an. Er würde wissen, was zu tun ist.

»Andrew? Tommy hier, hör zu ...«

Ich erklärte ihm die Sache. Kurz danach gab ich dem Fahrer Anweisungen.

»Zum Flughafen, schnell!«

Mitch und Derek sahen mich fragend an.

»Andrew hat seinen Arzt verständigt. Er wird über alles informiert und erwartet uns im Jet. Ich bringe Max nach Hause.«

»Nach Hause? Nach Carolina Hause?«

Ich nickte.

»Ja, zu seinen Eltern. Er muss aus dieser Stadt raus, weg von allem, wenn er je wieder auf die Beine kommen soll.«

»Oh man«, seufzte Derek.

Er wusste, was das bedeuten würde. Erstmal alle Termine absagen. Die Veröffentlichung des Albums verschieben. Unbequeme Fragen aus der Presse. Aber da mussten wir durch, wenn wir Max helfen wollten.

Endlich kamen wir am Flughafen an. Ein Krankenwagen stand schon bereit und wir legten Max auf eine Bahre. Der Arzt war sofort bei ihm und wir brachten ihn gemeinsam ins Flugzeug. Zum Glück hatte Derek fest genug zugeschlagen, sodass er immer noch ohnmächtig war und sich wenigstens nicht wehren konnte.

Scheiße, Max!

Wie er so da lag, brach mir fast das Herz. Und ich war mit Schuld an der ganzen Sache. Dieser verfickte Abend! Dieser eine verfickte Scheiß Abend!

Ungeduldig wartete ich, bis der Arzt seine Arbeit verrichtet hatte.

»Wie sieht's aus, Doc? Wird er wieder?«

»Ich hab ihm ein Beruhigungsmittel gespritzt. Sein Puls rast, das macht das Koks. Den Alkohol haben wir ihm rausgepumpt und die Tabletten auch, so weit es noch möglich war. Er braucht Ruhe und sollte sich vielleicht mal in psychiatrische Behandlung begeben. Es ist immer eine seelische Sache. Ansonsten ist er stabil. Er wird noch eine Zeit lang schlafen. Aber über seinen körperlichen Zustand müssen Sie sich keine Sorgen mehr machen.«

»Danke, Doc. Ich schulde Ihnen was!«

»Keine Ursache, dafür bin ich ja da!«

Er verließ das Flugzeug und wir rollten zur Startbahn. Wir beide, allein. Derek und Mitch hatte ich nach Hause geschickt.

Bald würde Max zu Hause sein. Ich betete inständig, dass das die richtige Entscheidung war, und ich nicht noch mehr kaputt machte damit, als es eh schon war. Ich hatte Elsa und Daniel schon informiert, dass wir kommen. Sie waren über das Warum nicht gerade begeistert, aber er war ihr Sohn und sie würden ihm natürlich helfen. Ich hatte Angst, ihnen gegenüberzutreten.

»*Pass auf meinen Sohn auf*«, hatte Elsa damals zu mir gesagt, als wir unseren ersten Vertrag in der Tasche hatten und ich hatte es ihr hoch und heilig versprochen. Und jetzt brachte ich ihn zu ihnen zurück, vollgepumpt mit Tabletten, Alkohol und Kokain. Ich wusste nicht, wie ich ihnen das erklären sollte.

Die Triebwerke heulten auf und der Privatjet gab Gas. Kurz darauf waren wir in der Luft und flogen dem Morgen entgegen. Ich war so müde. Doch ich fand einfach keinen Schlaf. Ich sah auf die Uhr. In Florida war es jetzt schon neun Uhr morgens, und ich beschloss Brady anzurufen. Als ich ihm erzählte, was geschehen war, versprach er mir, sofort nach Carolina zu kommen. Ich beruhigte mich. Brady war mir ein sehr guter Freund geworden und ich fühlte mich besser, wenn er da war. Er verstand mich und egal was ich tat, er hätte mich niemals wegen irgendetwas verurteilt.

Gut, auch erledigt, was jetzt? Warten, Augen schließen, das wutentbrannte Gesicht von Max vor mir sehen, Augen wieder öffnen, warten.

Der Flug zog sich endlos hin. Unsere Flugbegleiterin war sehr nett und kümmerte sich liebevoll um mich.

»Mr. Jackson?«

Ich sah sie an.

»Ich habe Ihnen frischen Kaffee gemacht. Wir landen in etwa vierzig Minuten. Wenn Sie sich noch frisch machen wollen, im Bad liegt alles bereit.«

»Danke, Brenda, das ist sehr nett von Ihnen.« Ich nahm den Kaffee und er tat mir gut. Brenda drehte sich nochmal um und setzte sich gegenüber von mir. Verwundert schaute ich sie an. »Kann ich noch etwas für Sie tun?«, fragte ich und sie wippte nervös mit den Beinen.

»Sir, ich möchte nicht unverschämt erscheinen, aber darf ich Ihnen einen gutgemeinten Rat geben?«

Ich zuckte mit den Schultern. »Klar.« Sie nestelte an ihrem kurzen Rock und suchte wohl nach den richtigen Worten.

»Finden Sie sie!«

»Wie bitte?«

»Sie müssen sie finden, Tommy. Die Frau, die dafür verantwortlich ist.«

Ich konnte ihr nicht ganz folgen. »Was meinen Sie, Brenda?«

»Ich kenne Max schon sehr lange. Er ist so ein starker Mensch. Das Einzige, was ihn aus der Bahn werfen könnte, ist eine Frau. Wer auch immer sie ist, Sie müssen sie finden. Er muss sich mit ihr auseinander setzen, egal, wie es ausgeht. Aber er muss wenigstens damit abschließen können.«

Ich dachte lange über ihre Worte nach.

»Sie kennen ihn wirklich gut, oder?«, fragte ich nach und sie nickte.

»Ich glaube es zumindest!« Sie drückte meine Hand und verschwand wieder nach vorne.

Cat. Verdammt! Laut Brady war sie verschwunden. Wo zum Teufel sollte ich sie suchen?

Brendas Worte leuchteten mir ein und je länger ich darüber nachdachte, um so sicherer wurde ich, dass sie recht hatte. Ich würde Cat finden müssen.

Kleine, hinreißende Cat. Ich dachte an unseren ersten Abend im Early Birds und lächelte. Sie hatte mir gleich gefallen und wenn Max nicht gewesen wäre, wer weiß. Der Tanz mit ihr ließ mich heute noch hart werden, wenn ich daran dachte, denn Scheiße, sie konnte tanzen. Max hatte damals auf der Toilette absolut recht. Ich hatte sie gefickt, rein mental und bewegungstechnisch natürlich. Aber ab da war sie tabu für mich. Max war mein Freund und so etwas würde ich ihm niemals antun. Sie war eine tolle Frau und ich war eifersüchtig auf ihn. Ja, jetzt konnte ich es zugeben. Ich war eifersüchtig! Darauf, dass er vielleicht bald eine Wahnsinns-Frau an seiner Seite haben würde, aber auch darauf, dass sie mir meinen besten Freund wegnahm. Und dann habe ich wohl alles getan, das Ganze zu boykottieren. Mein Gott, das wurde mir jetzt erst bewusst!

Das Anschnallzeichen blinkte auf. Wir landeten. Gleich würde ich Elsa in die Augen sehen müssen. Ich hatte Angst. Der Flieger rollte langsam aus und kam an seiner Parkposition an. Brenda öffnete die Tür und ließ die Stufen hinabfallen. Sofort stürmten mir zwei allzu bekannte Gesichter entgegen.

»Daniel! Elsa! Schön euch zu sehen. Auch wenn die Umstände beschissen sind.«

Ich schluckte. Daniel nahm mich kurz in den Arm und Elsa stürmte gleich an mir vorbei.

»Mein Gott, Max!«, hörte ich sie weinen, und ich ging zu ihr.

»Es geht ihm gut, er schläft nur«, versuchte ich sie zu beruhigen. Das Nächste, was ich spürte, war ein brennender Schmerz auf meiner Wange. Elsa hatte mir eine Ohrfeige verpasst, die sich gewaschen hatte.

»Du hattest es versprochen, Tommy! Du hattest es mir verdammt nochmal versprochen!«, weinte sie und ich nahm sie fest in den Arm.

»Ich weiß, Elsa«, raunte ich ihr ins Ohr. »Es tut mir so leid. Ich wusste nicht mehr, was ich tun sollte. Bitte, hilf mir!« Ich spürte einen solchen Druck in meinem Herz, dass es schmerzte.

Elsa und ich gaben einander Halt, während Daniel stumm dastand und mit steinerner Miene seinen Sohn betrachtete.

Elsa löste sich von mir. »Du warst wie ein Sohn für mich, Tommy. Das heißt, du bist sein Bruder. Du hättest ihn beschützen müssen, in Gottes Namen!«

»Ja, ich weiß Elsa. Ich hab alles versucht. Er wollte oder konnte nicht auf mich hören.«

Schließlich mischte sich Daniel ein. »Beruhige dich, Elsa. Tommy hat ihn hergebracht. Er hat sich gekümmert. Kannst du das nicht sehen, oder willst du es nicht? Max ist kein Heiliger, verdammt!«

Ich blickte Daniel dankbar an. Seine Unterstützung tat mir gut. Elsa wimmerte nur noch.

»Bringen wir ihn ins Auto!«, wies Daniel uns an.

Er und ich, sowie die beiden Pfleger des Krankentransporters, brachten ihn raus und verstauten ihn fest im Wagen. Sie würden ihn zu Max' Elternhaus bringen. Kurz darauf kamen wir dort an, nachdem die Fahrt schweigend verlaufen war.

Wir brachten ihn in sein Zimmer und legten ihn in sein Bett. Dann verabschiedeten sich die Pfleger und ich war mit Max und seinen Eltern allein.

Elsa zeigte mir das Gästezimmer, als ob ich noch nie dort geschlafen hätte. Ich musste schmunzeln. Dann lud ich meine Tasche ab und ging wieder zu ihnen in die Küche.

»Kann ich mit dir reden, Tommy?«, brummte Daniel mich an und ich nickte.

»Komm, gehen wir!« Er schnappte sich seine Jacke und ich folgte ihm nach draußen.

»Wohin gehen wir?«

»Dorthin, wo meine Frau mich nicht in den Wahnsinn treibt!« Ein paar Straßen weiter gab es eine Sportsbar, die rund um die Uhr geöffnet hatte und dort führte mich Daniel hin. »Hast du schon etwas gegessen heute morgen?«, wollte er wissen und ich verneinte.

Er bestellte uns ein typisches, amerikanisches Frühstück mit einer Kanne Kaffee dazu. Viel Hunger hatte ich nicht, aber essen musste ich ja, also nahm ich sein Angebot dankbar an.

»So, und nun erzähl mal. Ganz von vorne.«

Und das tat ich dann auch. Daniel ließ mich ausreden und stellte keine Fragen. Das tat mir auch gut, denn endlich konnte ich alles loswerden. Als ich geendet hatte, sah ich Daniel an und er grummelte sich in den Bart.

»Und du bist sicher, dass es das erste Mal war, dass er Drogen genommen hatte?«

»Ganz sicher«, antwortete ich ihm. »Drogen waren nie unser Ding. Darum tut es mir ja auch so weh, dass er das getan hatte. Ich wollte ihn davon abhalten, er war nicht mehr Herr seiner Sinne. Dann habe ich ihn umgehend hergebracht. Ich wusste mir ja auch nicht mehr zu helfen.«

»Das hast du gut gemacht, Tommy. Ich wusste, ich konnte mich auf dich verlassen. Egal, was Elsa sagt. Sie meint es nicht so.«

»Danke, Daniel, es tut gut, das zu hören.«

»Was ist das eigentlich für eine Kleine, von der du mir da erzählt hast? Ich hab immer nur die Bilder von euch und den heißen Betthäschen in den Zeitungen gesehen.«

Ich wurde knallrot im Gesicht. An so etwas dachte man natürlich nicht, dass man irgendwann mal den Eltern Rede und Antwort stehen musste, und die Sache war mir nun peinlich.

»Kein Grund, rot zu werden, Tommy. Ich war auch mal jung.« Daniel grinste mich an.

Das wollte ich noch weniger hören und seufzte.

»Sie heißt Cat. Er kannte sie noch von der Highschool. Ein nettes Mädchen. Er hatte sich total in sie verrannt. Dann hat er – dann haben *wir* – Scheiße gebaut und sie verschwand. Seitdem geht es mit ihm bergab und ich weiß nicht mehr, was ich tun soll.«

Daniel kratzte sich am Kopf und dachte nach. »Cat?«

Ich nickte.

»Cat Willoughby?«

Meine Augen wurden groß. »Du kennst sie?«

Daniel holte tief Luft. »Ja, ich kenne sie. Und ihre Geschichte auch. Dumme Sache, damals.«

»Sie war unschuldig, weißt du das?«

»Jeder weiß das, Tommy. Aber was ihre Mutter, Gott hab sie selig, ihr damals angetan hatte, war schon ein dicker Hund.«

»Ihre Mutter ist tot?«

»Ja, sie starb vorletzten Monat. Überdosis. Frank, Cats Stiefvater, musste sich mitverantworten. Sie haben ihn eingebuchtet. Für sechs Jahre.« Er nippte am Kaffee. »Endlich kriegt er, was er verdient. Cat wohnt jetzt wieder in ihrem Elternhaus. Nachdem sie ihre Mutter beerdigt hatte, kam sie wieder zurück, von wo auch immer sie war.«

Ich wurde nervös. Cat war hier? »Wo ist das, Daniel? Ich muss zu ihr!«

»Warum?«

»Ich muss sie sehen. Nur sie kann Max wieder zur Vernunft bringen. Er muss endlich abschließen können. Egal wie.«

»Und du bist dir sicher, du weißt, was du tust?«

»Ich war mir noch nie sicherer, Daniel!«

»Na schön. Sie wohnt gleich die Straße runter, das alte Haus im viktorianischen Stil mit dem blauen Anstrich. Kannst es nicht verfehlen.«

»Danke Daniel, hast was gut bei mir.«

Er lächelte, und ich rannte so schnell ich nur konnte. Ich sah das Haus schon von Weitem. Ich versuchte, meine Aufregung in den Griff zu kriegen und entschleunigte meine Schritte, um wieder atmen zu können. Zitternd betätigte ich den Klingelknopf. Kurz danach konnte ich Schritte hören und die Tür öffnete sich.

»Hi, Cat!«

»Tommy!«, rief sie entsetzt.

»Kann ich mit dir reden, Cat?«

Sie sah an mir vorbei, als suchte sie etwas und ich wusste genau, was, oder besser *wer* das war.

»Um ihn geht es, Cat. Darf ich reinkommen?«

Sie ließ mich herein und seufzte, als sie die Tür schloss.

»Was willst du hier, Tommy?«

»Ich habe Max nach Hause gebracht. Er liegt bei seinem Eltern in einer Art künstlichem Koma.«

»Was?« Ich sah den Schrecken, der ihr im Gesicht stand.

»Seit du damals abgehauen bist, ist er nicht mehr derselbe.«

Cat war bleich geworden. »Komm, setz dich, erzähl mir alles.«

Ich nahm in einem der Sessel Platz und Cat brachte mir eine Cola. Und dann erzählte ich es ihr.

»Cat, ich war daran Schuld. Es tut mir alles so leid.«

»Er hätte nein sagen können, Tommy. Ich bin ja auch nicht böse auf ihn. Wir waren nur Freunde. Aber ich konnte dieses Leben, das ihr beiden führt, einfach nicht teilen, kannst du das verstehen? Ich hatte Angst, dass ich doch zu viel für ihn empfinden würde und irgendwann daran zerbrechen könnte.«

»Ja, ich verstehe dich, Cat, und ich kann nur nochmal betonen, wie leid mir das alles tut.«

»Ist schon gut, Tommy. Mach dich nicht verrückt.«

Sie schaute aus dem Fenster und ich betrachtete sie. Sie war so wunderschön. So rein. So ehrlich.

»Kann ich ihn sehen?«

»Wenn du das willst, sicher.«

»Dann bring mich zu ihm.«

Ich brachte sie zu seinem Haus und in sein Zimmer. Elsa und Daniel nickten uns nur schweigend zu, nachdem sie Cat kurz begrüßt hatten. Wir betraten Max' Raum und er lag immer noch friedlich da und schlief. Er sah furchtbar aus.

Cat ging zu ihm, während ich Abstand hielt. »Was machst du nur für Sachen«, hörte ich sie sagen und sah, wie sie ihm liebevoll über die Wangen streichelte. Sie setzte sich zu ihm auf das Bett und ergriff seine Hand. »Mein Jack Kerouac, immer auf der wilden Seite des Lebens.«

Ich konnte sehen, wie ihr eine Träne über die Wangen lief und ihr Schmerz war fast greifbar.

»Wie lange wird er noch weggetreten sein?«

»Ich weiß es nicht. Ein paar Stunden, einen Tag. Der Doc hat ihm ein starkes Beruhigungsmittel gespritzt.«

Sie nickte und trat weg von seinem Bett. »Bring mich nach Hause, Tommy. Er braucht seine Ruhe.«

»Klar, mach ich.« Ich ließ sie an mir vorbei.

»Auf Wiedersehen, Mister und Missus Hayes. Ich schaue bald wieder nach ihm, versprochen«, verabschiedete sie sich höflich. »Danke, dass ich zu ihm durfte.«

»Jederzeit«, grummelte Daniel, während Elsa schon wieder weinte.

Ich brachte Cat wieder zurück.

»Kommst du noch mit rein?«, fragte sie mich und da ich eh nichts Besseres vorhatte und lieber Abstand von Max' Eltern hielt, kam ich ihrer Einladung gerne nach. Kaum waren wir im Haus, fing Cat bitterlich an zu weinen. Bisher hatte sie sich gut im Griff, aber nun schien alles aus ihr herauszuquellen.

»Hey, komm her!« Ich nahm sie in den Arm und versuchte sie zu trösten. »Er wird schon wieder!«

Sie schmiegte sich ganz dicht an mich und ich konnte ihre heißen Tränen auf meiner Haut spüren. Ich hielt sie, so fest ich nur konnte und streichelte über ihr Haar.

»Mir geht es genauso, Cat. Wenn ich an ihn denke, werde ich auch fast verrückt.«

Ihr Weinen ging in ein Schluchzen über und langsam fing sie sich. Sie löste sich ein Stück von mir und sah mich mit großen Augen an. Mit wunderschönen großen Augen, in denen ich mich gerade anfing zu verlieren. Alles durfte passieren, aber nicht das!

Lass das Tommy, sagte ich zu mir selbst, aber ich konnte den Blick nicht von ihr abwenden. Sie kam meinem Gesicht immer näher und mir lief es heiß den Rücken hinunter. *Tu das nicht, Cat,* betete ich innerlich. *Bitte nicht!*

»Lass mich jetzt nicht allein, Tommy«, sagte sie zu mir und ich schüttelte den Kopf.

»Werde ich nicht!«

»Ich könnte diese Einsamkeit jetzt keine Minute länger ertragen, hörst du?«

»Ich werde nicht weggehen, versprochen!«

Ihre Hand streichelte meine Wange und ich fing an zu schwitzen. Und dann küsste sie mich, ganz sanft. Ihre Lippen waren so weich und ein Feuer entzündete sich in mir, von dem ich genau wusste, jetzt musste nur noch eins passieren und ich würde es nicht wieder löschen können. Und genau in dem Moment geschah es.

Auf meinen Lippen spürte ich ihre Zunge, die sich Einlass forderte. Und ich ließ sie herein. Jetzt konnte ich nicht mehr zurück. War es nicht das, was ich mir von dem Moment an ersehnt hatte, als ich sie zum ersten Mal sah? Es fühlte sich so falsch an. Ich löste mich von ihr.

»Cat, das ist nicht richtig, wir sollten das nicht tun.«

Sieh sah mich traurig an.

»Lass mich nicht darum betteln, bitte Tommy!«

Das wars!

Das bisschen Rest an Widerstand, das ich noch besaß, war gebrochen. Und jetzt fühlte es sich so gut an.

Wir küssten uns leidenschaftlich, aber so unendlich zart und sanft, dass es mir fast alle Sinne raubte. Sie knöpfte mein Hemd auf und ihre Finger streichelten über meine Brust.

Ich stöhnte leise an ihrem Mund und ich wollte mehr. Viel mehr. Cat lotste mich ins Schlafzimmer. Ich öffnete den Reißverschluss ihres Kleides und sie ließ es ganz leicht zu Boden fallen. Sie trug nur einen weißen Seidenslip darunter und ihre gebräunte Haut duftete so gut, dass ich am liebsten jeden Zentimeter ihres Körpers mit meinen Lippen berührt hätte. Sie legte sich aufs Bett und ich zog mich bis auf meine Shorts aus, bevor ich mich zu ihr legte.

»Bist du dir sicher, dass du das wirklich willst?«, fragte ich sie, doch statt einer Antwort küsste sie mich wieder. Ich streichelte die harten Knospen ihrer Brüste und spürte, wie sie unter meinen Berührungen erschauerte. Meine Lippen wanderte nach unten, an ihrem Hals vorbei und ich übersäte sie mit Küssen. Mit meiner Zunge umspielte ich ihre Brustspitzen und Cat stöhnte auf. Ich ließ meine Hand an der Außenseite ihres Schenkels vorbeigleiten und an der Innenseite wieder nach oben.

Ich machte es langsam, ganz langsam, denn ich wartete immer noch auf den Moment, in dem sie sagte, dass es falsch war, was wir taten. Aber er kam nicht. Ihre Schenkel öffneten sich leicht und ich erreichte ihre Mitte. Vorsichtig streichelte ich über ihren Slip und sie stöhnte und reckte mir ihr Becken entgegen.

Verdammt, ich war diese Langsamkeit nicht gewohnt. Es machte mich so dermaßen heiß, dass ich Angst hatte, ich käme schon in meinen Shorts. Ich streichelte über ihren Bauch und tastete mich Schritt für Schritt in ihren Slip vor. Ich berührte sie und ich spürte, dass sie mehr wollte. Sanft massierte ich sie und ihr Becken passte sich meinen Bewegungen an. Als ich ihre Perle berührte, rief sie meinen Namen.

»Oh ja, Tommy, genau so!«

Ich konnte mich fast nicht mehr bremsen und ich genoss es, wie sie sich immer mehr gehen ließ. Ich zog ihr den Slip aus und warf ihn beiseite. Dann legte ich mich auf sie und wanderte mit meiner Zunge an ihrem

Bauch nach unten. Ich leckte einmal über ihre zarte Haut und sie bäumte sich auf. Meine Zunge spielte mit ihrer Klit und ihre Bewegungen wurden heftiger. Sie wurde immer feuchter und vorsichtig schob ich einen Finger in sie hinein. Ein spitzer Schrei drang an mein Ohr und ich zog den Finger wieder langsam heraus.

»Hör nicht auf«, flehte sie mich an und ich tat ihr den Gefallen.

Mehrmals stieß ich mit meiner Zunge in sie hinein, bevor ich mit zwei Fingern zurückkam. Ich spürte ihre Enge. Genau da wollte ich hin, aber noch nicht jetzt. Mein Schwanz pochte wie verrückt. Wieder zog ich die Finger heraus.

»Du schmeckst so gut«, stöhnte ich, und ich fühlte, dass sie ganz kurz davor war. »Komm für mich, Baby«, brummte ich ihr zu und die Muskelkontraktionen von ihr wurden stärker.

Ich spürte ihr Pulsieren und noch einmal fickte ich sie mit meinen Fingern. Cat kam mit einem lauten Schrei.

Mein Gott, ich wollte sie so sehr. Sofort! Ich zog meine Shorts aus und streifte mir einen Gummi über. Dann legte ich mich auf sie und blickte sie an. Ihre Beine klammerten sich um mich und sie zog mich in sich hinein. Ein lautes Stöhnen kam aus meinem Mund. Gott, es tat so gut. So langsam, wie ich nur konnte, bewegte ich mich in ihr vor und zurück, während ich ihre Brüste mit meiner Zunge umspielte.

Sie zog meinen Kopf zu sich heran und ihre geöffneten Lippen sagten alles. Wild und heftig küsste ich sie und meine Stöße wurden schneller und härter.

»Ich will dich so sehr, Cat!«, knurrte ich.

Sie zog mich mit sich, und als ich das Pulsieren in ihrem Innern an meinem Schwanz spürte, wusste ich, der

Abgrund, in den sie mich mit sich riss, würde lange und heftig werden. Ich kam gewaltig. So gewaltig, dass ich nicht mehr atmen konnte. Es dauerte eine ganze Zeit lang, bis ich wieder klar denken konnte. Schwer atmend ließ ich mich neben sie fallen und küsste sie.

»Das war das Schönste, was ich je erlebt habe, Baby!«, hauchte ich ihr zu und sie küsste mich wieder.

»Danke, Tommy«, flüsterte sie leise. »Das war wundervoll.«

Ich nahm sie in den Arm und zog sie zu mir heran. Meine Hand streichelte ihren Rücken und sie legte den Kopf an meine Brust. Ich wurde nachdenklich und sah Max vor mir. Es war einfach nicht richtig, so schön es auch war.

»Cat, du weißt, dass wir das niemals wiederholen dürfen, oder?«

Ich spürte, wie sie nickte.

»Ja, ich weiß, Tommy.«

»Warum hast du dich darauf eingelassen?«, fragte ich sie.

»Weil ich eure Freundschaft retten will.«

Ich stutzte. »Wie meinst du das?«

Sie stützte sich auf einen Ellbogen und sah mich an. Gott, sie war so schön.

»Ich wusste, wie sehr du mich wolltest, Tommy. Jetzt hattest du mich und du hast keinen Grund mehr, irgendetwas deswegen zu unternehmen.«

»Tut mir leid, Cat, aber ich bin gerade etwas verwirrt. Willst du mir erzählen, du wolltest es nicht?«

Sie schüttelte den Kopf. »Nein, Tommy. So ist es nicht. Ich begehrte dich seit dem Tag, als ich dich zum ersten Mal sah. Hätte Max damals nicht mit mir getanzt, ich ...«

Ich lächelte sie an. »Ehrlich?«

»Ganz ehrlich. Aber dann passierte etwas, mit dem ich nicht gerechnet hatte. Ich fühlte plötzlich etwas für Max, obwohl ich dachte, dass das gar nicht möglich wäre.«

Ich streichelte ihr über den Rücken und sie lächelte. »Bist du deswegen damals weggerannt?«

»Ja, Tommy. Mein Herz wollte ihn wohl, und ich konnte es nicht einordnen, aber meine, nun ja, meine tieferen Gefilde, die an diesem Abend noch deutlich mehr zu sagen hatten, wollten dich. Es verwirrte mich, und hey, du bist Tommy Jackson - das konnte nicht gut gehen.«

Ich musste lachen. »Ja, ich bin ein böser Junge.«

»Das bist du. Und ein verdammt heißer noch dazu!«

Wow, tat das gut! »Dir ist schon klar, dass du mich gerade benutzt hast, oder?«

»Nein, Tommy. In einem anderen Leben hätte durchaus etwas aus uns werden können, ehrlich.«

»Wirklich?«

»Bestimmt.«

»Komm her, Süße.« Ich nahm sie fest in meine Arme. Ich weiß nicht warum, aber in diesem Moment fühlte ich mich so gut, wie schon lange nicht mehr.

»Was wird nun mit dir und Max?«

»Ich weiß es nicht, Tommy. Wir sind nicht zusammen, sind es nie gewesen. Ich weiß nicht, was ich fühle. Ich will nur, dass er wieder normal wird, verstehst du? Ich muss wissen, dass es ihm gut geht.«

»Ja, das verstehe ich«, flüsterte ich, denn ich fühlte dasselbe wie sie. »Kann ich schnell duschen?«, fragte ich.

»Nur, wenn du mich mitnimmst!«

»Na komm schon!« Ich zog sie hoch und wir sprangen ins Bad und stellten uns gemeinsam unter das Wasser.

Ich sah die Trauer in ihren Augen und zog sie zu mir heran, um sie zu umarmen. »Er wird schon wieder, Cat«, flüsterte ich leise und sie nickte hoffnungsvoll, aber ihr Blick sagte etwas anderes. »Du bereust, was wir gerade getan haben, nicht wahr?«

»Nein, Tommy, nein!«, widersprach sie mir. »Es ist nur diese verdammte Einsamkeit, die mich auffrisst. Ich hatte geglaubt, mit Max könnte es vielleicht wirklich was werden, aber ich ... ach ich weiß auch nicht. Ich habe schon so oft gedacht, ich hätte mein Glück gefunden, aber ich finde einfach kein Vertrauen mehr in mir, zu niemandem.«

Wir beendeten unsere Dusche und eine halbe Stunde später standen wir im Wohnzimmer.

»Soll ich es ihm sagen oder du?«

Cat sah mich entgeistert an.

»Cat, er ist mein bester Freund. Ich bereue nichts, aber ich werde das hier nicht zwischen uns kommen lassen, hörst du?« Ich streichelte sanft ihre Wange und schaute in ihre wunderschönen Augen. Sie blickte verschämt zu Boden.

»Nein, das solltest du nicht. Aber ich mache das, okay?«

»Ganz wie du willst.« Ich zog meine Jacke an und nahm sie in den Arm, um sie noch ein letztes Mal zu küssen. »Es war mir eine Ehre, Miss Willoughby!«

»Mir auch, Mister Jackson«, lächelte sie gequält.

Ich zwinkerte ihr noch einmal zu und dann verließ ich sie. Es sollte noch Tage dauern, bis ich nicht mehr von ihr träumte.

Gegen Abend war Brady da und ich freute mich wie ein Kind unterm Weihnachtsbaum. Er hatte mir gefehlt. Er sah sich Max an und schüttelte den Kopf. »Himmel, Max! Da bin ich einmal nicht da, um auf dich aufzupassen.«

»Gehen wir was trinken?«, fragte ich ihn und er war gleich dabei.

»Klar, komm.«

»Wohin? In diese Sportsbar um die Ecke?«

»Nein, ich weiß was Besseres.«

Wir gingen in die Küche zu Daniel, und Brady lächelte ihn an. »Onkel Daniel, habt ihr immer noch die Hütte im Wald?«

»Ja, warum fragst du? Sie ist mein Heiligtum!«

»Dürften Tommy und ich sie heute Nacht benutzen? Wir haben viel zu bereden, und da will ich nicht in eine Kneipe. Und hier würden wir euch nur stören. Kannst du uns hinfahren?«

Daniel lächelte verständnisvoll und nickte. »Natürlich, Jungs. Kommt, ich bringe euch hin.«

Wir stiegen in sein Oldsmobil und fuhren los.

»Ihr werdet etwas zu trinken brauchen«, sagte Daniel und hielt kurz an einem Supermarkt, wo Brady und ich uns mit dem Nötigsten eindeckten.

Nach einer halben Stunde kamen wir an der Hütte an, luden alles aus und verabschiedeten uns von Bradys Onkel. »Macht's gut, Jungs!«, rief er uns noch zu, bevor er verschwand.

Ich nahm Brady in den Arm. »Was ist das nur mit dir und deinen Häusern im Wald?«, lachte ich und dann gingen wir hinein. Es war klein, aber gemütlich, und es fühlte sich für mich an wie ein Versteck. Ich war auf der Flucht vor dem, was ich Max würde sagen müssen.

Brady füllte den Kühlschrank und brachte gleich zwei Flaschen Bier für uns mit. Wir stießen auf unser Wiedersehen an und ich erzählte ihm alles von Max. Er hörte aufmerksam zu und war fassungslos, als ich ihm von dem Kokain berichtete.

»Ist er verrückt geworden? Das war doch noch nie sein Ding? Diese Scheiß Weiber. Was hat sie nur mit ihm gemacht?«

»Werd nicht unfair, Brady. Cat kann nichts dafür.«

»Sie hat ihm sein verdammtes Herz rausgerissen, Tommy. Wenn ich wüsste, wo ich sie finden könnte, ich würde ...«

»Sie ist hier, Brady.«

»Was, wo denn?«

Ich erzählte es ihm und auch ihre Sicht der Dinge.

»Du hast schon mit ihr gesprochen?«, fragte er verwundert und ich seufzte.

»Schlimmer als das, Kumpel. Ich hab mit ihr geschlafen.« Man, war ich froh, dass es raus war. Es hätte mir fast die Seele rausgebrannt.

»Ach du heilige Scheiße!« Brady köpfte eine weitere Flasche Bier. »Wie kam es denn dazu?«

»Ich weiß auch nicht. Sie war einsam, verletzt und mir ging es auch nicht besser. Und Herrgott, sie ist einfach umwerfend. Brady, ich hab es noch nie so schön erlebt, wie mit ihr. Es war – anders!«

»Er wird dich umbringen, wenn er es hört, das weißt du!«

»Sie will es ihm sagen.«

Brady schüttelte heftig den Kopf. »Nein, Tommy. Weiber kommen und gehen, aber du bist sein bester Freund. Er sollte es von dir selbst hören. Tust du das nicht, wird er es dir niemals verzeihen können.«

Ich dachte lange über seine Worte nach. »Vielleicht hast du recht. Ich werde mit ihm reden.«

Brady musterte mich lange und intensiv. »Empfindest du etwas für Cat, Tommy?«

»Wenn du damit Liebe meinst, nein. Ich hab sie seit unserer ersten Begegnung begehrt. Und dass es bis zum, na du weißt schon, so lange gedauert hat, machte es zu etwas Besonderem für mich. Ich betrachte sie nicht als eine meiner Eroberungen, falls du das meinst. Aber Liebe? Nein. Ich respektiere sie.«

Brady atmete erleichtert aus. »Gut. Ich dachte schon, jetzt müsste ich mir um dich auch noch Sorgen machen.«

»Was ist mit dir?«, fragte ich. »Gibt es niemand Besonderen in deinem Leben?«

Brady lachte laut auf. »Nein, Tommy. Dafür bin ich nicht geschaffen. Es gibt zu viele Verlockungen auf der Welt, das würde nur im Drama enden. Ich kenne mich. Ich würde es nie lange bei einer aushalten.«

»Vielleicht hast du die Richtige einfach nur noch nicht gefunden?«

»Die gibt es nicht, Tommy. Das ist eine Illusion. Man wünscht es sich, dass es so wäre. Und es wäre bestimmt schön. Aber ich glaube nicht daran. Hast du schon mal gedacht, die oder jene könnte es vielleicht sein?«

Ich dachte kurz nach und ein Lächeln huschte über mein Gesicht. »Einmal, ja. Erinnerst du dich noch an Tess?«

»Die kleine wilde, die dich im Klo des Early Birds abgezockt hatte?«

Ich nickte und grinste.

»Der *weibliche Tommy*, ja, ich erinnere mich«, lachte er, und die Erinnerung an sie tat mir plötzlich weh.

»Sie ist wie ich, das stimmt. Bei ihr konnte ich deshalb auch ganz ich selbst sein, verstehst du? Es war das erste Mal, dass ich mich so nach einer Frau gesehnt hatte, Brady, seit Jahren. Das war mir bis dahin so noch nie passiert.«

»Denkst du oft an sie?«

»Fast täglich.«

»Scheiße!«

Ich machte mir noch ein Bier auf. »Ich bin froh, dass ich damals mitgekommen bin, Brady. Es ist toll, dass wir Freunde geworden sind.«

»Finde ich auch!«, lächelte er und stieß mit mir an.

Es wurde ein feuchtfröhlicher Abend und doch - eine gewisse Form der Melancholie lag ebenso über unseren Köpfen, und als uns Daniel am Morgen abholte, war nichts unausgesprochen zwischen Brady und mir.

Wir saßen in Elsas Küche und warteten. Max schlief immer noch und so langsam fragte ich mich, ob er je wieder aufwachen würde.

Gegen Mittag kochte Elsa für uns und es tat gut, mal wieder etwas zu essen, was nach zu Hause schmeckte. Ich hatte kaum mein Besteck auf den Teller gelegt, als ein dumpfes Poltern aus Max' Zimmer ertönte. Erschrocken sprangen wir alle auf und liefen zu ihm hin. Ich öffnete die Tür und sah ihn vor seinem Bett liegen. Er musste versucht haben aufzustehen und war gleich wieder zusammengebrochen.

»Max!«, schrie ich und war sofort bei ihm, um ihm aufzuhelfen. Brady half mir und wir setzten ihn wieder aufs Bett.

»Mein Gott, Max«, flüsterte ich und er sah mich mit großen Augen an.

»W-Wo bin ich hier? Was habt ihr mit mir gemacht?«

»Du bist zu Hause, Max, bei deinen Eltern. Sieh!«

Elsa und Daniel kamen zu ihm. »Wie geht es dir, mein Sohn?«, fragte Daniel und Elsa stürzte weinend zu ihm und umarmte ihn. Max verzog schmerzhaft sein Gesicht.

»Mom? Dad? Wie komme ich hierher?«

»Tommy hat dich hergebracht.«

Max rieb sich sein Kinn, das grün und blau war. Derek hatte ihm ordentlich eins mitgegeben.

»Du solltest dich lieber wieder hinlegen!«, sagte ich fordernd aber Max saß einfach nur schweigend da.

»Was ist passiert?«, fragte er nach einer Weile und ich sah Daniel flehend an. Er verstand sofort und zog Elsa mit sich aus dem Zimmer. Brady folgte ihnen.

»Du siehst scheiße aus, Max.«

Seine Augen zeigten Unverständnis. »Ich fühle mich auch so. Was habt ihr mit mir angestellt?«

Ich biss mir auf die Unterlippe und suchte nach den richtigen Worten. Die Erinnerung an den Abend kam wieder hoch und ich spürte, wie die Traurigkeit und Wut über sein Benehmen mir und den Jungs gegenüber wieder vor mir auftauchte.

»Du siehst nicht nur scheiße aus, du hast dich auch scheiße benommen, Kumpel!«

Er rieb sich die Schläfen. »Verdammt, Tommy, ich kann mich an nichts mehr erinnern. Würdest du mich mal aufklären?«

Und das tat ich auch und nahm keinerlei Rücksicht. Ich schmiss ihm alles um die Ohren, was ich ihm seit dem Abend sagen wollte. Max starrte mich ungläubig an.

»Sind dir denn deine Drogen wirklich wichtiger geworden als wir, Max? Dann sag es, und ich beende das alles jetzt und hier, und du wirst mich nie wiedersehen!«

Ich sah, wie seine Mundwinkel zuckten, den leeren Blick in seinen Augen, bevor er sich ins Bett fallen ließ, sein Gesicht im Kissen vergrub und seine Fäuste sich darin festkrallten. Ich hätte für ihn meine Seele verkauft, aber so wollte ich seine Freundschaft nicht. Ich hätte es nicht ertragen, ihm dabei zusehen zu müssen, wie er sich selbst kaputt machte. Es dauerte ewig, bis er sich beruhigte und mich mit Verzweiflung in den Augen anblickte.

»Lass mich nicht allein, Tommy, bitte. Ich kann das in den Griff kriegen. Aber lass mich nicht allein. Ich brauche dich doch. Du bist mein bester Freund. Wen hab ich denn, wenn nicht dich?« Die Angst und das Flehen in seinen Augen brachen mir fast das Herz.

»Himmel, Max! Komm her!« Ich zog ihn zu mir und hielt ihn fest und er klammerte sich an mich, als ob er nie wieder loslassen wollte. »Du weiß doch, dass ich immer für dich da sein werde. Du hast mir nur so unendlich wehgetan.«

»Ich weiß, Tommy, und es tut mir so leid. Ich schäme mich in Grund und Boden deswegen.«

Ich atmete tief ein. »Du wirst eine Therapie machen, hast du verstanden?«

Er nickte. »Alles, was du willst, Tommy.«

»Du wirst dich bei den Jungs entschuldigen, bei jedem einzelnen von ihnen, hörst du?«

»Natürlich!«

»Und du wirst Nick und seine Junkie Gang nie wiedersehen, hast du das verstanden?«

»Ja, Tommy.«

»Verdammt, Max, Kokain?«

Er senkte verlegen seinen Blick und meine Wut legte sich langsam.

»Glaubst du, du kannst aufstehen?«

»Ich denke schon.«

»Dann warte hier, ich werde deine Mutter bitten, dir ein Bad einzulassen. Wir sollten dir den Dreck dieses Abends endlich abwaschen.«

Ich bat Elsa darum und sie bereitete alles vor. Dann brachte ich Max ins Bad und half ihm bei allem. Als ich ihn in der Wanne hatte, setzte ich mich auf den Boden davor, mit dem Rücken daran angelehnt. Ich schloss meine Augen und dachte an Cat. Ich musste es ihm sagen. Besser jetzt gleich, bevor es zu spät war.

»Max?«

»Hmh?«

»Ich muss dir etwas sagen.«

»Noch mehr Peinlichkeiten?«

Ich lachte und schnaufte kurz durch die Nase. »Da könntest du recht haben. Aber es geht nicht um deine.«

»Um was dann?«

Himmel, ich wusste, es würde schwer werden, aber dass es so schwer war, konnte ich mir nicht im Entferntesten vorstellen.

»Max, ich ... Ich habe mit Cat geschlafen!«

Jetzt war es raus. Hinter mir herrschte absolute Stille und dann hörte ich das Wasser hin und her schwappen. Er hatte sich aufgesetzt und blickte über den Wannenrand. Ich drehte mich um und sah ihn an. Er war weiß im Gesicht wie eine Leinwand. Sein Blick verdunkelte sich und seine Kiefer mahlten aufeinander, während er auf seine Unterlippe biss. Lange musterte er mich und dann kam nur ein einziges Wort aus seinem Mund: »Wann?«

Scheiße!

»Gestern!«

Den Blick in seinen Augen würde ich niemals vergessen. Er stieg aus der Wanne, trocknete sich ab und zog die frischen Kleider an, die ihm Elsa zurechtgelegt hatte.

»Max, bitte, sag etwas. Schlag mich, tritt mich, aber bitte, sag endlich etwas.«

Er stellte sich vor mich und seine Augen funkelten mich an. »Was willst du hören, Tommy?«

Er zog den Stöpsel aus der Wanne und spülte nach. Dann stellte er sich direkt vor mich und sah mir tief in die Augen.

»Betrachte Cursed Tears als Vergangenheit. Verlass mein Haus. Ich will dich nie wieder sehen!« Dann rauschte er an mir vorbei und schlug zuerst die Badezimmertür und dann seine Zimmertür hinter sich zu.

Das Ende einer Ära!

Meine Beine versagten ihren Dienst und ich setzte mich auf den kalten Boden. Nach einer Weile kam Brady, um nach mir zu sehen und zog mich hoch.

»Komm schon, Tommy. Das wird wieder. Lass ihn sich abregen. Aber jetzt komm. Daniel, ich brauch dein Auto!«, rief er und Max' Dad schmiss ihm die Schlüssel rüber. Brady packte mich auf den Beifahrersitz und fuhr mit mir weg.

»Wo fahren wir hin?«

»Nirgendwo hin. Ich musste raus aus dem Haus, nachdenken. Ich kann nicht zulassen, dass es so endet.«

»Was kann ich jetzt noch dagegen machen?«

»Entziehe dich ihm!«

»Was?«

»Flieg nach Hause. Bleib dort. Ruf ihn nicht an. Ignoriere ihn, sollte er sich bei dir melden.«

»Und was soll das bringen?« Ich konnte nicht nachvollziehen, was Brady vorhatte.

»Er wird zu sich kommen, Tommy. Und er wird dich und die Jungs vermissen, glaub mir. Aber er muss zuerst begreifen, was du ihm wirklich bedeutest.«

»Glaubst du, das funktioniert?«

»Ja, er ist mein Cousin, ich kenne ihn! Und jetzt bringe ich dich zum Flughafen!«

Ich wusste, er hatte recht, und wenig später war ich auf dem Weg nach Hause.

6. Kapitel Max

Mir tat alles weh. Ich sah den grüngelben Fleck an meinem Kinn und wünschte Derek die Pest an den Hals. Verdammte Arschlöcher. Und Tommy war das größte von allen. Dieser verfickte, elende Schwanzlutscher. Zuerst tut er so, als wäre er mein bester Freund und würde sich Sorgen um mich machen, und dann geht er hinter meinem Rücken hin und fickt die Frau, die ich liebe.

Zur Hölle mit ihm. Zur Hölle mit Cat. Zur Hölle mit der Band. Ich war fertig damit.

Selten im Leben hatte ich mich beschissener gefühlt. Ich brauchte eine Tablette, um den Schmerz zu betäuben, aber die Pisser hatten mir alles weggenommen. Was sollte ich überhaupt hier? Ich würde packen und zurückfliegen nach L.A., weg aus diesem Provinzkaff, weg von meinem Eltern.

Es klopfte. »Was?«

»Besuch für dich, Max.«

»Ich will niemanden sehen!«

»Mich auch nicht?« Die Tür ging auf und da stand sie – Cat! Mein Gott!

»Was willst du hier, Cat?«, zischte ich böse. »Willst du jetzt auch noch auf meinem Herz herumtrampeln, nachdem du es mir ja schon herausgerissen hast?«

Sie schloss die Tür und kam näher. »Ich wusste gar nicht, dass ich das konnte, Max. So, wie es ausgesehen hatte, hattest du dein Herz gleich an mehrere verschenkt!«

Zack, das hatte gesessen.

»Du hast mir bis heute noch nicht mal gesagt, dass du etwas für mich empfindest, Max. Du warst nett zu mir, ja. Und wir haben uns einmal geküsst, beim Tanzen. Aber am nächsten Tag sagtest du mir, es war alles nur ein betrunkener Spaß. Was erwartest du von mir, Max?«

Ich ließ mir ihre Worte durch den Kopf gehen und ich wusste genau, sie hatte recht. Aber als sie damals weglief, da hatte sie mir so dermaßen wehgetan, dass ich nicht mehr klar denken konnte.

»Ich hätte zumindest erwartet, dass du dich nicht von Tommy ficken lässt wie eine billige Schlampe, während ich hier liege! Wieso bist du überhaupt hier?«

Ich sah, wie sie einen Schritt zurück wankte und eine Träne aus ihren Augen lief.

»Danke, Max. Das habe ich jetzt gebraucht. Lebewohl.« Sie riss die Tür auf und stürmte hinaus.

»Ja, verschwinde bloß, Cat! Lauf zu Tommy ...«

... Nein, geh nicht! Bleib hier! Bitte ...Cat! Cathy!

»Was hast du schon wieder angestellt, Max? Kann ich dich nicht mal fünf Minuten alleine lassen?« Brady stand kopfschüttelnd in der Tür.

»Was willst du, Brady?«, murrte ich. »Willst du mir auch noch erzählen, wie scheiße ich bin? Oder willst du mir gestehen, du hättest auch mit Tommy gefickt?«

»Sehr erwachsen, Max. Ich muss schon sagen.«

»Dann verpiss dich doch einfach, du Arsch!« Ich schlug mit meiner Faust gegen den Türrahmen.

»Hör auf damit, Max! Ich warne dich!«

»Du willst mich warnen? Vor wem? Vor dir?« Ich lachte laut auf.

Brady drehte sich um und lief die Treppe hinauf. Als er wieder runterkam, hielt er eine Tasche in der Hand.

»Was ist das? Wo willst du damit hin?«

»Das sind Tommys Sachen. Ich schicke sie ihm nach, nach L.A.!«

Ich war verwirrt. »Tommy ist weg?«

Brady ließ die Tasche zu Boden fallen und stöhnte. »Ja, Max. Und er wird nicht mehr zurückkommen. Hast du das kapiert?«

Ich verstand nicht. Ja, ich war wütend auf ihn, aber es war schließlich nicht das erste Mal. Und vielleicht hatte ich Dinge gesagt, die ich nicht hätte sagen sollen. Ich, verdammt, ich konnte mich nicht mal richtig daran erinnern.

»Aber die Band, das Album ...«

»Vergiss es, Max. Die Band existiert nicht mehr. Andrew bereitet gerade eine Presseerklärung vor und die Jungs sind dabei das Geschäftliche für den Verkauf des Labels zu regeln.«

»Das können sie nicht tun«, zischte ich. »Niemals!« Wieder schlug ich gegen die Tür.

»Du sollst aufhören damit, Max, zum letzten Mal!«

Ich kochte über und ging auf Brady los. Ich wollte ihm eine reinhauen, aber so richtig. Das Dumme war, er wich aus und landete einen Treffer genau auf meiner Nase. Es blutete wie die Hölle.

»Ich schlag dich, bis du nicht mehr weißt, wer du bist, Max, wenn du jetzt nicht sofort runterkommst, hast du das verstanden?« Ich sah sein entschlossenes Gesicht, und sein Treffer zeigte Wirkung.

»Verdammt, Brady, wo hast du das denn gelernt?« Ich schnappte mir mein Handtuch und hielt es unter die Nase, um das Blut aufzufangen.

»Du bist so ein Idiot, Max! Weißt du, was ich dafür geben würde, dein Leben führen zu dürfen? Einen Freund wie Tommy zu haben? Und du schmeißt das alles weg. Und weißt du was? Ich hasse dich dafür!«

Ich setzte mich auf mein Bett und starrte auf meine Füße. »Willkommen im Club, Brady.«

Er lachte. »Selbstmitleid? Ist das alles, was du noch hinbekommst in deinem Leben, Max? Du bist jämmerlich.«

Ich sah, wie er die Tasche aufhob und bekam Panik.

»Brady?«

»Ja, Arschloch?«

»Bitte, geh nicht!«

Er schmiss die Tasche wieder auf den Boden und stemmte beide Hände in seine Hüften.

»Nenn mir einen Grund, Max, einen einzigen Grund, warum ich bleiben soll!«

»Ich brauche dich, Brady. Ich brauche Hilfe. Ich kann das nicht alleine.«

»Und?«

»Ich verspreche dir, ich kriege das hin. Aber jetzt, Brady, jetzt brauche ich dich! Ich kann das alles nicht mit Mom oder Dad durchziehen. Tommy ist weg. Bitte, Brady!«

Er stieß einen tiefen Seufzer aus und setzte sich neben mich aufs Bett.

»Okay, Max. Unter einer Bedingung ...«

»Und die wäre?«

Er sah mir fest in die Augen und ich war fast nicht fähig, seinem Blick standzuhalten.

»Du tust genau, was ich sage!«

»Natürlich, Brady.«

»Zieh dich an!«

Ich nahm meine Jacke und folgte ihm nach draußen. »Wo gehen wir hin?«

»Lass dich überraschen.«

Er packte mich auf den Beifahrersitz und sich selbst hinter das Lenkrad von Dads Auto. Er fuhr los, und ich hatte keine Ahnung, wo er mich hinbringen würde. Als er endlich anhielt, sah ich es.

»Eine Entzugsklinik?«, flüsterte ich rau.

Brady musterte mich genau. »Schritt eins, Max. Soll ich wieder fahren?«

Mein Herz raste und ich sah ihn an.

»Brady, das mit dem Koks, das war ein Mal. Ich werde es nie wieder anrühren!« Ich versuchte alles, um mich aus dieser Situation herauszuwinden.

»Es geht auch nicht um das Koks, Max. Es geht um die Schmerz- und Schlaftabletten. Ich habe mit der Therapeutin schon geredet. Du bleibst zwei Wochen stationär, danach wird die Behandlung ambulant weitergeführt. Begleitend hast du eine psychiatrische Gesprächstherapie. Wenn es gut läuft, haben wir dich in vier Wochen raus. Überleg es dir!« Sein Gesicht sprach Bände. Ich wusste, wenn ich das ablehnte, war ich allein auf der Welt.

»Na schön, du hast gewonnen. Was noch?«

»Das sag ich dir, wenn es so weit ist, und jetzt komm.«

Er stieg aus und mit einem mulmigen Gefühl folgte ich ihm. Ich sah ihn an und seit neuestem schien er auch Gedanken lesen zu können.

»Ich werde dir deine Sachen schon bringen, Max.«

»Okay.«

Widerstand war wohl zwecklos. Ich hätte nie geglaubt, dass er so sein könnte. Scheiße, er zeigte mehr Verantwortung für mich, als ich jemals für mich selbst aufgebracht hätte.

Wir betraten die Klinik und Brady regelte alles für mich. Eine sehr nette junge Ärztin zeigte mir mein Zimmer und klärte mich erneut über alles auf.

»Jetzt hast du es geschafft, Brady. Sicher weggesperrt.« Ich konnte mich mit der Situation einfach nicht anfreunden.

»Nein, Max, das hast du ganz alleine geschafft. Ich lass dich jetzt allein und geh dir ein paar Sachen besorgen. Hör auf das, was man dir sagt, okay?«

Ich nickte.

»Komm her!« Brady nahm mich fest in den Arm und mir kamen fast die Tränen. »Du schaffst das, Max. Ich bin an deiner Seite. Immer!«

»Danke, Brady. Und Brady?«

»Hmh?«

»Bitte, ruf Tommy an. Ich muss ihn sehen. Ich kann das so nicht enden lassen!«

»Tommy? Okay. Und was ist mit Cat?«

Cat! Himmel. Wie könnte ich ihr je wieder in die Augen sehen?

»Nein, Brady. Ein Schritt nach dem anderen. Ich flehe dich an, schaff Tommy hierher. Ich brauche ihn. Sag ihm, und den anderen auch, ich bitte sie nur um diese vier Wochen. Sie sollen die Band nicht auflösen, ich würde mir nie ...«

»Max!«

»... nie verzeihen, wenn ...«

»Max!«

Ich sah ihn an und er musste die Panik in meinen Augen gesehen haben.

»Beruhige dich, Max. Nichts davon stimmt. Ich habe dich diesbezüglich angelogen. Ich wollte dir aber vor Augen führen was passiert, wenn du das hier nicht machst!«

In dem Moment hörte ich das laute Krachen des Felsens, der mir vom Herzen gefallen war.

»Wirklich, Brady?«

»Wirklich. Die Jungs machen sich alle einfach nur Sorgen um dich. Nur bei Tommy, bei dem hast du, glaube ich, ganz schön verschissen. Ich weiß nicht, ob ich das hinkriege. Aber ich verspreche dir, ich werde es versuchen.«

»Danke, Brady, ich weiß das zu schätzen. Und Brady? Es tut mir leid. Alles. Du bist echt ein toller Mensch. Danke, dass du das alles für mich machst.«

»Hey, du kannst ja doch nett sein!«, lächelte er. »Was so ein Schlag auf die Nase doch alles ausmacht, nicht wahr?«

Ich lächelte zurück.

»Verschwinde, Arschloch!«

»Na klar, Wichser!«

Dann war ich allein und ich ließ mir die letzten Wochen wieder durch den Kopf gehen. Scheiße, ich war wirklich zu einem Arschloch mutiert. Gab es etwas, das ich nicht falsch gemacht hatte? Vermutlich nicht. Ich legte mich auf mein Bett, nachdem ich die Schuhe ausgezogen hatte und dachte sehr lange nach.

Was ich Cat gesagt hatte, war nicht mehr gutzumachen. Tommy? Das konnte ich vielleicht noch mal hinkriegen. Ich musste es hinkriegen! Ich war bereit dazu, alles dafür zu tun. Wie konnte es nur so weit kommen?

Ich schloss meine Augen und alles was ich vor mir sehen konnte, waren die Gesichter von Cat und Tommy. Ich liebte doch beide. Warum hatten sie mir das angetan? Hatte ich sie dazu getrieben? Es tat so weh, mir vorzustellen, wie die beiden miteinander ... Nein, ich wollte nicht daran denken!

Es folgten zwei schlimme Wochen. Die Schlaflosigkeit trieb mich fast in den Wahnsinn. Jeder einzelne Knochen tat mir weh und über die Einsamkeit, die ich in mir fühlte, half mir auch die Therapeutin nicht hinweg.

Brady war der Einzige, den ich in diesen Tagen zu Gesicht bekam. Keine Nachricht von Tommy, nichts von Cat, nichts von den Jungs.

Nie zuvor hatte ich so viel Leere in mir spüren müssen, wie in diesen beiden Wochen. Noch ein Tag! Dann durfte ich wenigstens stündlich raus.

Lustlos stocherte ich in meinem Essen herum, als es an die Tür klopfte. Das war bestimmt die Schwester, die schon wieder abräumen wollte.

»Herein?«

Die Tür öffnete sich unendlich langsam. Oh mein Gott!

»Tommy?« Mir rutschte das Herz in die Hose. »Tommy, heilige Scheiße!« Ich sprang so schnell auf, dass ich fast mein Tablett mit dem Essen durch die Gegend feuerte.

»Hey, Champ.«

Ich rannte auf ihn zu und nahm ihn so fest in meine Arme, dass ich ihn beinahe erdrückt hätte.

»Es tut mir so leid, Tommy. Bitte, du musst mir das glauben. Kannst du mir verzeihen? Bitte, Tommy, ich weiß doch gar nicht, was ich ohne dich machen sollte.

Bitte sag mir, dass du nicht gekommen bist, um die Band aufzulösen. Ich werde alles tun, wirklich alles, damit es wieder so wird, wie es mal war. Ich ...«

»Max! Ist schon gut! Mir tut es leid. Auch ich habe etwas getan, was ich nicht hätte tun sollen. Wir kriegen das hin, okay?«

»Klar, Tommy, wir kriegen es hin.« Er hätte in diesem Moment nichts Schöneres zu mir sagen können.

»Wie fühlst du dich? Denkst du, wir könnten reden? So, wie wir es früher immer getan haben?«

»Natürlich, Tommy. Komm, setz dich.«

Wir nahmen an dem kleinen Tisch Platz und ich fühlte mich um tausend Prozent besser, jetzt, da er hier war. Tommy war immer die Stütze in meinem Leben und das alles ohne ihn durchzustehen, wäre für mich die Hölle gewesen. Die zwei Wochen der Ungewissheit hatten so sehr an mir gezehrt, dass mir erst in diesem Augenblick bewusst wurde, wie sehr er mir gefehlt hatte. Ich wusste nicht, wie Brady es geschafft hatte ihn herzubekommen, aber ich war ihm so dankbar dafür.

»Ich hab mich benommen wie ein Arschloch, Tommy, das weiß ich jetzt. Ich kam mit allem einfach nicht mehr klar. Als Cat damals in Montana einfach abgehauen war, da war eine Welt für mich zusammengebrochen. Ich hatte geglaubt, ich könnte das mit ihr wirklich hinkriegen, trotz dieser Nacht in Los Angeles.« Beinahe mit Ekel erinnerte ich mich jetzt daran. »Dann hat sie mir ohne ein Wort zu sagen vor Augen gehalten, wie scheiße ich bin und das hat wehgetan, verdammt weh. Und als du mir sagtest, dass ihr ... in dem Moment wäre ich am liebsten gestorben.«

Tommy atmete schwer und ich fühlte, dass es ihn ebenso belastete.

»Hör zu, Max«, sagte er schließlich. »Ich kann mich deswegen nur immer wieder bei dir entschuldigen. Ich wusste, es war falsch. Es tut mir leid, dir damit wehgetan zu haben, aber ich kann nicht sagen, dass ich es bereue. Als ich dich dort liegen sah, in deinem Zimmer, war ich fix und fertig. Ich dachte, ich hätte dich für immer verloren. Ich war verletzt, nachdem was du in Nicks Haus getan und gesagt hattest. Und Cat erging es nicht besser. Sie hat so dermaßen geweint.«

Ich sah ihn an und nickte. »Ja, ich verstehe«, seufzte ich, denn es tat mir in der Seele weh, was ich den beiden angetan hatte.

»Nein, tust du nicht, Max. Weißt du, warum sie es getan hatte? Sie wollte damit unsere Freundschaft retten. Sie wusste, es würde immer zwischen uns stehen, und sie hatte verdammt nochmal recht damit.«

Ich konnte ihm nicht folgen und sah ihn fragend an.

»Max, ich hatte sie vom ersten Abend an begehrt. Zu wissen, dass du den *Schlüssel* herausgeholt hattest, du weißt schon ... unser Eid ...«

Er stockte und ich erkannte, wie schwer ihm das alles fiel und so ließ ich ihm alle Zeit, die er brauchte.

»Ich war eifersüchtig auf dich und auf sie. Ich hatte Angst, sie könnte dich mir wegnehmen. Darum habe ich alles getan, damit du es versaust. Und an dem Tag, als wir dich herbrachten, da war sie so verletzlich.«

Tommy schluckte.

»Als sie mich ansah, mein Gott, in dem Moment trafen sich zwei einsame Seelen. Ich wollte den Schmerz nicht mehr fühlen und sie auch nicht. Es war anders, als du vielleicht denkst. Ich hab es nicht getan, nur, um mir 'ne schnelle Befriedigung zu verschaffen oder um dir wehzutun.«

»Empfindest du etwas für sie, Tommy?«, fragte ich, und ich hatte Angst vor seiner Antwort.

»Ich mag sie, Max. Sie ist eine tolle Frau. Aber es ist nicht so wie bei dir. Außerdem denke ich, dass sie wirklich etwas für dich empfindet. Etwas, das tiefer geht, verstehst du?«

Es tat gut, das zu hören, aber glauben konnte ich es nicht.

»Max, sie ist es wert, dass du um sie kämpfst, hörst du? Trotz all der Dinge, die sie von dir weiß, die ganzen Saufabende, die Weiber, liebt sie dich. Aber sie hat Angst davor. Irgendetwas ist in ihr, dass sie davon abhält, Vertrauen zu dir aufzubauen.«

»Ich weiß, Midnight.«

»Was?«

Ich lächelte. »Midnight hält sie davon ab.«

Tommy sah mich an, als hätte ich sie nicht mehr alle, und dann erklärte ich es ihm. Was sie durchgemacht hatte in ihrer Jugend, die Briefe, die ich ihr schrieb und dass sie jeden Mann mit dem verglich, der ihr Halt und Stütze war in dieser Zeit. Nach allem, was sie erlebt hatte, hätte ich wohl auch jedes Vertrauen verloren.

»Ich kann das, was ich ihr angetan habe, nie wieder gutmachen Tommy. Ich habe sie als Schlampe bezeichnet, als sie bei mir war, nachdem du und sie ...«

»Oh, nicht gut. Gar nicht gut. Das hatte sie wirklich nicht verdient, Max.«

»Ich weiß«, seufzte ich. »Dabei war ich die größte Schlampe von allen. Himmel, wie muss sie sich gefühlt haben, als sie das Zeitungsbild sah?«

Ich spürte den Schmerz, der mein Herz bei dem Gedanken daran wieder durchzog.

»Warum hast du es mir überhaupt erzählt, Tommy? Du hättest doch einfach schweigen können?«

Er atmete tief ein und sah mir fest in die Augen. »Ich habe mit dem Gedanken gespielt, Max. Eigentlich wollte es dir Cat sagen, aber Brady meinte, es wäre meine Aufgabe, das zu tun. Er sagte, wenn ich es nicht täte, würde das unsere Freundschaft für immer zerstören.«

Lange dachte ich über seine Worte nach. Was hätte ich wohl getan, wenn es so gewesen wäre?

»Ich glaube, der kleine Scheißer hatte recht«, lachte ich und war wieder erstaunt, wie vernünftig der kleine Bastard sein konnte.

»Kannst du mir den Ausrutscher verzeihen, Max?« Tommy sah mich an wie ein geprügelter Hund.

»Kannst du mir denn verzeihen, was ich dir angetan habe, Tommy?«

»Natürlich kann ich das, Max. Du warst nicht Herr deiner Sinne, aber ich war mir sehr wohl bewusst, was ich tat. Ich denke, das wiegt viel schwerer.«

»Du bist mein bester Freund, Tommy. Wir sind schon durch so viel Scheiße gekrochen, du und ich. Weiber kommen und gehen, aber was *wir* haben, das kann uns niemand wegnehmen, oder?«

»Genau dasselbe hatte Brady auch gesagt«, schmunzelte Tommy und ich musste lachen.

Ich stand auf und auch Tommy erhob sich.

»Komm her, Arschloch!« Ich nahm ihn fest in die Arme und Tommy erwiderte es.

»Danke, Wichser!«

»Bis zur Hölle und wieder zurück, nicht wahr?«

Tommy lächelte mich an. »Ja, Max. Mit dir jederzeit. Und nimm, was du kriegen kannst!«

Ich atmete tief durch.

»Tommy?«

»Ja?«

»Solltest du dich wieder an ihr vergreifen, schneide ich dir den Schwanz ab, hast du verstanden?«

»Ich würde ihn mir selbst abschneiden, Max«, lachte er.

»Alles wieder gut?«

»Ja, ich denke schon.«

»Danke, dass du gekommen bist, Tommy. Ich hätte nicht gewusst, wie es ohne dich hätte weitergehen sollen. Wie hatte Brady es angestellt, dich hierher zu kriegen?«

Tommy lachte laut. »Er hat gedroht, mich zu verprügeln, wenn ich es nicht tu. Ich hatte dich schon verloren, da wollte ich meinen zweitbesten Freund nicht auch noch verlieren.«

Ich musste schmunzeln. »Er hat dich wirklich sehr gern, Tommy. Und er bewundert dich. Mehr als mich.«

»Findest du?«

»Ist doch offensichtlich, oder?«

»Ich weiß nicht, auf jeden Fall fühle ich mich gut, wenn ich ihn um mich habe. Er bringt mich zum Lachen.«

Es klopfte kurz und die Tür öffnete sich. »Wenn man vom Teufel spricht!«, lachte ich. »Hey, Brady!«

»Hey, ihr Loser!«, strahlte er. »Und, alles geklärt? Oder muss ich euch zuerst 'ne Abreibung verpassen?«

Tommy und ich lachten und drückten ihn.

»Nein danke, Brady, einmal hat mir gereicht!«, sagte ich bei der Erinnerung an den Schlag auf die Nase, den er mir verpasst hatte.

»Hey, Kumpel, alles senkrecht?«, sagte Tommy und hielt ihm die Faust hin. Bradys Faust stieß gegen seine.

»Aber immer! Morgen ist der große Tag, Max. Endlich wieder raus, was?«

»Ja, dem Himmel sei Dank. Danke, Brady, dass du mich dazu gezwungen hast. Ich weiß nicht, wo ich jetzt wäre.«

»Keine Ursache, Max. Du kriegst das hin.« Er freute sich wirklich für mich und auch für Tommy.

»Ich möchte dich etwas fragen, Brady«, raunte Tommy auf einmal geheimnisvoll und mein Cousin stutzte.

»Klar, immer raus damit.«

»Ich weiß, du bist ein verdammt reicher Mistkerl und genießt dein Easy-Living, aber könntest du dir vorstellen, für mich zu arbeiten?«

Bradys Augen wurden groß. »Wie meinst du das? Was könnte ich schon tun? Ich bin absolut unmusikalisch, von dem Rhythmus in meinen Hüften mal abgesehen.« Er grinste und ließ sein Becken kreisen.

Tommy lachte, und ich war überrascht, dass er ihm dieses Angebot machte. Ich wusste, dass er ihn mag, aber dass er so weit gehen würde, daran hätte ich im Traum nicht gedacht.

»Ach weißt du, ich bräuchte jemand, der mich unterstützt, wenn wir auf Tour sind. Dieser ganze Merchandising Kram, der immer anfällt, das Auswählen der Bühnenoutfits, na so ein Zeug halt.«

Brady musterte ihn argwöhnisch und vermutete wohl, dass Tommy sich einen Spaß mit ihm machen wollte.

»Ich meine es ernst, Brady!«, murrte Tommy.

»Und du bist sicher, dass es nichts damit zu tun hat, dass du es nicht mehr so bringst wie früher und ich dir ein paar deiner Betthäschen abnehmen soll?« Brady machte ein so ernstes Gesicht dabei, dass ich laut loslachen musste. »Ach Quatsch, war nur Spaß«, lachte er. »Natürlich, Tommy, ich würde das gerne machen. Ich fühle mich echt geehrt! Mit dir auf Tour gehen? Wahnsinn!« Er umarmte Tommy und freute sich wirklich über das Angebot.

»Das kann ja heiter werden«, seufzte ich. »Die Presse wird euch zwei lieben!«

»Bist ja nur neidisch, Cousin!«

»Auf was? Die kleinen Essiggürkchen in euren Hosen?«

»Oh, na warte! Halt ihn fest, Tommy!«

Die beiden rangelten mit mir und wir lachten, bis der Arzt kam, im wahrsten Sinne des Wortes.

»Was ist denn hier los?«, fragte Dr. McKenzie überrascht, als er das Zimmer betrat.

»Tut mir leid, Doktor, reine Wiedersehensfreude!«

Er hob eine Augenbraue an und musterte uns kopfschüttelnd. »Die Besuchszeit ist vorbei, meine Herren. Beehren Sie uns morgen wieder, in Ordnung?«

»Ja, in Ordnung. Wir sehen uns dann, Max. Wir holen dich gleich morgen früh hier raus, okay?«

»Ja, Jungs, ich danke euch. Und macht mir keine Dummheiten!«

Tommy und Brady verabschiedeten sich von mir und ich war zum ersten Mal seit langer Zeit wieder hoffnungsvoll und guter Dinge. Mit den beiden war ich wieder versöhnt. Stand nur noch eins bevor – der größte Schritt von allen – Cat!

Die nächsten beiden Wochen verliefen gut. Ich konnte täglich für ein paar Stunden raus und hatte endlich die Gelegenheit, mich bei meinen Eltern zu entschuldigen. Die Gespräche mit meiner Therapeutin taten mir gut, aber die mit Tommy und Brady noch besser. Ich war wahrhaft gesegnet damit, solche Freunde zu haben. Andrew, Mitch und Derek hatten sich um alle Bandaktivitäten gekümmert und alles um einen Monat nach hinten verschoben. Ich würde mir etwas einfallen lassen, damit ich es bei ihnen wieder gutmachen konnte, aber später. Jetzt musste ich zuerst wieder auf die Beine kommen.

Tommy hatte mir alles von Cat berichtet, warum sie wieder hier war, was geschehen war und wir redeten noch viel über das Intermezzo zwischen ihr und ihm, über das Warum und Weshalb. Nach und nach ließ der Schmerz darüber nach. Wir spazierten oft durch die Wälder, redeten viel und manchmal konnten wir auch stundenlang schweigen.

Ich fühlte, wie es täglich mit mir bergauf ging. Die Schlafphasen wurden länger und ich spürte, wie ich mich von Tag zu Tag erholte.

Oft schlich ich mich in der Dunkelheit an Cats Haus heran. Ich konnte ihren Schatten sehen, der hinter den beleuchteten Fenstern vorbei schwebte und jedes Mal jagte es mir einen Stich durchs Herz. Ich wusste nicht, wie es weitergehen sollte. Eine Beziehung mit ihr aufzubauen hatte ich wohl gründlich versaut. Doch sie verdiente zumindest eine Entschuldigung. Aber ich hatte eine scheiß Angst davor, ihr gegenüberzutreten. Ich war schon längst aus der Klinik entlassen, aber noch immer hatte ich nicht den Mut gefunden.

Wieder wurde es Abend, wieder stand ich vor ihrem Haus. Ich musste einen Abschluss finden, das hatten mir alle klar gemacht. An diesem Abend sollte es so weit sein. Ich fühlte mich gefestigt genug und Tommy hatte mir gut zugesprochen. Also los! Ich nahm all meinen Mut zusammen und trat vor ihre Tür.

Oh nein, nicht das auch noch! *Under the Bridge* tönte in voller Lautstärke durch ihr Haus, sodass ich es bis auf die Straße hören konnte. Sie war traurig. Und ich war wohl schuld daran. Scheiße! Ich sog tief den kühlen Abendwind in meine Lungen und hob die Hand zur Türklingel, nur, um sie gleich wieder zu senken. Ich konnte das nicht. Ich brachte es einfach nicht übers Herz.

Komm schon, Max, jetzt oder nie!

Im zweiten Anlauf schaffte ich es. Ich hörte die Klingel und wie die Musik leiser gestellt wurde; danach Schritte. Ich zitterte. Langsam wurde die Tür geöffnet.

»Hey, Cat!« Mir blieben die Worte fast im Hals stecken.

Sie sah mich böse an und ich wusste, ich hatte es verdient.

»Was willst du hier, Max? Hast du neue Schimpfwörter gefunden, mit denen du mich betiteln kannst?«

»Cat, ich ...«

»Verschwinde, Max!« Sie wollte die Tür wieder schließen und ich bekam Panik.

»Nein, Cat«, schrie ich, »mach die Tür jetzt bitte nicht zu. Nicht, bevor ich mich bei dir entschuldigt habe!«

Sie hielt kurz inne ohne mich anzusehen. »Sag, was du zu sagen hast!«

»Es tut mir aufrichtig leid, Cat. Ich habe das nicht gewollt. Ich war total neben mir. Du bist keine Schlampe. Aber ich ein riesiges Arschloch. Es war alles meine Schuld. Die Tabletten, der Alkohol – ich habe eine Therapie gemacht und bin immer noch dabei ...«

»Dann wünsche ich dir viel Glück, Max, dann steht deinem weiteren Leben ja jetzt nichts mehr im Wege.« Sie machte die Tür noch ein Stück weiter zu.

»Cat! Nicht! Ich – liebe dich!« Jetzt war es raus. Sie schloss die Tür, nur um sie gleich wieder ein Stück zu öffnen. Hoffnung flammte in mir auf.

»Wenn das wirklich wahr ist, Max, dann lässt du mich ab sofort in Ruhe und denkst über diese Worte nach. Vielleicht verstehst du dann eines Tages auch, was sie wirklich bedeuten.«

Die Tür schloss sich und ich stand alleine in der Dunkelheit. Das war's. Aus. Ende. Vorbei. Ich spürte nur noch diese tiefe Leere in mir. Ich wollte sie betäuben und hatte Angst. Alles in mir schrie nach Alkohol. Ich brauchte Tommy. Ich fand ihn mit Brady zusammen im Garten meiner Eltern.

»Na, Champ? Wie ist es gelaufen?«

Ich konnte ihm keine Antwort geben.

»Oh je, so schlimm?«

Ich nickte und er nahm mich in den Arm.

»Dann sollte es wohl nicht sein. Was willst du jetzt tun?«

»Am liebsten würde ich mich besaufen, um alles zu vergessen.«

»Damit würde ich noch warten, Champ.«

Ich nickte. »Sicher. Ich brauch auch nur jemanden, der mich davon abhält.«

Ich lächelte gequält und Tommy legte mir einfach nur seinen Arm um die Schultern.

»Dafür bin ich da.«

»Und ich auch!«, rief Brady und klopfte mir auf den Schenkel.

Langsam legte sich der Sturm in mir und das Verlangen nach Alkohol ließ nach.

»Wie geht es nun weiter?«, fragte ich nach einer Zeit des Schweigens.

»Die Ostküste wartet auf uns, Max. Die Promotour geht in zwei Wochen los. Zwölf Städte in drei Wochen. Kriegst du das hin?«

Ich nickte. Ja, das würde ich definitiv hinkriegen. Ich wollte das alles nutzen, um Abstand zu gewinnen. Und mit den Jungs unterwegs zu sein war die beste Ablenkung, die ich kriegen konnte.

»Klar, das schaff ich. Ihr müsst nur ein wenig auf mich aufpassen, okay?«

»Natürlich, das machen wir!«

Ich ging schlafen und schon zwei Tage später war ich wieder in Los Angeles.

Alle waren froh, mich gesund und munter wiederzusehen. Ich entschuldigte mich bei allen und bei Derek bedankte ich mich für den Kinnhaken, den er mir verpasst hatte.

»Jederzeit wieder«, grinste er und ich musste lachen.

»Heißt das, unsere Party Nächte sind nun vorbei?«, wollte Mitch wissen.

»Nein, Mitch«, lachte ich, »aber haltet mich von Tabletten und Drogen fern, okay?«

Meine Gefühle für Cat hatten mich in ein tiefes Loch gerissen, aber ich wusste, ich konnte jetzt damit umgehen, und dass der Schmerz stetig nachlassen würde, bis er irgendwann ganz verschwand. Ich freute mich auf die Tour. Ein paar Auftritte in kleineren Lokalitäten, Pressetermine, Fernsehinterviews. Alles lief gut. Ich konnte sogar ohne Probleme darüber reden, dass ich in der Klinik war. Es tat immer noch weh, aber ich schämte mich nicht mehr dafür.

Die Jungs unterstützten mich, wo sie nur konnten. Sie hatten auch Verständnis, dass ich noch nicht feiern wollte, und ich war ihnen nicht böse, als sie alleine loszogen. Brady hatte mich würdig vertreten, wie Tommy mich wissen ließ, und das eine oder andere Pressefoto brachte mich zum Schmunzeln. Brady war voll und ganz in seiner Arbeit aufgegangen, um es mal so bescheiden auszudrücken.

Oft saß ich in meiner Suite und arbeitete an neuen Texten. Ich versuchte zu vergessen, doch Cat ließ mich einfach nicht los. Ich weiß nicht, was es war, aber ich konnte mich nicht damit abfinden, die einzige Frau aufzugeben, die ich jemals geliebt hatte. Zu wissen, sie könnte irgendwann mit jemand anderem zusammen sein, machte mich fast wahnsinnig.

Und so arbeiteten wir die Tour ab. Unsere letzte Station war Tampa, Florida. Dort wollten wir Abends zum ersten Mal unser neues Album komplett präsentieren. Wir reisten schon zwei Tage vorher an und nutzten die freie Zeit, um uns etwas zu erholen. Tommy wollte nachkommen, denn er hatte noch was zu erledigen.

Ich unterhielt mich lange mit Brady und er bescheinigte mir, wieviel Spaß ihm die ganze Sache machte.

»Ich hoffe wenigstens, du achtest auf Safer Sex!«, ermahnte ich ihn.

»Ist der Papst katholisch?«, antwortete er und ich lachte und war beruhigt.

»Wie sieht das Programm morgen aus?«, wollte er von mir wissen und auch Mitch und Derek beäugten mich diesbezüglich. Ich überlegte kurz.

»Es ist unser letzter Auftritt. Lassen wir es krachen!«

»Das ist mein Mann!«, lachte Derek und klatschte ab.

Die Vorfreude war groß und ich ging früh zu Bett, denn ich wollte den morgigen Tag genießen.

Als wir am nächsten Abend die Halle betraten, war ich leicht nervös. Die Jungs waren gut drauf, die Halle voll und die Stimmung super. Wir klatschten ab und stürmten die Bühne und die Herzen unserer Fans. Die neuen Songs kamen richtig gut an, und so langsam legte sich meine Nervosität. Die zwei Stunden rasten förmlich vorbei, und sie wollten uns ohne Zugabe nicht weglassen. Wir spielten die erste und gleich die zweite hinterher, aber der Applaus wollte nicht abschwellen.

Ich sah zu Tommy und den Jungs, die alle ein breites Grinsen im Gesicht hatten und schnappte mir das Mikro.

Dann griff ich mir eine Akustikgitarre und Tommy sah mich fragend an. Ich lächelte und setzte mich auf den Hocker, den ich mir von einem der Bühnenhelfer hatte bringen lassen.

Das Bühnenlicht ging aus bis auf einen einzigen Spot, der sich nur auf mich richtete, und es wurde ganz still im Saal. Ich blickte mich um und atmete tief ein.

»Hey, Leute, ich hoffe, der Abend hat euch genau so gefallen wie mir!«, sprach ich ins Mikro und frenetischer Jubel brach aus. Ich wartete, bis sich alle wieder beruhigt hatten.

»Kommen wir nun zu unserem letzten Song des Abends. Dazu muss ich vorher allerdings noch etwas sagen.« Ich räusperte mich und trank einen Schluck Wasser. »Der Song ist so neu, dass selbst meine Jungs ihn noch nicht kennen.«

Ich sah zu ihnen hinüber und erkannte, wie sie mit den Schultern zuckten und sich fragend ansahen. Ich musste lächeln.

»Sicher kennt ihr das alle, dass man eine Zeit im Leben durchmacht in der man glaubt, tiefer kann man nicht mehr fallen. Man sitzt in einem dunklem Loch und man weiß ganz genau, es gibt nur eine Sache, die einen wieder da rauskriegt. Oder vielleicht sollte ich sagen, nur einen Menschen. Einen ganz besonderen Menschen.« Ich drehte mich kurz zu den Jungs um. »Meine Jungs hier, sie gehören mit Sicherheit auch dazu, ebenso wie mein Cousin Brady, der jetzt bestimmt schon hinter der Bühne flucht, weil er zur anschließenden Party möchte, während ich hier noch dumm rumquatsche.«

Ich konnte sehen, wie er am Bühneneingang eine Faust machte und winkte ihm lachend zu.

»Mein Assistent Andrew ... mein Gott, was würde ich nur ohne ihn machen! Und meine Eltern, die mir immer zur Seite standen.« Ich rieb mir die Schläfen und holte kurz Luft. »Sie alle haben mir beigestanden, als es ziemlich dunkel um mich wurde.«

Die Erinnerung daran ließ mich kurz zögern.

»Sie haben versucht, mir da herauszuhelfen, und dafür werde ich ihnen auf ewig dankbar sein. Es ist ihnen auch zu neunundneunzig Prozent gelungen, aber ein kleiner Schatten schwebt immer noch über mir. Es gibt da nämlich einen Menschen in meinem Leben. Einen Menschen, dem ich sehr wehgetan habe. Und das werde ich mir nie verzeihen können. Es geht um eine wunderbare Frau, die mir mehr bedeutet, als mein eigenes Leben. Für sie habe ich diesen Song geschrieben. Ihr werdet ihn nirgends auf einem Album finden, und auch nirgendwo kaufen können, denn er ist mir so wertvoll, dass kein Geld der Welt ihn bezahlen könnte. Darum schenke ich ihn jedem, der auch so einen Menschen kennt.«

Ich musste durchatmen.

»Ihr könnt ihn demnächst kostenlos auf allen bekannten Portalen herunterladen.«

Ein kurzer Beifall rauschte durch die Halle und ich fuhr fort.

»Die Frau, die ich meine, besitzt eine innere Stärke, die ich noch nie bei jemandem sonst erlebt habe. Ich weiß, wenn es einer schafft, diesen Schatten über mir verschwinden zu lassen, dann sie. Cat, dieses Lied ist für dich – Heal me – Heile mich!«

Ich spielte zaghaft die ersten Noten und fing an zu singen. Die Worte waren mir so wichtig und ich wollte mit meiner Stimme jedem einzelnen von ihnen Nachdruck verleihen. Noch nie zuvor hatte ich mich so emotional in einen Song vergraben und ich musste mich beherrschen, dass mir vor Trauer und den Gefühlen, die mich überwältigten, nicht die Stimme wegbrach.

Als ich fertig war, war es ganz still im Saal. Und dann brach ein Applaus los, wie ich ihn noch nie erlebt hatte. Tommy kam zu mir und Brady stürmte die Bühne, um mich zu umarmen.

»Man, Max, das war ja was!«, sagte er und bei Tommy konnte ich erkennen, dass er eine Träne im Augenwinkel hatte, die er zu verstecken versuchte. Er schnappte sich das Mikro.

»Max Hayes, Leute!«, schrie er hinein und wieder gab es einen riesigen Applaus.

Ich nahm ihm das Mikro wieder ab. »Eins muss ich zum Schluss noch loswerden.« Ich beruhigte sie wieder, denn ich wollte, dass das gehört wurde. Ich dachte noch einmal intensiv darüber nach, ob ich wirklich dazu bereit war, laut auszusprechen, was ich vorhatte zu sagen, und nach einem kurzen Kampf mit mir war ich es. »Hier sind noch ein paar Worte, die mir sehr viel bedeuten, und nie waren sie so wahr wie heute: *In einer Zeit, in der meine Seele gefangen war von Dämonen und mein Herz in der Dunkelheit den Weg verlor, warst du das Licht, das mich führte. Du bist der Stern, der mich leitet, der meine Schwärze erhellt, du bist mein Universum des Lichts! Ich denke an dich – Midnight!* Gute Nacht, Leute, und bis zum nächsten Mal!« Unter tosendem Applaus verließen wir die Bühne.

Mitch fiel mir um den Hals und knutschte mich ab. »Man, Max, wie cool war das denn?«, lachte er und sah mich überrascht an.

»Seit wann hast du Geheimnisse vor mir?«, fragte Tommy lächelnd und drückte mich ebenfalls. »Das war großartig, Max!«

»Danke, Tommy!« Ich schnappte mir zuerst mal ein Handtuch und wischte mir durch den Nacken, denn ich hatte vor Nervosität so geschwitzt, dass mir das Wasser den Rücken hinunter lief. »Und nun?«, fragte ich in die Runde. »War 'ne tolle Tour, oder? Wir sollten feiern heute Abend, ich denke, das haben wir uns verdient!«

»Ja, das sollten wir!«, schrien alle und Andrew verdrehte die Augen. Das hieß wieder Arbeit für ihn und sofort machte er sich auf den Weg, alles vorzubereiten. Er war einfach unbezahlbar.

Wir gingen in unsere Garderoben und man hörte den lärmenden Jubel, den jeder von sich gab, über alle Flure. Es war schon kurz nach Mitternacht, als wir im Club ankamen und ich freute mich auf meinen ersten gemeinsamen Abend mit den Jungs seit der Klinik. In dem Moment, als wir eintraten, verzog ich das Gesicht und Tommy bemerkte es.

»Ist was, Max?«

»Nein, Tommy«, lachte ich, »aber ein Techno Club? Ist das euer Ernst?«

»Hmh, ich glaube, Andrew hatte wohl noch ein Hühnchen mit uns zu rupfen«, schmunzelte er und ich wusste, auch er und die anderen würden sich hier nicht besonders wohlfühlen. Es war einfach nicht unsere Musik.

Hank schleuste uns gleich in den VIP Bereich durch.

Wir bestellten Bier und die Jungs verzichteten mir zuliebe an diesem Abend auf alle harten Getränke. Dennoch wurde es lustig. Wir diskutierten über die Show, die Tour und wie es weitergehen sollte. Außerdem waren wir uns durch die Bank einig, dass wir jetzt viel lieber im Early Birds gewesen wären.

Ich schmachtete in Erinnerungen. »Ich könnte es kaufen«, dachte ich und war mir nicht bewusst, dass ich es laut ausgesprochen hatte.

»Was kaufst du?«, fragte Derek und ich wusste zuerst gar nicht, was er meinte.

»Hab ich das laut gesagt?«

Brady grinste. »Ja, hast du, du Psycho.«

Ich sah ihn an und ja, da war ich mir sicher. »Ich kaufe das Early Birds, was haltet ihr davon?«

»Ehrlich?«, strahlten Mitch und Tommy.

»Ja, warum denn nicht? Mir geht L.A. schon lange auf den Zeiger. Ich brauch einfach mal was Neues. Warum nicht in Florida eine Zweigstelle eröffnen? Wir könnten uns ein Studio einrichten und einen Teil der Zeit dort verbringen. Brady lebt eh schon dort. Und ihr habt euch dort doch genauso wohlgefühlt wie ich, oder sehe ich das falsch?«

Die Jungs nickten und waren plötzlich Feuer und Flamme.

»Ja, wir sollten das wirklich tun«, pflichtete Derek mir bei. »Ich fand es total geil da unten. Ist mal was anderes, als täglich den Dreck der Großstadt einzuatmen.« Er klatschte mit mir ab.

»Was ist mit euch, Jungs?«

Tommy und Mitch sahen einander an und dann wieder zu mir.

»Das ist die beste Idee, die du jemals hattest, Hayes!«, lachte Tommy und zwinkerte Brady zu.

»Dann ist es beschlossen. Wir ziehen um, wenigstens Teilzeit. Ich liebe euch, Jungs!«

»Kriegen wir Freibier?«, lachte Derek.

»Bis ans Lebensende, Süßer!«, lachte ich und warf ihm eine Kusshand zu.

»Igitt!«, maulte er. »Ist ja widerlich!«

Da hatte ich was losgetreten. Sie waren wirklich mit Begeisterung dabei und jeder plante schon sein Haus, wie das Studio aussehen sollte, was wir im Early Birds lassen und was ändern würden.

Ich dachte an Cat und wie wichtig ihr der Club war. Dass sie ihn einfach so verkauft hatte, wollte mir auch heute nicht in den Kopf.

Ich war noch ganz in Gedanken bei ihr, als ich sah, wie Hank aufsprang und sich mit ein paar Jungs von der Sicherheit aufstellte.

»Oh nein!«, raunte ich und Tommy sah mich fragend an.

»Was ist los, Champ?«

»Ich glaube, das gibt Ärger. Das ist Kyle!«

Die Jungs sahen, dass ein paar Typen an die Absperrung getreten waren.

»Der Kyle? Dem du die Fresse poliert hattest?«

»Yep. Heute mit Verstärkung. Und wie es aussieht hat er wieder ein neues Opfer an seiner Seite.« Ich sprach damit das junge, viel zu junge, Ding an, das er mitgeschleppt hatte und das bewundernd in unsere Lounge blickte.

Tommy sprang auf.

»Lass es Tommy, die sind es nicht wert. Hank hat das im Griff.«

»Sieh mal an, wen wir da haben?«, schrie Kyle plötzlich zu uns herüber. »Max Hayes und seine Losertruppe.«

»Verpiss dich, Kyle!«, schrie ich zurück und Tommy trat näher an die Absperrung.

»Warum? Schickst du mir sonst deine Schläger auf den Hals?«

Ich grinste. »Ich glaube, das habe ich schon mal ganz gut alleine hingekriegt.«

»Als du die kleine Schlampe damals so tapfer verteidigt hattest? Ich erinnere mich, dass dein Angriff von hinten kam. Nochmal gelingt dir das nicht, Arschloch!«

»Tommy, komm zurück, was machst du denn da?« Ich sah wie er über die Absperrung kletterte, und mir war nicht wohl dabei. Auch Derek, Mitch und Brady gingen nach vorne und mir blieb nichts anderes übrig als mitzugehen, um sie von irgendwelchen Dummheiten abzuhalten. Kyle hatte noch drei weitere Typen im Schlepptau und ich wollte nicht, dass einer meiner Jungs zu Schaden kam.

»Kyle, was soll das? Verschwinde von hier, lass uns in Ruhe und alles ist gut.«

Ich sah, wie sein Gesicht rot anlief und fühlte, dass er darauf nicht eingehen würde.

Tommy stellte sich neben ihn und Kyles Begleiter beobachteten ihn argwöhnisch. Er sah zuerst Kyle an, dann seine Begleiterin. Tommy zeigte sein allerschönstes Lächeln und sie lächelte zurück.

»Moment mal, Max!«, sagte er. »Ist das der arme Kerl, dem du die Zähne eingeschlagen hattest?«, fragte er, ohne seinen Blick von Kyles Freundin abzuwenden.

Ich seufzte. »Genau, Tommy, das ist er.«

Mein Gott, was tat er da bloß?

Er reichte Kyle die Hand. »Hallo Kyle, ich bin Tommy. Tommy Jackson.«

»Ich weiß, wer du bist. Und?«

»Ist diese sexy Frau deine Freundin?« Tommy lächelte immer noch und das Mädchen wurde ganz rot im Gesicht.

»Ja, geht's dich was an?«

Ich sah, dass Kyle überlegte, was das wohl alles sollte, und bevor ich mich versah, schnappte sich Tommy das Mädchen, küsste sie heiß und innig vor der versammelten Mannschaft, und sie ließ es genussvoll geschehen.

»Oh Scheiße!«, fluchte ich.

Tommy ließ das Mädchen los, das ganz verklärt zu ihm aufblickte, und er grinste Kyle an, der ihn fassungslos anstarrte.

»Jetzt hast du Grund, Stress zu machen, Prettyboy!«

Kyle ging sofort auf Tommy los. Es dauerte keine Sekunde und meine Jungs waren über die Absperrung gesprungen. Der arme Kerl, der Derek in die Faust lief, tat mir richtig leid. Er ging sofort zu Boden.

Da waren es noch drei.

«Hank, verdammt nochmal, tu etwas!«, rief ich meinem Sicherheitschef zu, aber der grinste nur.

»Lass die Jungs sich zuerst mal austoben, Max. Ich greif schon ein, wenn es haarig wird.«

Ich stand nur kopfschüttelnd da und beobachtete die Szene, bevor ich auch nach vorne ging.

»Hey, Arschloch!«, rief ich Kyle zu, der gerade zum Schlag gegen Tommy ausholen wollte und mitten in der Bewegung stoppte. Er drehte sich zu mir um und grinste eine Mischung aus Wut und Hass. Sein Gesicht war rot angelaufen.

»Wenn du mir was sagen willst, dann ist das jetzt deine letzte Gelegenheit!«, provozierte ich ihn und es wirkte. Er rannte kopflos auf mich zu und mit einem Schlag hatte ich ihn am Boden. Ich setzte nach und brach ihm die Nase – schon wieder.

»Du hast zum letzten Mal meine Freundin als Schlampe bezeichnet, ist das klar!«

Kyle nickte und hielt abwehrend seine Hände vor sein Gesicht. Ich sah zu seinen Freunden, die mittlerweile alle mit mehr oder weniger schmerzverzerrtem Gesicht am Boden lagen. Sie hatten sich für heute Abend eindeutig die Falschen ausgesucht, um Ärger zu machen. Hank musste noch nicht mal eingreifen und lachte sich einen Ast. Meine Bodyguards zogen einen nach dem anderen hoch und hatten sie fest im Griff.

»Geh nach Hause, Kyle. Du und dein jämmerlicher Verein hier. Und leg dich nie wieder mit mir an, hast du verstanden?«

Er nickte stumm.

»Wie siehst du überhaupt aus?«, lachte ich ihn aus und zeigte auf sein blutverschmiertes Designerhemd.

»Kommt Leute, feiern wir weiter«, forderte ich meine Jungs auf und wir gingen wieder hinter die Absperrung.

Tommy lächelte Kyles Begleitung an.

»Mylady? Darf ich bitten?« Er bot ihr seine Hand an und sie ergriff sie. Dann brachte er sie in die Lounge und Kyle dampfte wutentbrannt ab.

Derek und Brady lachten und konnten fast nicht mehr aufhören.

»Man, das hat richtig gut getan«, jubelte Derek und schüttelte seine Hand aus.

Tommy setzte sich neben mich und grinste.

»Du bist so ein Arsch, Tommy«, lachte ich.

»Was denn? Sag nicht, es hätte dir keinen Spaß gemacht. Außerdem musste ich Mylady hier vor Schaden bewahren!« Er nahm ihre Hand und küsste sie.

Ich konnte nur mit dem Kopf schütteln. Ich rutschte an Tommy heran und flüsterte ihm ins Ohr. »Was tust du denn da? Die Kleine ist viel zu jung für dich!«

Tommy verzog die Mundwinkel. »Ich hatte auch nicht vor, irgendwas mit ihr anzufangen. Aber ich konnte sie doch nicht bei dem Idioten lassen. Und so hat sie am Montag etwas, das sie ihren Freundinnen erzählen kann. Sie wird der Star ihrer Clique werden.« Er grinste mich an und ich war beruhigt.

»Wusste gar nicht, dass du so gönnerhaft sein kannst, Tommy.« Er zuckte mit den Schultern. »Florida ist eindeutig zu klein. Hier läuft man den Idioten öfter über den Weg, als mir lieb ist!«, fügte ich hinzu und nahm mir vor, heute nicht mehr an Kyle zu denken.

»Granatenalarm!«, schrie mir Brady plötzlich von der anderen Seite ins Ohr und ich zuckte zusammen.

»Hast du sie noch alle?«

»Wow, Max, sieh dir die an! Die oder keine heute Nacht!«, lächelte er und ich versuchte auszumachen, wen er da ins Visier genommen hatte.

Eine junge Frau mit langen schwarzen Haaren und blutroten Strähnen trat zu Hank. Ihr rechter Arm war komplett tätowiert, und in ihrer Nase blinkte ein kleines Piercing.

Ein Lächeln zog sich mir von einem Ohr zum anderen und ich tippte Tommy an. Mit meinem Kinn zeigte ich ihm die Richtung, und Tommys Gesicht hellte sich auf. Ich legte einen Finger auf meine Lippen und schielte zu Brady. Tommy sah zu ihm rüber und erkannte, wie diesem schon fast der Speichel aus dem Mund lief.

»Das wird jetzt lustig«, flüsterte Tommy mir zu. »Lass ihn mal machen.«

Brady wippte nervös mit dem Fuß. Ja, sein Schwanz hatte eindeutig die Kontrolle übernommen.

»Lass sie durch, Hank«, schrie er ihm zu und wartete erst gar nicht unser Okay ab.

Tommy kicherte. Hank ließ sie rein und Brady sprang auf.

»Nur ruhig, Brauner«, rief ich ihm zu, aber er registrierte es gar nicht.

Sie kam auf uns zu und lächelte. »Hi, Tommy, hi Jungs«, begrüßte sie uns.

Tommy sprang sofort auf und drückte sie fest an sich. Irgendetwas schien er ihr ins Ohr zu flüstern, und sie nickte lächelnd.

Dann kam sie zu mir und auch ich umarmte sie fest.

»Hi, Claire, tut gut, dich zu sehen!«

Brady sah uns überrascht an.

»Wie geht's dir, Max? Hab lange nichts mehr von dir gehört?« Sie lächelte zauberhaft und im Augenwinkel sah ich, wie Brady immer nervöser wurde.

»Gut, und dir? Hab gehört, dein Tattoo Laden läuft so gut, dass du einen zweiten eröffnen willst.«

»Ja, stimmt. Ich bin mir nur noch nicht sicher, wo. New York ist schon 'ne Stadt für sich und ich müsste ja 'ne Zeit lang von dort weg. Das würde mir schwerfallen.«

»Ja, das kann ich verstehen. Komm setz dich. Es ist schön, dass du hier bist. Warst du etwa bei unserem Konzert?«

Sie setzte sich zwischen Tommy und mich.

»Ja, war 'ne tolle Show. In New York konnte ich nicht, aber wenigstens einmal wollte ich das neue Album live hören.«

Brady räusperte sich neben mir.

»Oh, Claire, darf ich vorstellen, mein Cousin Brady. Ihr kennt euch noch nicht. Brady, das ist Claire.«

Er lächelte, bekam aber kein Wort heraus. Stattdessen winkte er ihr nur zu.

»Der ist ja süß«, zwitscherte sie, als wäre Brady ein kleiner Welpe. »Hi, Brady!«

»H-Hi!«, stammelte er und es war mir ein Rätsel, wie er das bei einem Wort mit zwei Buchstaben hinbekam. Tommy nebenan hielt sich die Hand vor den Mund vor Lachen.

Claire redete weiter mit ihm. »Was machst du so spät noch hier bei diesen harten Jungs? Müsstest du nicht schon längst im Bett sein?«

Der Gesichtsausdruck von Brady in diesem Moment war unbezahlbar. Die Jungs konnten nicht mehr an sich halten und prusteten los.

»Arschlöcher«, zischte er neben mir und setzte sich beleidigt und mit purpurrotem Gesicht wieder hin.

Claire lachte mit. »Tut mir leid, Brady«, sagte sie und stand auf, ebenso wie Tommy. »Das war nur ein Scherz.«

»Brady, darf ich dir meine Schwester vorstellen? Claire Jackson.« Tommy lachte über das ganze Gesicht, während Brady ungläubig von einem zum anderen blickte. »Und eins sage ich dir, wenn du deine Krakenfinger nicht bei dir lässt, dann lernst du mich kennen, klar so weit?«

Claire reichte ihm die Hand. »Lass dich von meinem großen Bruder nicht einschüchtern. Darf ich dich auf 'nen Drink einladen? Als Entschuldigung?« Sie sah ihn so liebevoll an, dass Brady sich zu beruhigen schien. Er blickte fragend zu Tommy und der nickte.

»Sehr gerne, Claire. Hi nochmal, ich bin Brady.«

Ich sah Tommy an.

»Hat er sich gerade bei dir deine Erlaubnis geholt?«

»Sieht so aus«, flüsterte er zurück.

»Komm, erzähl mir was über dich«, forderte sie Brady auf und zog ihn mit an die kleine Bar. Ich hatte ihn noch nie so glücklich gesehen, wie in diesem Moment.

»Du lässt das zu?«, fragte ich meinen Kumpel.

»Sie ist alt genug, Max. Aber wenn er ihr weh tun sollte, bringe ich ihn um!« Er leerte sein Bier in einem Zug, ohne die beiden aus den Augen zu lassen und ich lachte in mich hinein. Auch ich beobachtete sie hin und wieder und ich war mir zumindest in einer Sache sicher: Brady hatte es erwischt!

Einen Tag später flogen wir wieder zurück nach Los Angeles. Die Stadt der Engel war mir inzwischen irgendwie fremd geworden. Ich sehnte mich nach der Zeit in Florida. Alles lief gut, und Tommy meinte, ich wäre fast wieder der Alte.

Ich trieb den Gedanken, ein zweites Studio zu eröffnen, weiter voran. Dazu stellte ich einen zusätzlichen Assistenten ein, wofür mir Andrew auf ewig dankbar war. Mit zwei Studios und dem Pendeln wurde es einfach zu viel für ihn. Sie ergänzten sich gut, und Andrew war mit William äußert zufrieden.

Die Wochen zogen ins Land und es tat gut, einfach mit den Jungs unserer Arbeit nachzugehen. Es war schon fast Mai, und Andrew plante bereits die große Europa Tour für das darauffolgende Jahr. An einem Donnerstag trafen wir uns alle im Studio und mir brannte einiges auf den Lippen. Nach und nach trudelten alle ein, und ich konnte es kaum noch erwarten, ihnen allen die Neuigkeiten zu erzählen.

»Was gibt's, Max? Wegen was wolltest du mit uns reden?« Mitch zögerte nicht lange.

»Setzt euch.« Ich wartete, bis sie alle Platz genommen hatten.

»Mach's nicht so spannend, Max«, lachte Tommy und ich grinste ihn zynisch an.

»Okay, Jungs, Folgendes. Wir arbeiten ab Samstag an neuen Songs.«

»Ja, wissen wir. Und?«

Ich blickte aufgeregt in ihre Gesichter.

»Ja, schon. Aber in unserem neuen Studio! Packt euren Krempel zusammen, wir fliegen nach FLORIDA!«

»Du hast das schon alles gemanagt?«, fragte Derek ungläubig und ich nickte strahlend. »Verdammt, Max, wie geil ist das denn?« Es hielt niemanden mehr auf dem Sitz.

»Wo? Wie?«, fragte Tommy.

»Ganz in der Nähe von Bradys Blockhaus. Wir könnten vorerst dort wohnen, dein Einverständnis vorausgesetzt, Brady.«

»Aber klar doch«, lachte er. »Nichts lieber als das!«

»Man, damit hätte ich jetzt nicht gerechnet«, sagte Mitch und klopfte sich freudig auf die Schenkel.

»Und noch etwas muss ich euch leider sagen.« Ich senkte den Blick und legte ein trauriges Gesicht auf.

»Max, was ist? Alles klar bei dir?«, fragte Tommy besorgt.

»Ich weiß gar nicht, wie euch das beibringen soll.«

»Max?«

Ich blickte einen nach dem anderen an.

»Ich hab 'ne ganz schlechte Nachricht für euch. Ich hab das Early Birds gekauft!«

Ein paar Sekunden herrschte Totenstille, dann brachen alle in einen frenetischen Jubel aus.

»Das ist nicht dein Ernst, Max?«, fragte Mitch begeistert.

»Doch, ist es!«, schrie ich und wir fielen einander um den Hals.

»Das wird mein Untergang«, murrte Tommy sarkastisch und ich drückte ihm einen fetten Kuss auf die Wange.

Als sich alle wieder beruhigt hatten, legte ich nach. »Okay, Jungs. Alles easy! Ich hab noch 'ne Kleinigkeit zu verkünden. Ich habe hier jemandem so viel zu verdanken. Wenn er nicht gewesen wäre, dann wäre die Band jetzt wohl Geschichte.«

Sie alle blickten zu Brady, denn sie wussten genau, dass ich ihn damit meinte.

»Brady, ich hab ein kleines Geschenk für dich. Es ist nichts Materielles, aber ich dachte, ich könnte dir damit vielleicht eine Freude machen.« Brady sah mich mit großen Augen an. »Direkt neben unserem Studio wird ein Laden eröffnet. Ein Fan Shop für uns, wo es alles zu kaufen gibt, was mit uns zu tun hat, ihr wisst schon, Shirts, CD's, Videos, alles eben. Und ich dachte, es wäre doch cool, wenn wir das Ganze mit einem Tattoo Shop kombinieren würden. Ich hab mit Claire geredet, sie würde das gerne übernehmen.«

Bradys Augen fingen an zu leuchten und Tommy ließ den Kopf hängen.

»Dann brauchst du nicht mehr zwischen New York und hier zu pendeln«, zwinkerte ich ihm zu.

Brady und Claire verstanden sich wirklich gut. Sie waren beste Freunde geworden und Claire scheute sich bisher nur vor einer Beziehung mit ihm, weil die Entfernung einfach zu groß war und sie nicht glaubte, dass es auf Dauer gutgehen würde. Aber als ich ihr das Angebot gemacht hatte, war sie Feuer und Flamme und hatte gleich zugesagt.

»Warum tust du mir das an, Max?«, stöhnte Tommy.

»Ach komm schon, Tommy, du hättest es schlechter treffen können. Freunde dich mit dem Gedanken an, dass Brady bald ganz zu deiner Familie gehört!« Ich konnte mir ein Lachen nicht verkneifen.

»Ja, hast ja recht«, seufzte Tommy und nahm Brady in den Schwitzkasten. »Eins sag ich dir, Brady, wenn ich dich oder sie auch nur einmal durch die Wände eures Zimmers stöhnen höre, bringe ich dich um!« Wir schüttelten uns vor Lachen bei der Vorstellung.

»Nimm's nicht so schwer, Schwager«, zog Brady ihn auf und boxte ihn auf den Arm.

»Schwager! Wie sich das anhört!«

»Keine Angst, so weit sind wir noch nicht, Tommy«, beruhigte ihn Brady und klopfte ihm auf die Schultern. Brady drückte mich. »Danke, Max, das bedeutet mir wirklich viel.«

»Keine Ursache. Und Brady?«

»Hmh?«

»Ich liebe dich, Cousin. Du hast mir mein Leben zurückgegeben. Ich bin froh, dass du bei uns bist.« Er nickte und mehr brauchte er auch nicht zu sagen.

Schon einen Tag später waren wir alle in Florida. Es tat gut, wieder hier zu sein, und die Jungs erschienen auch alle glücklich. Das neue Studio kam richtig gut an und ließ keine Wünsche offen. Wir waren ganz versessen darauf, loszulegen. Aber das Schönste von allem war, wieder in Bradys Haus zu gastieren.

Die Jungs und ich bezogen unsere Zimmer. Brady hingegen war in seinem anderen Haus – ich konnte mir denken warum. Claire sollte in zwei Tagen anreisen, und er würde sie mit Sicherheit bitten, bei ihm zu wohnen. Ich freute mich für ihn. Und auch für Claire.

Einzig meine Erinnerungen an Cat machten mir zu schaffen. Es tat immer noch weh, obwohl es jetzt schon fast ein dreiviertel Jahr her war. Sowohl Weihnachten, Silvester als auch Ostern – alle Feiertage sind ins Land gegangen, ohne auch nur ein Wort von Cat zu hören. Und jeder einzelne Tag schmerzte in mir wie die Hölle. Ich vermisste sie! Tag für Tag musste ich daran denken, was wohl hätte aus uns werden können, wenn ich nicht so ein Idiot gewesen wäre. Mir fehlte ihre Wärme, ihr Lachen und ihre Nähe. Immer wieder fragte ich mich, was sie jetzt wohl machte, wo sie lebte und wie es ihr ging. Mehrfach hatte ich bei Hank nachgefragt, aber er konnte mir nicht weiterhelfen. An manchen Tagen kam es mir sogar so vor, als wollte er das auch gar nicht. Wollte er mich schützen? Hatte er Angst vor weiteren Dramen? Ich wusste es nicht.

Alles, was ich wusste, war, ich konnte sie einfach nicht vergessen. Wollte sie nicht vergessen. Aber das Leben ging weiter. Es musste weitergehen ...

»Sex on Fire«

Kings of Leon

7. Kapitel Cat

Wieso war mein Leben eigentlich ein einziger großer Haufen Scheiße? Diese Frage stellte ich mir fast jeden Tag und trotz aller Hoffnung, dass es vielleicht einmal besser werden würde, schien es sich stetig zu verschlimmern. Eigentlich kam ich gut damit klar, denn irgendwann hatte ich mich damit abgefunden, dass ich es eh nicht ändern könnte, und dann? Dann tauchte dieser verdammte Mistkerl in meinem Leben auf und machte alles nur noch schlimmer. Max Hayes!

Ich hatte wirklich geglaubt, er könnte es sein. Und dann zog er so einen Mist ab! Der Arsch hatte mir mein Herz gebrochen und wusste es noch nicht einmal.

Ich war einigermaßen glücklich in Florida, ich konnte mich dort verwirklichen, doch Max hatte mir das alles genommen. Als er im Early Birds auftauchte, da war er für mich immer noch ein alter Schulfreund. Und dann kam dieser Tanz.

Die Gefühle, die er damit in mir weckte, konnte ich im ersten Moment nicht begreifen. Und dann ging alles so schnell. Kyle, Gangster, Montana, wieder Florida und dann North Carolina. Ich fühlte mich rastlos – und einsam!

Mein Gott, wie hätte ich ahnen können, dass er hier auftaucht? Als Max im Haus seiner Eltern so hilflos dalag, wollte ich nur noch weinen. Ich hasste ihn für das, was er getan hatte, aber ihn so zu sehen?

Und dann Tommy – fuck! Was hatte ich da nur angerichtet? Ich redete mir ein, dass ich verletzt war an diesem Tag und einsam, und das stimmte auch, aber das war nicht der Grund, warum ich mit ihm schlief. Ich wollte ihn. Ich wollte ihn seit dem Abend im Early Birds. Und Max war Geschichte, also was soll's? Ich wollte mich endlich wieder als Frau fühlen, und verdammt noch mal, Tommy hatte mich einiges fühlen lassen. Ich wurde immer noch ganz kirre, wenn ich daran dachte. Tommy war nicht der Typ, der sich gefühlsmäßig binden würde, also brauchte ich auch vor weiteren Dramen keine Angst zu haben. Es war heiß, es war sexy, und ich hatte es genossen!

Den Schmerz betäubt!

Dass mich Max, der jeden Abend eine andere flachlegte, deswegen als Schlampe betitelt hatte, tat weh, aber es war mir mittlerweile egal. Sollte er doch denken, was er wollte. Ich war ihm keine Rechenschaft schuldig. Seine Entschuldigung konnte er sich sparen. Und sein *Ich liebe dich* auch.

Ich war wütend auf ihn. Wütend, weil er so verdammt lieb sein konnte. Als er in Montana morgens zu mir ins Bett gekrochen kam, um mich zu wärmen, mein Gott, wie gerne hätte ich da mehr gehabt.

Seinen nackten Oberkörper zu fühlen, ihn so nahe zu wissen. Es hätte nicht viel gefehlt an diesem Morgen.

Und dann kam die Nacht in L.A. Als ich das Foto sah, wurde mir ganz schlecht. Nein, in diese Schlange wollte ich mich nicht einreihen.

Nun waren schon Monate vergangen und ich konnte immer noch nicht aufhören, an ihn zu denken. Diese ständige Fragerei, ob es hätte mehr werden können. Ob ich überreagiert hatte. Ob er vielleicht doch der Richtige wäre.

Ich wollte mir diese Fragen nicht stellen, aber der Mistkerl hatte es geschafft, mein Herz festzuhalten und es mit sich zu nehmen. Ich wollte es wiederhaben, verdammt!

Und jetzt? Jetzt saß ich hier und kämpfte damit, mir ihre Live-DVD von ihrem letzten Konzert anzusehen. Wie bescheuert konnte man sein, sich selbst so zu quälen? Ich riss die Verpackung auf, die mich einen Fingernagel und den letzten Nerv kostete. *Soll ich? Soll ich nicht?* Ich schmiss sie zuerst mal auf den Tisch.

Wein! Wein war immer eine gute Idee! Ich öffnete eine Flasche Merlot, die ich mir eigentlich für einen besonderen Anlass aufheben wollte, aber hey, das war es doch auch, oder? Ich goss mir ein Glas davon ein und ließ ihn atmen. Dann warf ich die DVD doch in den Player. Mir war nach guter Musik, auch wenn es mir wehtun würde, die Band zu sehen – Es würde mir wehtun, Max zu sehen!

Ich kuschelte mich in eine Decke, legte die Beine hoch und drückte Play auf der Fernbedienung. Kaum war die Band auf der Bühne, war auch schon mein erstes Glas leer. Himmel, wieso war ich so nervös? Keiner wusste, dass ich hier lag und mir das Konzert anschaute. Glas auffüllen – weiter! Oh Gott, Max! Er sah so verdammt gut aus. Zwei Stunden schmachten, weinen, wütend sein. Die Zugabe. Endlich! Gleich hatte ich es geschafft und ich lebte noch.

Was machte Max denn da? Ich konnte sehen, wie die Jungs mit den Schultern zuckten. Sie schienen auch nicht zu wissen, was da vor sich ging.

Heilige Scheiße! Das hatte er jetzt nicht wirklich gesagt, oder? Zurückspielen, nochmal hören! Er hatte den Song mir gewidmet? Ich stellte noch lauter, als es eh schon war und hörte fasziniert dem Lied zu. Max, verdammt! Meine Augen füllten sich mit Tränen, denn was er da von sich gab war das Schönste, was ich je gehört hatte. Ich mochte den Song, nein, ich liebte ihn, ich liebte Max. *Was kommt denn jetzt noch?*

»In einer Zeit, in der meine Seele gefangen war von Dämonen und mein Herz in der Dunkelheit den Weg verlor, warst du das Licht, das mich führte. Du bist der Stern, der mich leitet, der meine Schwärze erhellt, du bist mein Universum des Lichts! Ich denke an dich – Midnight!«

Stopp! Das hatte ich mir jetzt eingebildet, oder? Max, wie kannst du ...? Midnight hatte mir das einst ...? Max war Midnight? Oh mein Gott!

Ich sprang auf und stieß dabei mein Glas um. Shit! Ich atmete schwer und dachte, jemand würde meine Kehle zudrücken, ganz langsam, genussvoll. Ein Hurricane verwüstete gerade meine Gedanken und ich glaubte, mir müsste das Herz stehenbleiben.

So viel Wein konnte ich heute nicht mehr trinken, um diese Erkenntnis zu verdauen. Ich wusste nur eins – ich musste ihn wiedersehen. Daniel und Elsa! Sie wüssten, wo ich ihn finde! Und dann klopfte es an der Tür ...

8. Kapitel Max

»Können wir?«, fragte ich in die Runde und alle grinsten wie ein Honigkuchenpferd. Es war Sonntag und wir hatten vor, heute ins Early Birds zu fahren, um uns den Schuppen anzusehen. Keine Frage, dass alle einverstanden waren. Seit fast drei Wochen warteten schon alle darauf.

»Es sieht irgendwie so ganz anders aus, als ich es in Erinnerung hatte«, sagte Mitch.

»Das liegt daran, dass es hell ist, kein Schwein hier ist und du noch nüchtern bist«, lachte ihn Derek aus.

»Macht Sinn!«, erwiderte Mitch nur knapp.

Ich schloss die Tür auf und wir traten ein. Ich sah mich um, nachdem ich das Licht angemacht hatte, und die Erinnerung traf mich, als ob mir jemand mit dem Hammer vor den Kopf geschlagen hätte. Alles war noch so, wie ich es zuletzt gesehen hatte. Der letzte Besitzer hatte zum Glück nichts verändert.

»Da wären wir wieder«, sagte ich und Tommy grinste.

»Fühlt sich gut an!«, antwortete er.

Die Regale waren verwaist, die Kühlungen ausgeschaltet, die Hähne dicht.

»Man, ich könnte jetzt einen Drink vertragen«, lachte Derek.

»Und ich erst!«, meinte Tommy.

»Wie wäre es dann *damit*, Jungs?«, hörte ich eine zarte Stimme am Eingangsbereich und mein Kopf schnellte herum in die Richtung, aus der ich sie vernahm. Ich hatte das Gefühl, ein Speer hätte sich durch meine Eingeweide gebohrt, denn diese Stimme war mir nur zu vertraut und sie bereitete mir eine Gänsehaut. Eine zierliche Gestalt stand im Eingang, die langsam näher kam.

»Cat?«, flüsterte ich mir selbst zu und mir wurde ganz flau im Magen.

»Seid ihr etwa hier, um meinen alten Spielplatz zu ruinieren?«, fragte sie und kam immer näher.

Das Lächeln in ihrem Gesicht – ich wollte einfach nur sterben in dem Wissen, dies wäre das Letzte, was ich vor meinem Tod sehen würde. Oh mein Gott! Die Jungs umarmten sie herzlich.

»Hey, Mitch! Derek! Wow, Brady ist auch hier!« Sie drückte Brady die Flasche Jacky in die Hand. »Hier, nimm mal. Kannst ja schon mal üben«, lachte sie und Brady sprang gleich über die Theke, um Gläser zu besorgen. »Tommy!«

»Hallo, Cat. Schön, dich zu sehen.« Sie umarmten sich lange und ich spürte die kleine Nadel, die darauf drängte mein Herz zu quälen, aber ich fasste mich.

»Hallo, Max, wie geht es dir?«

Sie kam zu mir und stellte sich so dicht vor mich, dass ich ihr Parfum riechen konnte und der Blick, den sie mir zuwarf, verpasste mir Puddingbeine.

»Cat, hallo, was machst du hier unten? In Florida, meine ich.«

»Soll ich wieder gehen?«, fragte sie und es ärgerte mich, denn ich hatte das Gefühl, sie wollte mich absichtlich falsch verstehen. Cool bleiben, Max!

»Was für 'ne Frage, Cat, natürlich nicht!«

Die Jungs gingen etwas auf Abstand und ich trat noch näher an sie heran.

»Würde es dir etwas ausmachen, wenn ich dich auch in den Arm nehme? Ich käme mir ansonsten ziemlich dumm vor«, flüsterte ich ihr zu und sie lächelte.

»Natürlich nicht, Max, komm her.«

Sie nahm mich in den Arm und ich drückte sie, so fest ich nur konnte.

»Das heißt nicht, dass ich dir verziehen habe, Arschloch, klar?«, flüsterte sie zurück und ich musste schmunzeln. Der Tonfall ihrer Stimme sagte nämlich etwas ganz anderes.

»Musst du auch nicht, Cat. Ich weiß, dass ich es verdient habe!«

Wir lösten uns voneinander und die Jungs hatten die Gläser gefüllt. Jeder nahm sich eins und wir prosteten einander zu.

»Auf Cat! Unsere Rettung an diesem späten und trockenen Sonntagnachmittag!«, lachte Derek und alle riefen: »Auf Cat!«

»Erzähl, wieso bist du hier?«, wollte Brady wissen.

»Ich habe gehört, ihr habt den Laden jetzt und ich konnte euch damit einfach nicht alleine lassen.« Sie schmunzelte und fuhr fort. »Das hier war mein Heiligtum, und bevor ihr es in die Hölle verfrachtet, habe ich mir gedacht, ich unterstütze euch, damit ihr überhaupt mal einen Anfang findet. Hier sind alle Unterlagen!« Sie reichte sie Mitch.

Natürlich waren alle begeistert deswegen und ich am meisten, denn das würde eventuell bedeuten, dass ich sie in nächster Zeit wohl noch öfter zu Gesicht bekäme. Meine Stimmung stieg von Null auf Hundert.

»Jungs, wir haben noch im Studio zu tun«, rief Tommy plötzlich. »Max kriegt das hier auch alleine hin, oder Max?« Er zwinkerte mir zu und ich blickte verschämt zu Boden.

»Klar, Tommy.«

»Cat, kannst du ihn zurückfahren? Wir haben nur einen Wagen hier«, fragte er noch und Cat nickte.

»Sicher. Haut schon ab!«

Tommy zog sie alle mit sich und nach wenigen Sekunden war ich mit Cat alleine. Nach einer Zeit des Schweigens traute ich mich endlich wieder, etwas zu sagen.

»Wo wohnst du denn jetzt, Cat?«

»Nirgendwo. Ich kam direkt vom Flughafen hierher. Als ich euch in Bradys Haus nicht angetroffen hatte, war dies mein zweiter Weg.«

Ich betrachtete sie lange. »Du siehst wunderschön aus, Cat!«

Die leichte Röte, die ihr ins Gesicht stieg, stand ihr mehr als gut.

»Danke, Max, du auch! Viel besser, als noch beim letzten Mal, als ich dich sah.«

Ich verschloss die Flasche Jacky wieder und stellte sie weg. Einer war genug, und ich fühlte Cats Blick im Rücken, als ich es tat.

»Cat, ich ...«

»Pssst, kein Wort, hörst du?«

»Was meinst du? Du hast eine richtige Entschuldigung verdient, denn so, wie ich mich dir gegenüber benommen hatte, da muss ich einfach ...«

»Max!«, wurde sie laut und ich brach mitten im Satz ab und sah sie fragend an. »Vergiss es einfach, Max. Alles ist gut. Wir haben beide Fehler gemacht.« Sie nahm meine Hand und ich streichelte die zarte Haut zwischen ihren zierlichen Fingern.

»Wirklich?«

»Wirklich!«

»Darf ich dich dann nach Hause zu einem … Wasser einladen?«

Sie schüttelte den Kopf und lachte. »Nein, Max.«

Das enttäuschte mich jetzt und mein Herz schlug aufgeregt schneller.

»Aber zu einem Bier würde ich nicht nein sagen.« Sie lachte mich an und ich strahlte über mein ganzes Gesicht.

»Was immer du willst, Cat!«

Ich zog sie an ihrer Hand hinter mir her. So schnell ich konnte, sicherte ich den Laden und sprang zu ihr in ihren kleinen Mietwagen.

»Du kennst ja den Weg«, lachte ich und Cat fuhr los.

Zu Hause angekommen holte ich ihr ein Bier, mir ein Wasser, und wir setzten uns auf die Terrasse. Wir waren alleine. Wohin auch immer die Jungs gegangen waren, ich würde Tommy dafür danken müssen.

»Erzähl, wie ist es dir so ergangen?«, fragte sie und ich erzählte ihr die ganze Geschichte. Von dem Entzug, dem neuen Studio, der Tour.

»Ihr wart gut«, sagte sie und ich blickte sie erstaunt an.

»Du warst im Konzert? Wo denn?«

»DVD, Max«, lachte sie und ich verstand.

Oh Gott, und wie ich plötzlich verstand. Die DVD – da war unser letztes Konzert drauf. Das hieß, sie musste wissen, dass ich ...

»Ja, genau, Max, ich weiß es!«, lächelte sie und ich wurde rot im Gesicht wie ein Pavianarsch zur Brunftzeit. Ich konnte nichts mehr sagen, denn es hatte mir dermaßen die Stimme verschlagen, dass ich nicht mal mehr hätte krächzen können.

»Das muss dir nicht peinlich sein, Max, ganz im Gegenteil. Ich bin froh darüber. Erstens, dass ich es jetzt weiß, und zweitens, dass du derjenige warst.«

Ich griff mir an die Brust, denn ich glaubte, mein Herz würde jetzt vollkommen seinen Geist aufgeben.

»Wirklich?«

Sie nickte nur und ihr Blick wirkte verklärt.

»Und du bist nicht böse deswegen?«

»Warum sollte ich?«, lächelte sie.

»Na ja, ich erinnere mich, wie du sagtest, Midnight wäre dein Beziehungskiller gewesen. Das war nicht meine Absicht!« *War es doch!*

»Max, können wir das alles nicht einfach vergessen und hinter uns lassen? Ich meine, wirklich alles. Einfach ganz neu anfangen. Ich muss endlich nach vorne sehen können, und du bestimmt auch.«

»Sicher.« Ich war mir nicht sicher, was das nun bedeuten sollte und bekam ein wenig Angst. *Riskier es!*, meldete sich meine innere Stimme. *Geh aufs Ganze oder verliere sie, Max, deine Entscheidung.* Ich räusperte mich und setzte mein schönstes Lächeln auf.

»Könnten wir vielleicht dort neu ansetzen, als ich dich warmgehalten hatte? Das ist nämlich meine schönste Erinnerung.«

Ihre Augenlider senkten sich und es kam mir vor wie eine Ewigkeit, bevor sie eine Reaktion zeigte.

»Mir wird nichts anderes übrig bleiben, Max«, lachte sie plötzlich.

»Wie meinst du das?«

»Ich habe noch kein Hotel, es ist schon nach acht und ich habe genug getrunken, um nicht mehr fahren zu können. Also bin ich auf eure Gastfreundschaft angewiesen. Auf deine, zumindest.« Verlegen blickte sie mich an und mein Herz raste, als mir klar wurde, was sie gerade von mir hören wollte.

»Cat, wir haben die Zimmer alle belegt, aber du kannst in meinem schlafen. Ich komm schon bei einem der Jungs unter oder schlafe auf der Couch. Reicht dir das? Nur für heute, meine ich.«

»Das geht nicht, Max!«, lächelte sie.

»Warum nicht? Ist kein Problem.«

»Und wer hält mich dann warm? Ich dachte, du wolltest dort anknüpfen?«

Mir wurde heiß und kalt zugleich. Sie machte gerade einen Psycho aus mir und merkte es noch nicht einmal. Ich wusste nicht, was ich sagen sollte, doch dann schmunzelte ich.

»Ich werde nicht mit dir schlafen, Cat!«, raunte ich todernst.

Cat bekam einen Lachanfall. »Du bist so ein Spinner, Max!«, lachte sie und es tat mir so gut, sie so entspannt zu sehen.

»Was? Was soll ich denn sonst davon halten? Hier ist nicht Montana, es herrschen dreißig Grad!« Ich zwinkerte ihr zu.

»Mir würde es schon reichen, wenn du mich einfach nur in deine Arme nimmst, Max. Du hast mir gefehlt.« Sie sah mir fest in die Augen und ich spürte, wie ernst es ihr war.

»Du mir auch, Cat!«

»Hilfst du mir mit meinem Gepäck? Ich geh dann noch duschen und werde mich hinlegen. Die letzten

Tage waren sehr hart für mich, ich brauch ein wenig Ruhe.«

»Natürlich. Und ich gehe mit. Ich lass dich jetzt auf keinen Fall allein.«

Ich brachte ihre beiden Koffer nach oben, legte ihr saubere Handtücher hin und wartete ungeduldig auf dem Bett, bis sie mit duschen fertig war. Als sie aus der Tür kam, trug sie ein paar graue Shorts und ein leichtes Shirt, unter dem sich ihre Brüste weich abzeichneten, wenn sie sich bewegte. Mein Herz und einiges mehr stand in Flammen.

»Ich geh auch noch schnell. Bin in zehn Minuten wieder da!«

Ich verschwand in der Dusche und stand lange unter eiskaltem Wasser. Nur jetzt keinen Fehler machen. Auch ich zog ein paar Shorts an und verzichtete auf weiteres. Als ich ins Schlafzimmer zurückkam, lag sie schon unter der Decke.

»Ich weiß nicht, wann ich das letzte Mal um neun Uhr im Bett war«, lachte sie.

»Darf ich?«, fragte ich höflich und sie hob die Decke etwas an, damit ich mich zu ihr legen konnte.

»Miss Willoughby? Darf ich Ihnen meinen Arm anbieten?«, lächelte ich und sie schmiegte sich dicht an mich.

Gott, wie hat mir das gefehlt! Ich spürte die Wärme ihrer Haut, die so weich und glatt war. Der Duft ihrer frisch gewaschenen Haare hüllte mich ein und ich konnte nicht anders, als ihr einen zarten Kuss auf die Stirn zu hauchen. Sie sah mich an, während meine Finger sanft über ihren Arm streichelten. Ich senkte meinen Kopf ein wenig und ihre Lippen waren nur noch drei Zentimeter von meinen entfernt.

»Ich hab dich so vermisst, Cat!«, hauchte ich ihr zu und Cat seufzte.

»Ich habe dich auch vermisst, Max.«

»Kriegen wir das hin? Freunde zu sein?«

Es kam keine Antwort und ich rückte ein wenig weg, um sie anzusehen. Ihre Augen waren geschlossen und an dem Geräusch, wie sie atmete, bemerkte ich, dass sie eingeschlafen war.

Sie muss fix und fertig gewesen sein!

Ich hielt sie weiterhin fest und wollte nicht loslassen, denn ich hatte Angst, sie würde wieder fortgehen, ohne es mir zu sagen.

Was war nur mit ihr los? Wieso war sie so kaputt? So ausgelaugt? Ihr Verhalten war seltsam, auch mir gegenüber. Ich hatte ihr so wehgetan und jetzt war alles vergeben und vergessen? Es wäre zu schön gewesen, aber ich traute der Sache nicht.

Die Erkenntnis, dass ich Midnight war, hätte sie viel mehr aus der Bahn werfen müssen. Wäre ich sie gewesen, ich glaube, ich wäre ausgerastet. Aber sie hatte mir scheinbar alles verziehen – wirklich alles. Doch genau das konnte ich nicht glauben.

Als ich am nächsten Morgen erwachte, lag sie noch genau so bei mir, wie sie eingeschlafen war. Die Sonne blinzelte bereits durch das Fenster und der Wecker zeigte acht Uhr an. Elf Stunden geschlafen? Himmel! Ich gähnte herzhaft.

Als ich versuchte mich etwas zu drehen, spürte ich meinen Arm nicht mehr, den ich um Cat geschlossen hatte. Er war taub, als hätte man mir 'ne Ladung Betäubungsmittel gespritzt. Ich versuchte ihn unter ihr herauszuziehen, was mir mehr schlecht als recht gelang und Cat stöhnte einen leisen Protest.

Als das Kribbeln endlich nachließ, legte ich mich auf meine Seite, stützte mich auf einen Ellbogen und beobachtete sie. Sie lächelte friedlich, aber die dunklen Ringe unter ihren Augen erzählten eine ganz andere Geschichte. Ich konnte mich nicht zurückhalten, strich ihr eine Haarsträhne aus dem Gesicht, und die Berührung schien sie geweckt zu haben. Blinzelnd sah sie mich an, zunächst überrascht, aber dann lächelte sie und ich lächelte zurück.

»Guten Morgen, Sonnenschein. Hattest du schöne Träume?«, fragte ich flüsternd.

»Kann mich nicht erinnern«, seufzte sie und legte ihren Arm über mich, während sie ihre Augen wieder schloss. Sie streichelte mir über den Rücken und ich fühlte, wie sich die Hitze, die sich in meinem Bauch ausbreitete, langsam zu meinen Lenden aufmachte. So eng an mich geschmiegt, spürte ich ihre Rundungen ganz deutlich an meiner Brust und ich musste einmal tief durchatmen. Es bedurfte nur so wenig und sie konnte alles aus mir machen: Ein eifersüchtiges Arschloch, einen durchgeknallten Psycho, einen liebeskranken Irren und einen winselnden Bettler, der sich so sehr nach ihr sehnte.

Sie rückte noch näher und legte ihren Kopf zwischen meine Wange und meine Schulter. Plötzlich raste ein Blitz durch meinen Körper. Es fühlte sich an, wie ein elektrischer Schlag.

Ihre weichen, warmen, feuchten Lippen küssten die empfindliche Haut an meinem Hals, knapp neben dem Ohr und ich erstarrte. Es war nur ein winziger Moment, der Bruchteil einer Sekunde, dass ich es gefühlt hatte, aber es reichte aus, um alles in mir in Spannung zu versetzen.

Vielleicht war sie ja wieder eingeschlafen und hatte es unbewusst getan? Kaum hatte ich es gedacht, jagte der nächste Schauer durch meinen Körper. Mein Gott! Sie hatte mich nochmal geküsst. Sie war so wach, wie sie nur sein konnte. Ein leises Stöhnen, mehr ein Seufzen, drang an mein Ohr.

Ich war komplett verwirrt und wusste nicht, wie ich damit umgehen sollte. Fühlte ich tatsächlich, dass sie etwas damit bezweckte, oder interpretierte ich das alles komplett falsch?

Ich war am verzweifeln. Egal, wie ich darauf reagieren würde, ich konnte nur verlieren. Ging ich darauf ein, verjagte ich sie vielleicht für immer. Ignorierte ich sie, entging mir womöglich genau das, wovon ich seit Monaten geträumt hatte. Scheiße!

Ich rückte ein winziges Stück von ihr weg, damit ich ihre Augen sehen konnte. Sie schaute mich lächelnd an, wortlos, und ihr Blick wanderte zu meinen Lippen. Mein Brustkorb hob und senkte sich wie wild, und irgendwann hielt ich die Luft einfach an. Ich konnte es nicht über mich bringen, sie zu küssen.

Verdammter Idiot!

Sie drehte sich um und legte sich löffelweise vor mich. Dann ergriff sie meinen Arm, verschränkte ihre Hand in meiner und zog ihn über sich. Ich lag ganz dicht bei ihr, und so, wie sie ihren Hintern an mich drückte, musste sie meine ganz Härte spüren, die sich ihr entgegenreckte.

Musste mir das jetzt peinlich sein, oder war es genau das, was sie wollte? Ich spürte, wie sie jeden einzelnen Finger meiner Hand küsste. Dann ließ sie sie los und und drehte ihre langen, seidigen Haare zusammen, um sie unter sich verschwinden zu lassen.

Meine Hand ruhte auf ihrem Arm und vor mir lag die nackte, matt schimmernde Haut ihrer Schulter und ihres Halses.

In meinen Shorts spielte mittlerweile ein ganzes Orchester. Das war eine Einladung, oder? Herrgott, Max!

Mein Kopf senkte sich ganz langsam und meine Lippen hauchten ihr einen zarten Kuss auf die Schulter. Ich wartete. Okay, diese Aktion sollte ich schon mal überleben, denn es schien sie nicht gestört zu haben. Ich küsste sie nochmal und meine Hand streichelte ganz zart über ihren Arm. Ich sah, wie sich die kleinen Härchen in ihrem Nacken aufstellten und wie sich eine Gänsehaut über ihrem Rücken ausbreitete. Ich küsste sie noch ein drittes Mal und Cat atmete schneller. Oh man!

Mit einem Finger streichelte ich ihr über ihren Rücken. Ich fing bei ihren nackten Schultern an und arbeitete mich, so langsam ich nur konnte, hinab bis zum Bund ihrer Shorts. Sie drückte den Rücken durch und presste dadurch ihren Po noch enger an mich heran. Sie wollte eindeutig mehr und ich legte jede Scheu ab.

Meine Hand griff unter ihr Shirt und ich streichelte sie an der Wirbelsäule entlang wieder hinauf. Dabei zog ich den Stoff mit meinem Handrücken mit nach oben und Cat reckte die Arme über ihren Kopf. Mit einer einzigen Bewegung konnte ich ihr das Shirt abstreifen. Ich übersäte ihren Rücken mit kleinen Küssen und ließ meine Finger sanft über ihre Haut gleiten. Cat keuchte kaum hörbar.

Ich tastete mich in ihre Shorts vor und massierte ihren Po, der sich mir lustvoll entgegenstreckte. Ich wollte ihr alles geben, was sie sich wünschte, von mir erhoffte, von mir erflehte. Aber ich ließ es sie fordern. Es sollte an ihr sein, den nächsten Schritt zu tun.

Sie genoss sichtlich die Liebkosungen, die ich ihr zukommen ließ, und ich genoss es zu beobachten, wie sie sich von Sekunde zu Sekunde mehr entspannte und immer mehr gehen ließ. Es machte mich unendlich heiß, sie darum bitten zu lassen, was ich als Nächstes tun sollte, und die Hitze zwischen meinen Beinen brannte wie die Hölle.

Sie ergriff meine Hand und führte sie langsam zu ihren Brüsten. Sie waren fest und dennoch weich und ich streichelte sie, während ich mit meiner Zunge zart über ihren Nacken strich. Ihre Knospen reckten sich hart nach oben und ein leiser Schrei verließ ihre Lippen. Schon alleine dieser kleine Laut bewirkte, dass ich kurz davor war, die Beherrschung zu verlieren.

Bremse dich, Max!, sprach ich zu mir selbst, aber das war einfacher gesagt als getan, erst recht nicht, als sie sich auf den Rücken legte und mir ihre ganze Pracht darbot. Ihre flehenden Augen sahen mich an und ich küsste sie. Meine Zunge berührte ihre Lippen und sie ließ mich zu sich hinein. Das war nicht bloß ein Kuss, es war pure Leidenschaft. Sie stöhnte in meinem Mund, als meine Zunge ihre umspielte und meine Finger über ihre Brustspitzen glitten. Ihre Schenkel öffneten sich und ich war mit einer Bewegung über ihr. Ich kniete mich zwischen ihre Beine und zog ihre Shorts aus. Nur noch ihr winziger Slip stand zwischen mir und dem Paradies. An den Innenseiten ihrer angewinkelten Beine strich ich entlang, bis ich ihre Mitte erreichte. Ich streichelte einmal über ihre weiche Stelle. Cat bäumte sich auf.

Ich spürte, wie feucht ihr Slip schon war und wieder war ich kurz davor, die Beherrschung zu verlieren. Nein, noch nicht. *Sie* musste das entscheiden.

Sie hob den Po leicht an. Ich zog ihr den Slip aus, und sie senkte das Becken wieder. Vor mir offenbarte sich ein glattrasiertes Himmelreich und ich atmete immer schwerer.

Cat sah mich flehend an. Ich lächelte und rührte mich nicht. Dann glitt ihre Hand zwischen ihre Beine und sie streichelte sich selbst. Das machte mich so scharf, dass ich es fast nicht mehr aushielt. Sie schlug mich mit meinen eigenen Waffen. Ich wollte sie dort berühren, jetzt, sofort! Meine Hand legte sich auf ihre und massierte in ihrem Rhythmus mit. Ihr Stöhnen wurde heftiger und schließlich zog sie ihre Hand unter meiner hervor und drückte meine fest auf sich. Jetzt war es an mir, sie weiter zu verwöhnen und ich tat ihr den Gefallen nur zu gerne.

Sie war so feucht, dass ich mühelos mit einem Finger in sie hineingleiten konnte, während mein Daumen ihre Perle massierte. Ihre Hüfte bewegte sich auf und ab und von einer Seite zur anderen. Ich wollte sie schmecken, die Süße ihrer Lenden genießen und beugte mich vor, während ich meinen Finger ganz langsam wieder herauszog. Ich wartete nur einen Moment, doch schon griff sie meinen Kopf und drückte ihn zwischen ihre Schenkel.

»Bitte, Max«, hörte ich sie keuchen. Sie wollte Erlösung, aber den Gefallen tat ich ihr nicht. Mehrmals brachte ich sie bis kurz davor, nur, um zu stoppen und ihr Flehen zu hören. Ich drehte fast durch. Ich konnte spüren, wie sehr sie mich wollte, mit jeder Pore ihres zarten Körpers.

»Hat das gut getan?«, fragte ich. Ich stand aus dem Bett auf und lächelte sie an.

»Du bist ein elender Bastard, Max!«, stöhnte sie und mein Lächeln wurde breiter.

Ich bückte mich, um meine Shorts abzustreifen, doch als ich mich wieder aufrichtete, war Cats Gesicht genau vor meiner Körpermitte und lächelte mich an. Sie hatte sich aufs Bett gekniet, und ich hatte ein wenig Angst vor dem was folgte.

»Was du kannst, kann ich schon lange«, raunte sie mir zu. Sie nahm Bad Boy fest in ihre Hand und massierte ihn fest von oben nach unten. Ich stöhnte, während ich ihr dabei zusah. Ihre Lippen öffneten sich, und ihre Zunge begann leicht an meiner Spitze zu lecken. Es tat so gut und dennoch erschien es mir wie eine Folter. Ich wollte mehr, viel mehr. Sie legte ihre Lippen um mein bestes Stück und erhöhte sanft den Druck, ohne sich zu bewegen.

Himmel, Cat!

Meine Hände griffen in ihre Haare. Ich hielt ihren Kopf fest, während ich meine Hüften nach vorne schob und sie mit ihren Lippen meinen Schaft entlangglitt. Ich zog mich wieder zurück, nur, um gleich wieder in ihren Mund zu stoßen. Sie legte ihre Hände auf meinen Hintern und zog mich noch fester zu sich heran. Mein Stöhnen vermischte sich mit einem Knurren und allen seltsamen Flüchen, die mir einfielen. Immer wieder stoppte sie, setzte neu an, leckte mich und massierte mich. Sie zog es unendlich hinaus, bis ich nicht mehr konnte. Ich löste mich von ihr und setzte mich neben sie. Dann griff ich nach einem Gummi in meiner Nachttischschublade, öffnete mit meinen Zähnen das Päckchen und zog ihn über. Danach nahm ich sie rittlings auf meinen Schoß und sie glitt an meiner ganzen Länge hinab, bis ich tief in ihr war.

Mit geschlossenen Augen musste ich einen Moment ganz still verharren, um nicht gleich zu kommen.

Und dann ließ sie ihre Hüften kreisen. Es war wie ein Tanz. Wir stöhnten und küssten uns heftig und hart. Immer wieder hob und senkte sie sich und ich hielt ihrem Rhythmus entgegen. Ich wusste, lange hielt ich das nicht mehr aus. Meine Hand schob sich zwischen ihre Beine und verwöhnte sie zusätzlich. Unsere verschwitzten Körper rieben aneinander und hart presste ich mich in sie. Cat schrie auf. Ihr Oberkörper lehnte sich nach hinten und ich stützte sie mit einer Hand an ihrem Rücken, während meine andere ihre Perle massierte. Noch einmal stieß ich tief in sie hinein, und dann ließ ich alles kommen. Mein Körper zuckte und alles zog sich in mir zusammen. Es war so heftig, dass ich dachte, es würde nie mehr aufhören. Zusätzlich spürte ich die Kontraktionen in ihrem Innern, die auch noch den letzten Rest aus mir herauspressten.

Ich schrie kurz auf. Dann war es vorbei.

Ich spürte, wie sich alles in mir entspannte. Cat glitt von mir und legte sich lang ins Bett, schwer atmend und keuchend.

Ich streifte das Kondom ab, verknotete es und ließ es zu Boden fallen, bevor ich mich nicht minder keuchend neben sie legte. So fertig war ich noch nie. Es dauerte eine ganze Weile, bis ich wieder normal Luft bekam. Meine Gedanken schwebten irgendwo im Nirgendwo und alles, was ich noch denken konnte - fühlen konnte - war eine einzige Sache: *Genau das will ich ab sofort immer haben!*

Als wir endlich wieder Luft zum Atmen hatten, kuschelte Cat sich ganz dicht an mich. Ich war noch nie so glücklich, wie in diesem Moment.

»Sie sind ein Lügner, Mister Hayes«, raunte sie mir zu und ich sah sie verwundert an.

»Was? Wie kommst du darauf?«

»Du hast gesagt, du würdest nicht mit mir schlafen, und gerade hatte ich den besten Sex meines Lebens!«

Ich rückte ein Stück weg, um sie anzusehen. »Hattest du das?«, grinste ich. *Besser noch als Tommy?*, war das Erste, was mir in den Sinn kam, und mein Grinsen wurde noch breiter, als es eh schon war. Der Tag konnte nicht mehr besser werden.

»Max?«

»Hmh?«

Ihre Augenlider senkten sich und ich erkannte, dass sie etwas bedrückte. Sofort beschlich mich erneut diese unerklärliche Angst, dass sie sich wieder von mir abwenden würde.

»Nichts, war nur ein blöder Gedanke. Ich spring mal unter die Dusche, falls es dir nichts ausmacht.« Sie wartete meine Antwort gar nicht erst ab und sprintete ins Bad. Mir war nicht mehr wohl in meiner Haut. Irgendetwas stimmte nicht mit ihr, und sie konnte oder wollte nicht mit mir darüber reden.

Eine gefühlte Ewigkeit später war sie immer noch im Bad und ich wollte nachhören, ob alles in Ordnung war. Als ich mich der Tür näherte, hörte ich ein ganz leises Schluchzen. Sie weinte!

»Cat? Alles in Ordnung?«, fragte ich besorgt, aber sie antwortete nicht. »Cathy? Kann ich reinkommen?«

»Nein, nicht, bleib draußen!« Ihre Stimme klang schrill in meinen Ohren. Ich wollte gerade die Tür aufreißen, als sie sich von selbst öffnete. Cat stand mit verheulten Augen vor mir. Ohne zu fragen nahm ich sie in den Arm und zog sie fest an mich.

»Was ist denn los, Cat? Hab ich was falsch gemacht?« Meine Besorgnis wuchs von Sekunde zu Sekunde, doch sie schüttelte den Kopf.

»Nein, Max, es ist nichts. Es ist nur ...« Sie zögerte und lehnte ihre Stirn an meine Brust. »Ich hab mich noch nie im Leben so gut gefühlt, wie in dieser Nacht mit dir, Max. Es hat mich einfach umgehauen. In mir sind Gefühle durchgebrochen, die ich seit meiner Schulzeit mit mir herumgetragen habe. So oft schon habe ich mir vorgestellt, wie es wäre, wenn Midnight mich liebt. Wenn ich endlich bei ihm sein könnte, ihn lieben dürfte, und nun ist es geschehen.«

Ich lächelte sie an. »Du weißt schon, dass du das ab sofort immer haben kannst, Cat, oder?«

Ich lächelte und sie lächelte zurück, aber etwas in ihrem Blick gefiel mir nicht. Ihre Augen sagten etwas ganz anderes.

»Ich liebe dich, Max, das habe ich schon immer getan. Und ich werde dich lieben bis an mein Lebensende!«, seufzte sie und schmiegte sich wieder ganz dicht an mich. Ich drückte sie noch einmal ganz fest.

»Ich liebe dich auch, Cat! Ich hatte nie etwas anderes gewollt, als das hier!« Ich hob ihr Kinn an und küsste sie. »Lust auf Frühstück?«, fragte ich und sie nickte.

»Dann komm!«

Ich lächelte und zog sie mit in die Küche. Befriedigt, gelöst, glücklich. Hätte ich auch nur geahnt, was noch passieren sollte, ich hätte lieber gehungert und sie nie wieder losgelassen.

9. Kapitel Cat

Es war die schönste Nacht, die ich je erlebt hatte. Alles, was ich immer begehrte, alles, nachdem ich mich je gesehnt hatte, war wahr geworden. Nie fühlte ich mich mehr zu jemandem hingezogen, nie war mein Vertrauen so groß. Es war das größte Geschenk, das ich je empfangen hatte. Meine Liebe zu Max wuchs um ein Vielfaches, seit ich wusste, dass er Midnight war, und jetzt war sie so unbeschreiblich groß, dass es mir das Herz zerreißen wollte.

In seinen Armen zu liegen, die Geborgenheit zu spüren, die ich so noch nie erlebt hatte, war einzigartig. Der Blick seiner Augen, so tief und voller Liebe für mich, gepaart mit der Angst, die seine Dämonen tief in seinem Inneren verwurzelt hatten, ging mir so sehr unter die Haut, dass ich immer noch Gänsehaut bekam, wenn ich daran dachte. Max – wilder, unbändiger Max! Rau, unzähmbar und so sexy wie die Hölle.

Und doch so gefühlvoll, sanft, mit einem Herz voller Liebe, und er war bereit dazu, mich damit zu übergießen.

Mich!

Dabei konnte er doch jede haben, die er wollte, und er hatte es oft genug bewiesen. Der Schmerz, der mir bei dem Gedanken daran durch alle Glieder schoss, war fast untragbar. Und dennoch glaubte ich ihm. Ich glaubte ihm, dass er mich liebte. Ich sah es in seinen Augen, ich fühlte es in seinen Berührungen, ich spürte es in seinem Verlangen nach mir.

Gott! Ich wusste nicht, dass mir körperliches Begehren jemals solche Gedanken einpflanzen könnte. Ich wollte seine Hände auf mir spüren, seine Lippen, und ich fühlte, dass da noch viel mehr war als die Freuden, die mir diese erste Nacht mit ihm beschert hatte.

Ich spürte, wie die Kälte der Badfließen in meine nackten Füße kroch. Das Spiegelbild, das mir entgegenblickte, schien mich mit fragenden Augen zu mustern. *Wolltest du das wirklich, Cat?*, schoss mir die Frage durch den Kopf und ich senkte meine Augenlider, denn ich war nicht fähig, in mich selbst hineinzublicken. Was hatte ich nur getan? Warum hatte ich es zugelassen? Dabei wusste ich doch, wie viel Schmerz dies alles nun nach sich ziehen würde! Aber ich konnte nicht anders. Nur einmal in meinem Leben wollte ich wissen wie es ist, wahrhaft zu lieben und geliebt zu werden – selbstsüchtig, fordernd, gewissenlos.

Meine Augen füllten sich mit Tränen und ein leises Schluchzen kam über meine Lippen, weil ich nicht mehr imstande war, den Schmerz in meiner Brust zu kontrollieren. Mein Magen krampfte sich zusammen, denn ich wusste, was mir und Max bald bevorstand.

»Cat? Alles in Ordnung?« Max' Stimme riss mich aus meiner Starre. »Cathy? Kann ich reinkommen?«

»Nein, nicht, bleib draußen!«

Panik machte sich in mir breit. Ich musste schnellstens eine Lösung finden. Ein paar Sekunden später öffnete ich die Tür und blickte in die sanften Augen von Max. Immer noch in seinen Shorts, betrachtete ich ihn von oben bis unten. Verdammt, der Mann war so was von heiß! Ich spürte jeden seiner Muskeln, als er mich plötzlich umarmte. Meine Hand ruhte auf dem V seiner wohldefinierten Bauchmuskeln und wie gerne hätte ich den Weg daran entlang nach unten gesucht, als ich spürte, wie sich die Hitze in meinem Inneren wieder sammelte und zwischen meine Beine wanderte. Was los sei, wollte er wissen und ich log ihn schamlos an, weswegen ich geweint hatte. Auch wenn es der Wahrheit entsprach, so war es nicht der Grund für meine Tränen. Ich sah ihn an und sein Lächeln bohrte sich in meinen Blick.

So sexy, so jungenhaft verspielt, so warm. Ich würde diesen Anblick in meinem ganzen Leben nicht mehr vergessen. Ich würde ihn speichern und in einen Tresor tief in meiner Seele legen, damit ich ihn jederzeit wieder hervorholen konnte, wenn ich ihn bräuchte.

Mein Midnight! Retter meiner Seele, Tröster meines Herzens, Begierde meiner Lenden - Hier bei mir! Endlich!

Endlich hatte ich ihn gefunden und der Schmerz, ihn nun wieder verlassen zu müssen, brachte mich fast um den Verstand. Wie sollte ich ihm das nur sagen? Ich wusste, ich würde es nicht können. Wieder würde ich von ihm weglaufen, ihn zurücklassen und ich hatte schreckliche Angst davor.

Angst, was ich ihm damit antun würde. Angst davor, wie er reagieren würde. Aber ich konnte nicht mit ihm darüber reden, und das wusste ich. Würde ich es tun, würde er handeln, das war so sicher wie das Amen in der Kirche, und damit brächte ich ihn nur in Gefahr. Nein, niemals! Das war ganz allein meine Bürde und niemals würde ich sie ihm auferlegen.

Seine Frage nach Frühstück drang in meine Gedanken und ich reagierte eher, als dass ich bewusst antwortete. Ich konnte nichts tun, als ihn immer wieder anzusehen. Max sollte sich in mein Gehirn brennen, jeder einzelne Zentimeter seines heißen Körpers, jeder einzelne Muskel, wie er sich dehnte und anspannte, jedes Lachfältchen, seine smaragdfarbenen Augen, seine schwarzen Haare und vor allem sein unwiderstehliches Lächeln.

Ja, ich liebte ihn, mit jeder Faser meines Körpers. Und nur, um das für mich greifbar zu machen, mir die Sicherheit zu geben, dass ich ihn wirklich liebte, nur deswegen bin ich hergekommen. Wenigstens einmal in meinem Leben wollte ich diese vollkommene Liebe spüren, und Dank dieser selbstsüchtigen Tat stand mir nun das Schlimmste bevor, was das Leben und das Schicksal für mich vorgesehen hatten – Max erneut zu verlassen.

Ich wusste, er würde ausrasten. Danach wahrscheinlich verzweifeln. Und dann würde er mich hassen! Doch irgendwann würde er mich vergessen und sein Herz würde heilen. Immer noch besser, als ihn einer Gefahr auszusetzen, die er nicht bewältigen könnte. Ich würde mich vor den nächsten Zug werfen, würde ihm etwas infolgedessen geschehen, was allein meine Sache war. Niemals würde ich das zulassen! Ich sah aus dem Fenster, während Max das Frühstück zubereitete.

Der dunkle Charger am Ende der Straße war mir nicht entgangen, als wir gestern hier ankamen, und ich wusste genau, wer dort auf mich wartete. Ein paar Stunden blieben mir noch, aber dann war es unausweichlich – dann musste ich gehen.

Ich seufzte und der Gedanke daran ließ mich zittern, obwohl es draußen schon fast dreißig Grad waren. Es war bereits ungewöhnlich warm für diese Jahreszeit und ein langer, schwüler Sommer würde uns wohl bevorstehen. Wie auch immer, ich würde ihn nicht erleben. Nicht hier in Florida.

Max war fertig und ich setzte mich mit einem Lächeln, das ich mir herausgequält hatte, an den Tisch. Eigentlich fehlte mir der Appetit, aber er hatte sich so viel Mühe gegeben, da wollte ich ihn nicht enttäuschen.

»Bleibst du hier, Cat, hier bei mir?«

Die Frage, die meine Ohren erreichte, ging mir durch und durch und ich verschluckte mich beinahe an dem frisch gepressten Orangensaft, den Max zubereitet hatte. Langsam blickte ich auf und sah, wie er mich musterte. Ich schüttelte langsam den Kopf.

»Nein, Max. Sei mir nicht böse, aber du bist mit den Jungs hier. Das ist euer Refugium. Ich würde mich hier fehl am Platze fühlen.«

Ich sah seinen enttäuschten Blick.

»Es ist ja nicht so, dass ich nicht gerne hier bin. Ich habe nur gerne die Möglichkeit auszuweichen, wenn es mir zu viel wird.« Ich lächelte und nach kurzer Zeit lächelte Max zurück. Damit schien er leben zu können. Gut! Wieder eine Lüge auf meinem imaginären Konto, das mich irgendwann geradewegs in die Hölle fahren ließ.

»Schlampenparadies, hmh?« Er grinste und ich nickte hastig.

»Ja, genau!«

»Schon gut, ich versteh das.« Er seufzte und ich spürte, wie er tief einatmete.

»Alles in Ordnung?«, fragte ich.

»Ja, schon. Es ist nur das schlechte Gewissen, das ich immer noch habe wegen der Geschichte in L.A. Und wegen dem Sonntag hier, als die beiden ...«

»Max!«, unterbrach ich ihn. »Es ist okay, lass uns nicht darüber reden. Ich habe keine Angst vor deinen ehemaligen Liebschaften.« *Nur vor deinen zukünftigen*, dachte ich, und schon war der Schmerz wieder da. »Und ich mache dir keine Vorwürfe, hast du verstanden? Das war dein Leben. Und die Betonung liegt auf *war*!«

Die Angst stand greifbar in seinen Augen. Ich fragte mich, ob es die Angst war, mich zu verlieren oder die Angst, wieder in sein altes Leben zurückzufallen. Ich wusste es nicht. Ich legte mein Besteck auf den Teller.

»Danke, Max, das Frühstück war toll. Ich sollte mich anziehen und mir ein Hotel suchen.«

Er nickte stumm und ich studierte seine Gesichtszüge. Mein Gott, er ahnte etwas! Ich war mir so sicher, dass er spürte, dass etwas ganz und gar nicht richtig lief. Besser wäre es, wenn mir schnell etwas einfallen würde.

»Max? Würdest du mir helfen zu packen?«, fragte ich und wieder nickte er stumm.

Auf dem Weg in sein Schlafzimmer blickte ich kurz nach hinten, um zu sehen, ob er mir folgt. Er tat es, aber sein Gesichtsausdruck war unverändert.

Wir betraten sein Zimmer und Max schloss die Tür, als ich mich zu ihm umdrehte. Oh Gott, ich begehrte ihn so sehr. Seine gestählte Brust hob und senkte sich unter seinen schweren Atemzügen. Der düstere Blick in seinen Augen, die mich aufmerksam beobachteten, ließ mir eine Gänsehaut vom Rücken bis zu den Zehenspitzen laufen. Seine Unterarme standen unter Spannung, sodass seine Sehnen hervortraten und ich merkte, dass seine Hände zu Fäusten geballt waren. In ihm kochte etwas.

Langsam schritt ich vor ihn und streichelte über seine Brust, malte kleine Kringel mit meinem Zeigefinger auf seiner Haut. Die Zeiger meiner Armbanduhr zeigten halb elf an. Um acht musste ich den Flieger erwischen. Noch war Zeit! Zeit, dies alles noch zu genießen, den Abschied hinauszuzögern, Sachen ins Reine zu bringen. Vergessen, was bald auf mich wartete. Eintauchen in schöne Dinge, den Kopf freibekommen ...

Meine Hand wanderte tiefer und streichelte das beeindruckende V aus Bauchmuskeln, das hinab ins Paradies führte. Meine rechte Hand griff in seinen Nacken und vergrub sich in sein dichtes, schwarzes Haar.

Langsam zog ich seinen Kopf zu mir heran und öffnete meine Lippen, um ihm ein eindeutiges Signal zu senden. Meine Augen suchten seine und ich spürte, wie seine Angst einem Verlangen wich.

»Das Hotel kann warten«, hauchte ich ihm zu.

Er legte seine Arme um mich und zog mich ganz dicht zu sich heran. Die Hüften fest aufeinander gepresst, spürte ich seine wachsende Härte an meinem Bauch, bevor er mich küsste. Die Erregung fuhr durch meinen ganzen Körper.

»Ich will nicht, dass du gehst!«, flüsterte er mir zu.

»Ich weiß, Max, aber ich komme ja wieder.«

Mein *Konto* wurde schwerer.

Dann küsste er mich so wild und leidenschaftlich, dass es mir fast den Atem nahm. Er ergriff Besitz von mir!

Ich wollte diesen Mann so sehr. Seinen Körper, seine Worte, seine Küsse, sein wildes Vorleben. Alles an ihm, seine guten und auch seine schlechten Seiten, hielten mich so in einem Bann, dass ich wusste, ich war für immer an ihn verloren. Und als seine Küsse hart seine Begierde ausdrückten, da wusste ich, ich konnte ihm alles verzeihen.

Seine Zunge spielte mit meiner - süß, wild, fordernd. Das tiefe Grollen aus seiner Kehle, Zeichen seiner Erregung, ließ mich erschauern. Ich wollte ihn so sehr. Jetzt und für alle Ewigkeit. Seine Hände zogen mir mit einem Schwung das T-Shirt aus. Ich öffnete die Kordel meiner Sweathose, ließ sie zu Boden fallen und schob sie mit dem Fuß zur Seite. Die Hitze zwischen meinen Schenkeln nahm stetig zu. Seine Lippen wanderten zu meinem Hals, küssten mich an der empfindlichen Stelle neben meinem Ohr.

»Du tust mir so gut, Max!«, stöhnte ich und genoss seine Liebkosungen. Wild, leidenschaftlich und zitternd vor Erregung, umschloss seine Hand meine Brust und seine Finger zwirbelten meine harten Brustspitzen.

»Himmel, Cat!«, stöhnte er und und küsste meine Nippel, bevor sein Mund sie umschloss und er zart daran knabberte.

Ich schnupperte seinen Duft, eine Mischung aus herbem Rasierwasser, Deo und dem Sex der letzten Nacht, und ich spürte, wie die Hitze zwischen uns wuchs. Ich wollte ihn atmen, fühlen, schmecken. Der Schweiß auf unserer Haut glänzte und wieder küsste er mich hart. Seine Zunge, so fordernd, ließ glühende Lava durch meinen Bauch fließen. Seine Hände griffen um meinen Po und er hob mich hoch. Fest schloss ich meine Beine um seine Hüften und seine Erregung drückte gegen das V zwischen meinen Schenkeln.

»Oh, Max«, konnte ich nur stöhnen, während er mich zum Bett trug und sanft hinlegte, ohne seine Lippen von mir zu lösen.

Seine Hand streichelte meinen Körper hinab bis zwischen meine Beine, streichelte über meine Mitte, massierte mich.

»Du bist so wunderschön«, hauchte er mir zu, als sein Mund sich von meinen Lippen trennte. »Ich will dich so sehr.«

Seine Augen funkelten in unkontrolliertem Verlangen. Ich spürte, wie seine Hand den Saum meines Slips ergriff und mit einem Ruck riss er ihn von mir. Die zarte Spitze hatte dieser Wildheit nichts entgegenzusetzen, und diese Tat alleine erregte mich mehr, als alles andere zuvor, was ich erlebt hatte. Meine Begierde wuchs ins Unermessliche und ein leiser Schrei entwich meinem Mund. Max sah mich von oben bis unten an, genoss meine Nacktheit und ich errötete bei dem Gedanken daran, was ich gerade in ihm auszulösen schien. Sein Blick war lüstern und fordernd, aber auch hingebungsvoll und voller Liebe.

»Fuck, Cathy, was machst du nur mit mir?«, brummte er und alleine seine Worte ließen mich wollüstig erbeben.

»Ich will dich, Max, jetzt!«, keuchte ich.

»Noch nicht«, lächelte er. »Du hast so viel mehr verdient!«

Er legte sich auf mich und küsste mich sanft. Mit seinen Knien drückte er meine Schenkel weit auseinander, bevor er nach unten rutschte und mit seinem Kopf zwischen ihnen verschwand. Seine Hände ergriffen fest das weiche Fleisch meiner Hüften. Dann spürte ich seine Zunge sanft über die zarte, rosa Haut meiner Mitte streichen, langsam, lockend, und ich bäumte mich auf, reckte mich ihm entgegen.

»Gefällt dir das?«, raunte er mit seiner tiefen, männlichen Stimme.

»Ja, Max, es tut so gut.«

»Willst du mehr?«

Oh mein Gott, und wie ich das wollte! Ich nickte.

»Ich will es hören, Cat!« Seine fordernde Stimme machte mich verrückt, ließ meinen Körper erzittern.

»Ja, Max, ich will mehr. Viel mehr!«

Ich blickte ihm direkt in die Augen und sah die Erregung darin funkeln, die mein Verlangen in ihm auslöste.

»Bitte, Max!«, forcierte ich *sein* Verlangen.

Ich bemerkte das leichte Grinsen in seinem Mundwinkel und spürte, wie er mit zwei Fingern in mich hineinglitt. Ich sah, dass er seine Augen nicht von meinem Gesicht löste. Wieder bäumte sich mein Körper auf und willenlos gab ich mich der Berührung in meinem Innern hin.

»Oh, Baby, du bist so wunderbar feucht für mich«, knurrte er und sein Stöhnen vermischte sich mit meinem.

Erneut spürte ich seine Zunge, die mit meiner Klit spielte, während seine Finger unaufhörlich in mich eindrangen. Er sah mich an, und ich wusste er tat es, um zu sehen, wie sehr ich ihn wollte. Ich konnte nicht mehr denken, nur noch fühlen. Ein heißer Strom floss durch meinen Bauch, sammelte sich am tiefsten Punkt, bereit auszubrechen.

»Ja, Max, hör nicht auf! Erinnere mich daran, wie gut es sich anfühlt, wenn du das tust!« Ich spürte, wie die Welle heranraste, mit aller Macht meinen Körper durchdrang. »Oh Gott, Max, ich ...« Da war sie! Meine Güte!

Der Orgasmus, der mich durchschüttelte, war das Heftigste, was ich bisher erlebt hatte. Meine Hände krallten sich in das Leintuch. Alle Muskeln zogen sich zusammen, mein Rücken drückte sich durch und ich schrie.

»Aaaah, oh mein Gott, Max!!« Alles an mir vibrierte, pulsierte!

»Ja, Cat, komm für mich!«

Eine Welle nach der anderen jagte durch mich hindurch und erst nach einer gefühlten Ewigkeit fand ich die Erlösung, die ich so sehr herbeigesehnt hatte.

Das Atmen fiel mir schwer, und als Max seine Finger herauszog, ging ein letzter Ruck durch meinen Körper. Er küsste meinen Bauch, verharrte mit seinen Lippen kurz auf meinen Brustspitzen und suchte dann meinen Mund. Ich konnte meine eigene Erregung schmecken, als er mich küsste und der Gedanke daran, welches Vergnügen er mir gerade bereitet hatte, weckte eine Sehnsucht in mir, die ich nicht für möglich hielt.

»Ich will dich in mir spüren, Max.«

Sein Blick sprach Bände und das Feuer in seinen Augen flammte noch mehr auf. Er griff nach einem Kondom.

»Max, vertraust du mir?«, fragte ich.

»Natürlich, warum?« Er riss das Päckchen auf.

»Ich nehme die Pille. Du brauchst das nicht zu tun.«

Verwundert blickte er mich an.

»Ich will dich ganz und gar spüren, Max, ohne dass uns irgendetwas trennt!«

Max lächelte. »Bist du dir sicher? Ich meine, vertraust du *mir* denn?«

Ich dachte nur ganz kurz nach. Seine unzähligen Affären gingen mir durch den Kopf ...

»Ja, Max, ich vertraue dir!«

Er schmiegte sich ganz dicht an mich. Seine Hand strich meine Haare aus meinem Gesicht, bevor er mir ins Ohr flüsterte.

»Ich schwöre dir, ich habe niemals ohne Kondom mit irgendjemandem Sex gehabt.«

Ich nickte und sah ihm tief in die Augen.

»Und mein letzter Gesundheitstest war vollkommen in Ordnung.«

»Ja, Max, ich glaube dir. Und jetzt will ich, dass du mich fickst, hörst du? Ich brauche dich so sehr.«

Ein Grinsen umspielte seinen Mund – jungenhaft, feurig, entbrannt. »Ich mag es, wenn du so schmutzige Sachen zu mir sagst!«

Er griff um meine Taille und drehte mich mit einem Schwung auf den Bauch, Gesicht nach unten. Er kniete sich hinter mich und presste mit den Knien meine Schenkel auseinander, während seine Hände meine Hüften zu sich zogen. Ich wollte ihn, jetzt!

»Ich will dich, Max. Ich will dich spüren, ganz tief in mir!«

Er stöhnte und ich wusste, wie heiß es ihn machte, wenn ich mein Verlangen verbal äußerte.

»Wartest du auf das?«, brummte er und ich spürte, wie er mit der Spitze seines Schwanzes meine Pussy berührte und sie an ihr auf und ab rieb.

»Oooh, ja, Max! Das macht mich ...«

Weiter kam ich nicht, denn mit einem Mal spürte ich seine ganze Härte. Mit einem Stoß war er in mir, füllte meine Samtwände bis zum Äußersten und bis zum Ende hin aus.

»Fuck, Max!«, schrie ich. Seine Größe dominierte mein Inneres. Er bewegte sich nicht, wartete darauf, dass meine Wollust mich noch feuchter werden ließ, seinen Schwanz einhüllte. Langsam bewegte ich mich vor und zurück. Er gab mir die Gelegenheit, mich an seine Größe zu gewöhnen und es dauerte nicht lange bis ich mich entspannte und er das Ruder übernahm. »Fick mich, Max!«

Ich hörte ihn schwer atmen. »Willst du es hart oder lieber soft?«, raunte er mir zu.

Mein Gott, er trieb mich in den Wahnsinn.

»Hart, Max, ich will, dass du mir alles gibst.«

Ein gutturaler Laut verließ seine Lippen. »Bist du sicher?«

»Ja, nimm mich, Max. Ich will dich, jeden Millimeter von dir!«

Das Nächste, was ich fühlte, war, dass er fest in mich hineinstieß - wild, hemmungslos, exzessiv. Er ließ mich jeden Millimeter spüren, füllte mich aus und stieß immer wieder gegen den himmlischen Punkt in meinem Innern, der mich aufstöhnen ließ. Meine Erregung baute sich immer mehr auf. Ich wollte alles von ihm.

»Härter, Max!«, flehte ich und entlockte ihm ein weiteres Stöhnen. Ich liebte es, zu wissen, was ich in ihm auslösen konnte, nur durch mein Flehen. Eine Hand griff in meine langen Haare und zog meinen Kopf nach hinten. »Oh, jaaa!«

»Gefällt dir das, Cat?

Und wie mir das gefiel! Plötzlich spürte ich seine andere Hand auf meiner Klit. Er rieb sie und spielte mit ihr.

»Fuck, Max!« Alles was ich noch tun konnte, war stöhnen.

Mein Körper hatte sich seinem Rhythmus angepasst und mit jedem Stoß kam ich ihm entgegen. Meine Leidenschaft und Erregung flashten mich. Ich fühlte, wie die zweite Welle sich bereits wieder aufbaute. Ich wollte nur noch eins – hinübergehen nach Oblivion. Mich selbst vergessen.

»Ich komme, Max, fuck!«, schrie ich, als mein Orgasmus sich dem Höhepunkt näherte.

Auch Max' Stöhnen wurde lauter und intensiver. Noch einmal stieß er kräftig zu und ich spürte, wie mein Höhepunkt alle Muskeln in mir anspannen ließ.

»Aaaah«, bäumte ich mich auf.

Max hielt kurz inne, um mich meine Wellen genießen zu lassen. Das Pulsieren in meinem Inneren legte sich um seinen Schwanz.

»Himmel, Cat, du fühlst dich so gut an!«, stöhnte er und stieß wieder in mich hinein. Fester, härter, gieriger als zuvor. Ich konnte es nicht glauben, als eine weitere Welle nahte. Sein Keuchen drang an mein Ohr und zu wissen, wie sehr er erregt war, ließ einen weiteren Orgasmus in mir explodieren. Meine Hände krallten sich in die Matratze.

»Oh Gott«, schrie er, als auch er seinen Höhepunkt erreichte, nur Sekunden nachdem ich meinem erlag. Die Kontraktionen in meinem Innern pressten den Rest aus ihm heraus und er knurrte vor Lust. Dann sank er zusammen und drückte mich mit seinem ganzen Gewicht auf die Matratze.

»Fuck, Cat!«, keuchte er, nach Atem ringend.

Wir brauchten einige Sekunden, dann rollte er sich an meine Seite.

»Fuck!« Meine Atmung wollte sich nicht mehr beruhigen. Ich drehte mich zur Seite, um Max anzusehen.

Keuchend lag er da, während seine stählerne Brust sich hob und senkte. Alles an ihm war so wunderbar. So wie er bisher sein Leben gelebt hatte, so hatte er mich gerade geliebt. Wild, Grenzen überschreitend, hemmungslos und alles in sich aufnehmend, was man ihm bot. Mein Max! Mein Midnight! Wie sollte ich es je verwinden, mich von diesem Mann zu trennen?

Seine Augen fanden meine und er lächelte. Immer noch schwer atmend, verteilte er zarte Küsse auf meiner Schulter, wanderte zu meinem Hals, küsste mein Kinn und dann meinen Mund. Seine Lippen waren so warm und weich und ich konnte mich nicht davon lösen.

Plötzlich stand er auf, legte einen Arm unter meine Schulter und einen unter meine Knie. Mit einem Ruck hob er mich aus dem Bett und hielt mich fest in seinen Armen, als er mit mir ins Badezimmer ging.

Meine Arme umschlossen seinen Hals, hielten sich fest, während mein Kopf an seiner Schulter ruhte. Max drehte das Wasser in der Dusche an, küsste mich und stellte mich unter dem heißen Strahl ab, bevor er zu mir kam.

»Ich liebe dich, Cat!«, flüsterte er und küsste mich zart, während seine Hand einen Waschlappen nahm und mich säuberte. Er war so sanft, so liebevoll, dass es mir beinahe die Tränen in die Augen trieb.

»Ich liebe dich auch, Max«, konnte ich nur hauchen, denn meine Stimme versagte.

Lange standen wir noch unter dem Wasser, hielten einander fest und küssten uns zärtlich. Was hatte ich nur getan? Dieser Mann liebte mich abgöttisch. Er würde alles für mich tun. Und nun? Nun musste ich ihm das Herz brechen … *Noch nicht! Noch ist Zeit!*

Max stellte das Wasser ab und wickelte mich in ein Handtuch. Er küsste meine Stirn und streichelte über meine Arme.

»Alles in Ordnung, Süße?«

Ich nickte.

»Ja, Max. Noch nie war etwas so in Ordnung wie jetzt!« Der Kloß in meinem Hals wurde größer als ich sah, wie er mich anlächelte.

»Anziehen?«, schmunzelte er und ich lächelte zurück.

»Eine gute Idee!«

Wir verließen das Bad.

Ich suchte mir einen neuen Slip und Max grinste, den Slip, den er zerrissen hatte, winkend in der Hand.

»Den behalte ich«, lachte er und steckte ihn in die Tasche seiner Jeans. Lächelnd schüttelte ich den Kopf.

Ein Poltern und lautes Geschrei ließ mich zusammenzucken. Max grinste sein unwiderstehliches, jungenhaftes Lächeln.

»Das müssen die Jungs sein!«, lachte er und sprintete aus der Tür.

Die Jungs! Die hatte ich ganz vergessen! Schnell zog ich mich an und lief die Treppe hinunter. Ja, sie waren es. Und alle gut drauf – wie immer! Ein Blick auf die Uhr: Halb eins! Gut! Noch Zeit!

»Hey, ihr zwei«, brüllte uns Brady entgegen. »Na? Zeit gehabt, eure wilden Triebe auszuleben?«

Max schlug ihm mit der flachen Hand an den Hinterkopf. »Halt die Klappe, du Kind!«, maulte er gespielt und Brady lachte. »Wo wart ihr denn alle?«, wollte Max wissen.

»Bei mir zu Hause. Wir haben mit Claire gefeiert.« Sein Grinsen wurde noch breiter und Tommy, der dahinter stand, stöhnte.

»Ich will kein Wort mehr hören, Brady, hast du verstanden? Sie ist meine Schwester, zum Teufel noch mal!« Er drehte sich um und sah mich an, um mir ein Zwinkern herüberzuschicken. Ich lächelte verlegen.

»Jemand Hunger?«, brüllte Derek in der Tür, beladen mit mehreren Pizzakartons.

»Oh, bitte ja, ich sterbe vor Hunger!«, lachte Max.

In Windeseile war der Tisch gedeckt und alle machten sich über die erste Pizza her.

»Erzähl mal, Cat«, nuschelte Mitch mit vollem Mund. »Wie ist er denn so, unser Max? Hat er's drauf?«

Ich wurde purpurrot im Gesicht und Max warf Mitch ein Stück Pizza mitten ins Gesicht.

»Was denn? Werd ja mal noch fragen dürfen!«

»Ich sage nichts ohne meinen Anwalt«, antwortete ich grinsend.

»Oooooh!«, riefen alle.

»So schlecht also?«, lachte Derek, und das nächste Stück Pizza flog quer über den Tisch.

»Ihr seid so bescheuert, wisst ihr das?«, lachte ich, und es brach mir das Herz, diese Jungs für immer verlassen zu müssen. Sie waren zu meiner Familie geworden. Der einzigen Familie, die ich jemals hatte.

Ich sah einen Schatten an der Hintertür und erschrak. Brady bemerkte mein Gesicht und lächelte.

»Keine Angst, Cat, das ist nur Payton, unser Bodyguard.«

Augenblicklich beruhigte ich mich. »Na ihr seid mir ja welche«, lachte ich und stand auf, um zur Tür zu gehen. Ich öffnete und Payton starrte mich mit großen Augen an. »Hi, ich bin Cat«, stellte ich mich vor. »Ich entschuldige mich für die Jungs. Sie können manchmal so unhöflich sein!«

Payton reichte mir seine Hand. »Hi, ich bin Payton.«

»Ja, hab ich gehört. Komm rein, iss etwas mit uns. Du musst doch nicht hier vor der Tür warten.«

Verwirrt blickte er von mir zu Max, der lächelnd nickte. Payton gesellte sich zu uns und nahm freudig ein Stück von der Pizza entgegen.

»Bier?«, fragte ich, aber Payton schüttelte den Kopf.

»Nein, danke, bin im Dienst.«

»Ne Cola vielleicht?«

»Gerne!«

Ich brachte ihm eine.

»Also ich krieg nix mehr runter«, seufzte ich. »Das Frühstück von heute war einfach zu viel.« Ich warf Max eine Kusshand zu. »Ich warte auf der Terrasse. Ruft mich, wenn ihr fertig seid, damit ich eure Sauerei wegmachen kann.« Ich grinste und ging nach draußen.

Durchatmen! Ich wusste, was nun bald vor mir lag würde das Schwerste werden, was ich jemals würde tun müssen. Ich spazierte zum See. Ich wollte den Kopf frei kriegen und da drinnen, bei den Jungs, konnte ich das nicht. Ich stand am Rand des Sees auf dem Bootssteg und blinzelte in die Sonne. Wie sollte das nur enden? Ich hing noch meinen Gedanken nach, als ich eine Stimme hinter mir hörte.

»Cat? Alles klar mit dir?«

Ich drehte mich um und sah Tommy auf mich zukommen.

»Ja«, nickte ich, »klar!«

»Sieht mir aber nicht danach aus!« Seine Miene wirkte düster. »Was ist los, Cat?«

Ich fühlte, wie meine Augen sich mit Wasser füllten und meine Kehle sich langsam zuschnürte.

»Cat?« Er stand ganz nahe bei mir.

Als ich aufblickte, und ihm in die Augen sah, konnte ich nicht mehr. Ich fing an zu zittern und schluchzte.

»Mein Gott!« Entsetzt sah er mich an und nahm mich fest in seine Arme. »Ist ja gut. Was hast du denn bloß?«

Ich weinte mich an seiner breiten Brust aus, während er mich hielt und mir zart über den Kopf streichelte.

»Tommy, ich ...«, versuchte ich zu sprechen, aber meine Kehle war rau und ich fand einfach die Worte nicht. Lange sah er mich an.

»Du wirst wieder verschwinden, nicht wahr?«, murmelte er und ich schluchzte ein »Ja« heraus.

»Ich muss, Tommy. Ich muss fort und ich werde niemals mehr zurückkommen.«

Er schüttelte verständnislos den Kopf. »Um Gottes willen, Cat, wieso? Hat Max dir etwas getan? Ich bringe ihn um!« Ich sah, wie seine Augen aufflackerten, als er sich von mir löste.

»Nein, Tommy, nein! Mit Max hat es nichts zu tun.« Ich senkte meine Augenlider und versuchte, mich zu sammeln. »Versprich mir etwas, Tommy.«

Fragend betrachtete er mich.

»Versprich mir, dass du auf ihn aufpasst, hörst du? Es wird ihm das Herz brechen und ich will nicht, dass er meinetwegen zugrunde geht!«

»Aber warum ...«

»Nein, Tommy! Versprich es mir! Ich kann es euch nicht sagen.«

Tommy atmete tief ein. »Na schön, Cat. Ich verstehe es zwar nicht, aber du wirst deine Gründe haben. Ich verspreche dir, dass ich mein Bestes tun werde. Aber ich glaube nicht, dass er das noch einmal schafft.« Die Sorgenfalten auf seiner Stirn sagten mehr als tausend Worte.

»Danke, Tommy. Und sag ihm nichts. Er denkt, ich würde nachher in ein Hotel fahren. Es ist besser so.«

Tommy nickte.

Die Tränen in meinen Augen nahmen wieder zu und ich konnte nicht anders, als ihn einfach wieder zu umarmen.

»Halt mich fest, Tommy. Ein letztes Mal. Ich werde euch alle so schrecklich vermissen!«

»Dann bleib doch einfach«, lächelte er und drückte mir einen Kuss auf die Stirn, während er mich in seinen starken Armen wiegte.

Wie gerne hätte ich das getan!

»Gehen wir zurück?«, fragte er und ich nickte.

Er schien genau so traurig zu sein wie ich und schon wieder riss es mir ein Stück aus meinem Herzen. Zeit! Zeit war alles, was ich wollte. Aber leider blieb mir nun davon nicht mehr viel.

10. Kapitel Max

Konnte ein Tag noch besser verlaufen? Aufgewacht mit Cat. Sex gehabt mit Cat. Gefrühstückt mit Cat. Und das Beste: Wahnsinnigen Sex gehabt mit Cat! Die Jungs waren wieder hier, die Pizza hatte fantastisch geschmeckt und ich war rundum zufrieden. Ich brachte meinen Teller zur Spüle und blickte hinaus. Cat stand am Bootsanleger und blickte über den See. Mein Mädchen – meine rattenscharfe Frau! Ich liebte sie so sehr, dass es wehtat. Sie brachte Ruhe in meine Gedanken und Frieden in mein Herz. Ich würde alles für sie tun. Alles!

Ich spülte den Teller unter fließendem Wasser ab und räumte ihn in die Spülmaschine. Dann blickte ich wieder auf und suchte Cat. Ich sah Tommy bei ihr stehen und sofort zogen sich meine Augenbrauen zusammen und meine Augen verdunkelten sich. Was wollte er bei ihr? Meine Hand schob den Vorhang etwas zur Seite, damit ich besser sehen konnte.

Von jetzt auf gleich verkrampfte sich alles in mir. Die Frau meines Lebens und mein bester Freund in inniger Umarmung. Ich wollte nicht glauben, was ich da sah! Langsam baute sich Wut in mir auf, als ich bemerkte, wie er ihr über den Kopf streichelte. Wie konnten sie mir das nur antun? Dabei dachte ich, es wäre jetzt alles in Ordnung zwischen Cat und mir. Hatte sie wegen ihm heute Morgen geweint?

Ihre Beteuerungen, ihre Entschuldigungen! Alles Lüge? Mein Herz sprang aus meiner Brust und ich konnte nicht mehr atmen. Ich hörte, wie Payton zur Toilette ging, die Jungs rumalberten, aber ich konnte meinen Blick nicht abwenden von der Szene, die sich da am Ufer abspielte. Tommy küsste sie auf die Stirn und meine Hände ballten sich zu Fäusten. Verräter!

Sie kamen zurück. Hatten sie denn gedacht, dass sie dort ungestört wären? Sie mussten doch wissen, dass man vom Haus aus bis zum See blicken konnte. Die Gedanken in meinem Kopf wirbelten durcheinander. Ich konnte sie nicht ordnen, nur noch fühlen. Und eins fühlte ich am stärksten – ich war gebrochen! Dass mein bester Freund mir so etwas schon zum zweiten Mal antat, das war schon schwer genug. Aber dass es zum zweiten Mal mit der gleichen Frau war, der Frau, die ich so abgöttisch liebte, das konnte ich nicht mehr erfassen.

Pure Wut und Hass keimten in mir auf. Mein ganzer Körper zitterte. Sie kamen näher. Ich hörte das Lachen meiner Freunde am Tisch, das mir wie Spott vorkam und ich wusste, ich war über alle Grenzen hinaus. Die Tür öffnete sich und Tommy und Cat traten ein. Cat ging zum Tisch und Tommy schloss die Tür. Er sah zu mir hin und sein Mund lachte, aber seine Augen taten es nicht. Verdammter Mistkerl! Ich ging einige Schritte auf ihn zu und er musterte mich fragend. Wahrscheinlich hatte er bemerkt, dass etwas nicht stimmte. Kein Wunder. Der Blick, den ich ihm zuwarf, meine ganze Haltung, meine geballten Fäuste ...

»Max?«, fragte er zögerlich.

Das war das eine Wort zu viel. Ich stürmte auf ihn los und verpasste ihm einen Faustschlag genau unter sein Kinn. Tommy ging sofort zu Boden. Ich hörte den Tumult am Tisch. Alle waren aufgesprungen.

»Bist du verrückt geworden, Max?«, schrie Derek und rannte auf mich zu.

»Bleib mir vom Leib, Derek!«, herrschte ich ihn an. »Das geht nur Tommy und mich etwas an!«

Tommy lag mit schmerzverzerrtem Gesicht am Boden und blickte zu Cat, die mit weit aufgerissenen Augen reglos dastand, verwirrt, sprachlos, mit hängenden Schultern.

»Steh auf, Arschloch!«, fuhr ich Tommy an, aber er machte keine Anstalten, der Aufforderung nachzukommen.

»Beruhige dich, Max. Was ist denn eigentlich los?«, fragte Mitch entsetzt.

»Frag den Wichser da!«, lachte ich. »Oder von mir aus auch sie!«

Ich zeigte auf Cat, die sich fassungslos meine Worte anhörte.

»Habt ihr euch schön amüsiert auf meine Kosten?«, fragte ich und blickte nur in unverständige Gesichter. »Sie ein Mal zu ficken war dir wohl nicht genug, Tommy, huh? Verstößt gegen deine eigene Regel, niemals mehr als ein Mal mit derselben, was? Konntest du es nicht ertragen, mich ein Mal im Leben glücklich zu sehen oder hat sie dich beim ersten Mal so geil gemacht, dass du eine Wiederholung wolltest?«

Mitch und Derek blickten fassungslos zwischen uns hin und her. Scheinbar wussten sie nichts davon.

»Max! Lass gut sein!«, mischte sich Brady ein.

Meine Wut brandete wieder auf. »Halt die Fresse, Arschloch! Du warst doch schon immer auf seiner Seite. Von wie vielen Malen weißt du noch, Brady, huh? Na los, sag es mir!« Ich funkelte ihn an. »Vielleicht damals in Tampa, als Tommy noch was zu erledigen hatte? Oder als ich in der Klinik war? Sag es mir, Brady!« Ich hörte ein Schluchzen von Cat, aber es war mir egal. »Sag du es mir, Tommy! Wie oft hast du deinen Schwanz in sie gesteckt?«

Tommy blickte mich nur sprachlos an und Cat rannte zu ihm und nahm ihn in den Arm. Ich lachte irre.

»Na sieh mal einer an ...«

»Bist du total durchgedreht, Max«, kreischte sie hysterisch zu mir herüber. »Tommy hat nichts getan! Was willst du auf einmal von uns? Nichts ist seit dem Abend passiert, gar nichts!«

Sie half ihm aufzustehen und ich dachte, ich müsste durchdrehen. Lügen! Nichts als Lügen. Sie brachte Tommy zum Tisch und legte einen Arm um seine Schultern, während sich Brady mir in den Weg stellte. Derek und Mitch sahen mich kopfschüttelnd an und auch Payton, der aus dem Bad kam, blickte verwundert im Kreis umher.

»Das ist unglaublich!«, lachte ich. Es sah aus, als hätten sich alle gegen mich gestellt. Der Schmerz in meiner Brust wurde unerträglich. »Ich habe euch gesehen, Tommy! Für wie blöd haltet ihr zwei mich denn?«

Cat sprang wieder auf und stellte sich vor Brady. Ihre Augen blitzten und eine Träne kullerte über ihre Wange.

»Was hast du gesehen, Max, huh? Na los, sag es mir! Uns allen hier! Komm schon, Max, was hast du gesehen?«

Ich lachte laut. Sie schaffte es tatsächlich, mich einen kurzen Moment lang unsicher zu fühlen.

»Ich sah, wie ihr euch umarmt habt, eben am See! Und das war mehr als nur ein freundschaftliches, kurzes Drücken, Cat. Er hat dich geküsst, Herrgott!«

Cat lachte laut auf. »Bist du jetzt komplett irre geworden?«, fragte sie. »Es war ein Kuss auf meine Stirn, nicht mehr!«

»Und wozu?«, schrie ich zurück. »Er hat dich in seinen Armen gehalten. Er hat dich gestreichelt, geküsst, und das alles vor meinen Augen?«

Sie kam auf mich zu. »Genau, Max. Genau vor deinen Augen. Denkst du, wir wären wirklich so bescheuert, dies vor deinen Augen zu tun, wenn auch nur ein Fünkchen Wahrheit an der Scheiße dran wäre, die du hier von dir gibst? Glaubst du im Ernst, ich hätte heute Morgen zweimal mit dir geschlafen, wenn ich etwas mit Tommy hätte?« Ihre Augen funkelten und pure Wut sprang mir aus ihrem Gesicht entgegen. »Tze, danke, Max. Danke, dass du so von mir denkst.«

»Du brauchst diesen Blick nicht aufzulegen, Cat«, fluchte ich. »Ich weiß, was ich gesehen habe!«

»Ich kann dir sagen, was du gesehen hast, du verdammter Idiot!«, schnauzte sie mich an und Tommy sprang auf und stellte sich zu ihr.

»Lass ihn, Cat. Er will doch sowieso nicht zuhören.«

Die Wut übermannte mich wieder und ich wollte ihm die nächste Faust in seine Fresse dreschen, doch Derek war schneller. Er hielt mich von hinten an beiden Armen fest und zog mich an seine Brust.

»Lass mich los, ich bringe ihn um!«, schrie ich.

Ich sah, wie Cat tief einatmete. »Ich werde gehen, Max, für immer!«, seufzte sie.

Was sagte sie da? Sie geht? »Und? Nimmst du Tommy mit? Dann werdet glücklich miteinander, ihr habt ...«

»Nein, Max!«, unterbrach sie mich. »Ich gehe alleine. Dorthin, wo ihr mir nicht hin folgen könnt. Ich hätte gar nicht herkommen sollen, aber ich wollte die letzten zwei Tage, die mir noch blieben, mit dem Menschen verbringen, den ich über alles liebe. Mit dem Menschen, der alles für mich in meinem Leben bedeutet hat. Einem Menschen, der mir zum ersten Mal gezeigt hatte, was es bedeutet, geliebt zu werden.«

Ich sah, wie sie nach Worten rang und die Tränen über ihre Wangen liefen, ohne dass sie weinte.

»Ich wollte nur noch ein Mal zwei glückliche Tage erleben, hier bei meiner Familie.« Ihr Arm deutete einen Kreis an und zeigte auf die Jungs. »Ein einziges Mal, bevor ich bis zu meinem Lebensende in meine persönliche Hölle einfahren muss, Max. Ich war egoistisch. Ich hätte nicht herkommen sollen, aber ich konnte nicht anders. Ich wollte dir wenigstens noch sagen können, wie sehr ich dich liebe, wie sehr ich dich brauche und wie viel du mir bedeutest. Ich wollte nicht gehen, ohne dir das zu sagen, weil ich wollte, dass du es weißt, verdammt. Und heute gehen zu müssen, für immer, zu wissen, dass ich dich nie wiedersehen würde, das hat mir mein Herz gebrochen, verstehst du das? Zu wissen, nie wieder mit den Jungs lachen zu können.«

Tommy legte ihr einen Arm um die Schulter und ich fühlte, er wollte sie trösten. Es war nicht, um mich zu provozieren, also schwieg ich. Cat schluchzte, und so langsam war ich mir nicht mehr so sicher, was ich da gesehen hatte.

»Es hat mir mein Herz zerbrochen, Max. Ich dachte, es könnte nichts Schlimmeres mehr im Leben geben als das. Tommy hat mich gesehen. Ich weinte und er wollte mich trösten. Ich habe ihm gesagt, dass ich gehen muss und nie mehr zurückkehren könnte. Und ich habe ihm das Versprechen abgenommen, dass er auf dich aufpasst. Und weißt du was, Max? Er hat es versprochen, weil er verdammt nochmal dein bester Freund ist! Er wusste, es würde dir das Herz brechen, genau so, wie es meins gebrochen hat, und er bat mich, nicht zu gehen, aus Angst, du würdest es dieses Mal nicht schaffen darüber hinwegzukommen. Aber er wollte es versuchen.« Sie nahm einen tiefen Atemzug. »Das ist es, was Tommy getan hat, du verdammtes Arschloch!« Sie drehte sich zu Tommy und weinte an seiner Brust.

Ich konnte das alles nicht verstehen. Was war hier nur los? Eine Weile herrschte eisiges Schweigen, bis sie sich etwas beruhigt hatte und sich wieder an mich wandte.

»Dass ich gehen muss, Max, zu wissen, nie mehr zurückzukommen, das hat mich innerlich zerrissen. Aber weißt du was? Viel schlimmer als das hier, was du gerade abgezogen hast, kann mich nichts mehr treffen. Heute ist nicht nur mein Herz zerbrochen, Max. Du hast mir auch noch meine Seele herausgerissen und mir alles genommen, was mir bis vor ein paar Minuten noch wichtig war – meine Träume, meine Sehnsucht, meine Hoffnung, meine Liebe – alles!« Der Blick, der mich traf, ging mir durch und durch. »Danke, Max, das macht es mir leichter zu gehen.« Sie sah noch einmal zu Tommy und drückte ihn fest. Dann küsste sie ihn zart auf seinen Mundwinkel. »Es tut mir so leid, Tommy!« Sie drehte sich um und lief die Treppen hinauf in mein

Zimmer. Völlig konsterniert blickte ich ihr hinterher und Derek lockerte seinen Griff.

»Kann ich dich loslassen, oder bettelst du um 'ne Abreibung, du Idiot?«, zischte er mir ins Ohr.

»Lass mich los, Derek, bitte!«

Er ließ meine Arme frei und ich schüttelte mich. Ich drehte ihnen meinen Rücken zu und versuchte zu verstehen, was da gerade passiert war. Wieso musste sie gehen? Warum wollte sie mich – uns – verlassen? Hinter mir herrschte Schweigen, denn alle waren wohl sprachlos und konnten nicht fassen, was sich hier abgespielt hatte.

»Wieso will sie gehen, Tommy?«, fragte ich niedergeschlagen. Ich drehte mich um und sah ihn an.

»Ich weiß es nicht, Max. Sie wollte es mir nicht sagen.«

Oh Gott, was hatte ich da nur angerichtet?

»Tommy, ich ...«

»Sei still, Max, sei einfach nur still!«, flüsterte er und mein Magen knotete sich zusammen.

Ich hatte Angst! Wahnsinnige Angst! Cat wollte gehen, für immer! Und ich hatte gerade meinen besten Freund geschlagen. Aber das Schlimmste war, ich konnte dies alles nicht begreifen.

»Tommy, bitte, ich konnte doch nicht ahnen ...«

Mir brachen die Worte weg. Alles in mir schmerzte. Ich spürte jeden Muskel, meine Hände zitterten und mir war eiskalt. Die Übelkeit in meinem Magen nahm gefährliche Ausmaße an, und mein Kreislauf schien komplett zu versagen, so schwindlig wurde mir. Das Adrenalin, das in meinen Körper gepumpt wurde, baute sich langsam ab und ich spürte es mit Macht. Mir wurde so schlecht, dass ich am liebsten gekotzt hätte.

Brady! Ich suchte ihn und fand ihn am Tisch, den Kopf in seine Hände gestützt. Selbstzweifel und ein Hass auf mich selbst fluteten meine Brust und mein Herz hämmerte bis in meine Kehle. Was hatte ich nur getan? Verzweifelt nahm ich Augenkontakt mit Tommy auf.

»Tommy, bitte, lass uns reden. Es tut mir leid. So unendlich leid. Bitte, rede mit mir! Ich konnte ja nicht ...«

Weiter kam ich nicht. Mit einem Krachen sprang die Terrassentür auf. Holz splitterte, das Türblatt wurde aus den Scharnieren gerissen und schlug krachend gegen die Wand. Entsetzt blickte ich in das bullige, fiese Gesicht, das zur Tür hereinstarrte. Wir alle wichen ein paar Schritte zurück.

Fiesfresse trat grinsend ein, gefolgt von einem ebenso massigen Typen und einem älteren Herren im maßgeschneiderten Anzug. Seine Nase war etwas schief, vermutlich war sie mal gebrochen. Seine Augen waren tiefliegend und dunkel und das zurückgegelte Haar verlieh ihm etwas Schmieriges. Ich hatte keine Ahnung, wer da vor mir stand, ich wusste nur eins: Diese Jungs bedeuteten Ärger!

Payton stellte sich umgehend neben mich und wir zogen uns weiter zurück. Was zum Teufel wollten diese Kerle?

»Wer sind Sie?«, fragte ich wütend und der ältere Mann lachte, während er mich eindringlich musterte.

»Meine Name ist Kirill Orlow«, grinste er und ein ausgeprägter Akzent begleitete seine Worte. »Und diese beiden netten Herren hier heißen Lew und Sascha.« Er deutete mit seinem Arm auf die beiden Schlägertypen und wandte sich wieder mir zu. »Wir haben den Lärm gehört und dachten, wir müssten mal nach dem Rechten sehen.«

Lew und Sascha grinsten bei seinen Worten.

»Ich wüsste nicht, dass Sie das etwas angeht, was hier im Haus vor sich geht!«, blaffte ich ihn harsch an.

Sofort verdunkelten sich seine Augen und die beiden Gorillas spannten sich an.

»Junger Mann, das geht mich sehr wohl etwas an.« Wieder grinste er und ich versuchte verzweifelt, meine Gedanken zu ordnen. Wo hatte ich diesen Namen nur schon mal gehört?

»Wo ist bloß meine zukünftige Einnahmequelle abgeblieben?«, fragte er und sah sich im ganzen Raum um. »Wie es sich angehört hatte, war hier mehr los, als nur Wortgefechte. Wenn ihr ihr etwas angetan habt, werdet ihr dafür bezahlen müssen, nicht wahr? Blaue Flecken kann sie sich nicht leisten. Sie muss absolut perfekt aussehen, wenn sie ihren neuen Job antritt.« Er sah mir direkt in die Augen und ich konnte sehen, wie entschlossen er war und zu allem bereit. Er machte mir Angst. »Schließlich muss ich meine Einnahmen schützen.«

So langsam hatte ich genug von der Scheiße. »Sagen Sie endlich, was Sie wollen, und dann verschwinden Sie von hier!«, zischte ich ihn an.

»Hahahaha«, lachte er, »ein Mann mit Charakter, nicht wahr Sascha?«

Sascha grinste und kaute mit offenem Mund auf seinem Kaugummi herum.

»Kleiner, du weißt wohl nicht, mit wem du dich gerade anlegst, also verzeih ich dir noch mal. Aber lass dir eins gesagt sein: Halt deine Fresse!«

Wow! Der Tonfall kam sogar bei mir an. »Wo ist sie?« fragte er und ich wusste, er würde kein zweites Mal fragen.

»Wenn Sie mir sagen, wen Sie suchen, kann ich es Ihnen vielleicht beantworten«, antwortete ich ihm.

»Na, Cat!«, lachte er. »Meine kleine, süße Cat, die so wahnsinnig sexy mit dem Hintern wackeln kann, wenn sie tanzt.«

Ich spürte, wie mir wieder das Adrenalin durch sämtliche Adern schoss. Was wollte er von ihr? In dem Moment hörte ich das Quietschen meiner Zimmertür. Natürlich! Der unpassendste Moment überhaupt.

»Bleib oben, Cat«, schrie ich aber schon stand sie auf der Treppe.

»Mister Orlow?«, stotterte sie verwirrt. »Was? Es ist noch nicht acht Uhr, ich ...«

»Schon gut, mein Kind«, lächelte er. »Wir haben uns nur Sorgen gemacht wegen dem Lärm hier drinnen. Da dachte ich, wir beschleunigen das Ganze!« Sein Ton ließ keine Widerworte zu. »Komm, es wird Zeit!«

Cat kam nach unten, aber ich stellte mich ihr in den Weg.

»Du gehst nirgendwo hin, Cat, hast du gehört? Zuerst will ich wissen, was hier los ist!« Ich funkelte Orlow an, der wütend an seinem Anzug zupfte.

»Du willst es wohl auf die harte Tour, Junge, hab ich recht? Gib mir mein Eigentum und alles ist gut. Kein Grund, Stress zu machen.« Er zeigte auf Cat und ich sah sie an, wie sie zitternd und vollkommen verängstigt hinter mir stand.

»Cat ist niemandes Eigentum, alter Mann!«, zischte ich und Cat legte mir eine Hand auf den Arm.

»Lass gut sein, Max. Er hat recht.« Sie wollte an mir vorbei aber ich hielt sie zurück.

»Du bleibst hier, Cat!«, grummelte ich und schob sie mit meinem Arm zurück hinter mich.

Brady trat an meine Seite, und auch Tommy stellte sich zu mir und deckte Cat ab.

Orlow seufzte. »Du willst es nicht verstehen, also werde ich versuchen, es dir zu erklären. Ich habe die letzten zwanzig Jahre an einer, sagen wir es mal so, *Örtlichkeit* verbracht, die sehr unangenehm war. Dass ich das tat, verdankte ich ihrem Vater, Gott hab ihn selig.«

Er zeigte auf Cat und so langsam dämmerte es mir. Das Georgia Kartell, Russenmafia, Dean – mein Gott!

»Leider kann ich diesem Bastard nichts mehr antun, was mir Genugtuung verschaffen würde, aber ich habe ja zum Glück sein Töchterchen ausfindig machen können.«

Das Grinsen in seinem Gesicht wurde breiter, und der Wutpegel in mir stand zwischen übermächtig und unkontrollierbar.

»Sie wird einiges von seiner Schuld abtragen müssen.« Mit gespieltem Mitleid blickte er sie an.

»Was sie Ihnen auch schuldet, ich bezahle es Ihnen«, flüsterte ich und Orlow lachte auf.

»So viel Geld hast du nicht, Junge!« Wieder funkelte er mich böse an. »Dean schuldete mir zwei Millionen Dollar. 1,7 Millionen hat Kitty Cat mir schon bezahlt, dank ihrem Erbe, nicht wahr Schätzchen?« Sein schmieriger Blick fiel wieder auf Cat und ich war kurz vorm Durchdrehen. »Dreihunderttausend stehen noch aus, dafür wird sie bei mir arbeiten. Aber die seelische und körperliche Schuld, die ihr Daddy noch bei mir hat, die wird sie bis zu ihrem Lebensende tragen müssen. Oder zumindest so lange, bis sie niemand mehr anfassen will!«

»Was soll das heißen?«, zischte ich und Orlow sah mich böse an.

»Meinst du, Dean käme ungestraft davon? Er hat mich zwanzig Jahre in die Hölle geschickt, und jetzt zahle ich es ihm heim. Ich werde Cat in den dunkelsten, widerlichsten Etablissements auftreten lassen, die ich habe. Die schlimmste Sorte von Männern wird sich mit ihr vergnügen, bis die Schuld ihres Vaters abgetragen ist!« Orlow plusterte sich auf und kam einen Schritt auf mich zu. »Und jetzt geh zur Seite und gib mir, was mir gehört!«

Ich hörte Cat hinter mir schluchzen. Mein Herz schlug mir bis in den Hals, mein ganzer Körper stand unter Anspannung. Gefühle rasten durch meine Nervenbahnen, als wäre ich von einem Blitz getroffen worden. Ich wusste in dem Moment nicht, woher ich den Mut nahm, aber zu wissen, was er mit Cat vorhatte, trieb mich fast in den Wahnsinn.

»Niemals!«, fauchte ich ihn an. »Cat geht nirgendwo hin.«

»Lew, Sascha!«, war das Einzige, was er erwiderte. Ich sah, wie sie in ihre Jackentasche griffen. Tommy legte seinen Arm vor meine Brust, das blanke Entsetzen im Gesicht. Orlow stellte sich zwischen seine beiden Männer. Ich sah die Waffen, die sie plötzlich in ihren Händen hielten.

»Letzte Chance!«, lächelte er.

»Max, ist schon gut«, hörte ich Cat, die neben mich trat. Sie sah mir tief in die Augen. »Mach dir keine Sorgen, Max. Das war schon immer mein Leben und wird es immer sein. Ich weiß nicht, was ich getan habe, dass ich es nicht wert bin, geliebt zu werden, glücklich zu sein, selbst lieben zu dürfen. Ich kenne nichts anderes als das. Und jetzt lass mich gehen, bevor noch etwas passiert, was ich nicht verkraften könnte.«

Mein Gott, wie konnte sie so tapfer sein?

Mein Herz sprang direkt aus meiner Brust in ihre. Ich liebte diese Frau so sehr. Ich konnte sie doch nicht den Wölfen zum Fraß vorwerfen. Ich war am verzweifeln.

Ich wusste, die Knarren, die sie hatten, waren kein Spielzeug und alle meine Jungs waren hier, von Cat und mir mal abgesehen. Ich wollte etwas tun, aber ich war wie gelähmt.

»Lebewohl, Max!«, hauchte Cat und drückte mich. Sie griff nach ihrer Tasche und dann brach die Hölle los.

Ich hörte einen Schuss und instinktiv duckte ich mich und sah entsetzt an mir hinunter und danach zu meinen Freunden. Alle schienen schockiert aber wohlauf. Mein Blick wanderte zu den Russen und wie in Zeitlupe sah ich, wie Lew langsam zu Boden ging. Blut lief aus seinem Mundwinkel. Sascha und sein Boss betrachteten fragend das Bild, das sich ihnen bot und Sascha reagierte sofort.

Er richtete seine Waffe auf mich und grinste. In Sekunden spielte sich mein ganzes Leben vor mir ab, denn ich wusste, das war's! Ich sah eine Bewegung im Augenwinkel. Der Hahn der Waffe in Saschas Hand spannte sich. Der Schatten im Augenwinkel wurde größer. Alles geschah gleichzeitig und alles, was ich fühlen konnte, war Panik.

Der Schuss hallte laut durch das Zimmer und von links flog Tommy an mir vorbei, bevor er mit einem Schrei vor mir auf dem Boden aufschlug. Mein Gott, er hatte die Kugel für mich eingefangen!

»Tommy!«, schrie ich und sah, wie Brady auf Sascha losstürmte und ihm in den Arm griff. Derek spurtete auch los und während Brady Saschas Waffenarm fixierte, prügelte Derek auf ihn ein, als gäbe es kein Morgen mehr.

Ich sah zu Tommy hinab, der mit glasigen Augen vor mir lag. Blut strömte aus seinem Bauch und ich schrie immer wieder seinen Namen.

Payton rannte an mir vorbei, um Derek zu helfen. Er hatte einen Schürhaken in der Hand und schlug auf Sascha ein. Der letzte Schlag traf den Kopf und Sascha ging zu Boden.

Ich sah die Wut in Orlows Gesicht, seine Verwunderung darüber, welchen Verlauf die Ereignisse gerade nahmen. Er ging zu Boden und wollte sich Saschas Waffe greifen, aber mitten in der Bewegung wurde er gestoppt.

»Bleib genau so stehen wie du bist, Kirill! Eine falsche Bewegung und du bist Futter für die Maden!« Eine laute, tiefe männliche Stimme drang von der Terrasse in die Küche. »Langsam aufstehen!«, befahl sie und Orlow erhob sich, die Hände über dem Kopf. Sein Gesicht zeigte Angst, Verwunderung, Unglauben.

»Mitch, ruf sofort einen Krankenwagen!«, schrie ich ihm zu und er rannte wie der Teufel.

Payton fesselte Sascha zur Sicherheit. Ich selbst konnte nichts tun, außer auf Tommy zu starren. Orlow interessierte mich nicht mehr. Sollte geschehen, was wollte, aber hier lag mein bester Freund in seinem eigenen Blut. Ich hyperventilierte und ich spürte Cats Hände an meinem Gesicht.

»Max! Sieh mich an! Alles wird gut, hörst du?« Ich versuchte sie anzusehen, aber der Schleier auf meinen

Augen ließ mich nichts mehr erkennen. Ich wischte mir über die Lider. Unscharf sah ich, wie Cat Tommy das T-Shirt hochzog und durch ihre Zähne die Luft einsog.

»Mein Gott, Tommy!«, flüsterte sie und schlug die Hände vors Gesicht. Brady kam herbeigestürmt.

»Weg, geht zur Seite!«, schrie er und wir machten ihm Platz. Er knüllte mehrere Küchentücher zusammen und drückte sie auf Tommys Wunde. »Max?«, schrie er. »Max!« Ich erwachte aus meiner Starre und sah ihn an. »Draufdrücken, so fest es geht, hörst du?«

Ich nickte und tat, was er sagte, dann sah ich mich um. Mitch telefonierte, Payton telefonierte. Derek kam zu uns, riss Cat vom Boden hoch und wollte sie wegbringen.

»Nein!«, schrie sie. »Ich bleibe hier, bei Max und Tommy!«

Derek ließ sie los. »Na schön! Alle oder keiner, nicht wahr, Max?« Er lächelte mich gequält an und konnte seinen Blick nicht von Tommy wenden.

Meine Augen suchten Orlow. Er stand immer noch mit erhobenen Händen in der Küche, zwei Meter von der Tür weg. *Was war hier nur passiert?*, fragte ich mich immer und immer wieder. Plötzlich meldete sich die Stimme nochmal.

»Zwanzig Jahre waren einfach nicht genug, nicht wahr Kirill? Du musstest zurückkommen. Du wolltest deine Rache finden, oder liege ich falsch?«

Orlow blieb stumm.

»Ich wusste es, Kirill. Ich wusste, du würdest keine Ruhe geben, bis einer von uns beiden tot und begraben ist.«

Eine große, männliche Gestalt stand in der Küchentür, die Waffe starr auf Orlow gerichtet. Seine Arme waren mit Tattoos übersät, die bis zum Hals reichten. Sein weißes Shirt war knittrig, die Jeans zerschlissen. Ein paar Cowboyboots ragten darunter hervor. Das Basecap auf seinem Kopf zeigte ein Mustangemblem.

»Was hattest du vor, Kirill?«, sprach er weiter. »Wolltest du dich an dem armen, unschuldigen Mädchen vergreifen? Du hast ihr alles genommen, habe ich gehört. Das Haus, das Early Birds, sogar das Haus ihrer Mutter! Himmel, Kirill!« Er lachte abwertend. »Wie tief bist du gesunken?«

Aus weiter Ferne konnte ich Sirenen hören. Dem Himmel sei Dank, Hilfe nahte.

Tommy lag reglos vor mir, während ich immer noch die Hände auf die Tücher presste. Ich sah wieder nach vorne.

»Da kommt die Polizei«, lachte Orlow. »Was willst du jetzt tun? Ich habe nichts getan. Sascha hat geschossen, und du, wenn ich nicht irre. Zwei Tote, aber keinen können sie mir anlasten.«

Der Schatten in der Tür zuckte mit dem ganzen Körper.

»Sie werden mich mitnehmen und wieder laufen lassen. Glaube es mir, ich werde dich finden. Oder das Mädchen. Und wenn ich sie habe, wird es keine drei Monate dauern, bis sie so fertig ist mit sich und ihrem armseligen Leben, dass sie nie wieder der Mensch werden kann, der sie mal war. Den schlimmsten Tieren, dem Abschaum der Menschheit werde ich sie zum Fraß vorwerfen und dann, wenn ich sie zerstört habe, werde ich sie für dich als Geschenk einpacken, damit ...«

Ein Höllenlärm drang an meine Ohren und alle im Raum schrien auf. Kleine Rauchkringel kamen aus dem Lauf der altmodischen Waffe, die der Mann in der Tür hielt. Ich sah das große Loch am Hinterkopf von Orlow. Blut, Knochen und Teile von Gehirnmasse waren über die halbe Küche verteilt. Aus uns sprach das blanke Entsetzen.

»Du wirst nie wieder die Hände an meine Tochter legen, du Dreckschwein!«, hörte ich den Mann sagen, als er seine Waffe zu Boden fallen ließ.

Was? Tochter? Cat? Oh mein Gott!

»Dean?«, raunte ich leise und der Mann kam näher. Ich ließ Cat ihre Hände auf die Wunde drücken, sprang auf und stellte mich vor sie, um Dean abzuschirmen. »Sie sind Dean, richtig?«, flüsterte ich und hoffte, Cat würde mich nicht hören.

Der Mann nickte mit dem Kopf. Ich blickte ihm in seine Augen, die traurig zurückstarrten.

»Mein Gott, Dean!« Ich sah zu Cat hinab, die sich liebevoll um Tommy kümmerte und alles andere wohl ausgeblendet hatte. »Wie wollen Sie ihr das ... ich meine ... was kann ich ...?«

»Schon gut, mein Junge, kümmere dich um deinen Freund!« Er klopfte mir auf die Schulter und ich kniete mich wieder zu Tommy.

»Cat?«, schluckte ich und sie sah mich mit verweinten Augen an. »Cat, du solltest jetzt nicht durchdrehen, okay?« Ihre Augen blickten mich fragend an und ich neigte den Kopf zur Seite. »Du solltest ...«

»Cat?«, sprach Deans Stimme über unseren Köpfen und sie sah verwundert nach oben. Ihre Augen musterten ihn aber sie zeigten Verwirrung. »Cat, ich bin es, Dad.«

Das war direkt! Aber was hätte er auch sonst tun sollen? Ich sah, wie Cat neben mir anfing zu zittern. Ganz langsam schien sie zu realisieren, wer da vor ihr stand.

Ich hätte sie so gerne in den Arm genommen, aber ich wollte Tommy nicht loslassen. Wie in Zeitlupe stand sie auf.

»Dad?«, fragte sie ungläubig und Dean nickte.

»Ja, mein Schatz, ich bin es wirklich.«

»Aber ich dachte, du ...« Ihre Augenbrauen zogen sich zusammen, die Stirn lag in Falten und alles an ihr deutete auf eine Abwehrhaltung hin. Dean beobachtete sie still, gab ihr Zeit, um zu realisieren, dass er wirklich vor ihr stand.

Ängstlich sah ich den beiden zu. Ich fühlte mich so hilflos, denn ich konnte nichts tun, um Cat diese Erkenntnis, die sie zweifellos bald haben würde, zu erleichtern. Sie sah ihn noch eine Zeit lang an und dann stürmte sie auf ihn los.

»Du gemeiner Mistkerl«, schrie sie auf einmal und schlug mit ihren kleinen Fäusten gegen seine Brust. »Ich habe dich begraben, ich habe an deinem Grab geweint, wie konntest du mir so etwas antun?«, schrie sie und Dean nahm alles hin. »Du hast mich alleingelassen mit Mutter. Mit meinem Stiefvater. Weißt du eigentlich, was ich alles erleiden musste?«

Dean griff nach ihren Armen, die immer noch gegen ihn hämmerten. »Ich weiß, Kleines, ich weiß! Ich habe alles falsch gemacht. Ich war ein Scheißkerl von einem Vater.«

Cat hörte auf zu boxen und sah ihn an. »Nein, Dad, das warst du nicht. Du bist das einzig Gute, an das ich mich in meiner Kindheit erinnern kann. Und dann warst du fort. Das Leben, das danach folgte, war die Hölle für mich. Ich wollte jeden Tag sterben, und jeden Tag starb ich auch ein bisschen mehr. Meine Seele starb, Dad.«

»Ich weiß, meine Honigbiene, ich weiß.« Er blickte beschämt auf die Spitzen seiner Cowboystiefel.

»Wie konntest du das nur tun, Dad? Ich hatte niemanden, keine Menschenseele! Wenn ich ihn nicht gehabt hätte in der Zeit ...« Cat zeigte mit dem Finger auf mich.

»Midnight, ich weiß«, lächelte Dean und sowohl ich als auch Cat stutzten sprachlos. »Sieh mich nicht so an, Kleines. Dein Dad wusste immer alles, was dich betraf. Ich habe dich die ganzen Jahre nicht aus den Augen gelassen. Deswegen bin ich jetzt auch hier.«

Cat schüttelte den Kopf. »Aber wie konntest du das alles wissen?«, fragte sie. »Woher wusstest du, dass ich hier bin? Dass Kirill hier ist?«

Dean schmunzelte, und er sah richtig gut dabei aus. Man konnte nur vermuten, was für ein toller Mann er früher gewesen sein musste. Cat hatte ihr Aussehen mit Sicherheit von ihm.

»Sagen wir mal so, ich habe da eine besondere Beziehung zum FBI und dem Secret Service.«

Er blinzelte mir zu und ich wurde rot. Wieso sah er mich dabei an?

Dean streichelte über Cats Wangen. »Als dein Midnight hier Erkundigungen über mich anstellen ließ, wusste ich, dass irgendetwas im Busch sein musste. Ich habe vermutet, dass Kirill was vorhatte, sobald er raus war, aber ich wusste nicht was. Ein kleines Vögelchen namens Hank hat mir dann einiges gezwitschert.«

Wieder sah er zu mir und langsam verstand ich. Hank, der Chef meiner Security, der sich um alles gekümmert hatte bezüglich Cat, schien noch eine ganze Menge mehr gemacht zu haben, als nur nach Cat zu suchen. Ich lächelte Dean zu und schüttelte den Kopf.

Brady kam zu mir mit frischen Tüchern für Tommys Wunde.

»Komm, ich löse dich ab«, raunte er und ich dankte ihm. Ich stellte mich zu Cat und ihrem Vater. Dean reichte mir die Hand.

»Danke, dass du so gut auf meine Kleine aufgepasst hast, Max. Ich schulde dir was!«

Ich schüttelte den Kopf. »Nein, Dean, ich schulde Ihnen was. Sie haben uns allen hier das Leben gerettet!« Ich blickte besorgt zu Tommy und hoffte, dass »Alle« auch ihn miteinbezog.

»Ja, das hat er!«, hörte ich eine vertraute Stimme.

Ich sah zur Tür und meine Augen fanden Hank. Er kam herein, jede Menge Menschen in schwarzen Anzügen im Schlepptau. Sirenen heulten auf und ein Sanitäterteam stürmte die Küche. Ihnen galt jetzt meine ganze Aufmerksamkeit.

»Was war passiert?«, fragte einer von ihnen.

»Schusswunde im linken Bauchbereich«, antwortete Brady und der Sanitäter nickte.

Sie legten Tommy sofort eine Infusion an, vermutlich Kochsalzlösung.

»Welche Blutgruppe hat er, weiß das jemand?«

»A positiv«, antwortete ich umgehend und der Sani griff zum Handy.

»Blutkonserven A positiv bereithalten, wir sind gleich da!« Er legte einen Druckverband an und sie packten Tommy auf eine Trage.

»Ich will mitfahren!«, forderte ich aber Brady drängte sich dazwischen.

»Das mach ich. Du bleibst besser hier bei Cat! Und keine Widerrede!«

Ich wusste, er hatte recht. »Du rufst mich sofort an, hörst du? Egal was ist, du rufst mich an!«

»Natürlich, Max«, nickte er und lief neben der Bahre nach draußen. Heulend erklangen wieder die Sirenen und nach und nach wurden sie leiser.

Ich wandte meinen Blick wieder Cat und ihrem Vater zu, der sie umarmte und sie wohl nie wieder loslassen wollte, während Cat weinte.

Mitch und Derek standen verloren herum und Hank flüsterte den Männern in Schwarz Anweisungen zu. Dann kam er zu uns.

»Das ist ja gerade noch mal gutgegangen«, seufzte er. »Ich hoffe und bete, dass Tommy es schafft.« Sein Blick zeigte ehrliche Besorgnis, als er sich an Dean wandte. »Das war's dann wohl, Dean. Jetzt hast du alles hinter dir.«

Dean nickte. »Ja, sieht so aus. Ich werde die Verantwortung dafür übernehmen, Hank. Ich konnte nicht anders. Als er mir damit gedroht hatte, Cat diese Dinge anzutun, da ...«

Hank unterbrach ihn. »Keine Sorge, Dean, das soll nicht dein Problem sein. Wir alle werden aussagen, dass es Notwehr war. Du kannst dich jetzt endlich um deine Tochter kümmern.«

Hank lächelte ihm zu.

»Heißt das kein Gefängnis?« Dean sah ihn ungläubig an.

»Nein, Dean. Alles ist gut. Du hast ihnen für die Zukunft 'ne Menge Ärger erspart.« Wieder lächelte Hank und neigte seinen Kopf zu den FBI Männern. »Sie kümmern sich um alles. Du bist frei. Geh, und genieße dein Leben. Und Dean? Keine krummen Sachen mehr, verstanden?«

Dean lachte glücklich. »Nein, Hank, nie wieder!«

Hanks ehemalige Kollegen führten Sascha ab, der wieder zu sich gekommen war. Ein Leichenwagen fuhr vor und lud Kirill und Lew ein. Langsam wurde es leerer und stiller in der Küche. Hank hielt einen Schlüssel in der Hand und warf ihn Dean zu, der ihn auffing.

»Was ist das?«, fragte er.

»Der Schlüssel zu deinem Haus. Es steht noch leer und alles ist so, wie du es verlassen hattest. Bedank dich bei deiner Tochter«, schmunzelte er.

»Wie? Soll das heißen ...?« Cat blickte ihn fragend an.

»Wir konnten es retten, da noch keiner drin gewohnt hatte. Die Eigentumsurkunde wird gerade wieder auf dich überschrieben.«

Cat fiel ihm um den Hals. »Mein Gott, Hank, ich danke dir! Wie soll ich das nur wieder gutmachen?«

Hank errötete und ich schmunzelte. »Ach, das war doch nichts, Cat«, murmelte er und wandte sich ab. Dann kam er zu mir. »Ich denke, du willst jetzt zu Tommy, hmh? Ich werde dich fahren.«

»Auf jeden Fall, Hank!« Ich sah zu Cat, die mich mit traurigen Augen anblickte. »Würdest du mit mir kommen, Cat? Bitte!«

Mit flehenden Augen sah ich sie an. Es tat mir alles so leid und dass sie diese schrecklichen Dinge durchmachen musste, das war für mich fast nicht zu schultern. Dass ihr Vater plötzlich auftauchte und natürlich die Sache mit Tommy. Himmel, wie viel musste sie eigentlich noch ertragen?

»Ich weiß nicht ...«, flüsterte sie und Dean drückte sie fest.

»Geh nur, Schatz, ich komme klar. Wir sehen uns später noch, okay? Dann reden wir.«

Cat nickte dankbar und ich freute mich, dass sie mit uns fahren würde. Hank machte den Lincoln startklar und Cat und ich stiegen hinten ein. Schweigend brachten wir die Fahrt hinter uns. Im Krankenhaus kam uns Brady entgegengerannt.

»Was ist mit ihm?«, fragte ich hektisch.

»Sie operieren noch. Keiner hat mir etwas gesagt bis jetzt.«

Ein tiefer Seufzer kam von meinen Lippen und wir gingen in den Warteraum.

»Claire!«, schrie ich, als ich sie dort sitzen saß. Sie kam sofort zu mir und umarmte mich. Tränen standen in ihren Augen und ich nahm sie fest in meine Arme. »Er schafft das, Claire, hörst du? Er schafft das.«

Ich schaute aus dem Fenster und sah die dunklen Wolken, die sich am Himmel zusammenzogen. Es würde ein Gewitter geben, so viel stand fest.

Claire kauerte in Bradys Armen, während Cat sich mit Hank unterhielt. Er schien ihr einiges zu erklären und ständig schüttelte sie den Kopf. Wie sollte ich das, was ich ihr und Tommy angetan hatte, je wieder gutmachen?

Eine Frau im grünen Kittel betrat den Raum und sofort sprangen alle zu ihr hin.

»Was ist mit Tommy?«, fragte ich und sie wandte sich an mich.

»Sind Sie ein Familienangehöriger?«, wollte sie wissen.

»Sein bester Freund«, stotterte ich.

»Tut mir leid, ich kann die Auskunft nur einem Familienangehörigen geben.«

Claire kam nach vorne. »Ich bin seine Schwester, und der Rest hier ist seine Familie, verstehen Sie? Und jetzt sagen Sie mir endlich, was mit meinem Bruder ist!« Sie blitzte sie böse an und die Ärztin räusperte sich.

»Tut mir leid, die Vorschriften. Na gut. Ihrem Bruder geht es den Umständen entsprechend gut. Er hatte viel Blut verloren. Es war ein glatter Durchschuss aber wir mussten seine Milz entfernen. Ansonsten ist er stabil. Wenn Sie möchten, einer von Ihnen kann zu ihm. Aber erschrecken Sie nicht.«

Wir sahen einander an und Claire nickte mir aufmunternd zu. »Mach du das, Max. Ich weiß, er würde dich sehen wollen.«

»Danke, Claire«, lächelte ich erleichtert und sah zu Cat.

»Geh nur, Max. Ich warte hier.« Sie nickte mir zu und ich folgte der Ärztin auf die Intensivstation.

Mein Gott, Tommy! Wie er so dalag, eingesunken, weiß im Gesicht, und überall noch Schläuche an ihm. Mir wurde ganz schlecht, als ich ihn so sah und ich dachte mit Schrecken an meine kleine Schwester, bei der es ähnlich ausgesehen hatte.

Ich zog mir einen Stuhl an sein Bett und setzte mich. Die Überwachungsmonitore piepten und die Umgebung bereitete mir eine Gänsehaut. Tommys Hand lag vor mir und ich ergriff sie zart.

»Verdammt, Tommy. Warum hast du das getan? Die Kugel war für mich bestimmt. Und nach allem, was ich dir und Cat angetan habe, hätte ich sie auch mehr als verdient gehabt. Du hast mir das Leben gerettet. Und jetzt? Bitte, du musst wieder gesund werden. Ich könnte ohne dich nicht leben, das weißt du. Du bist mein bester Freund. Wir haben zusammen schon so viel Scheiße erlebt. Wir ...« Ich konnte nicht mehr reden.

Meine Kehle brannte und mein Herz raste. Ihn so zu sehen, brachte mich fast um.

Ich würde nicht mehr von seiner Seite weichen, so viel war klar. Ich wollte bei ihm sein, wenn er zum ersten Mal seine Augen öffnete. Ich wollte, dass er mich sieht, dass er wusste, ich würde für ihn da sein. Keine zehn Pferde würden mich jetzt noch von seinem Bett wegziehen können. Über eine Stunde saß ich einfach nur da und starrte ihn an. Eine Schwester kam vorbei und teilte mir mit, dass die anderen gefahren waren und morgen wieder kämen. Ich nickte und sah wieder zu Tommy. Er war nicht nur mein Bandkollege. Und er war nicht nur mein bester Freund, nein, er war viel mehr als das – er war mein Bruder!

Ich sah mich um und fand einen Waschlappen. Ich machte ihn nass und ging wieder zum Bett. Tommys Lippen waren rau und aufgesprungen. Vorsichtig strich ich mit dem Waschlappen darüber. Nein, ich würde hier nicht weggehen, auf gar keinen Fall!

Eine weitere Schwester trat ein und sah nach den Monitoren, bevor sie zu mir kam und mir die Hand auf die Schulter legte. Liebevoll blickte sie mich an.

»Er wird schon wieder, Sir. Machen Sie sich nicht zu viele Gedanken.« Ich versuchte, irgendetwas aus ihrem Gesicht herauszulesen, aber ich fand nichts. Ich dankte ihr für ihr Mitgefühl.

Die Stunden vergingen und dann schlief ich in dem Stuhl ein. Niemand hätte mich fort gekriegt und irgendwann haben es die Schwestern aufgegeben, mich zum Gehen zu bewegen.

Mitten in der Nacht, es war schon so gegen vier Uhr morgens, weckte mich ein lauter Donner. Das Gewitter war da. Ich streckte mich, denn mir tat alles weh. Mein

Mund war trocken und ich nahm mir einen Schluck Wasser. Tommy schlief immer noch. Sanft streichelte ich über seinen Arm.

»Du kannst das, Tommy, ich weiß es«, flüsterte ich, aber er regte sich nicht.

Ich legte meinen Kopf auf das Bett und schlief wieder ein. Gegen fünf kam ein Arzt und ich musste das Zimmer kurz verlassen. Ich beschloss, mir an einem der Automaten etwas zu essen zu holen. Erst jetzt, da die ganze Aufregung sich etwas gelegt hatte, spürte ich, wie hungrig ich eigentlich war. Ich lief an dem Warteraum vorbei und traute meinen Augen nicht. Da lag Cat, schlafend, über drei Stühle hinweg. Sie war ebenfalls nicht gegangen.

»Cat?«, rief ich leise und rüttelte leicht an ihrer Schulter. Sie schlug die Augen auf. »Was machst du denn hier, Cat?«, schüttelte ich den Kopf. »Warum bist du nicht nach Hause gefahren?«

Sie setzte sich auf und gähnte. »Ich konnte es nicht, Max. Ich wollte hier sein, wenn es Neuigkeiten gibt. Wie geht es dir?«

»Beschissen, aber alles halb so schlimm. Ich wollte mir etwas zu essen holen, magst du auch was?«

»Nein, aber 'nen Kaffee könntest du mir mitbringen.«

»Klar«, lächelte ich und spurtete davon. Dass sie hiergeblieben war ... Ich fragte mich, für wen ...

Kapitel 11

Schnell schob ich den Gedanken beiseite. Mein Gott, ich musste diese Eifersucht ablegen, wenn ich sie nicht für immer verlieren wollte. Warum sollte sie sich nicht, wie ich auch, Sorgen um Tommy machen? Ich war so ein verbohrter Idiot. Ich besorgte zwei Kaffee und zwei Sandwiches, falls sie doch noch Hunger bekommen sollte, und lief zurück in den Warteraum.

»Hier«, sagte ich und setzte mich zu ihr, während ich ihr die Sachen übergab.

»Wie geht es ihm, Max?«, fragte sie mich.

»Er sieht schlimm aus, Cat. Und er war während der ganzen Nacht noch nicht eine Sekunde zu sich gekommen.« Mein Herz fing wieder an zu rasen, als ich sein Bild vor mir sah. Cat legte mir ihre Hand auf meine.

»Und wie geht es dir?«

»Mir?« Was sollte ich darauf antworten. »So, wie ich es verdient habe«, schluckte ich. Cat lächelte gequält. »Du solltest nach Hause fahren, etwas schlafen. Ich bin ja hier, wenn etwas ist, Cat. Ich rufe euch an, wenn er aufwacht, okay?«

Sie schüttelte den Kopf. »Nein, Max, ich bleibe hier, bis ich die Gewissheit habe, dass es ihm wieder gutgehen wird. Ich kann nicht nach Hause. Ich muss einfach hierbleiben.«

Ich nickte und trank meinen Kaffee aus. »Möchtest du ihn sehen, Cat? Du hast es dir verdient und ich werde mit der Schwester reden. Aber du darfst nicht erschrecken, okay?«

»Ich ... würdest du das ...?«

»Ja, Cat. Komm.« Ich nahm sie an der Hand und führte sie in das Zimmer, nachdem ich mir von der Schwester das Okay geholt hatte. Cat stürmte sofort an Tommys Bett. Sie griff nach seiner Hand und brach in Tränen aus. Ich blieb stehen und lehnte mich an dem Türrahmen an. Keine Ahnung warum, aber vermutlich wollte ich nicht alles hören, was sie zu ihm sagen würde. Ich hatte Angst, einfach nur schreckliche Angst. Aber Cat blieb stumm. Sie sah ihn nur an und streichelte seine Hand. Fast zehn Minuten saß sie einfach nur so da. Dann stand sie auf, küsste ihn sanft auf die Stirn und drehte sich von ihm weg.

»Ich hätte niemals wieder hierherkommen dürfen, das ist alles meine Schuld«, flüsterte sie und rannte an mir vorbei. Im ersten Moment war ich viel zu geschockt über ihre Aussage, und es dauerte bis ich realisierte, dass sie schon wieder davon lief.

»Nein, Cat, diesmal nicht!«, zischte ich und spurtete hinterher. Ich weiß nicht, woher ich den Mut und das Selbstvertrauen nahm. Dieses Mal würde ich sie nicht gehen lassen, nicht so!

Sie war schon im Aufzug und ich riss die Tür zum Treppenhaus auf. Mehrere Stufen auf einmal nehmend, sprang ich die Treppen hinunter. Atemlos kam ich unten an und konnte sehen, wie Cat gerade durch die Eingangstür verschwand. Ich raste ihr hinterher.

Es regnete in Strömen. Der Donner hatte sich zwar gelegt, aber wenn es in Florida regnete, dann richtig.

Nach noch nicht mal zehn Metern war ich nass bis auf die Haut. Cat lief etwa dreißig Meter vor mir und ich versuchte, sie einzuholen. Meine Lungen brannten und meine Beine wurden langsam müde. Aber ich würde sie nicht gehen lassen!

Dieses Mal nicht!

Sie überquerte den spärlich beleuchteten Parkplatz und wollte vermutlich zu den Taxis. Noch zwanzig Meter.

»Cat«, schrie ich, aber sie drehte sich nicht um. Noch zehn Meter. »Cat, verdammt, bleib stehen!«

Sie beschleunigte ihre Schritte und ich atmete tief ein. Ein letzter Sprint und ich hatte sie eingeholt. Ich griff nach ihrem Arm und wirbelte sie zu mir herum.

»Wo zum Teufel willst du hin, Cat?«, schrie ich, während meine Brust sich bedenklich hob und senkte.

»Lass mich los, Max, ich muss alleine sein. Ich kann das hier nicht mehr!«, schrie sie zurück.

»Nein, Cat, nicht dieses Mal! Hörst du? Nicht dieses Mal!«

Sie wehrte sich und versuchte sich loszureißen, aber ich hielt sie jetzt an beiden Handgelenken fest.

»Hör auf, Cat, hast du verstanden? Hör auf!«

Der Regen prasselte auf uns herab und ich wusste nicht, waren es Wassertropfen oder Tränen auf ihrem Gesicht.

»Lass mich gehen, Max. Ich bringe jedem nur Unglück in sein Leben. Sieh dir an, was Tommy passiert ist, und alles nur wegen mir!«

Ich drückte sie gegen die Mauer, die den Parkplatz umschloss.

»Es war nicht deine Schuld, verdammt! Wann kapierst du das endlich?«, schrie ich sie an.

»Doch, das war es. Wäre ich nicht zurückgekommen, wäre das alles nicht passiert. Du und Tommy wärt immer noch Freunde und er wäre gesund und munter.«

»Und dann? Dann wärst du jetzt in den Händen von Orlow. Sollte so der Rest deines Lebens aussehen?«

Sie versuchte wieder von mir wegzukommen, aber ich hielt meine beiden Hände rechts und links von ihr fest gegen die Mauer gepinnt und drückte ein Bein zwischen ihre Schenkel, so konnte sie aus der Umklammerung nicht heraus.

»Und wenn schon«, jammerte sie. »Das wäre dann wenigstens nur ein Leben gewesen, das zerstört ist.«

Ich fühlte, wie eine unbändige Wut in mir hervorkroch. »Das ist nicht dein Ernst, oder?« Ich packte sie an den Schultern und sie nickte.

»Doch, Max. Mein Leben war doch seit jeher beschissen, darauf wäre es auch nicht mehr angekommen. Und jetzt lass mich gehen, bitte!« Ihre Augen flehten mich an.

»Das kann ich nicht!«, antwortete ich.

»Warum nicht, Max? Habe ich nicht schon genug Schaden angerichtet?«

Ich sah ihr lange und tief in die Augen und sah den unbändigen Schmerz, der aus ihnen sprach.

»Ja, Cat, das hast du. Du hast mein Herz gestohlen. Du hast dich in meine Seele geschlichen. Und du hast mir jede Möglichkeit genommen, überhaupt noch klar denken zu können. Meine Gedanken, meine Seele, mein Herz. All das gehört dir, Cat!«

»Max, bitte ...«

»Verdammt, *ich* gehöre dir!«, schrie ich sie an. »Das habe ich immer schon getan, verstehst du? Umtausch und Rückgabe ausgeschlossen!«

Ich schlug mit einer Faust gegen die Mauer hinter ihr. Ihre großen Augen blickten mich mit einer Mischung aus Trauer, Angst und Sehnsucht an.

»Ich werde dich jetzt küssen, Cat, hast du das verstanden? Ich werde dich jetzt küssen, wie dich noch nie jemand geküsst hat, und ich werde dir zeigen, was ich für dich empfinde. Du kannst versuchen dich zu wehren, aber ich lasse nicht zu, dass du gehst, ohne dass ich dich geküsst habe!«

Und dann zog ich sie zu mir heran, presste meine Lippen auf ihre und forderte mir Einlass. Meine Hände umschlossen ihr Gesicht und nach einer gefühlten Ewigkeit gab sie ihren Widerstand auf. Meine Zunge traf ihre. Ich legte all meine Leidenschaft, all meine Liebe, all meine Träume in diesen einen Kuss.

»Cathy«, stöhnte ich verzweifelt. »Lass mich nicht allein, ich flehe dich an!«

Ihre Hände legten sich in meinen Nacken und griffen in meine nassen Haare. Ich umschloss ihre Taille und hob sie hoch. Cat schloss ihre Beine um meine Hüften und ich drückte sie mit dem Rücken gegen die Mauer. Ich würde sie nicht mehr weglassen, niemals wieder. Dann fühlte ich, wie sie mit einer Hand an meinem Gürtel nestelte und ihn aufmachte.

Mein Gott, Cat, was hast du vor? Sie keuchte und stöhnte an meinem Mund. Mit einem geschickten Griff befreite sie meine Härte und sie sprang ihr entgegen. Sie massierte sie, ohne dass sie ihre Lippen von meinen löste.

»Heilige Scheiße, Cat!«, stöhnte ich. »Was tust du da?«

»Fick mich, Max, hier und jetzt. Fick mich, damit ich den Schmerz nicht mehr fühlen muss.«

Meine Hand glitt unter ihren Rock und riss ihr den Slip entzwei. Laut stöhnte sie auf. Meine Finger tasteten sich vor und ich spürte, wie feucht sie schon für mich war. Ich brachte mich in Position und ließ sie sanft an meiner Länge heruntergleiten.

»Uuh«, stöhnte ich, als ich ihre Enge um mich herum spürte. Hart drückte ich sie gegen die Mauer und ebenso hart drang ich in sie ein.

»Ja, Max, genau so!«, stöhnte sie und ich legte all meine Leidenschaft in jeden einzelnen Stoß. »Lass mich spüren, dass ich noch lebe.«

Der Regen lief eiskalt über meine Haut, aber alles, was ich fühlen konnte, war die Hitze zwischen unseren Beinen. Ihre Schenkel klammerten sich noch fester um mich, zogen mich in sie hinein.

»Ja, Max, härter, lass mich vergessen, beende den Schmerz!«, flehte sie und ich tat, was sie verlangte.

Alle Gefühle der letzten Tage und Wochen, die Sehnsucht, die Liebe und auch meine Wut, legte ich in meine Stöße hinein.

Ich wollte sie, ich brauchte sie, und ich wollte für immer für sie da sein. Ich war so überwältigt von allem, dass ich nicht anders konnte, als ihre Bluse zu zerreißen. Ich schob ihren BH unter ihre Brust und saugte an ihren Knospen, während ich unaufhörlich in sie eindrang. Ich spürte, wie meine Erregung so stark wurde, dass ich nach Erlösung suchte.

»Cat, ich ...« Ich war kurz davor zu kommen. Plötzlich verpasste sie mir eine Ohrfeige und nach dem ersten Schock verstand ich. »Ja, Cat, lass es raus. Ich habe dir wehgetan und jetzt tust du mir weh. Komm schon!« Die zweite Ohrfeige folgte gleich hinterher und ich fickte sie noch härter als zuvor. »Lass ihn raus den

Schmerz, hörst du? Ich teile ihn mit dir.« Meine Hand legte sich um ihren Hals und ihr Kinn und ich zwang sie, mich anzusehen. »Du gehörst zu mir, Cat!«, fauchte ich. »Dein Schmerz ist auch mein Schmerz! Du bist nicht allein!«

Sie stöhnte und ich spürte das Pulsieren in ihrer Enge. Sie kam höllisch und ich schloss mich an.

»Himmel, Cat, oooh Gott«, stöhnte ich, als sich alles entlud. Mein Unterleib zuckte ekstatisch. Alles in mir krampfte sich zusammen. Und dann endlich spürte ich die Erleichterung. Mein Kopf lehnte sich an ihren an, während ich schwer atmete. Meine Hände lagen um ihre schmalen Schultern und hielten sie so fest, wie sie nur konnten. »Ich bin bei dir, Cat, immer!«

Cat sackte förmlich in sich zusammen. Ich hob sie von mir.

»Cat, kannst du stehen?«, fragte ich und sie nickte, aber ihre Beine brachen weg. »Komm, halt dich an mir fest!« Ich legte ihre Arme um mich und brachte wieder Ordnung in meine Hose. Mit einer Hand stützte ich sie, während ich mit der anderen mühsam meine Jacke auszog und sie um sie legte. »Hier, sie ist zwar durchnässt, aber deine Bluse ...« Ich deckte sie ab, so gut es ging. »Komm her, Süße! Alles wird gut!«

Ich hob sie in meine Arme und brachte sie zurück ins Krankenhaus. Im Warteraum legte ich sie auf ein paar Stühle und organisierte ein paar Handtücher, um sie wenigstens etwas abzutrocknen. Es war bereits sieben Uhr und ich versuchte, Mitch zu erreichen. Lange ließ ich es läuten und endlich ging er ran.

»Hey, Mitch, tut mir leid, dass ich so früh anrufe. Hör zu, geh in mein Zimmer und such ein paar frische Kleider für mich. Und bring Cats Tasche mit.« Ich sah zu

Cat. Erschöpft lag sie auf den harten Stühlen. »Ja, alles unverändert«, beantwortete ich Mitchs Frage nach Tommy. »Komm so schnell wie möglich. Danke!«

Cat zitterte. Ich nahm eines der großen Handtücher, wickelte sie ein und zog sie auf meinen Schoß.

»Komm her, Schatz, nichts wird mehr geschehen, hörst du? Du hast es verdient, geliebt zu werden und ich liebe dich mit allem, was ich zu geben vermag. Ich will ein besserer Mensch für dich werden, Cat. Nur wenn du bei mir bist, schweigen die Dämonen in mir. Dann brauche ich nichts anderes auf dieser Welt. Ich liebe dich. Ich weiß, ich bin nicht perfekt und ich weiß, dass ich mich miserabel benommen habe, aber ich versuche, mich zu bessern. Du musst mir nur die Chance dazu geben.«

Ein leises Schluchzen drang an mein Ohr. Sie sagte nichts, weinte nur, und ich konnte nichts tun. Ich wollte ihr doch helfen, verdammt.

»Cat? Sieh mich an!« Meine Finger hoben ihr Kinn an, damit ich ihr in die Augen sehen konnte. »Sieh mich an, Cat. Kannst du es denn nicht sehen? Sieh in meine Augen. Ich liebe dich. Und nichts, was passiert war in deinem Leben, war auch nur annähernd deine Schuld, verstehst du das? Du warst nur diejenige, die darunter leiden musste. Aber Schuld waren alle anderen. Sogar ich. Bitte, Cat, sag mir, dass du etwas für mich empfindest. Für mich, Max. Nicht für Midnight. Für mich! Denn ich bin hier, Cat. Ich bin real. Und ich will alles tun, um dich glücklich zu machen, wenn du mich nur lässt.«

Ihre Hand legte sich zitternd auf meine Wange. »Ja, Max, ich liebe dich. Ich liebe dich seit unserem ersten Tanz. Aber ich habe Angst. Ich habe Angst vor deinem

Leben, Angst, dass du wieder so ausrasten wirst, wie bei Tommy, ich ...«

Mein Gott, sie sah so zerbrechlich aus. Ihre Augen erzählten die schlimmsten Geschichten, ihr ganzer Körper zitterte und ich hatte Angst, sie würde in meinen Armen auseinanderbrechen.

»Schsch, nein Cat, das wird nicht mehr passieren. Ich habe es verstanden. Glaub mir. Ich war unsicher. Auch ich hatte Angst. Aber wenn du mir sagst, dass du mich liebst, dann glaube ich dir das. Und es macht mich zum glücklichsten Menschen auf der Welt. Bitte, lauf nicht mehr vor mir weg, denn das könnte ich nicht ertragen.«

Ich sah sie an und meine Gefühle überwältigten mich. Ich liebte sie so sehr. Nie war ich mir bewusst, welche tiefen Gefühle in mir schlummerten und sie gehörten alle ihr. Meiner Cat, meiner Liebe, meiner Frau. Und dann küsste ich sie, so sanft, wie es mir nur möglich war. Ein kurzer, warmer Hauch auf ihre sinnlichen Lippen.

»Halt mich einfach nur fest, Max«, flüsterte sie und legte ihren Kopf an meine Schulter.

Und ich hielt sie fest. So nah ich nur konnte, drückte ich sie an mich. Nichts hätte mich in diesem Moment von ihr trennen können. Fast zwanzig Minuten saßen wir so da, ohne uns zu bewegen. Schließlich tauchte Mitch auf mit Derek im Schlepptau. Cat war an meiner Schulter eingeschlafen und ich weckte sie sanft.

»Süße? Komm, zieh dir trockene Sachen an, sonst holst du dir noch den Tod.« Mit wackligen Beinen stand sie auf und lächelte. Etwas Friedliches lag in ihrem Blick und ich beruhigte mich umgehend.

»Hey, Mitch, Derek!«, sagte sie mit rauer Stimme und bedankte sich bei ihnen für die Kleider. Sie schnappte sich, was sie brauchte und verschwand auf der Toilette, um sich umzuziehen.

»Alles in Ordnung bei dir, Max?«, wollte Mitch wissen und ich nickte lächelnd.

»Jetzt ja.« Auch ich wechselte meine Kleidung und bedankte mich bei meinen Freunden.

»Ich werde mal wieder nach Tommy sehen, wartet ihr hier?«

Mitch und Derek nickten und ich sah Cat an, die zurück war.

»Komm, du solltest auch dabei sein«, bat ich sie mitzukommen.

»Wirklich?«, fragte sie skeptisch und ich ergriff ihre Hand.

»Natürlich, Babe«, lächelte ich. »Komm mit mir.«

Wir betraten gemeinsam sein Zimmer und setzten uns vors Bett. Der Arzt bescheinigte uns, dass Tommys Vitalwerte stabil waren und Hoffnung durchströmte mein Herz. In den Stunden, in denen wir warteten, erzählte mir Cat alles. Wie Orlow sie gefunden und später bedroht hatte, kurz bevor sie wieder nach Florida kam. Was er ihr alles antun wollte, und wie sie sich die zwei Tage erkauft hatte mit allem, was sie besaß.

Wir redeten viel. Zum ersten Mal, seit wir uns wieder begegnet waren, *konnten* wir auch richtig miteinander reden. Es war ehrlich, es schmerzte, aber es befreite auch. Ich hatte Durst und holte uns etwas zu trinken. Als ich wieder ins Zimmer kam, saß Cat an Tommys Bett und hielt seine Hand. Ich blieb in der Tür stehen und hörte ihr zu, zum ersten Mal ohne Angst.

»Bitte, Tommy, wach auf. Tu es für Max. Er liebt dich und er braucht dich. Wir alle lieben dich. Du musst kämpfen, hörst du?«

Ich trat ans Bett und lächelte. »Du solltest auf das hören, was meine Freundin dir sagt, Tommy«, schmunzelte ich und Cat sah mich an. »Sie kann sehr ungehalten werden, wenn sie nicht ihren Willen kriegt.«

Cat schüttelte lächelnd den Kopf.

»Dann sollte ich das wohl besser tun, nicht wahr?«

Oh mein Gott! »Tommy?«

Seine gebrochene Stimme drang an mein Ohr und ich wollte überschäumen vor Glück.

Cat sprang vom Stuhl auf und deutete mir an, näher ans Bett zu kommen. Ich setzte mich und ergriff seine Hand.

»Tommy, ich bin hier. Sag etwas. Du verdammter Irrer!«

»Was ist passiert, Max?«, fragte er zaghaft. Scheinbar war seine Erinnerung an das, was geschehen war, verschwunden.

»Du Verrückter hast dir eine Kugel für mich eingefangen. Ohne dich wäre ich jetzt tot und begraben!«, seufzte ich und Tommy versuchte angestrengt, den Kopf zu mir zu drehen.

Cat war nach draußen gelaufen, um den Arzt zu rufen und um Derek und Mitch zu informieren.

»Bleib liegen, Tommy. Streng dich nicht an, hörst du? Himmel, Tommy!« Ich konnte nicht anders, ich musste ihn einfach in den Arm nehmen. »Hast du denn gar keine Erinnerung mehr?«, fragte ich und konnte sehen, wie er angestrengt nachdachte.

»Doch, Max, ich erinnere mich an etwas«, flüsterte er schließlich. »Ich schulde dir einen Kinnhaken, du blöder Wichser!« Er grinste mich an und ich hätte am liebsten laut losgelacht.

»Ja, Tommy, das tust du. Sobald du hier raus bist. Du darfst mich verprügeln, bis ich grün und blau bin, aber werd jetzt einfach nur gesund.«

Der Arzt und Cat kamen zurück.

»Hallo, Cat«, murmelte Tommy und sie streichelte ihm über die Wange. »Hast du dem Idioten ordentlich die Leviten gelesen?«

»Ja, Tommy, das hab ich«, lächelte sie und küsste ihn ganz zart auf seine Wange.

»Reden Sie nicht so viel, junger Mann«, mischte sich der Arzt ein. »Sie brauchen ihre Kraft noch. Willkommen zurück unter den Lebenden.« Er lächelte und drückte Tommys Hand.

»Danke, Doktor!«

Der Arzt bat uns, den Raum zu verlassen und wir gingen nach draußen. Mehrere Schwestern gingen in Tommys Zimmer und Cat und ich gingen zum Warteraum. Alle warteten dort schon. Mitch und Derek waren da, Claire, Brady, Andrew, unser Sicherheitsteam, alle waren gekommen.

»Er ist wach«, rief ich schnell in die Runde, bevor mich meine Gefühle übermannten.

Sofort waren Mitch, Derek und Brady bei mir und hielten mich fest in ihren Armen. Wir wussten, das Schlimmste war überstanden! Ich sah ihnen allen tief in die Augen. Erleichterung war darin zu lesen, und auch Freude.

»Hört zu, ich muss euch etwas sagen«, räusperte ich mich. Jetzt ruhten alle Augen auf mir und es war mir unangenehm und peinlich, aber ich musste da durch, egal wie. »Ich habe echt Scheiße gebaut, und das tut mir unendlich leid. Ich weiß nicht, was da in mich gefahren war. Derek, dass ich dich so angeschrien habe, und vor allem dich, Brady. Ich weiß gar nicht, wie ich das jemals wieder gutmachen soll.«

»Max, ist schon gut«, murmelte Mitch aber ich schüttelte den Kopf.

»Nein, Mitch, das ist es nicht. Es war nicht das erste Mal, dass mir so ein Ausraster passierte, und das wisst ihr. Dennoch wart ihr immer für mich da. Was ich da getan habe ... mit Tommy und Cat, und auch mit dir Brady, dafür schäme ich mich zutiefst.«

Ich atmete tief ein, damit ich mich wieder sammeln konnte.

»Cat, ich hatte dich schon einmal verloren, und als ich dachte, ich würde dich schon wieder verlieren, da hat es bei mir einfach ausgesetzt. Das soll keine Entschuldigung sein, aber vielleicht kannst du es als Erklärung ansehen. Ich weiß nicht genau, wieso ich das in mir trage, diese Unsicherheit, diese Ängste. Ich weiß nur, dass ich euch alle hier abgöttisch liebe. Ihr seid meine Familie. Und einen von euch zu verlieren – tja, das wäre als ob man ein Familienmitglied verlieren würde. Ich kann mich nur bei euch allen entschuldigen und hoffen, dass ich weiterhin an eurer Seite sein darf. Aber falls nicht, dann kann ich das auch verstehen. Alles, was ich jetzt nur noch will, ist, dass Tommy wieder gesund wird.«

Ich schluckte und senkte meinen Blick auf meine Zehenspitzen. Ich hatte Angst, richtige Angst! Brady kam zu mir. Seine Lippen formten einen dünnen Strich und seine Augen sahen finster aus.

»Was soll ich sagen, Cousin«, seufzte er. »Du warst schon immer ein Arschloch und wirst auf ewig eins bleiben. Aber du bist mein Arschloch und für nichts in der Welt gäbe ich dich her!«

Überrascht sah ich ihn an und als erstes fiel mir sein breites Grinsen auf.

»Komm her, Max, ich gehe nirgendwo hin und ich werde dich auch nicht alleinlassen, hörst du?« Er drückte mich fest und ich konnte nicht beschreiben, wie gut mir das getan hatte. Er ließ mich los und fuhr fort. »Ich kann dich verstehen, Max. Cat ist eine tolle Frau und Tommy - nun ja, in seiner Gegenwart fühle ich mich auch immer unsicher. Darum bin ich froh, eine heiße Braut zu haben, mit der er garantiert nichts anfangen würde.« Er grinste und ich musste lachen, als ich zu Claire sah.

»Danke, Brady. Ich wäre heute nicht der, der ich bin, wenn ich dich nicht gehabt hätte.«

»Ich weiß, Arschloch, ich weiß!«, trollte er sich.

»Hey«, rief mir Derek daraufhin zu, »solange ich dir ab und an eine reinhauen darf, ist das alles kein Problem.«

Ich lachte und als Nächster äußerte sich Mitch.

»Wir hatten alle unsere dunklen Stunden, Max. Und du warst immer für uns da. Jetzt ist es an der Zeit, dass wir für dich da sind. Und ich will keine Widerworte hören, okay?«

»Nein, Mitch«, flüsterte ich dankbar. »Ich werde alles wieder gutmachen«, versprach ich ihnen. »Sobald Tommy wieder auf den Beinen ist.«

Ich suchte Cat, die bei Hank stand und sich in seinen Arm eingehängt hatte. Scheinbar gab er ihr Sicherheit.

»Cat, ich weiß nicht was ich sagen soll. Dir gehört alles von mir. Du weißt das, denn ich habe es dir oft genug gesagt. Jetzt musst du es nur noch annehmen. Ich weiß nicht, was ich sonst noch tun soll. Ich liebe dich. Du bist die einzige Frau in meinem Leben, die ich je geliebt habe. Und du wirst die letzte Frau sein, die ich je werde lieben können. Wirst du bei mir bleiben?«

Sie löste sich von Hank und kam lächelnd auf mich zu. »Ja, Max, das werde ich. Aber nur unter einer Bedingung!«

»Egal, was es ist, Cat, ich verspreche es dir!«

»Bist du sicher? Versprich nie etwas, das du nicht halten kannst!«, hakte sie nach und ich nickte.

»Sag es mir, was immer du willst, ich werde es tun.«

»Ich werde bei dir bleiben, aber nur unter der Bedingung, dass du mich jeden Tag so lieben wirst, wie du es heute Morgen getan hast!«

Mir blieb die Luft weg und Cat grinste. Ein lautes »Ohhh!«, zog sich durch den Warteraum und alle fingen an zu lachen.

»Dann ist er ja doch nicht so ein Loser, unser Max!«, äußerte sich Derek lautstark und ich musste mitlachen.

»Was immer du willst, Cat!«, lächelte ich sie an und nahm sie fest in meine Arme, bevor ich sie lange und liebevoll küsste. Erst als eine Schwester den Raum betrat, löste ich mich von ihr.

»Sie können jetzt zu ihm«, sagte sie. »Aber bitte, immer nur zwei auf einmal!«

Ich bedankte mich und blickte Brady und Claire an. »Ich glaube, jetzt seid ihr an der Reihe. Na los, macht schon. Ihr habt lange genug gewartet.«

Ich hielt Cat in meinen Armen, während ich Brady und Tommys Schwester hinterherblickte. Es fiel mir schwer, jetzt von meinem Freund Abstand zu halten, aber ich wusste auch, wie sehr alle darauf brannten, ihn endlich zu sehen.

Während wir warteten, schwebten unzählige Gedanken durch meinen Kopf. Ich war dankbar, dass Tommy noch lebte. Hätte er es nicht getan, wüsste ich nicht, wie ich damit hätte leben können. Bilder aus längst vergangenen Tagen tauchten vor meinem geistigen Auge auf. Fünfzehn Jahre war es jetzt schon her, als ich Tommy zum ersten Mal traf.

Wir waren noch so jung, Teenager, und wir hatten einen Traum. Ein Lächeln huschte über mein Gesicht, als ich daran dachte, wie wir unaufhörlich in Tommys Elternhaus geprobt hatten und seine Mom und seinen Dad mit unseren Interpretationen diverser Metal-Musik in den Wahnsinn trieben. Ich blickte zu Derek und Mitch hinüber, die erst ein Jahr später zu uns gestoßen waren.

Mitch hatte diese natürliche Genialität alles zu vertonen, was ich ihm an Texten vor die Nase legte. Derek – eine Urgewalt an den Drums. Und natürlich Tommy, der sich jede Bass-Line sofort zu eigen machte. Wir waren schon ein verrückter Haufen; und sind es immer noch.

Ich selbst war immer die Stimme der Band, aber heute fühlte ich mich, als ob alle Worte in mir verstummt wären. So viel hatte sich ereignet, so viel hatte ich zu bedauern und zu oft habe ich den Menschen, die ich über alles liebte, wehgetan.

Instinktiv zog ich Cat näher zu mir heran. Wenn sie bei mir war, fühlte ich Frieden in mir. Sie nahm meine Hand und ich streichelte die zarte Haut zwischen ihren Fingern. Als ob sie meine Gedanken gelesen hätte, sprach sie zu mir:

»Es wird alles wieder so, wie es einmal war, Max«, hauchte sie mir zu und ich nickte dankbar. »Er wird wieder der alte Tommy werden, da bin ich mir sicher.«

»Glaubst du?«, fragte ich unsicher.

»Ja, Max, ich glaube fest daran. Und du wirst ihm dabei helfen, nicht wahr?«

Ich lächelte sie an, wohlwissend, dass es die Angst um unsere Freundschaft war, die aus ihr sprach.

»Klar werde ich das, Cat. Egal was war, es ist vorbei. Tommy wird immer mein bester Freund bleiben.«

Ihre Gesichtszüge entspannten sich deutlich und ein Leuchten strahlte aus ihren Augen, wie ich es zuvor noch nie wahrgenommen hatte. Und zum allerersten Mal in meinem Leben fühlte ich, dass sie mich wirklich liebte - mit all meinen Fehlern!

Kapitel 12 Max und Cat

~8 Wochen später~

Max

Es war Mitte Juli und die Sonne brannte erbarmungslos auf Florida hinab. Das Thermometer zeigte beinahe vierzig Grad an und meine Aufregung trug ihres dazu bei, dass ich schwitzte wie ein Maultier. Heute war der Tag – Tommy würde nach Hause kommen. Nervös rannte ich durch Bradys Haus am See. Cat, die Jungs und ich hatten eine große Wiedersehensfeier geplant und ich konnte nicht erwarten, dass er endlich hier ankommen würde.

»Geht das Catering klar?«, schrie ich durchs Haus und Brady sah mich genervt an.

»Wie oft willst du das denn noch fragen, Max?«, schüttelte er den Kopf. »Natürlich! Zum zweiundsiebzigsten Mal! Himmel, komm runter. Trink ein Bier, spring in den See, oder was auch immer, aber hör mit dieser Kontrollsucht auf!«

Ein nasser Lappen kam aus seiner Richtung geflogen und traf mich genau im Gesicht.

»Ist ja gut!«, grummelte ich. Verstand denn niemand, wie viel mir das hier heute bedeuten würde? Aber natürlich hatte er auch irgendwie recht – wie immer! Ich musste mich beruhigen, doch das sagte sich so leicht, wenn dein bester Freund, der eine Kugel für dich eingefangen hatte, endlich wieder nach Hause kam.

»Alles in Ordnung mit dir, Schatz?«

Cat kam in die Küche und wie immer ging die Sonne für mich auf. Sie sah so sexy aus in ihrer kurzen Jeans, dem weißen Top und dem Pferdeschwanz, der so verlockend hinter ihrem Rücken hin und her schwang.

»Ja, alles okay. Bin nur nervös«, beruhigte ich sie.

Sie kam zu mir und schloss ihre Arme um mich. Ihr Kopf ruhte an meiner Brust und mein Herz schlug schneller. Das tat es immer, wenn ich an sie dachte, aber um einiges schlimmer wurde es, wenn sie in meiner Nähe war. Mein Herz, das ich so lange verschlossen hielt; das taub und empfindungslos war für so viele Jahre. Ein Herz, das außer Wut nichts mehr empfinden konnte – bis sie wieder in mein Leben trat. Ich hatte sie vom ersten Tag an geliebt und ich würde sie lieben bis in alle Ewigkeit. Meine Cat! Meine rattenscharfe Frau!

Mit beiden Händen hielt ich ihren süßen, kleinen Po fest und drückte sie an mich. Sofort wurde Bad Boy hart wie Stein und ich grinste.

»Wenn du dich noch länger so an mich drückst, vernasche ich dich gleich jetzt und hier auf dem Küchentisch«, raunte ich ihr zu.

»Oh man, könnt ihr zwei nicht wenigstens warten bis keiner mehr da ist, der sich das anhören muss?«, fluchte Brady, den ich komplett vergessen hatte.

»Neidisch?«, fragte ich nur, ohne meine Augen von Cat abzuwenden, die kichernd zu mir aufsah. Ich drehte mich um und lachte.

Brady stand nur kopfschüttelnd da und grinste. »Du vergisst, ich habe noch ein Haus, wo ich euch Irre nicht ertragen muss, und dort kann ich tun und lassen was ich will. Ich brauche nicht darauf zu achten, wer noch zusieht! Und glaub mir, Claire und ich haben bereits jedem Zimmer unseren Segen gegeben – mehrfach!« Ein freches Lächeln lag auf seinen Lippen.

»Oh, ich bin sicher, Tommy freut sich, wenn er das heute Abend von mir hört, Brady. Du weißt, ich bin gut im Texte schreiben, ich werde mir noch eine schöne Ausschmückung dazu einfallen lassen.«

Cat knuffte mich in die Seite und ich musste so lachen, als ich Bradys entsetztes Gesicht sah.

»Das wagst du nicht, Max!«, zischte er und ich ging zu ihm und legte ihm den Arm auf die Schulter.

»War doch nur Spaß, Kumpel. Du weißt, Tommy würde dich übers Knie legen, wenn er hört, was du von seiner Schwester erzählst. Ich wäre an deiner Stelle etwas vorsichtiger damit, alles auszuplaudern.«

Brady kniff seine Lippen aufeinander. Er wusste, ich hatte recht. »Schon gut, Max. Ich bin es nur noch nicht gewohnt ... na du weißt schon.«

Ich betrachtete ihn lange und irgendwie hatte ich das Gefühl, er schämte sich für etwas. »Brady, es ist in Ordnung, so wie es ist, hörst du? Du bist kein Loser, nur, weil du das wilde Leben aufgegeben hast. Claire ist eine tolle Frau. Jeder wird dich um sie beneiden, auch wenn du nicht mit ihr angibst, okay?«

Brady nickte und lächelte mich an. »Ich weiß, Max. Es ist nur nicht so einfach.«

Ich klopfte ihm auf die Schultern. »Hey, wenn ich das kann, kannst du das auch. Wir hatten beide so ein wahnsinniges Glück mit unseren Mädels, oder?«

Er sah zu Cat hinüber und dachte kurz nach, bevor er antwortete. »So ist es, Max. Und wenn sie es wert ist, dann fühlt es sich so viel besser an, als alles andere davor, nicht wahr?«

»Das tut es, Brady, darauf kannst du Gift nehmen!« Ich drückte Cat fest an mich und küsste sie sanft auf ihre unwiderstehlichen Lippen. Ich konnte einfach nicht genug von ihr kriegen. Nicht von ihren Augen, die mir so tief in die Seele blicken konnten, nicht von ihren Küssen, die mir alle Sinne raubten und nicht von ihrem Körper, den ich am liebsten den ganzen Tag lang auf meiner Haut gespürt hätte.

Dass ich jemals würde so lieben können, hätte ich nie für möglich gehalten, aber Cat war der lebende Beweis dafür, dass ich es konnte. Wir hatten einander so viel zu geben. Die Schmerzen in unserem Innern, das Taubheitsgefühl in unseren Gedanken – all das spielte keine Rolle mehr, wenn wir uns nahe waren.

Sie war mein Leben. Ich wusste, sollte jemals wieder jemand versuchen ihr weh zu tun, würde ich ihn mit meinen eigenen Händen töten. Ich wollte sie beschützen, sie lieben und ihr alles geben, was ihr bisher verwehrt blieb. Niemand hatte es mehr verdient als sie.

»Ich muss gleich los«, murmelte sie mir zu und ich nickte mit dem Kopf.

»Ja, ich weiß, und ich kann dir gar nicht sagen, wie sehr ich mich freue«, antwortete ich.

Ich hatte sie gebeten Tommy abzuholen, und mit einem verwunderten Blick willigte sie ein. Ich wollte sie wissen lassen, wie sehr ich den beiden jetzt vertraute. So Vieles hatte ich an ihnen gutzumachen, und das war meine Art ihnen zu zeigen, wie leid mir alles tat. Außerdem wartete noch eine Überraschung auf die beiden. Nicht ohne Grund war ich nervös bis in die Zehenspitzen.

»Warum lächelst du?«, fragte mich Cat, die jede Veränderung in meiner Mimik sofort bemerkte.

»Weil ich glücklich bin, Cat. Ich freue mich auf die Feier, auf Tommy und darauf, dass heute Abend jeder hier sein wird, der mir etwas bedeutet.«

»Ja, ich auch«, seufzte sie. Ich wusste, wie erleichtert sie war, dass alles ein gutes Ende gefunden hatte. Die Narben auf ihrer Seele waren immer noch sichtbar, aber mit jedem neuen Tag wurde es besser und ich wollte nicht eher ruhen, bis sie restlos verheilt waren!

Cat

»Ich fahr dann los, Max, bis später!«, rief ich ihm zu.

»Warte!« Mit großen Schritten spurtete er zu mir hin und nahm mich fest in seine Arme. »Erst will ich einen Abschiedskuss«, brummte er und ich musste lächeln.

Max war so aufmerksam und liebevoll, dass ich es fast nicht ertragen konnte, denn mein Herz wollte jedes Mal schreien vor Glück. Das Gefühl von Geborgenheit, Sicherheit und vor allem Liebe, das er mir schenkte, war so überwältigend, dass ich mich am liebsten den ganzen Tag lang nur noch in ihm vergraben hätte. Jede Minute der Trennung war die Hölle für mich.

Dass ich jetzt Tommy abholen sollte, war auch so eine seiner liebenswerten Gesten. Seine Art, Entschuldigung zu sagen, und ich liebte ihn dafür. Der Schmerz, der lange sein Herz gefangen hielt, saß mindestens so tief wie mein eigener, und ihn jetzt so relaxed zu sehen, jagte mir eine Gänsehaut über den Rücken.

Er betonte immer wieder, es sei allein mein Verdienst, dass er seine persönliche Hölle überwunden hatte, und ich war so stolz auf ihn.

»Ich bin ja bald wieder da«, lächelte ich ihm zu, aber schon spürte ich seine Lippen auf meinen. Ein süßer, unschuldiger Abschiedskuss sollte es werden, aber wie immer, wenn ich seine Lippen auf meinen spürte, den Duft seiner Haut tief in mich einsog und sein leises Brummen hörte, konnte ich nicht anders, als meine Lippen zu öffnen, um mit meiner Zunge seine zu suchen. Und Max erwiderte es jedes Mal. Jetzt war es nicht anders. Ich spürte, wie ein langsames Brennen in mir wuchs und ich wusste, wenn ich mich jetzt nicht lösen würde, käme Tommy heute nicht mehr hier an.

»Max, ich muss los ...«, hauchte ich atemlos.

»Hmh, ich weiß«, flüsterte er und küsste mich immer noch.

»Max!«, lachte ich und drehte mich von ihm weg, auch wenn es mir schwerfiel.

Er zog mich wieder zu sich und sein Gesicht kam mir ganz nahe. Ich spürte seinen warmen Atem an meinem Hals, hörte das sanfte Brummen neben meinem Ohr, als seine Wange ganz dicht an meiner lag. Seine Hand, die unaufhörlich meinen Rücken streichelte, ließ meinen Körper erzittern und meine Schenkel pressten sich unweigerlich zusammen.

»Ich freue mich schon darauf, wenn alle wieder gegangen sind, Cat«, hauchte er mir mit seiner tiefen Stimme ins Ohr und ich spürte, wie sich meine Nackenhaare aufstellten und eine Gänsehaut über meinen Rücken lief.

»Ich werde dir eine Nacht schenken, die du nie wieder vergessen wirst, Cat. Ich liebe dich, und ich will dir beweisen, wie viel du mir bedeutest und wie sehr ich dich begehre!«

»Ist das ein Versprechen?«, neckte ich ihn und ich spürte, dass sich sein Mundwinkel zu einem Grinsen verzog.

»Nein, Cat, eine Drohung. Nach dieser Nacht wirst du mir verfallen sein, auf immer und ewig! Und der Gedanke daran wird dich für alle Zeiten so heiß werden lassen, dass ich an deiner Stelle in Zukunft immer ein paar extra Höschen in der Handtasche hätte.«

»Max!«, schrie ich zum Spaß und stieß ihn von mir weg. »Du bist unmöglich!«, lachte ich, doch an seinem Grinsen sah ich, dass er genau wusste, wie recht er haben würde. Ich konnte mich ja jetzt schon kaum von ihm lösen und allein seine Worte brachten alles in mir zum Glühen.

»Komm her, Süße, nur noch ein Kuss!«, bettelte er und natürlich gab ich nach. Himmel, ich liebte diesen Mann so sehr. Aber ich musste los.

»Ich liebe dich, Max«, flüsterte ich ihm zu und löste mich von ihm.

»Ich liebe dich auch, Cat, mehr als mein Leben.«

»Dann bis später. Und pass auf deinen Cousin auf, damit er keine Dummheiten macht!«

»Das hab ich gehört!«, rief mir Brady zu, der gerade wieder hereinkam und lachte.

Ich ging zu ihm, drückte ihn und gab ihm einen Kuss auf die Wange.

»Hey, wofür war der denn?«, fragte er überrascht.

»Dafür, dass du einfach nur bist, wie du bist. Ich hab dich lieb, Brady, und laut Max soll ich nach der kommenden Nacht nie wieder fähig sein, einen Gedanken an andere Männer zu verschwenden. Du warst meine letzte Chance!« Ich sah ihn ernst an und er blickte verwirrt von mir zu Max und wieder zurück.

»Ihr habt sie doch nicht mehr alle!«, grummelte er. »Ihr seid ja schlimmer wie die Karnickel.«

Er ging kopfschüttelnd an mir vorbei und Max und ich mussten laut lachen. Brady verlegen zu sehen kam nicht oft vor.

»Ich muss los. Bis später ihr zwei!«, rief ich und winkte kurz, bevor ich mich umdrehte und schnell zum Auto lief, bevor Max mich wieder zurückhalten konnte.

Max

Weg war sie – meine süße Cat! Ich blickte ihr noch hinterher, bis sie hinter der Biegung verschwand und ging mit einem Lächeln zurück in die Küche, wo Brady stand und mich aufmerksam musterte.

»Es ist dir wirklich ernst mit ihr, habe ich recht?«, fragte er und ich nickte, denn ich musste nicht eine Sekunde über meine Antwort nachdenken.

»Ja, Brady, das ist es. Ich kann und will mir ein Leben ohne sie nicht mehr vorstellen. Sie *ist* mein Leben!«

Brady kam zu mir und umarmte mich. »Du hast es verdient, Max, und Cat auch. Ich freue mich so für euch.«

Ich lächelte und bedankte mich bei ihm für seine lieben Worte. Er hatte sich so sehr verändert im letzten Jahr, aber nicht nur er, wir alle hatten das.

Und jetzt freute ich mich auf den bevorstehenden Abend. Alle würden hier sein. Mein ganzes Team, die Band, meine Eltern, Cats Dad – jeder, der mit etwas bedeutete, war eingeladen.

Aber am meisten freute ich mich auf Tommy. Wir hatten viel Zeit gehabt, uns auszusprechen und es tat gut, den Ballast endlich los zu sein. Ich konnte jetzt damit umgehen, was zwischen ihm und Cat einst war. Wir haben einander verziehen, und alles, was ich mir nun für ihn wünschte, war, dass er irgendwann seine eigene Cat finden würde. In unseren Gesprächen bemerkte ich nämlich, wie einsam er zu sein schien, und jetzt, da ich mit Cat zusammen war, würde es noch schlimmer für ihn werden. Er würde es niemals zugeben, aber ich konnte es fühlen. Ein Seufzer verließ meine Lippen und ich sah Brady an.

»War ein hartes Jahr, nicht wahr?«

»Das war es wohl, Max. Aber ich möchte keinen Tag davon missen.« Er lächelte und ich klatschte in die Hände.

»Das stimmt wohl, bis auf einige Sachen, die ich gerne vergessen würde«, sagte ich und zwinkerte ihm zu. »Ich bin froh, dass wir jetzt nur noch Studioarbeit haben bis zur Europa-Tour im nächsten Jahr. Endlich etwas Ruhe.«

»Da hast du wohl recht. William und Andrew haben mir erzählt, ihr tourt mit Samarah, stimmt das?«

Ich nickte. »Ja, stimmt. Alternative Rock vom Feinsten, und die Jungs sind echt spitze. Sie erinnern mich ein wenig an uns und ich freue mich total, sie mit an Bord zu haben.«

»Oh je, ein Abbild von euch? Das kann ja heiter werden«, lachte Brady. »Zum Glück hast du mich. Ich werde schon auf euch aufpassen.«

»Ich weiß, und dafür danke ich dir. Aber jetzt müssen wir erst mal 'ne Party organisieren, nicht wahr? Geht das Catering klar?«

Brady presste seine Lippen zusammen. »Wenn du mich das noch ein einziges Mal fragst, Max, bringe ich dich um!«

Cat

Gedankenverloren lagen meine Hände auf dem Lenkrad, während ich im Radio den Klängen von *Welcome to my life* von Simple Plan lauschte. Ein Lächeln huschte über mein Gesicht. Sie sangen über mein Leben – so wie es bis vor Kurzem noch war. Und jetzt? Jetzt war alles anders. So viel besser. Kein Weglaufen mehr, kein verharren in dunkler Taubheit, keine Angst, kein Schmerz. Ich dachte an Max und mein Herz machte einen Sprung. Ich liebte ihn so sehr, dass mir jedes Mal die Tränen kamen, wenn ich daran dachte, wie sehr ich ihn brauchte; wie sehr er mich brauchte!

Ich hatte meinen Dad wieder. Ich war so wütend auf ihn gewesen, aber nach und nach verstand ich, welches Opfer auch er gebracht hatte. Wir haben lange darüber gesprochen und jetzt war alles geklärt.

Und nun holte ich Tommy aus dem Krankenhaus ab. Ich war so glücklich, dass er und Max alles bereinigt hatten. Niemals hätte ich es ertragen, wenn die beiden miteinander gebrochen hätten. Alles war gut!

Ich suchte einen Parkplatz und stellte den Motor ab. Noch einmal tief durchatmen. Noch einmal überdachte ich meine Gefühle für Tommy. Ich hatte ihn wirklich mehr als gerne und wir hatten das Intimste miteinander geteilt, was zwei Menschen teilen konnten. Ich wusste, ich würde ihn auf ewig in meinem Herzen tragen, aber was ich für Max empfand, das ging so viel tiefer. Ich schob den Gedanken beiseite und lief ins Krankenhaus.

»Hey, da ist ja schon der heißeste Typ südlich des Nordpols«, lachte ich, als ich Tommy im Rollstuhl sitzen sah. Er wartete schon auf mich, seine Tasche gepackt auf seinem Schoß.

»Hallo, Cat!«, rief er und sein unwiderstehliches Lächeln zauberte ihm die süßen Grübchen ins Gesicht.

»Komm, schieben wir dich erst mal vor die Tür, damit wir dich von dem Rollstuhl befreien können.« Ich schob ihn nach draußen, und Tommy stand auf, um mich zu umarmen.

»Hey, Süße!«, flüsterte er und drückte mich, als ob er mich nie wieder loslassen wollte. Als er mich endlich freiließ, blickte er mir tief in die Augen. »Dass Max zugelassen hat, dass du mich abholst – ich kann es immer noch nicht glauben.«

»Ja, ich glaube, das war ein großer Schritt für ihn. Ich bin froh, dass er es jetzt akzeptiert hat.«

»Ich freue mich für euch zwei, ganz ehrlich. Auch wenn es jetzt für mich etwas einsamer werden wird«, fügte er seufzend hinzu.

»Ich werde immer für dich da sein, Tommy, und Max auch, das weißt du.«

Er nickte mit dem Kopf. »Ja, ich weiß.«

Ich atmete tief ein. »Und? Schon fünf Uhr. Bereit für die große Willkommensparty heute Abend?«, lächelte ich und Tommy schmunzelte.

»Sicher! Ich freue mich, dass ihr das für mich macht.«

»Bedank dich bei Max und Brady. Die treiben sich gerade gegenseitig in den Wahnsinn deswegen.«

Tommy lachte herzlich. »Ja, das kann ich mir gut vorstellen.«

»Dann komm. Wo geht's hin? Zu Brady und Claire nach Hause?«

»Fürs Erste, ja. Ich muss mich ja noch umziehen, die Sachen abstellen und mich seelisch und moralisch auf heute Abend vorbereiten.« Er zwinkerte, und ich stutzte. Irgendetwas war in seinem Blick ...

Ich verwarf den Gedanken und schnappte mir seine Tasche. »Dann komm, lass uns los. Wenn wir zu spät kommen, wird Max mich teeren und federn.«

Die zwanzigminütige Fahrt zu Bradys Haus verging wie im Flug. Wir lachten viel, und dennoch spürte ich eine Veränderung an Tommy. Er wirkte traurig, trotz seinem Lachen, und es tat mir in der Seele weh. Und ich gab mir die Schuld daran, denn ich nahm ihm seinen besten Freund.

Als wir bei Bradys Haus ankamen, schnappte ich seine Tasche und half ihm aus dem Wagen.

»Zum Glück denken die Paparazzi, du würdest erst in zwei Tagen entlassen. Ich hätte es nicht ertragen, wenn sie vor dem Krankenhaus gelauert hätten«, lachte ich.

In den letzten Wochen hatte ich gelernt, was es heißt, berühmt zu sein. Ständig wurden wir belagert, und die Schießerei und Tommys Geschichte war in allen Zeitungen zu lesen.

Wir gingen die Treppe hinauf und ich klingelte an der Tür. Ich freute mich schon auf Claire, denn ich mochte sie wirklich. Als ich Schritte hörte, ging ich einen Schritt zurück. Die Tür öffnete sich und das sexy Lächeln von Derek sprang mir entgegen. Ich war verwirrt.

»Derek? Was machst du denn hier?« Ich sah zu Tommy, der ebenfalls grinste.

»Überraschung!!«, riefen beide und ich wusste nicht, was vor sich ging.

»Ich hab hier etwas für dich, Cat«, sagte Derek und überreichte mir einen Briefumschlag.

»Was ist das?«, wollte ich wissen, aber die beiden lächelten mich nur an.

»Wenn du ihn nicht aufmachst, wirst du es nie erfahren«, stichelte Derek.

Ich öffnete den Umschlag und nahm einen Brief hervor, auf dem ich eindeutig Max' Handschrift erkannte.

»Na los, lies schon vor«, drängte Tommy und ich kam seiner Bitte nach.

Meine über alles geliebte Cat,

Du weißt, wie sehr ich mich auf heute Abend freue, und wie glücklich ich bin, dass Tommy endlich nach Hause kommt.

»Hört, hört«, quatschte Derek dazwischen und gab Tommy ein High-Five, bevor ich weiterlesen konnte.

Aber es soll nicht nur Tommys Abend sein. Auch für Dich soll dieser Tag etwas ganz Besonderes werden, und ich hoffe, dass Du ihn niemals mehr vergessen wirst. Vertraust Du mir? Dann gib Derek die Schlüssel, er weiß, wie es weitergeht. Ich liebe Dich, bis in alle Ewigkeit.

Max

Ich faltete den Brief zusammen und sofort stiegen mir die Tränen in die Augen. Was hatte er vor? Ich schluckte und die beiden Jungs starrten mich neugierig an.

»Können wir, Mylady?«, fragte Derek und hielt mir seinen Arm hin.

»Was geht denn hier vor sich?«, wollte ich wissen, aber sie lachten nur.

»Vertrau ihm«, sagte Tommy schließlich und ich legte meine Hand auf Dereks Arm.

»Na schön. Es bleibt mir ja auch sonst nicht viel übrig, oder?«

Ich gab ihm die Autoschlüssel und Derek brachte mich zu dem Wagen. Charmant öffnete er mir die Tür und ich nahm auf dem Beifahrersitz Platz. Er stieg ein, startete den Motor und wendete in der Einfahrt.

»Wohin fahren wir?«, wollte ich wissen.

»Lass dich einfach überraschen!«

Es war zum Verrücktwerden. Er wollte mir einfach nichts sagen. Wir fuhren eine ganze Weile und endlich begriff ich, wo er hin wollte.

»In den Fan Shop? Was machen wir hier?«

Er stieg aus und half mir ebenfalls beim Aussteigen, bevor er mich an der Hand nahm und am Shop anklopfte. Das »Geschlossen« Schild hing groß in der Tür, und ich fragte mich, was ich hier sollte. Plötzlich sah ich Claire durch die Glastür, die lächelnd auf uns zukam. Sie öffnete und nahm mich gleich in den Arm.

»Hey, Cat! Schön, dass du da bist. Komm rein!«

Ich sah zu Derek, der die Hände hob. »Sieh mich nicht so an, ich bin erst mal weg!«, sprach er und machte sich grinsend davon. Kopfschüttelnd trat ich ein.

»Habt ihr euch heute eigentlich alle gegen mich verschworen?«, raunte ich, während ich Claire durch den Laden folgte, bis wir mitten im Tattoo Bereich standen.

Ich fragte mich wirklich, was hier los war. Claire grinste mich an und schien von Dingen zu wissen, von denen ich nicht die geringste Ahnung hatte. Ich sah mich um und bemerkte, dass ein Platz komplett vorbereitet war. Claire überreichte mir einen weiteren Briefumschlag und ich nahm ihn entgegen.

»Von Max, nehme ich an?«

»Mach ihn auf, dann weißt du es!«

Ängstlich riss ich die Seite auf und entnahm den Brief.

Geliebte Cat,

schon ewig nervst Du mich damit, Dir ein Tattoo stechen zu lassen, weil Du Dich in meine so verliebt hast. Jetzt ist es so weit. Claire hat alles vorbereitet. Ich würde niemand anderem erlauben, je seine Hand auf Deine Haut legen zu dürfen, also kannst Du von Glück sagen, dass es Claire gibt. Sie wird Dich entjungfern. Genieße es.

Ich musste laut lachen und Claire schmunzelte.

Ich weiß, Du wolltest immer den Namen der Band haben, aber sieh Dir zuerst an, was Claire und ich für Dich entworfen haben. Wenn Du es nicht magst – gut. Aber ich weiß, egal für was Du Dich entscheidest, es wird nirgendwo heißer aussehen, als an Dir!

Ich liebe Dich,

Max

Ich lies die Hand sinken und konnte es nicht fassen. »Ihr schenkt mir ein Tattoo? Jetzt?«

Claire lachte. »Es ist immer die richtige Zeit für ein gutes Tattoo. Komm, ich zeig dir seinen Entwurf.« Sie holte ein Blatt hervor mit einer Zeichnung darauf und gab es mir. Mir verschlug es den Atem.

Eine Bassgitarre war zu sehen, umschlungen von einem Mikrofon. Beides war umgeben von mehreren roten Rosen. Darüber war ein Notenband, und die Worte Heal me standen dazwischen. Es waren die Noten aus seinem Song, den er für mich geschrieben hatte. Unter dem Bild stand nur ein Wort: Forever.

Ich konnte meine Tränen nicht mehr zurückhalten und Claire legte tröstend ihren Arm um mich.

»Nicht weinen, Cat. Er wollte dir damit zeigen, wie wichtig du ihm bist. Und dass er weiß, wie wichtig Tommy für dich ist, deshalb Tommys Bass Gitarre. Das Mikro, das um sie geschlungen ist, steht für Max und soll dir symbolisieren, dass sie für immer Freunde sein werden. *Forever*. Max hoffte, dass die Noten für dich auch eine wichtige Bedeutung hätten. Heal me steht für dich, was du für ihn getan hast, und die Rosen für seine Liebe zu dir. Aber du kannst dir gerne etwas anderes aussuchen, wenn es dir nicht gefällt.«

Ich schüttelte den Kopf. »Nein, Claire, das ist das beste Motiv, das ich mir vorstellen könnte. Ich liebe es. Über alles!«

Claire lächelte. »Dann komm. Wohin willst du es haben?«

Ich musste überlegen, denn darüber hatte ich mir noch nie Gedanken gemacht. »Wie wäre es seitlich neben meinem Busen?«, fragte ich unsicher und Claire hielt mir den Entwurf dort an, nachdem ich mein Shirt ausgezogen hatte.

»Wow, das macht dich heißer als heiß. Aber es wird verdammt weh tun, muss ich dir sagen. Die Stelle ist echt übel.«

Ich biss die Zähne zusammen. »Mir egal, Claire, genau da gehört es hin. Direkt neben mein Herz.«

»Dann los!«

Eineinhalb Stunden voller Qualen später blickte ich stolz im Spiegel auf mein neues Werk. Es war wundervoll und wieder hatte ich Tränen in den Augen. So sehr es auch wehgetan hatte, die Schmerzen, die mir diese beiden Menschen genommen hatten, waren schlimmer.

Max und Tommy, für immer bei mir!

Claire packte mir Pathenolsalbe drauf und deckte es mit Folie ab. Dann gab sie mir noch ein paar Pflegehinweise.

»Du warst tapfer, Cat«, lächelte sie und ich bedankte mich ganz herzlich bei ihr.

»Ich danke dir, Claire. Es ist wundervoll. Und jetzt? Darf ich jetzt nach Hause? Ich will es Max zeigen.«

Claire lächelte verschmitzt. »Ich glaube eher nicht.« Sie zog die Handschuhe aus und warf sie in einen Eimer. »Du kannst jetzt reinkommen, Mitch!«, rief sie laut und ich konnte es nicht glauben. Mitch kam durch die Hintertür herein und lachte spitzbübisch.

»Dann bin *ich* jetzt wohl dran, nicht wahr?«

Meine Augen wurden groß. »Ihr habt noch mehr für mich vorgesehen?«, fragte ich ungläubig und Mitch nahm meine Hand.

»Sei nicht so neugierig. Komm, jetzt fährst du mal in einem anständigen Auto«, lachte er und zog mich mit sich. Wir gingen um den Shop herum zum Parkplatz und ich traute meinen Augen nicht.

»Das ist nicht euer Ernst!«, raunte ich und blickte bewundernd auf den schwarzen siebenundsechziger Shelby Mustang GT 500. »Ihr habt Eleanor besorgt für heute?« Eleanor war der Spitzname des Autos und nie hatte es ein schöneres Fahrzeug für mich gegeben. Die Leidenschaft dafür hatte ich von meinem Dad geerbt und nun stand sie vor mir. Ich streichelte über die Kotflügel und war hin und weg von ihrer Schönheit.

Mitch grinste und winkte mit einem Umschlag. Ich hatte Angst davor, was drinstehen würde, aber ebenso freute ich mich darauf. Ich lief um den Wagen herum und Mitch drückte mir den Umschlag in die Hand. Zaghaft öffnete ich ihn.

Für die schönste Frau der Welt,

weil nichts auf dieser Welt schöner ist wie Du, konnte ich leider nichts finden, das an Dich heranreichen könnte. Die einzige Frau, die mit Dir halbwegs konkurrieren kann, ist Eleanor, und wenn Du das liest, hat Mitch Dich ihr schon vorgestellt. Ich hoffe, ihr werdet die besten Freundinnen, denn ich könnte mir nichts Schöneres vorstellen, als die beiden heißesten Bräute der Welt an meiner Seite zu haben. Habt Spaß!

Ich liebe Dich! Und fahr vorsichtig!

Max

Ich schrie. »Das glaube ich nicht! Er hat mir Eleanor gekauft?« Mitch nickte und ich hörte Claire hinter mir kichern. »Das kann ich nicht annehmen. Das ist zu viel. Ich ...!« Es verschlug mir den Atem.

Mitch kam zu mir und drückte mich. »Nimm sie ruhig an, Cat. Max hatte alle Hebel in Bewegung gesetzt, um den Wagen für dich zu finden. Er wusste, wie sehr du dieses Auto liebst und er liebt dich noch viel mehr. Also genieße es und denke nicht darüber nach.«

Ich fiel ihm spontan um den Hals und küsste ihn auf die Wange.

»Hey«, lachte er, »ich werd mir ein paar davon zulegen, wenn die Karre diese Wirkung auf Frauen hat!«

»Danke, Mitch«, lächelte ich.

»Wofür? Ich bin nur der Überbringer. Hier, der Schlüssel. Du fährst!«

Nervös kletterte ich auf den Fahrersitz, steckte den Schlüssel ins Schloss und drehte ihn. Wow! Ein Gänsehautgefühl. Der V8 Bigblock röhrte auf und mir wurde warm ums Herz. Ich trat ein paar Mal aufs Gaspedal, nur, um den Sound zu hören. Mitch kicherte neben mir.

»Du bist die einzige Frau, die ich kenne, die so vernarrt in ein Auto ist«, lachte er.

Ich grinste und legte den Gang ein. »Sei froh, dass es der siebenundsechziger ist, Mitch. Das erste Modell mit Überrollbügeln. Du solltest dich festhalten.«

Ich zwinkerte ihm zu und grinste in mich hinein, als ich seinen entsetzten Gesichtsausdruck sah. Und dann gab ich Gas! Es war eine Qual für mich, durch die Stadt zu fahren, aber als wir endlich die Interstate 4 erreichten, konnte ich draufdrücken. Es war umwerfend und ich genoss jede Sekunde. Mitch lotste mich irgendwann zum See, und wir hielten an meinem Haus. Es war schon kurz vor acht und ich wusste, ich würde zu spät zur Party kommen.

»Was jetzt?«, fragte ich Mitch, nachdem wir ausgestiegen waren.

»Du solltest reingehen und dich umziehen. Max wird schon auf dich warten. Eleanor ist ja heil angekommen und ich werde gleich ...« Ein Hupen unterbrach ihn. Es war Derek.

»Mein Taxi«, lachte Mitch und stieg bei ihm ein. »Bis gleich«, rief er mir zu und Derek winkte. Ich winkte zurück und wartete, bis sie nicht mehr zu sehen waren.

Dann lief ich zu meinem Haus – Dads Haus. Meine Hände zitterten, als ich versuchte, den Schlüssel ins Schloss zu stecken. Max hatte heute so viel für mich getan, dass es mich einfach überwältigt hatte. Endlich hatte ich die Tür auf und ich stürmte hinein.

Ich rannte in mein Zimmer. Was sollte ich nur anziehen? Ich entschied mich für ein schwarzes Cocktailkleid, denn schließlich würde es ja ein besonderer Anlass sein, den wir feierten. Meine Highheels dazu, Unterwäsche, die kurze silberne Weste – passt. Schnell unter die Dusche. Max würde mich umbringen, denn pünktlich zu erscheinen war einfach nicht mehr drin. Er hätte doch wissen müssen, dass die Sache mit dem Tattoo länger dauern würde.

Ich beeilte mich. Noch nie im Leben war ich so schnell geduscht, geföhnt, geschminkt! Draußen war es schon fast dunkel. Ein Blick auf die Uhr: Oh Gott, viertel vor neun!

Ich rannte ins Wohnzimmer. Schuhe an, Schlüssel schnappen, Handtasche greifen, raus hier! Ich riss die Haustür auf und erschrak zu Tode.

»Tommy!«, schrie ich.

»Hallo, Cat. Da bin ich wieder.«

Er sah fantastisch aus. Er stand vor mir in einem schwarzen Smoking, der wie angegossen saß, und ich musste im ersten Moment schlucken bei seinem Anblick. Die dunklen, schulterlangen Haare umspielten glänzend seine markanten Gesichtszüge und seine Augen leuchteten mir entgegen. So hatte ich ihn noch nie gesehen und es raubte mir fast den Atem.

»Du siehst fantastisch aus, Tommy«, rutschten mir die Worte über die Lippen und ich sah, wie er errötete.

»Du auch, Cat. Keine Frage.«

Verlegen blickte ich auf meine Füße. »Solltest du mich abholen?«, fragte ich und er nickte.

»Ja, Cat. Wir müssen hinter dein Haus, hinunter zum See.«

»Was? Sollen wir etwa hinüberschwimmen?«, lachte ich.

»Nicht ganz, komm!«

Tommy nahm meine Hand und half mir dabei, auf dem holperigen Boden nicht hinzufallen. Langsam führte er mich um das Haus herum und zum See hinunter. Mir knickten die Beine weg, und Tommy musste mich fest in den Arm nehmen.

»Mein Gott, was habt ihr ...?«

Der Anblick, der sich mir bot, war unbeschreiblich. Der See war gespickt mit herzförmigen Schwimmkerzen. Es mussten Tausende gewesen sein! Sie bildeten eine Art Straße bis hinüber zur anderen Seite, wo ich schon die Lichter von Bradys Haus sehen konnte. Der ganze Garten schien beleuchtet zu sein und ich spürte den dicken Kloß, der sich in meinem Hals bildete.

»Tommy ...«, konnte ich nur noch heiser flüstern und er nahm mich lächelnd in den Arm.

»Unser Boot wartet, Cat«, sagte er. »Es wird Zeit.«

Erst jetzt bemerkte ich das kleine Boot am Anleger, das mir bei den ganzen Lichtern völlig entgangen war. Tommy führte mich hin.

»Hallo Cat, bist du so weit?«, hörte ich eine vertraute Stimme. Es war mein Dad.

»Dad? Du auch?«, fragte ich erstaunt, als er mir beim Einsteigen half.

»Sicher. Du und Tommy, ihr seid doch die Ehrengäste heute Abend. Ihr könnt doch nicht selbst anreisen«, lachte er.

Dad brachte mich zu meinem Platz am Heck und Tommy setzte sich neben mich, nachdem er Dad begrüßt hatte. Eine Flasche Champagner stand in einem Eiskübel auf dem kleinen Tisch und zwei Gläser waren schon gefüllt. Eine langstielige Rose lag daneben.

Es war ein furchtbarer Tag für meine Tränendrüsen, denn schon wieder musste ich weinen. Ich konnte das alles gar nicht glauben. So viele hatten heute geholfen, mir diese wundervollen Geschenke zu machen. Dabei wusste ich gar nicht, wieso ich das verdient hatte.

»Auf dich, Cat«, prostete Tommy mir zu.

»Nein, Tommy, auf dich. Das ist dein Tag.«

»Einigen wir uns! Auf uns?« Er lächelte so zauberhaft und ich nickte, weil mir wieder die Stimme versagte.

Ich trank einen Schluck, stellte das Glas ab und als Dad den Motor anließ, ganz langsam losfuhr und ich sah, wie die Wellen die Kerzen zum Schaukeln brachten, heulte ich hemmungslos. Es schüttelte mich richtiggehend durch, so wundervoll war alles.

»Schsch, nein, nicht weinen, Cat«, flüsterte Tommy und zog mich zu sich heran. »Hey, hör auf. Du hast es dir verdient, hörst du? Außerdem habe ich hier noch etwas für dich.« Er griff in seine Tasche und nahm einen Umschlag heraus.

»Noch einer?«, schluchzte ich.

Was konnte denn jetzt noch kommen? Ich öffnete ihn und Tommy reichte mir ein Taschentuch, damit ich meine Tränen wegwischen konnte. Meine Sicht war verschwommen und es dauerte eine Weile, bis ich die Worte lesen konnte.

Meine geliebte Cat,

'Das Haus am Meer' ist einer Deiner Lieblingsfilme. Leider konnte ich Dir kein Meer besorgen, nur einen See, aber

ich hoffe, das Meer der Kerzen wird Dich trotzdem zu mir führen. Einst bat ich Dich, mich zu heilen und das hast Du getan. Nun lass mich Dein Licht sein in der Dunkelheit. Keinen Weg sollst Du mehr alleine gehen müssen. Ich schenke Dir mein Herz, meine Liebe, meine Seele und werde immer an Deiner Seite sein. Auf ewig,

Max

Ich ließ den Brief auf meine Beine hinabsinken und blickte Tommy an. Ein lautes Schluchzen erklang tief aus meiner Brust und erneut liefen die Tränen.

Die Hälfte des Sees hatten wir schon überquert und ich lag mit dem Kopf an Tommys Schulter. Ich brauchte diese Nähe jetzt. Konnte man vor Glück zusammenbrechen? Ich wusste es nicht. Alles, was ich wusste, war, dass mich die letzten Stunden so überrollt hatten, dass ich nicht mehr klar denken konnte.

Ich hörte ein Knacken und Rauschen. Es kam von vorne und ich sah, wie mein Dad nach dem Funkgerät griff.

»Brady an Dean, geht es euch gut?«, hörte ich laut und deutlich Bradys Stimme aus dem Lautsprecher und ich schmunzelte. Er fragte sich bestimmt, wo wir blieben.

»Ja, Brady, wir sind auf dem Weg, etwa Mitte des Sees«, antwortete Dad.

»Gut. Hier will nämlich jemand mit dir reden.«

»So?«, antwortete mein Dad und grinste.

»Hey, Dean, alles klar bei euch?«

Oh mein Gott, das war Max!

»Ja, Max. Ich hoffe, ihr seid fertig. Wir legen gleich an. Was willst du?«

Ich lauschte und wartete auf die Stimme von Max. »Dean, ich hab 'ne Scheiß Angst vor dir, deswegen frage ich dich, solange du noch auf dem Wasser bist.«

Mein Dad lachte. »Nun sag schon, so schlimm kann es doch nicht sein, oder?«

»O-okay«, stotterte Max. »Dean, ich bitte dich hiermit ganz offiziell um die Hand deiner Tochter Cathy.«

Ich sprang von meinem Sitz auf und konnte nicht glauben, was ich gerade gehört hatte. Dad lächelte mich an und ich glaubte, mein Herz würde in tausend Teile zerspringen. Was hatte Max da gesagt?

»Dean? Bist du noch da oder soll ich schon mal rennen?«

Ich blickte von Dad zu Tommy, der mir das Glas Champagner entgegenhielt und lachte, bevor er einen großen Schluck zu sich nahm. Dann suchte ich wieder meinen Dad.

»Max, wenn du gerade sehen könntest, was ich sehe, würdest du dich nicht nur mit der Hand zufrieden geben. Doch meinen Segen hast du. Aber vielleicht solltest du sie zuerst mal fragen, ob sie dich überhaupt will?«

Ich stürzte nach vorne und riss meinem Vater das Funkgerät aus der Hand. »Max!?«, meine Stimme klang panisch und hysterisch und ich musste mich räuspern.

»Cathy?«

»Max!« Ich wusste nicht was ich sagen sollte. »Max, bitte sag doch etwas!«, schluchzte ich ins Mikro, aber es blieb stumm. »Max?«

»Willst du meine Frau werden, Cathy?«, hörte ich seine Stimme und blickte verwirrt auf das Funkgerät. Die Stimme kam definitiv nicht aus dem Lautsprecher.

Tommy stand plötzlich neben mir, griff mich an den Schultern und drehte mich um. Ich hatte vor lauter Aufregung gar nicht gemerkt, dass wir schon fast am Steg waren, und Dad das Boot in Anlegeposition gebracht hatte. Tommy hob mit einer Hand mein Kinn an und dann sah ich ihn.

Max kniete auf dem Bootssteg und sah mich mit seinen grünen Augen an. Ein kleiner Ruck, und Dad machte das Boot fest. Tommy half mir beim Aussteigen und weinend ging ich zu Max. Er hielt ein kleines Kästchen in der Hand und kniete weiterhin vor mir. Dann ergriff er meine Hand.

»Cathy, willst du meine Frau werden? Willst du mich heiraten, damit ich dich bis zu meinem Lebensende so lieben kann, wie du es verdienst? Wenn du ja sagst, verspreche ich dir, du musst nie wieder frieren, denn ich werde da sein, um dich zu wärmen.«

Eine Mischung aus Weinen und Lachen verließ meinen Mund.

»Ich will an deiner Seite sein, Cat, und das für den Rest meines Lebens. Ich möchte London sehen und Hamburg. Ich möchte auf dem Beifahrersitz von Eleanor vor Angst sterben, wenn du fährst und ich möchte '*Das Haus am Meer*' sehen, jeden Tag! Aber ohne dich an meiner Seite, wäre das alles wertlos. Darum bitte ich dich, Cat – werde meine Frau!«

Er öffnete das Kästchen und hielt es mir entgegen. Ein wundervoller Diamantring strahlte mir entgegen und mir blieb im ersten Moment die Luft weg.

»Cat? Willst du mich heiraten?«

Ich sah ihm in die Augen und wusste, es gab nur eine einzige Antwort. »Ja, Max«, heulte ich. »Ich will!«

Max

Ich starrte voller Angst in die schönsten braunen Augen der Welt. Hatte ich richtig gehört? Hatte sie wirklich ja gesagt?

»Du hast *Ja* gesagt, Cat?«, stotterte ich und sie nickte mir, halb lachend, halb weinend, zu.

»Ja, Max, das habe ich!«

Oh mein Gott!

»Sie hat *Ja* gesagt! Habt ihr das alle gehört? Sie hat *Ja* gesagt!«

Ich sprang auf und aus allen Ecken und Enden kam Applaus herbei geströmt, Händeklatschen ertönte und ein lautes Pfeifen. Ich drückte Cat an mich, so fest ich nur konnte und übersäte sie mit Küssen.

»Mein Gott, sie hat *Ja* gesagt«, stotterte ich leise. Dann nahm ich den Ring aus seinem Bett und steckte ihn an ihren Finger. »Ich liebe dich, Cat!«, hauchte ich nur noch, so sehr hatte mich alles berührt. »Ich verspreche dir, ich werde alles tun, damit du glücklich wirst.«

»Das bin ich jetzt schon, Max. Ich liebe dich auch.«

Und dann küsste ich sie, so leidenschaftlich wie ich nur konnte. Nie wieder wollte ich mich von diesen Lippen lösen. Keiner außer ihr hatte es geschafft, die Mauern einzureißen, die ich um mein Herz gebaut hatte. Keiner hatte es geschafft, dass ich mich so verletzlich fühlte. Und keiner ließ mich so glücklich sein. Ich liebte sie, mit jeder Faser meines Körpers. Meine Cat, meine Liebe, meine Frau!

»Hey, hebt euch das für die Hochzeitsnacht auf!«, hörte ich Derek schreien und ich lächelte, als wir den Kuss beendeten.

Ich drehte mich um und alle standen sie da und applaudierten. Meine Eltern, Cats Dad, Tommy und die Jungs, Brady, Claire, Hank, Andrew und William, das ganze Security Team und sogar die Techniker vom Studio waren alle da. Ich nahm Cat an der Hand und wir verließen den Steg. Alle kamen, um zu gratulieren. Als letzter gesellte sich Tommy zu mir.

»Na Champ? Geht's dir gut? Du bist so rot im Gesicht.« Er lächelte, aber ich merkte, dass ihn irgendetwas bedrückte.

»Ja, mir geht's gut, Tommy. Und wenn es anders wäre, dann wäre es nicht wichtig. Komm mit, ich muss mit dir reden.«

Ich sah mich noch einmal um und entdeckte Cat, wie sie Claire den Ring zeigte, während Brady sich schnell verdrückte. Ich schmunzelte. Er hatte wohl Angst, das Claire nun auch einen Antrag erwartete. Cat war in guter Gesellschaft und so zog ich Tommy mit mir.

»Wohin gehen wir?«, fragte er.

»Nur weg von dem Trubel, Tommy. Dauert auch nicht lange.« Wir spazierten ein Stück in den Wald hinein, bis ich sicher war, dass uns niemand sehen oder hören konnte.

»Schieß los, Max. Was willst du mir sagen?« Er setzte sich auf einen Baumstamm und blickte mich fragend an.

»Tommy, ich ...« Man, das war schwer. Ich musste zuerst einmal durchatmen und versuchte es erneut. »Tommy, du bist mein bester Freund. Dieser Abend sollte nur dir gehören, aber ich musste das heute tun. Ich hätte keinen Tag länger warten können.«

»Ist schon gut, Max, mach dir keine Gedanken.«

»Nein, Tommy. Ich liebe Cat über alles, aber du bist seit Jahren mein bester Freund. Ich – du bist wie ein Bruder für mich. Und wenn ich an deiner Stelle wäre, dann wäre ich jetzt stinksauer, denn wir haben uns einst einen Eid geschworen, und den habe ich gebrochen. *Nimm was du kriegen kannst*, nicht wahr?«

Tommy nickte und ich spürte, ich hatte einen Nerv getroffen.

»Tommy, ich wollte dir nur sagen, dass du immer mein bester Freund bleiben wirst. Ich würde dich nie allein lassen und ich ...« Das Sprechen fiel mir schwer und ich musste mich so zusammenreißen.

»Max, bitte ...«

»Nein, Tommy, du warst immer an meiner Seite und das wird sich niemals ändern. Ich werde unsere Nächte vermissen und ich weiß, du wirst es auch. Ich werde sie vermissen wegen dir, nicht wegen allem anderen. In all den Jahren, da warst du es, der immer zu mir stand, egal, wie dämlich ich mich benommen hatte. Du und ich, uns gibt es kein zweitens Mal.«

Tommy lächelte, aber ich sah, wie er schwer schluckte.

»Cat mag dich genau so sehr wie ich. Du gehörst zu unserer Familie, verstehst du das? Und gleich, wie sehr ich Cat liebe, zwischen uns, Tommy, zwischen uns beide, da kann nichts kommen. Das lasse ich nicht zu. Es wird alles so bleiben, wie es war. Mit Ausnahme der ganzen Weiber, die gehören jetzt alle dir.« Ich lächelte und Tommy nickte.

»Ich verstehe, Max. Danke.« Er schluckte erneut und versuchte, sich zu sammeln.

»Immer den harten Mann spielen, huh?«, ärgerte ich ihn und stellte mich vor ihn. »Na komm schon!«

Ich breitete meine Arme aus und Tommy stand auf mit Tränen in den Augen. Ich umarmte ihn und er schluchzte leise an meiner Schulter.

»Ist schon gut, Tommy. Ich bin immer für dich da. Aber ein Mal brauche ich deine Hilfe noch.«

»Klar, was soll ich machen?«, fragte er und sah mich an.

»Ich brauche dich als meinen Best Man. Willst du mein Trauzeuge sein, Tommy? Bitte, sag ja!«

Ein Lächeln huschte über sein Gesicht und ich fühlte, wie sehr er sich freute.

»Meinst du das ernst?«, fragte er ungläubig.

»Können diese Augen lügen?«

»Mein Gott, Max, natürlich will ich das!«, lachte er und umarmte mich wieder fest.

»Dann ist jetzt alles gut zwischen uns?«, hakte ich nach, und er nickte stumm. »Gut. Lass uns zurückgehen. Cat wird schon denken, ich hätte kalte Füße gekriegt.«

Tommy lachte laut, legte einen Arm um meine Schulter und gemeinsam gingen wir wieder zum See. Die Party war schon voll im Gange, und Cat kam auf uns zugerannt.

»Da seid ihr ja. Ich dachte schon, du hättest kalte ...«

Tommy prustete laut los und ich stimmte mit ein. Cat sah uns entgeistert an.

»Was ist denn mit euch los?«, fragte sie.

»Nichts, Schatz, wir ... Männersache. Alles in Ordnung.« Ich küsste sie sanft. »Kann ich dich noch ganz kurz allein lassen?«

»Natürlich, aber geh nicht zu weit weg, ich möchte noch tanzen. Der DJ wartet schon die ganze Zeit darauf, *Wicked Game* aufzulegen.«

Sie zwinkerte mir zu und ich spürte, wie Bad Boy sich sofort zu Wort meldete.

»Ohhh, das kriegst du zurück, Cat«, lachte ich und küsste sie wieder. Sie wusste genau, wie ich auf den Song reagierte und heute legte sie es wohl drauf an. Meine heiße Frau!

Ich sah hinter ihrem Rücken, wie Hank mir kurz zu winkte, und ich verstand.

»Bin gleich wieder da!«, murmelte ich und küsste sie auf die Stirn, bevor ich Tommy hinterher spurtete. »Tommy, warte mal kurz!«

Er blieb stehen und drehte sich um. »Ist noch was, Max?«

Ich lächelte. »Nur 'ne Kleinigkeit. Ich hab noch ein Geschenk für dich.«

»Ein Geschenk?« Überrascht sah er mich an.

»Ja, komm mit ins Haus.«

Wir liefen den kleinen Hang nach oben, überquerten die Terrasse und traten durch die Küchentür ein. Tommy zögerte kurz. Scheinbar kamen ihm die Erinnerungen an den Tag in den Sinn, als Orlow hier durchkam.

»Geht es?«, fragte ich und er nickte.

»Ja, alles in Ordnung, Max«, sagte er, aber ich spürte, dass es ihm nicht so leicht fiel, wie er es mich hatte glauben lassen wollen.

»Komm, setz dich. Ich geh schnell nach oben. Bin sofort wieder da!«

Ich brachte ihn an den Küchentisch und spurtete dann nach oben in mein Zimmer. Ein paar Sekunden später war ich wieder bei ihm und er musterte mich fragend.

»Ähem, ich wollte nur noch sagen, dass mich dein Geschenk einiges an Aufwand und Nerven gekostet hat. Es ist etwas sehr Seltenes, Kostbares, und war nicht leicht zu finden. Ich hoffe, dass ich deinen Geschmack getroffen habe und dir gefällt, was ich für dich habe.« Ich sah ihn an und lächelte über sein verwirrtes Gesicht.

»Das wäre nicht nötig gewesen, Max. Das weißt du doch.«

»Doch, das war es. Es war das Mindeste, was ich für dich tun konnte, Tommy. Und nun sag, gefällt es dir?«

Verwirrt sah er mich an. »Nun, du müsstest es mir zuerst mal geben, nicht wahr?«, lächelte er verlegen.

»Sicher. Da ist es doch. Dreh dich mal um.« Ich grinste breit, als Tommy sich umdrehte und in Richtung meines Zimmers blickte. Seine Augen wurden riesengroß und er hielt sich mit einer Hand am Stuhl fest.

»Hallo, Tiger. Sieht ganz so aus, als hätten wir heute ein Date, nicht wahr?«

»Tess?«, flüsterte er und blickte ungläubig auf die wunderschöne Frau, die langsam die Treppe herunterkam.

Sie trug ein enges, weißes Kleid, und ihre langen, roten Haare flossen wie Lava darüber hinweg. Endlos lange Beine kamen darunter zum Vorschein und endeten in weißen Stilettos. Shady Eyes, dazu ein Lippenstift, der die gleiche Farbe hatte, wie ihre Haare, und ein Blick, der dir alle Sinne rauben konnte. Ein fleischgewordener Männertraum.

»Live und in Farbe. Hast du mich vermisst?«, fragte sie lächelnd und Tommy zitterte beinahe. Er sah mich an und strahlte über sein ganzes Gesicht.

»Na los, Tommy, eine Lady lässt man nicht warten«, drängte ich und mit zwei Sätzen war er bei Tess.

»Tess, ich kann es nicht glauben, wie hat Max ...? Wieso bist du ...?«

»Halt die Klappe, Tommy. Du redest zu viel!«, lachte sie. »Krieg ich keinen Begrüßungskuss?«

Sie neigte verlockend den Kopf zur Seite und Tommy konnte nicht mehr an sich halten. Mit beiden Händen griff er sie an ihren schmalen Schultern, zog sie zu sich und küsste sie wild. Das war der Moment, in dem ich mich verabschiedete. Ich schlich nach draußen und schloss die Tür. Ich wusste, in dieser Nacht würde ich die beiden nicht mehr zu Gesicht bekommen.

Ich verharrte kurz auf der Terrasse und atmete tief ein. *Überraschung geglückt*, lächelte ich. Jetzt zu Cat.

Meine Augen suchten sie und ich sah, wie sie bei Mitch saß und sich angeregt mit ihm unterhielt. Gut. Ich lief zu William und Andrew. »Hat alles geklappt?«, fragte ich und sie nickten.

»Ja, Boss«, lachte William. »In zwei Minuten. Wir kümmern uns drum. Geh du nur zu Cat.«

Ich klopfte ihnen auf die Schultern und bedankte mich. »Ihr seid die besten Assistenten, die man sich wünschen kann! Danke!« Ich lief zu Cat und Mitch. »Darf ich dir meine Braut kurz entführen?«, fragte ich.

»Aber natürlich, Max«, lachte Mitch und ich hielt Cat meine Hand hin. Sie ergriff sie und ich zog sie ganz dicht zu mir heran.

»Ich hab noch 'ne Kleinigkeit für dich, Cat«, hauchte ich ihr zu, bevor ich sie sanft küsste.

»Hast du heute nicht schon genug für mich getan, Max?«, lachte sie und in ihren Augen sah ich, wie glücklich sie war.

»Egal, wie viel ich tun werde, Cat, es wird nie genug sein. Du hast mir so viel gegeben, und das kann ich in meinem ganzen Leben nicht mehr gutmachen.« Ihre Hände umschlossen mein Gesicht und sie küsste mich.

»Du bist verrückt, Max, weißt du das? Hier in deinen Armen zu sein, das ist das größte Geschenk, das du mir geben kannst. Du schuldest mir überhaupt nichts.«

Himmel, wie sehr liebte ich diese Frau! Ich griff in meine Tasche und zog ein kleines Kästchen heraus. »Hier, für dich«, lächelte ich und gab es ihr. Sie öffnete es neugierig und nahm den kleinen Schlüssel heraus, der darin lag.

»Wofür ist der, Max?«, fragte sie vorwitzig.

»Er ist ein Symbol, Cat. Zum einen ist er der Schlüssel zu meinem Herzen, den ich vor langer Zeit weggeworfen hatte. Jetzt gehört er dir und kannst damit machen, was immer du willst.«

»Max, ich ...«

»Zum Zweiten«, fuhr ich fort, »ist er der Schlüssel zu deinem neuen Haus. Wir haben in zwei Tagen einen Maklertermin. Es wird Zeit, dass wir Brady und Claire in Ruhe lassen und endlich unser eigenes Nest hier in Florida einrichten.«

»Max!«, schrie Cat und fiel mir um den Hals. »Das ist nicht wahr, oder?«

»Doch, Schatz, ist es«, lächelte ich und sie drückte mich so sehr, dass ich keine Luft mehr bekam. »Hey, ist ja gut«, lachte ich und ich brachte sie wieder auf ein wenig Abstand zu mir. »Und zum Dritten steht er für einen Traum. Deinen Traum, Cat.«

Ich nickte Andrew zu, der schon in unserer Nähe wartete. Er hielt ein Papier in den Händen und überreichte es Cat.

»Was ist das?« fragte sie überrascht und sah Andrew fragend an.

Ich nickte ihm zu und überließ es ihm, ihr die Antwort zu geben.

»Das ist die Besitzurkunde für das Early Birds, Cat. Max hat sie auf dich umschreiben lassen. Jetzt gehört es dir. Eröffnung ist nächsten Samstag, es ist schon alles vorbereitet.« Cat wankte einen Schritt zurück und trat mir auf die Füße.

»Au«, lachte ich. »Ist das der Dank? Wenn ich das gewusst hätte, hätte ich ...«

Weiter kam ich nicht. Cat hatte Andrew das Schriftstück in die Hand gedrückt, drehte sich um und küsste mich so leidenschaftlich, dass es mir fast peinlich war vor all meinen Freunden. Als sie sich endlich von mir löste, strahlte sie über ihr ganzes Gesicht.

»Max, ich liebe dich so sehr. Wie ist das alles nur möglich? Wie habt ihr das nur gemacht? Hinter meinem Rücken? Ich hatte nicht die geringste Ahnung.«

»Freust du dich?«

»Natürlich freue ich mich. Ich kann gar nicht sagen, wie sehr ich mich freue, das ist alles zu viel, ich kann ja nicht mehr atmen.«

»Schau mal da hinten. Da kommt dein Team.« Ich zeigte ihr die Richtung mit dem Arm und sie krallte ihre Hände hinein.

Sie schaute eine Weile hin. »Sind das ...?«

»Ja, Cat, sie alle werden wieder bei dir arbeiten. Jacob, Shane, Marty, Suzi, deine Hellcats, genauso wie es mal war. Bis auf ein paar ganz Wenige, die schon neue Jobs hatten, haben wir sie zusammengetrommelt.«

»Mein Gott, darf ich?«, fragte sie und sah mich mit flehenden Blicken an.

»Natürlich, Schatz, geh zu ihnen.« Lächelnd entließ ich sie aus meinen Armen. Sie war so glücklich, als sie alle begrüßte und sie so lachen zu sehen, das war das allerschönste Geschenk, das sie mir an diesem Abend machen konnte. Es war ein riesiges Hallo, und auch Derek und Mitch freuten sich wahnsinnig, die Birdies, wie ich sie nannte, wiederzusehen. Brady musste Claire einiges erklären und ich schmunzelte. Sie kannte das Early Birds ja noch nicht.

»Danke«, hörte ich plötzlich eine Stimme hinter mir und als ich mich umdrehte, stand Dean bei mir.

»Wofür?«, fragte ich.

»Dafür, dass du sie so glücklich machst, Max. Keine hat es mehr verdient. Das Early Birds war ihr Leben. Es bedeutet ihr so viel.« Er legte mir eine Hand auf die Schulter und drückte sie. »Du bist ein guter Mann, Max. Ich bin froh, sie an deiner Seite zu wissen.«

»Danke, Dean«, flüsterte ich gerührt.

Er lächelte. »Das heißt aber nicht, dass ich dich nicht umbringen werde, solltest du ihr jemals wehtun!«

Ich lachte laut. »Das glaube ich dir aufs Wort, Dean. Keine Sorge, du musst mir nicht drohen. Cat glücklich zu machen ist alles, was ich will.«

Dean drückte mich an sich und ließ mich wieder allein. Und somit war alles gesagt und getan. Ich war glücklich. Meine Freunde waren glücklich, Cat, meine Eltern, einfach alle. Tommy und Tess waren es bestimmt schon mehrfach, dachte ich, und musste bei dem Gedanken daran laut lachen.

Wir feierten bis spät in die Nacht. Gegen drei Uhr waren bis auf die Band fast alle verschwunden und Cat und ich zogen uns zurück. Wir liebten uns, wie wir uns noch nie zuvor geliebt hatten und ich hätte weinen können vor Glück. Es war schon fünf Uhr morgens, aber ich konnte nicht schlafen. Cat lag friedlich schlummernd neben mir und leise erhob ich mich aus dem Bett. Ich schlich die Treppe hinunter, schnappte mir ein

Mineralwasser und ging hinaus auf die Terrasse. Es hatte kaum abgekühlt über Nacht, aber die Luft war frisch und klar. Kein Vergleich zu Los Angeles.

»Na, Champ?«

Ich bekam fast einen Herzinfarkt, als ich die Stimme neben mir hörte. »Tommy? Mein Gott, hast du mich erschreckt. Was machst du hier?« Ich setzte mich neben ihn und wartete auf eine Antwort.

»Ich warte auf den Sonnenaufgang«, lächelte er.

»Guten Morgen, ihr Wichser!«, grummelte plötzlich eine andere Stimme aus Richtung der Küchentür und unsere Köpfe flogen herum.

»Mitch? Kannst du auch nicht schlafen?«, fragte ich, und er schüttelte den Kopf.

»Nicht wirklich.«

»Komm, setz dich zu uns. Dann sind wir ja fast komplett.« Er nahm neben Tommy Platz. »Fehlt nur noch Derek«, murmelte ich.

»Der liegt da unten am See«, lachte Tommy und ich sah fragend in die Richtung, die er mir anzeigte. Tatsächlich sah ich jemanden auf einer der Liegen, aber er war nicht allein.

»Wer ist da bei ihm?«, fragte ich und Tommy lächelte.

»Suzi«, antwortete er und lachte.

»Early Birds Suzi? Unsere kleine Kellnerin?«

»Hmh«, brummte Tommy. »Ich glaube, er sichert sich gerade seinen lebenslangen Vorrat an Freibier.«

Mitch und ich lachten los.

»Könnt ihr Loser da oben mal die Klappe halten?«, maulte Derek zu uns hoch. »Ich habe hier Romantisches zu erledigen. Guckt euch den Sonnenaufgang an und seid still, Herrgott!« Wir kicherten in uns hinein.

»Wie kam das denn auf einmal?«, flüsterte ich Tommy zu und er zuckte mit den Schultern.

»Keine Ahnung. Wie so was nun mal passiert.«

In dem Moment fiel es mir glühend ein. Tess!

»Scheiße, Tommy, wo ist Tess?«, fragte ich leise.

»Tess war hier?«, wollte Mitch wissen und sah uns verwundert an.

»Hmh«, brummte Tommy wieder und lächelte.

»Deshalb hab ich dich den ganzen Abend nicht gesehen«, flüsterte Mitch mit einem fetten Grinsen im Gesicht. »Wo ist sie?«

»Nach Hause. Sie bleibt nie über Nacht«, antwortete Tommy und es tat mir so leid.

Nicht schon wieder, dachte ich nur, aber Tommy war ganz ruhig. »Alles klar bei dir, Tommy?«, fragte ich besorgt und er grinste mich an.

»Hier!« Er reichte mir sein Handy.

»Was soll ich damit?«

»Sie dir die letzte Nachricht an.«

Ich tat es und schmunzelte. »Ruf mich an? Man, die ist von Tess. Und du hast ihre Nummer. Sie will dich wiedersehen!«

»Hmh, will sie wohl.« Tommy strahlte über sein ganzes Gesicht.

»Du hast sie geknackt?«, kicherte Mitch und Tommys Lächeln wurde zu einem breiten Grinsen.

»Ja, das hab ich wohl. Mehrfach! Und sie hat mir verdammt noch mal alles abverlangt. Ich glaube, ich werde drei Tage nicht gehen können.«

Mitch und ich mussten so lachen, dass Derek wieder protestierte. Ich freute mich so sehr für Tommy.

»Verdammte Scheiße«, lachte Mitch und stand auf.

»Wo willst du hin?«, fragte ich.

»Nun, du hast jetzt Cat, Max. Tommy hat Tess, Derek Suzi. Ich werd mir auf der Tour in ein paar Monaten ziemlich einsam vorkommen, so als einziger Single.«

»Vielleicht findet sich ja bis dahin noch etwas, Mitch«, lachte Tommy.

»Und wenn nicht? Nein, darauf will ich mich nicht verlassen«, schüttelte er den Kopf.

»Was hast du vor?«, fragte Tommy und Mitch schmunzelte.

»Ich such mir schon mal die Telefonnummern von den Samarah Jungs raus. Einer von denen wird ja hoffentlich auch noch Single sein. Nur so zur Sicherheit.« Er grinste und verschwand in der Küche.

Tommy und ich saßen einfach nur schweigend da. Die Sonne ging auf und der Himmel strahlte in allen Farben.

»Mein Gott, das ist so wunderschön«, seufzte Tommy und ich stimmte ihm zu.

»Ein hartes Jahr, nicht wahr?«, stöhnte ich und Tommy boxte mir leicht auf den Arm.

»Ja, Max, das war es. Vielleicht wird es Zeit, alles hinter uns zu lassen und uns ein neues Motto zuzulegen.« Er lächelte mich an.

»Zum Beispiel?«

»Nun, wie wäre es damit: Nimm, was du kriegen kannst. Und wenn dein Herz dran hängt, lass es nie wieder los.« Er sah mich an und ich verstand.

»Ja, Tommy«, antwortete ich glücklich. »Das hört sich verdammt gut an!«

Ende

Danksagungen:

Gracias an Rafa, meinen Designer, der sicher manchen Fluch ausstößt, weil ich ihn mit meinen Sonderwünschen in den Wahnsinn treibe.

Ich danke meinen lieben Beta-Leserinnen Nadine, Sonja, Marina und Sabrina für ihren unermüdlichen Einsatz, das Beste aus dem Buch herauszuholen. Auch möchte ich meinen Freunden bei Facebook danken, die meine Seite fleißig beobachten und mithelfen, meine Bücher bekannt zu machen. Das gilt im Besonderen für die Blogger, Rezischreiber, Teaserdesigner, an alle, die Beiträge teilen und liken und mir so das Gefühl geben, meine Arbeit wird beachtet. Danke, Street-Teams!! Ohne euch wäre das alles nicht möglich!

Mein ganz besonderer Dank aber geht an Marcel Staub und die Rock-Band Samarah, die mich musikalisch so fantastisch unterstützt hatten, dass es mir heute noch die Tränen in die Augen treibt, wenn ich an ihre Großzügigkeit denke. Ich liebe euch dafür – Danke!!

Und wo wir bei der Musik sind: Ein fettes Dankeschön an Avenged Sevenfold. Eure Songs begleiten mich bei jedem Buch, das ich schreibe. Ich wüsste nicht, was ich ohne euch machen würde.

Und last but not least sende ich einen dicken Kuss an alle Leser, die das Buch gekauft haben! Ich hoffe, es gefällt euch!

Alles Liebe

Stefanie D. Murphy

Quellenangaben

Music was my first love
performed by John Miles, produced by Alan Parsons. Album: Rebels 1976 The Decca Record co. Ltd.

Love is a battlefield
performed by Pat Benatar, writers: Mike Chapman, Holly Knight, Album: Live from Earth, 1983 Label: Chrysalis

Paradise City
performed by Guns N' Roses, Album: Appetite for Destruction, 1987, Label: Geffen Records

Grounds for Divorce
performed by Elbow, Album: The Seldom Seen Kid, Written by: Guy Garvey, 10.03.2008, Label: Fiction Records

Friday on my mind
performed by Gary Moore, Album: Wild Frontier Remake: 1987, written 1966 by Hary Vanda, Mitglied der Easybeats, Producer: Shel Talmy, Label: Originalfassung: United Artists

Wicked Game
performed by Chris Isaak, Album: Heart Shaped World, 1989, written by: Chris Isaak, Label: Warner/Chappell Music Inc.

Sex on Fire
performed by: Kings of Leon, Album: Only by the night, 2008, written by: Written by: Followill Anthony Caleb, Ivan Nathan Followill, N. Followill Ivan, Matthew Followill, Jared Followill, Label: Warner/Chappell Music Inc.

Carry On
performed by: FUN., Album: Some Nights, 2012, written by: Nate Ruess, Andrew Dost, Jack Antonoff, Producer: Jeff Bhasker Label: Fueled by Ramon, Atlantic, Electra

Black Velvet
performed by: Alannah Myles, Album: Alannah Myles, 1989, written by: David Tyson, Christopher Ward, Label: Kobalt Music Publishing LTD.

American Badass
performed by: Kid Rock, Album: Cocky, 2001, written by: Kid Rock, Lars Ullrich, James Hetfield, Label: Atlantic

Nightmare + Bat Country
performed by: Avenged Sevenfold, Album: Nightmare, 2010, Album: City of Evil, 2005, written by: Brian Haner jr., Matthew Sanders, Zachary Baker, Jonathan Seward, Jimmy Sullivan, Label: Warner Bros.

Mustang Sally
written by: written and first recorded by Mack Rice in 1965, Label: Atlantic

I want you to want me
performed by: Cheap Trick, Album: In Color, 1977, written by: Rick Nielsen, producer: Tom Werman, Label: Epic

Under the Bridge
performed by: Red Hot Chili Peppers, Album: Blood Sugar Sex Magic, 1991, written by: Anthony Kiedis, Flea, John Frusciante, Mark Haskell Smith producer: Rick Rubin, Label: Warner Bros

Welcome to my Life
performed by Simple Plan, Album: Still not getting any ..., 2004, written by: Pierre Bouvier, Chuck Comeau, Label: Atlantic

Das Haus am Meer
Regie: Irwin Winkler, Producer: Rob Cowan, 2001, Warner

18480760R00207

Printed in Poland
by Amazon Fulfillment
Poland Sp. z o.o., Wrocław